· 文脉中国散文库 ·

乐天心曲

王乐天 / 著

中国文联出版社

图书在版编目（CIP）数据

乐天心曲 / 王乐天著 . -- 北京：中国文联出版社，
2016.4（2023.3 重印）

ISBN 978 - 7 - 5190 - 1373 - 8

Ⅰ.①乐… Ⅱ.①王… Ⅲ.①散文集—中国—当代
Ⅳ.①I267

中国版本图书馆 CIP 数据核字（2016）第 079776 号

著　　者　王乐天
责任编辑　邓友女
责任校对　傅泉泽
装帧设计　中联华文

出版发行　中国文联出版社有限公司
地　　址　北京市朝阳区农展馆南里 10 号　　　　邮编　100125
电　　话　010 - 85923025（发行部）　　　　85923091（总编室）
经　　销　全国新华书店等
印　　刷　三河市华东印刷有限公司

开　　本　710 毫米×1000 毫米　　　1/16
印　　张　19.25
字　　数　345 千字
版　　次　2023 年 3 月第 1 版第 2 次印刷
定　　价　89.00 元

讀樂天兄散文集有感二首

生途覺悟有誰知歲月流
年逝似斯解讀世間多少
事筆耕燈下一書癡老態
蹉、勢利多趨風逐往似如
何賢君筆底平常事留駐光
陰過空過　陳坤新年書

读乐天兄散文集有感（二首）

陈出新

生途觉悟有谁知，岁月流年逝如斯。
解读世间多少事，笔耕灯下一书痴。

世态嚣嚣势利多，趋风逐俗亦如何？
贤君笔底平常事，留驻光阴过客过。

陈出新，1949 年 9 月出生，浙江永嘉人。中国书协会员，浙江省美协会员，浙江省沙孟海研究委员会委员，温州市诗词和楹联学会副会长，温州市美协、书协顾问。曾担任浙江省文联委员、温州市文联秘书长、省书协书法教育委员会副主任、省书协书法创作委员会委员、温州市书协副主席、温州市美协副主席、温州市诗词学会副会长、温州市书协书法教育委员会主任等。著有《中国花鸟画家·陈出新》《陈出新书法集》《陈出新书画集》《真我阁闲吟集》等专著。

序一

世俗生活里的闲情逸致（小引）

——王乐天散文集《乐天心曲》的旁白和补白

刘文起

2014年11月中旬的一天，报社的老同事单艳波来电，说她先生中国银行里的一位同事王乐天要出第二本的散文集，想我代为写序。我与乐天素昧平生，也未曾读过他的文章。虽有为难，但艳波的面子不能拂。加上我写作大半辈子，深知文学创作之不易，向来对写作爱好并坚持者敬爱有加，故二话不说就接受了，遂嘱乐天寄书稿来拜读。

翻开乐天的《乐天心曲》书稿，就被他那质朴平实的语言吸引。观其文，如山中的涓涓流水，如空中的朵朵白云，飘逸潇洒，耐人寻味。品其意，初看如"东拉西扯"，琐碎片断，细咀嚼，却鲜活灵动，有深意有韵味。写的都是芸芸众生、世态人情，无论是小店一角、街头一景，或心头一念，却都有动人的一瞥，人生的韵味蕴含其中。

乐天散文至少有两大特点：一是世俗，一是闲情。

从题材看，乐天着眼于俗世的庸常，他一无挂碍地写俗、言俗、立俗。文集三辑中，无论是童年回忆、故乡怀念，还是言史论事，他都着意于平凡，落笔于细微。如《黑猫警长》《乡村物事》《品三国》《品水浒》等，说的都是俗之又俗、小之又小的寻常事。读他的散文，让人想起电影《飘》里的一个镜头：郝思嘉站在田里捧起红土，说："我还有泥土，只要还有泥土！"

乐天的俗又是世俗。他的世，"其实是一种土气——一种深植于土地，注重伦常的礼俗社会的人性特质"。（费孝通语）因此，在他的世俗中便能见大雅。他的人腥味、土腥味、烟火味中氤氲着厚实的书卷气；他的泥土味、草根味中，体现出对于世态人情的深细品味。

乐天散文的闲情，体味在他文章的意蕴中。我看他的书，总的是一个"闲"字。他的书可以随便搁在桌角、放在茶几上、扔在枕头边、携于旅途中。他的文章，可以慢吞吞、悠悠然地读；可以有一搭没一搭地读；可以在入睡前或如厕时随便读；可以无论从哪一页开始读。但就在这慢吞吞、悠悠然、有一搭没一搭的随便阅读中，你有时会豁然从他的俗味、闲味中品出情味、趣味来，有的还可品出举一反三、触类旁通的意味来。

乐天的散文有情趣，如《黑猫警长》《独爱自行车》《旅游购物记》中的故事；乐天的散文有细节生动的，如《公寓楼312室》《温大往事》《城市短章》中的人物个性的细节描写；乐天的散文有取材独特的，如《台风记》《夜行录》《三国演义中的眼泪》等，角度特别；乐天散文有结构自然的，比如结尾，不刻意，看似随意收笔，其实是水到渠成。乐天的散文也有很好的人生感悟的，比如《读地图》中的哲理："看一张地图，读一个地名，就像翻开一本大书，穿越一个地方。历史是正文，诗文是旁注，物产风俗则是题图和尾花。"形象之中透着深邃，读后令人击节。这世俗之中展示的，就不是一般的闲情逸致了。等等。这些，都是乐天散文之所以具备优质上乘读本风范的基础。他在《浮生半日记》的结尾说："这就是我原味原汁的人生——半天没事找事做，并做到自得其乐。"这与其说是他的人生体悟，倒不如说是他散文的写法。

为此，我想起一个海外作家，人称"有中文刊物的地方就有他"的刘荒田。

刘荒田被海外著名华人学者王鼎钧誉为"华人散文中的巴尔扎克"。他的散文取材广泛，生活中的平凡景物，如排队、散步、补鞋、买菜等，占了不少的篇幅。他崇尚"一生功力写寻常"，他以多情的笔，向广大读者指示了另一条写作的"心法"。乐天的散文类似刘荒田，他也有走路、骑车、排队、等候、坐公交车等寻常题材的散文。乐天也是心仪刘荒田的。他的文集中，有一篇写读刘荒田散文的文章。不过，刘荒田走的是平凡中见光彩、化腐朽为神奇的路，其功力自然非常人所能比。但是，他的写法同时也注定是与自己过不去了。故此，他的散文中自然也留有人所皆知的弊病，如题材重复，主题提炼不够，等等。

对乐天来讲，走刘荒田的路，这也是自己给自己出难题。我不想对乐天散文集做"瑕不掩瑜"之类的例行文章。为免"谀文"之嫌，我也得挑挑乐天文章的刺。乐天散文的刺，也同样是题材重复、主题提炼单一的问题。比如对童年和故乡的回忆，总是过去怎么好，如今好景不再，等等。还有同题文章，没有发现新意，就显得单调。再者，就是结构太随便了，个别的成了流水账，这就影响了可读性。当然，像刘荒田之类的大师级的作家尚且如此，乐天的散文有瑕疵，自然不足为奇。我要说的是：为文者，你的想法可以粗疏，但一定要有想法；你的观点可以偏颇，但一定要有观点；你的文章结构可以自然，但一定要有结构。因为，这是一个写作者必具的条件。乐天曾说："写作之于我，是一件充满快乐和幸福的事情，希望它能一直陪伴着我。"（《敝帚自珍》）这也说出我的心里话。尽管写作这快乐中还带有努力进步和突破平庸的苦恼，但我还是希望乐天继续快乐下去。把自己的快乐写出来与读者共享，让独乐乐变成众乐乐，这很好。

乐天要我为他的新书写个序，我怕写序有好为人师之嫌。加上我对乐天散文研究不够，以上文字，也只是我初读乐天散文后的一念之想，故还是称"旁白"和"补白"为好。

以上为引，料读者诸君读完乐天散文后自有高论见教。这是我喜欢听的，料想乐天也如是。

刘文起，男，浙江温州人，大专毕业。1979年开始文学创作，至今发表文学作品三百多万字。已出版小说集《梅龙镇三贤》，散文集《百合花》《人旅书艺》《毋忘书》《行吟天下》，长篇报告文学《世纪之路》，言论集《未晚丝语》等十二部。近年来，在《钟山》《江南》《广州文艺》《西湖》《文学港》《野草》等刊发表小说《表哥的村庄》《琴馋》《画痴》《麻烦》《恍惚》等。曾任温州市文联主席、《温州晚报》总编辑，系中国作协会员、第六届浙江省作家协会副主席。

序二

幸福：吹皱一池春水

谷定珍

温暖的春天来了，大家的心情好了，文章也更加美了。日前，从《温州晚报》上读到了一篇文章，题目便很美，《赠君一枝春》，应源自"江南无所有，聊赠一枝春"，带领大家走进了美好的春天。文章中有这样一段话：

南唐宰相、词人冯延巳曾写过一句词：风乍起，吹皱一池春水。南唐中主李璟曾问冯延巳，"吹皱一池春水，干卿何时？"不是所有人都善感于自然的变迁，拥有一颗体恤自己的心。

其"干卿何时"，应作"干卿何事"。李璟，虽为皇帝，却好读书，多才艺。其词真挚清新，不事雕琢，"小楼吹彻玉笙寒"可脍炙人口——居然如此"蛮不讲理"？显然，戏言而已。的确，面对美好的春光，"不是所有人都善感于自然的变迁"，但是，李璟绝不在其中。

君臣如此相谑，一个重要的原因，在于冯、李关系非同一般。南唐开国时，李璟的父亲南唐烈祖李昪任冯延巳为秘书郎，与太子李璟交游。后来李璟为元帅，冯延巳便在元帅府掌书记。李璟登基的第二年，就任命冯延巳为翰林学士承旨。公元 946 年，也就是李璟做皇帝的第四年，冯延巳被任命为宰相。当时，冯延巳四十三岁，李璟三十岁；虽为君臣，实为师友。

所以，马令《南唐书》卷二十一记载：

元宗尝戏冯延巳曰："'吹皱一池春水'，干卿底事？"延巳曰："未如陛下'小楼吹彻玉笙寒'！"元宗悦。

于丹在《重温最美古诗词》一书中也说：

中主李璟开玩笑问他："吹皱一池春水，干卿何事？"

可见，所谓"吹皱一池春水，干卿何事"，乃"戏言"耳。

我之所以说了这许多，无他，当了三十多年的语文教师，常怀杞忧：

今天的孩子一不小心，便真的以为历史上的李璟其文化修养竟鄙陋至此，则"始乎无端，卒乎无穷"了。

上个月，春光明媚，漫步在马鞍池公园里，俯瞰郁金香姹紫嫣红，仰望樱花一树如白雪……遇一教师，他问："退休后，都忙些什么？"我说："两件事，锻炼身体，读书学习。"友晒笑之，"还读什么书，有什么用？"我反问："为什么一定要有用？"他竟无言以答，但看得出来，此兄的舌头底下藏着不屑的讥讽。

其实，读书是否为了有用，答案应该因人而异。

三十多年前，社会上大批"读书无用论"，倡导为中华之崛起而读书——陶铸在《崇高的理想》一文中，就严厉批判了为显亲扬名而读书的落后思想；但是，试问今天的学子，估计他们则直言不讳，就是为了考上好大学，就是为了找到好工作……

我曾在语文课上问学生，"你们为什么要学习语文呢？"学生齐声回答："因为要考语文。""如果不考语文？"学生坚定回答："不学语文。"童言无忌，所以毫无掩饰，却令人深思。读书一旦成为谋生的工具，书籍一旦沦为进身的阶梯，雪白的书页，必会被踩满乌黑的鞋印。何必"敬惜字纸"？

其实，世界上还有许多读书的人，从来"但问耕耘，莫问收获"，年轻的，年老的，孜孜不倦，读书学习……图名乎？图利乎？他们的读书，是天然的兴趣，是心灵的涌动……他们绝不会常常自问有用没用。是啊，大凡每做一事，总先问有用，则近乎"无利不起早"了。

前段时间在美国旅游，常常惊诧于一些美国人读书的定力：在拉斯维加斯机场候机厅，中国大妈们叽叽喳喳讲个不停，旁边，一位美国老人却静静地埋头看书；在洛杉矶好莱坞水上世界演艺场，人潮涌动，开演前，大家兴奋不已，前者呼，后者应，而坐在我前排的一位美国姑娘，居然静静地在埋头看书。

感谢世界上还有许多读书的人，使得我们坚信：严酷寒冬终不能将人间变成冰雪世界，春天会来；名缰利锁难以桎梏特立独行的心灵，理想不灭。

"人不堪其忧，回也不改其乐"，人跟人，总是不一样；求得一律，实在太难。所以，自古以来，未能随波逐流者，总会不时遇见各色晒笑。此时，坦诚的解释倒反显得多余，不妨笑而戏曰："吹皱一池春水，干卿何事？"

读书已属很难，写书更是不易。

可是，在中国银行工作多年的乐天兄，多年来，竟一直静静地在埋头读书，静静地在埋头写书。

乐天兄嘱我为此书作序，应该有三个月了。那天，二月时分，春雨蒙蒙，马鞍池公园的盆景园里，少有游人，树木苍翠欲滴，几只漂亮的小雀，栖在紫薇的枝头婉转轻唱，玉兰树下，我们坐在长廊上，相叙甚欢……乐天兄不时拿出笔来，笔端在A4白纸上飞速地流淌出欢畅秀美的线条，宛如清泉，宛如水花。

拜读乐天兄的这些文章，如见一颗质朴真诚的心，一双敏锐清澈的眼，一支勤劳耕耘的笔……周边的人，身旁的事，挥之不去的乡韵，曲折多彩的人生，心灵的点点火花，情愫的涓涓细流，点点滴滴，滔滔汩汩，汇成溪流而清澈见底；字里行间，绝无矫揉造作，真人，真事，真话，真情。

我常常想，乐天兄在灯下伏案作文时，或许信手拈来，即成文章；或许"两句三年得，一吟双泪流"——但，兴味所至，情不能已，心中如"吹皱一池春水"，应能收获无比的幸福。

当然，他人未必都能理解；甚至，我的舌头底下，竟也一直藏着许多"干卿何事"之类的疑问，直至三个月后的今天，直至这个细雨蒙蒙的早上，直至写下了以上这许多的文字，才恍然大悟！"但问耕耘，莫问收获"，这是何等的幸福！而"莫问收获"者，却幸福已在其中——此乃幸福之中尤为幸福者！从这个角度来说，我应该感谢乐天兄的命教了。

所以，我相信，读书的人，写书的人，虽然从来"莫问幸福"，却是幸福之中尤为幸福者。

谷定珍，男，浙江温州人，1953年10月生，曾任温州市第二十一中学副校长、温州市教师教育院副院长，为浙江省特级教师、温州市首届名教师、享受教授级待遇中学高级教师，"批注法教学"推行者。出版专著《谷园春草》《美的教育》等。

乡韵萦梦

人生印痕

南辕北辙

乡韵紫梦

马志剑

序

我家老屋是百年老宅，庭院里又种植了大量的花木，诱使老鼠活动频繁、偷粮食、啃衣物，甚至咬楼板，老鼠在家中无所不为，鼠患搅得全家难以安宁。也曾经想方设法用老鼠药、做鼠夹、设捕鼠笼子、鼠洞填土等诸多方法，但收效甚微，弄得全家无计可施。无奈之中，只能求助于家猫帮忙。因为猫是老鼠的天敌，具有见鼠必捕的本能和嗜好，这亦是弱肉强食自然法则的经典演绎。在第一个"教师节"前夕，父亲的学校进行大扫除，在教师办公室的阁楼里，居然发现了一窝嗷嗷待哺的猫崽，父亲从中抱回来一只小花猫。当时，上小学三年级的我如获至宝。从此，猫就开始安家落户。也真是应了世间一物克一物，自从家中有了小花猫后，猖狂不可一世的老鼠们果然销声匿迹。只可惜，小花猫——"虎子"在我家仅仅待了一年，最后突然离家出走结束了在我家的安居生活。幸而它已繁衍了第二代——一只小黑猫，总算没有绝嗣。黑猫脸圆尾短，两只玲珑的绿眼睛，尤其可爱，从而使得我家延续了近十年的养猫史。这只黑猫被取名为"小黑"，作为老鼠的克星，因消除家中的鼠害战功显赫，家人则亲昵称之为"黑猫警长"，它在我家共生活了九年之久，直至我上大学。

壹

"小黑"经常秀顽皮，而且总会惹是生非。

工作之余，爱莳弄花草的父亲在庭院里种植了大量花木，以木本植物为主，间或也种些名贵的草本植物，如牡丹、芍药等。一天，我放学回家，却见牡丹枝折花落。心中正纳闷，到底是谁惹的祸？却见"小黑"呼的一声从庭院的角落里蹿出来，朝着牡丹利索地一扑、一抓，霎时又折断了两株枝干。好家伙！原来是它闯的祸！而且还专挑名贵的花木搞破坏。长大后，由于家人的纵容，它的胆子越来越大，竟然将新的游戏场所开辟至庭院中，在花盆里摔跤，抱着花枝打秋千……这样下来，庭院中的花木可要遭殃了。我气得一跺脚，大声叫喊，顺手操起一把笤帚，准备抢过去。小家伙倒也聪明，吓得"嗖"的一下躲了起来，那副顽皮相真是令人无法憎恨起来。

贰

"瞧，老鼠!"一日，全家人正在吃中饭，哥哥突然像发现新大陆似的叫起来。我一看，果然见"小黑"嘴里叼着一只老鼠，从屋柱上迅速地蹿了下来。日渐成熟的"小黑"已逐渐显露出猫的野性来，学会了捉老鼠的本领。它显得精神焕发，大概也想在主人面前邀功，故意将抓获的猎物叼在嘴里，在我们面前晃来晃去，一会儿放掉，一会儿又重新抓住，如此这般，周而复始。老鼠刚死里逃生，跌跌撞撞撒腿就逃。"快，别让老鼠溜了!"我心里为"小黑"捏了一把汗。可它依然蹲在那里，悠闲地舔着自己的爪子，仅用余光罩定老鼠，一副镇定自若的样子。老鼠没逃出多远，"小黑"便猛地一个扑咬，重新准确无误地逮住了早已失魂落魄的猎物。

狡猾的老鼠大概也总结了前几次逃跑失败的教训，不再朝着空旷的墙角逃窜，而是选择蹿向小木柜边的砖缝。"小黑"见势不妙，赶紧一个猛扑，可惜为时已晚，到手的"敌人"还是溜了。它并不甘心，围着小木柜转了一圈，开始蹲在砖缝前，把身体静放在四个爪子上，竖起耳朵，闭息凝神，目不转睛地等待着……

骄傲乃成功的大忌，必有所失。人犯的错误，同样，猫儿也会犯。

叁

白天睡觉、晚上捉老鼠是猫的习性。"小黑"也不例外，我学习时，它常常会不请而来，蹲在一旁，眯起眼睛斜睨着。一会儿，大概也觉得无聊，便把四肢和身子蜷成一团，再将尾巴轻轻地卷起，活像个小球，然后高枕无忧地开始睡觉，时而发出轻轻的鼾声。冬天一不提防，就会跳到我的大腿上，团成一团，蜷伏在那里一动不动地休憩。有时当我练书法之际，淘气的它也会悄然过来凑热闹，没想到，它居然对墨汁发生了浓厚的兴趣，趁我不备时，竟然将脚爪伸进砚台，饶有兴致地一蘸，而后快速地跑开。于是，整个房间里到处蘸满了墨汁的"小梅花"脚印，母亲不得不一路上跟着它的步伐去擦洗。

肆

猫的特点是昼伏夜出，行踪不定，每当夜幕降临时，"小黑"便跳上房顶，威风凛凛地沿着屋脊巡逻一圈，然后再扩大范围四处找鼠，回来却总是脏污邋遢的样子。为此，我们得经常性地给它洗澡，以保持清洁。可时间一久，跳蚤开始在它身上滋生开来，有时翻过其腹部一看，就见许多跳蚤在浓密的绒毛里"游走"。我觉得跳蚤长期待在猫身上是极其有害的，须得替它除害。由于黑毛的缘故，也加大了捉跳蚤的难度。每天放学回来，我就往沙发上一坐，开始捉起跳蚤来。这是"小黑"最乖顺的时候了，它四仰八叉很顺从地躺在我的怀里，享受难得被伺候的福分。捉蚤伊始，我总是动作笨拙，不能轻易地捉到，久而久之，就熟能生巧，很快发明了一种快速捉蚤的妙法，一旦看到跳蚤，立刻把毛按紧，然后再在紧毛下追寻，十拿九稳。这样，我也很快地成了捉蚤专家。一个月下来，跳蚤终于被我捉得绝了种。

伍

"小黑"不怕炎热，即使在夏天摸它的鼻子，都是一种湿凉的感觉。但它却畏寒冷，尤其在冬天，一有空，总喜欢待在堆满柴草、废纸的柴仓里。做饭时，"小黑"更喜欢乖乖蜷伏在柴仓凳上，饶有兴致地看着父母一边拉风箱，一边用铁制的火钳往灶膛里添柴火，一时兴起，也会提起爪子去抓正在一推一拉的风箱拉杆。烧饭后，灶膛里总能保持长时间的余热，"小黑"常将自己蜷缩在里面，以保持身体的暖和。而钻出来时则像从哪里打完仗回来的态势，黑不溜秋，对此，"小黑"总是显得不慌不忙，趴在地上伸伸懒腰，抖掉全身的灰尘后才出来活动。一次，因灰烬温度过高，且把自己贴得太紧，就把它的皮毛烤出焦味来。

那时，我不嫌"小黑"脏，到了冬天，常把它招到被窝里睡觉。每当我将被子撑起一个洞口时，"小黑"就马上心领神会，往床边的凳子上纵身一跳，钻进被窝，与我共同分享着一条被子。有时，"小黑"喜欢蜷卧在床尾睡觉，它热乎乎的身体，隔着被窝压着我的脚，但由于担心转身时会压着它，我总是不敢大意，往往害得一夜睡不好觉。

春末夏初天气转暖时，"小黑"开始变得坐立不安，没有了食欲。到了晚上，便会自个儿跑到屋顶，在上面跑来跑去，发出声嘶力竭的尖利厉嚎叫。发情期的"叫春"声时时会引来一大群野"男友"——有大黄狼猫、黄白花猫、黑白花猫、纯白猫……这些野猫朋友往往长相凶悍，在庭院里甚至在房间里乱窜，搞得全家心烦不已，哥哥则会顺手操起家伙，把它们驱赶出来。于是，房顶便成为猫儿们的自由天地，踩着瓦片，追逐逃窜，嘶叫嘶咬，煞是热闹，搅得全家不堪吵闹。

陆

一年后，"小黑"做母亲了，头一胎生了四只毛色不一的小宝贝，黄的、黑的、黑白相间的、黄黑相间的。它是自己钻进柴仓的一只废纸箱内生养的。因为初次做母亲，显得过分溺爱小宝贝。刚开始时，"小黑"特别害怕别人侵犯它的子女，晚上总是叼着猫崽到处"举家迁徙"（母猫在哺育期间搬家是一种天性）。一次上梁时，一不小心，猫崽从嘴里掉下来，重重地摔伤，只急得"小黑"在猫崽边转来转去，一直"咪噢"地叫个不停，叫唤声凄凉无比，令人心酸。很快地，它也开始"吃一堑，长一智"，不再叼着猫崽忙碌着四处游走，也不再夜不归宿了，只是整天与四只小宝贝形影不离，相依相伴，连吃食也没心思，日见消瘦。

小猫睁眼了，开始了学步。四只小猫时而抱住母亲的脖子，时而缠住它的尾巴进行撒娇。"小黑"听任小猫的逗弄，不时地发出几声亲昵的叫唤，舌头舐着小猫的脸和身体，一副慈祥的神态。大概被小猫逗烦了，有时会虚张声势地吓唬小猫，有时也和小猫打闹一番。

每次"小黑"外出回来，与子女们见面时，总是显得很亲热，先用头相互顶，再用身子相互蹭，然后，嘴碰着嘴嗅一会儿，像是在用气息传递某种信号。

柒

由于我舍不得送人，家里很快成了猫的王国，一大四小，以至猫满为患，搞得家无宁日。一群小猫在母猫的庇佑之下，变得越来越淘气，满院子奔跑跳掷，十分活泼。一到开饭时间，更是热闹。四只小猫在母亲的带领下，一起围着饭桌转圈，并黏着家人，用脸蹭他们的腿，用嘴巴咬他们的裤腿，"咪噢"地叫着摇尾乞食。饿到急处，几只小猫还会肆无忌惮地跳到凳子甚至于餐桌上，因此只得先伺候好它们，全家才能安心吃饭。

当然，也有使我们逗乐的，四只毛茸茸的小猫还不懂得害怕，它们毫无顾忌地在各个房间撒欢，奔跑追逐，跳到茶几上、沙发上，撕抓着沙发巾，还会偷家里的毛线球玩，龇牙咧嘴地吓唬笼中的小鹦鹉，叼走我的袜子……幼猫神情天真，一有风吹草动，就会显得很激动，试探几下便扑过去：譬如往地板上抛一个乒乓球，四只小猫就会专心致志进行玩耍，两只自动分成一组，争相抢球，并用爪子拨打给对方，追逐翻腾，动作敏捷，将乒乓球玩得不亦乐乎。而母猫只是蹲伏在客厅与走廊的交界处，静静地注视它们，看儿女们的尽兴表演。于是，"乒乒乓乓"的声音从房间的这头打到那头，又很快打到另一个房间，最后将球打到了柜子的下面，它们钻不进去，就蹲在那里，侧着脸一直守候着。哥哥见状扔下一条毛巾，正在玩兴的四只小猫顿时"见异思迁"，马上又转移了目标，玩起了别开生面的"拔河比赛"——它们用嘴巴咬住毛巾的一角，拉来扯去，互不相让，其精彩程度不亚于人类之拔河，引得全家都过来凑热闹。原来，小猫也可秀出如此精彩，真是一群"开心果"。

捌

猫儿近来很吃香，常有人上门讨猫养。特别在农村，老鼠肆虐，猫儿本来就不多，乡亲们经常下药灭鼠，猫误食了死鼠而倒毙在外，一时间，幸存的猫都成了稀有动物。

一远房亲戚来做客，见我家"猫丁"旺盛，便央求带一只小猫回去担当扑灭家中鼠害的重任。看着这一群聪明伶俐的小猫们，心里有些舍不得，碍于情面，我只得忍痛割爱，背着"小黑"，将一只黑白相间的小猫给他带走。接着，邻居们也过来陆陆续续地讨猫儿。最后，仅留下一只黄黑相间的来陪伴它的母亲。可每当"小黑"发现少了一只小猫，它就会为此狂躁地找寻好几天，到处"咪噢"地叫唤，变得寝食不安，毕竟母子情深！但最后看着黄黑相间的小猫还一直跟随着它，也就慢慢不闹了。

玖

三只小猫送人后，我很快就淡忘了它们。

母亲到亲戚家串门，回来后神情激动地告诉我一件事：

亲戚家的门锁着。她从门缝中看见小猫被绳子拴在桌腿上，唤了一声"猫咪"，小猫也许觉得声音熟悉，居然"咪噢"地直叫唤。主人回来后，母亲进屋与亲戚聊天，小猫一见如故，双眼发亮，频摇尾巴，扑上前爬到她的身上，软软的爪子挠她的脚，小嘴不停地舔着她的手，临走之时，居然送到门外，亲热之举，不亚于人类久别后的重逢。

我听后感叹不已，一只尚未成年的小猫，居然对哺养过它的主人如此记恩！猫懂得眷养之恩，人更要懂得感恩。

拾

"小黑"已经九岁，生了七胎，三十多只小猫，可以说子孙满堂，也曾几世同堂过。

在子孙面前，它是一位慈祥的外婆。一家子吃饭很有趣，它总是让儿孙们吃头茬饭，自己静静地在一边等候，待儿孙们吃饱之后，它才凑近饭盆打扫完残羹冷炙，而饭里的小鱼早被小猫们捡光了。

岁月不饶人，也不饶猫，"小黑"渐现老态，走起路来，慵慵懒懒的，夜里再也不出去捉老鼠了，整天懒洋洋地躺着，最喜欢躺在太阳底下。

一茬又一茬的小猫崽长大后已先后送人，身边只剩下一只小黑猫。黑猫是它的奶末头，自幼生得瘦弱，一直没舍得送人。"小黑"也对它格外疼爱。

眼看黑猫长成了毛色油光光的漂亮"小伙子"，家人很是喜欢。可不知什么原因，老猫最近变得古怪起来，吃饭时总是一反常态，自个儿占着饭盆埋头猛吃，不准小猫和它同食。小猫看着眼馋，忍不住厚着脸皮吃几口，母猫就龇牙咧嘴，不时发出"呼呼"的吼声，吓得小猫不敢乱动，有时它用爪子按住小猫的头，只顾自己大嚼大咽。小猫倒也乖顺，只要老猫吓唬一声，或者用爪子挡一下，它就乖乖不动，眼巴巴地望着突然间翻脸不认人的母亲美美地吃着。那模样儿很可怜！

对这种突如其来的母猫强势霸道行径，我感到很困惑：是黑猫嫌儿子长大了仍守着它争食不满意呢？还是猫儿老了变得古怪，忘了骨肉情深？或者知道自己的寿限已到？……

老猫变态的缘由，我至今也没有弄明白。

跋

大一的寒假，我回到家。可母亲伤心地告诉我："'小黑'两个星期前出走了，从此，再也没回来过。"听后，我嗒然若丧。她安慰说："九岁了，那么老的猫，它也许是自己出去寻死。"因为猫有一种特殊的本领，知道自己何时即将寿终，它们决不待在主人家，不想让主人看到，让他们悲伤。自"黑猫警长"离家后，我家再也没有养过家猫，我也因此特别怀念养猫的那一段时间，那可是童年时难得的生活情趣和乐趣。现在，老家的鼠患又卷土重来。每次看望父母时，他们总会提及老鼠的骚扰之苦。于是，我建议不妨再养一只猫，一则消除老家的鼠害，二可排遣寂寞。可母亲总以老屋即将搬迁，而政府安置的商品房既没有庭院也不是砖瓦房，无法安置猫儿等冠冕堂皇的理由予以拒绝。当然，这也是一个非常现实的问题。因此，每回只得作罢。而妻儿对猫则具有一副与生俱来的厌态，我家已无饲养家猫的可能。

　　乡愁，就像一曲古老而又充满温馨的歌谣，每当灯火阑珊、夜深人静之时，它就会似隐似显、忽远忽近地在耳边悄然响起，牵动着我的情怀，促使我尽快回到故乡的怀抱中。

　　故乡是人生的起点。在那里，我度过了难忘的童年、少年时代。故乡的印记已深深地烙在我的心中，不可磨灭。当有了一定的阅历之后，才发现自己与故乡的脐带永远也剪不断。不管你离开多远，故乡就是你胸前的徽章，是深刻在你身上的独特胎记。故乡作为生命中最珍贵的记忆，它的气息无时不在，潜伏在我的内心，并渗透于我的生活，一次次将我唤醒与撩拨。人到中年，与乡土、亲人紧密牵连的乡愁情绪也日益加重。

　　每个人的故乡都有着历史、地理、气候、风俗甚至口音的鲜明特点。这些都会永远沉淀于我们的血液和灵魂之中，全方位地参与对我们的塑造。当我们远离故乡，像一只无名小鸟似的仄身在城市的夹缝里觅食、生存，居住在那被分割得有棱有角的高楼大厦的一隅，感到惶恐和迷惑时，在人生的旅途中，遭遇挫折感到身心交瘁时，最容易频繁想起的就是故乡，只有故乡才能以博大的胸怀宽容地接纳我们，只有故乡才是最好的心灵栖息地。故土情结给人倚靠、温暖的感觉。正应了泰戈尔所说的"无论黄昏把树的影子拉得多长，它总是和根连在一起"。只有我们面对故乡时，才能使自己的心境变得平和下来。

　　每当我背起行囊在外面行走时，就特别喜欢到乡村、古镇去走一走，因为在那里总会有一些故乡的影子———一座座苍老斑驳的石桥，一条条静静流淌着的小河，一只只橹声极富节奏的小划船……无论祠堂、戏台、纺车、水井、池塘、溪流、磨盘、牛棚、菜园、猪栏、田埂还是草垛，这些似曾相识的场景，会常常勾起我对故乡的怀想与眷恋。每当在异地，偶有熟悉的乡音在我的耳畔飘过时，总会感到特别地亲切，情不自禁地驻足，四处探寻和辨认声音的来源和方向。

　　阅读席慕蓉的《乡愁》———"故乡的歌是一支清远的笛，总在有月亮的晚上响起，故乡的面貌却是一种模糊的怅惘，仿佛雾里的挥手别离。离别后，乡愁是一棵没有年轮的树，永不老去。"那是一种诗意的乡愁，一种文化的乡愁。就会让人不知不觉地产生一种对乡愁的认同感。而余光中老先生的《乡愁》短诗，读来更是令人震撼，那是全体中国人共有的思乡曲。诗中把"小时候""长大后""后来啊""而现在"四个时序像一条红线贯串起来，并概括了诗人漫长的生活历程和对故土的绵绵怀念，提炼出邮票、船票、坟墓、海峡四个广远的时空意象，从而有张力地诱发读者多方面的联想。阅罢诗歌，不由得使人联想翩翩，潜然泪下，可以说，诗人笔下的乡愁情感打动了无数在外游子思乡的心。1962年，于右任先生栖居台湾，写了著名诗篇《望大陆》，抒发的则是"身心系家国型乡愁"："葬我于高山之上兮，望我大陆，大陆不可见兮，只有痛哭！葬我于高山之上兮，望我故乡，故乡不可见兮，永不能忘。天苍苍，野茫茫，山之上，国有殇。"如此心系家园、奢望精神安慰、精神国殇式的乡愁，其境界的殊异、阔大，还能有哪种乡愁可与之比肩？

在我看来，乡愁每时每刻都存在于人们的心中。尤以中国的传统节日为甚。清明节的扫墓大军，车水马龙，浩浩荡荡；中秋节，全家团圆在一起，赏秋月品月饼，其乐融融；尤其到了春节，无论是飞黄腾达还是正风雨飘摇的，这些独在异乡为异客的客居者无不归心似箭。平时，一些人为了生计，不得不背井离乡，拎起行李毫不迟疑地在外辗转打拼，但一到年关，不管带有愤怒、失落还是欣慰、温馨等等不同的生活表情，都会抑制不住人们沸腾的一片归心。特别在南方的春运期间，像人类大迁徙那样，返乡高峰，一票难求，人们彻夜排队，就是期盼着能早日回到亲人的身边，候鸟般地返回久违的故乡，叙叙旧事，听听乡音，享受短暂的轻松、快乐和幸福，那无疑就是乡愁在心底里无声的召唤。

在大多数人们的心目中，都把回家看作是一次心情修复的机会，是倦鸟归林，乐而思蜀的一次心灵栖息。"回家多好呀！"美国哲学家威廉·詹姆斯在临终前曾这样感叹过。他离开美国本土，一生都游历在欧洲，但一切荣誉和任何成就最终都没有能代替他心中日思夜想的家。他是回家了，但就在轮船快要靠岸的时候，他还是倒下去，倒在他对于家的梦想之中……家，对于人类来说，当然是我们永远避风的港湾，是牵系我们这只漂泊风筝的双手，是一个人生命最深处的怀想和留恋了。

前几天，父母的一个电话把我从现实中拉了回来，说老屋即将腾空，划归永昌堡管委会。放下电话，一种回家的强烈念想立即袭来，促使我毅然撂下手头正在做的事情，随手操起数码相机，立马踏上去往故乡的路。交通的飞速发展，很快拉近了故乡的距离，不过个把时辰，已到家中。

父母外出不在，于是干脆先绕着古堡去走一走，感觉一下故乡的变化，可一路步行下来，却有一种陌生感与是非感，故乡的景色不再自然纯真，古朴恬静，一切都在不知不觉中随着时光流逝而消失了，很难辨认出当年的痕迹：清澈的小河变得浑浊不堪；沙石路面则被改造成清一色的大理石；一些精致漂亮的小楼在平房中冒出来，显得不伦不类；进进出出均是清一色的小汽车、摩托车。而一些熟悉的面孔也随着时间老去而消逝，儿时的朋友已经大部分迁出了村庄。路上，与一些半生不熟的人解释回来的动机总是词不达意辛苦费力，遇上不认识的新人，总是用戒备怀疑的目光打量着我。

慢慢地行至北门，一群上了年纪的老人正窝聚在背风向阳的城墙角，兴致勃勃地聊着天，享受着冬日特有的暖阳，他们的脸上洋溢着晚年生活的幸福感和安逸感。城门下，终于看到一样久违亲切的东西：烧饼，虽然价格已由当年的几分涨至一元，但酥脆依然，滋味依旧，品尝起来更加怀旧，烧饼的香气也唤醒了我童年的记忆。更意想不到的是，在跨出北门的一条小巷的深处，居然还有一位戴着口罩、佝偻着腰的弹棉老师傅在逼仄的房间里费力地弹着棉絮，全身沾满了棉花屑，一片花白，他将弹弓吊在胸前，用木槌击打着牛筋，发出"嗵嗵嗵"的悦耳声。我驻足欣赏着老人娴熟的动作，这一切使我重温过去的美好，仿佛又回到了那个令人难忘的童年时代。

最后，我决定沿城墙一圈，贴近感觉它的体温、体味和心跳。城墙完好，城堞整齐，城楼高耸，尤其是北门的城墙已修葺一新，东门广场的绿化、护城河的建设也初具规模。由此可见，故乡还是幸运的，在有识之士的长期呼吁下，政府部门终于重视故乡的保护工作，重修古堡一直在有条不紊地进行，一些古民居被相继得以修缮……

回到老家，已是傍晚时分。父母一边做饭，一边打开话匣子，与我唠叨着家乡的诸多变化——某家的子女新娶嫁了，某位我熟知的老人已辞别人世，某某邻居搬迁至其他地方……待在家里，尽管外面已是寒风凛冽，但我的内心却是分外的温暖。这时，我才发现一旦走近故乡时，尽管时过境迁，与它产生了一定的距离与陌生感，但作为生于斯、长于斯的地方，一切依然是那么的亲切。

无论游子在何方，总是永远牵挂着远方的故乡，乡愁已成为庇护人们情感和维系生命的寄托。不久的将来，父母也将迁至政府规划建造的安置房，可以肯定地说，自己回故乡的机会将会日益减少。但离故土越远越久，思乡的情绪就会越深。科学进步，世事变迁，文化融合，地球正在变得越来越小，物质越繁荣，心灵越悬浮，但乡愁却在与日俱增。故乡在我心中已是一个无可替代的坐标系和精神家园，我随时都会回来的。

故乡总是令人心驰神往，那田园牧歌式的乡村童年生活可以让人们编织出一个个美丽的故事。在每个人的一生中，童年是最值得回味的，因而故乡也总是最可爱的。我老家的那条弄堂就是我记忆中最珍贵的一部分。

我的故乡坐落在浙南的一个小村庄。确切地说，那是一座古老的城堡，建于1558年（明嘉靖三十七年）。整个乡村至今仍然保留着十几幢明清古民居。村里最具特色的便是分布着的一条条长长短短、曲曲折折的弄堂。御史巷、圣旨门巷、巡检司巷、文士巷、贤望巷……这些耳熟能详的弄堂名听起来朗朗上口、悦耳动听，充满了厚重的历史文化味，也包含着一个个说不完、道不尽的故事。在我的记忆中，小时候，故乡地域空间最有味的就是这些逼仄而幽深的弄堂了，可以说，它是江南文化的浓缩。至今，我仍有排遣不掉的弄堂情结。

从一座蛙形的古石桥下来，拐过十几步，便进入了我家所在的弄堂。弄堂口从大河埠头起始，止于六角形的公用水井。当时，整条弄堂的地面全部是清一色的横铺青石板。出了弄堂底，便是一片片纵横交错、一望无际的稻田和菜园。弄堂不过一百多米，东西走向，道路呈不规则形，前宽后窄，最宽处不过四米有余，最窄段仅有二米之距。弄堂两边各有一条小沟渠，渠底长满了各式各样的水草，清澈的水终年潺潺地流淌着，偶尔还可看到活蹦乱跳的小鱼儿在里面游弋着，初夏时还会游动着惹人喜爱的小蝌蚪。两条沟渠从西往东方向从田地里蜿蜒流去，最后汇入温瑞塘河的支流中。弄堂的两边皆是一些古老的建筑，大都为青砖黑瓦马头墙，显得古色古香。我家老屋位于弄堂口（明代古建筑：王德故居），弄堂底为明代状元府第，这是一座已经衰败、成为居民大杂院的宅子。在这些老屋的横梁上，时时可见燕子衔泥飞来飞去，忙碌地筑窝。弄堂建于何年，无处考证。悠久的历史那是毋庸置疑，因在明代万历二十六年（1598），这里曾经走出一位"三元及第"的武状元王名世，因而便名副其实地以"状元里"而冠名。

弄堂虽然只有几十户均为王姓的人家所居住，但却是一个人气聚集的地方。这里，冬天避风，夏日阴凉，孩子们一有空，总喜欢聚集在弄堂里玩游戏，既安全又开心。如今，这里还仿佛回荡着我们当年粗劣、放肆的呼喊声、打闹声。

记忆中，我儿时与该弄堂朝夕相处。一天到晚，在此可以随时看到扑棱着翅膀、满地奔跑和啄食的鸡；小河里欢畅游动、嘎嘎叫着的鸭群；自由奔跑、对行人熟视无睹、被乡亲们豢养的家犬；还能不时听到猪舍里家猪的哼唧声；偶尔可见一头耕牛，轻轻地摇晃着尖尖的脸颊，甩着尾巴，在披蓑戴笠的乡亲的鞭子下，吼出了几声细微的音调，穿过弄堂，悠悠地朝田野深处走去。鸡犬耕牛、悠悠的流水、石板路、青砖黑瓦马头墙，自然天趣、动静相宜地组成了一幅充满诗情画意的乡村风情画。

弄堂虽小，却是乡亲们联络感情的纽带，也成了我一年四季里嬉戏玩耍离不开的场所，在这里，曾经留下了我少年时代磨灭不掉的痕迹和美好的回忆。

当鹧鸪清脆和悠扬的啼鸣声开始细数着春天时，我就会约上一群伙伴，走入弄堂口深处的一片杂树林里。对我们来说，这里是一个奇异的空间。里面有知了鸣唱、蚯蚓爬行、喜鹊亮嗓、蜘蛛结网……我们掀开瓦砾堆、石缝捉蟋蟀，还常常在树林的草丛里逮蚱蜢，蚱蜢通常呈桶状身材，总是习惯趴在草丛中或树叶上，由于与树叶相同的颜色，而且警惕性很高，往往要费很大的劲才能找到。于是，几个伙伴在四周围成一圈，将蚱蜢合力往中间赶，这样就可轻而易举地逮住它们。为了使蚱蜢乖乖地成为战利品，伙伴们经常残忍地把它们的一只腿拧下来，让它们无法正常进行跳跃而逃走。

进入酷夏，烈日火烧火燎地炙烤着大地，憋闷得人们往往喘不过气来，那时没有空调、电风扇等乘凉设备，乡亲们只能用非常原始的方法来应付酷热。午后时光，倚河而居的孩子们纷纷从家里出来，经过弄堂，齐聚在河埠头，随意捡起路边的小石子、瓦片，玩起打水漂游戏来。玩腻了，就开始泼水嬉戏。小伙伴们蹲在河埠头，双手使劲地撩起一汪汪的河水，奋力泼向其他人，直至把对方搞得全身湿漉漉才作罢。而大人们在结束了一天的田间劳作之后，身背晚霞的余晖，把草帽、满是汗渍的衬衫，扬手丢在河埠头，挽起裤腿，赤脚钻进温热的水中，洗一洗满是汗水的脸，再洗掉两脚泥土。晚饭后，待碗筷收拾完毕，挨家挨户几乎倾巢出动，纷纷搬出竹床、竹椅等乘凉工具，并自备桌椅。男人们喜欢在弄堂中找一个通风的地方，在昏暗的路灯下弈棋打牌；女人们则扎堆在一起，边做针线活边闲聊家常；老人们往往选择靠在竹椅上，借着弄堂吹来的习习凉风，聊过去的事；孩子们则聚集在一起商量着去捉萤火虫。萤火虫总是一闪一闪地，东一点，西一点，发出微弱而诱人的光，在弄堂里的丝瓜藤蔓上或河岸的石缝里到处飞舞着。这时，孩子们就不由分说地夺过大人手中的蒲扇，扑打着萤火虫，当它一落地，便手疾眼快地捡起来，装在玻璃瓶里。一会儿，就"战果"累累，小玻璃瓶也成了我们手中的一只只"手电筒"。而在弄堂里疯跑，相互追逐着，则是我们孩子最爱玩的游戏。

夏去秋来，则是各种悠扬的叫卖声最集中的时间，爆米花、麦芽糖、糖炒栗子的挑担会陆陆续续地出现在弄堂里。商贩们的吆喝声此起彼伏地响起时，总会吸引着孩子们的目光。大家常常围在商贩旁看热闹，久久不愿离开，直至家长完全满足了他们的要求为止。在弄堂里玩累了，孩子们便将活动范围扩大到弄堂外，跟着大人们出了弄堂到菜园里挖番薯、在稻田里捡稻穗。最多就是跟着他们到尚未播种冬小麦的田地里挖野生泥鳅。用镢头掘开麦茬还遗留的自留地，往往会有意想不到的收获。秋天的泥鳅最肥，将这些肥硕浑圆的泥鳅带回家，经大人烹制起来，则是一顿难得的美味佳肴。进入深秋，弄堂两边的棕榈树结满了黄灿灿的果实，孩子们攀爬上去，将果实一瓣一瓣地摘下来，对垒的双方开始互相攻击，玩起了别开生面的"棕榈仗"，他们把棕榈籽当武器用，直到把对方打得抬不起头来才肯罢休。

乡村的冬季特别寒冷，铁环、陀螺成了我们御寒的主流玩具。无论滚铁环、打陀螺，只要谁持续的时间长，就算谁赢得比赛。滚铁环时，我们往往从弄堂口至弄堂底反复地滚动着，因为逼仄狭长的弄堂只能容纳两人比赛，而其他人则充当起啦啦队的角色，在后面大声地呐喊助威。玩得最多的游戏是打陀螺，我们往往把陀螺涂成彩色，旋转起来好看极了。后来，我们还搞陀螺对抗，一鞭子抽下去，让两个人的陀螺撞在一起，看谁的不被"撞死"，这样下来，经常搞得全身发热而不再畏惧严寒。而一场纷飞的大雪之后，孩子们纷纷在弄堂里玩起雪来，堆雪人、打雪仗，玩得不亦乐乎，他们边堆雪人，边经常用攥起来的雪球冷不丁打其他伙伴的脸或塞进脖颈里找乐，闹成一团，那就是我们最快乐的时光了。往往只有在大人的不断催促下，孩子们才快快地离开。

孩提时的冬天，我最喜欢听夜晚的敲梆声。据说，古来凡是有城池的地方，就有敲梆打更的习俗。旧时，故乡敲梆时间从每年的农历十月初一至腊月二十四，那正值入冬之后，农作物收成完毕，天干物燥之时。古城内，房子多为木质结构，民房相邻而建，密集而居中，打更敲梆的重要性由此体现。在过去的年代，这对乡亲们的防火防盗起到了很大的作用。在冬夜晚间的几个时段，不管刮风下雨，在古堡中，总会听到敲梆人那时长时短的"哪哪"声穿过弄堂，由远而近，再由近至远，一声声，一阵阵，划破了深夜的阒寂，悠远深长地响彻在这片宁静而古老的土地上。敲梆声的特点是徐缓，而且当中还必有段间歇——有时还挺长。这种极具怀念韵味的意象所构筑的画面回忆起来，依然历历在目。只是随着时代的变迁，现在的民俗和民风发生了很大的变化，这个古老的习俗没有沿袭至今，梆声不再，让人怀恋。

我想，大凡过去生长在江南的孩子都会有如此难忘的经历。我无法去评价弄堂文化的好坏，但日后不管他们到天南地北，长大后在叙说自己的往事时，总会提及江南弄堂的趣闻逸事。

屈指一算，离开老家已有二十多载，如今，我也一次又一次地回到了故乡。可是在那里，却明显看到了时间流逝的痕迹和翻天覆地的变化，其中也夹杂着陌生与疏远。由于水质的污染，河埠头、水井早已废弃不用；弄堂的小沟渠被填埋成道路；坚硬的水泥路替代了原先很有韵味的青石板路；弄堂两边的老房子间相继冒出了一幢幢崭新的楼房；随着永昌古堡的保护修缮，弄堂底的明代建筑——二进四厢合院式的状元府第已完全腾空，并被修葺一新，成了一个供游客参观的旅游景点，不少乡亲也搬迁至政府部门所提供的商品安置房。每当我经过熟悉的弄堂时，路上总会邂逅一些陌生的面孔。而在父母那里，则时常会听到我所熟悉的长辈过世的消息，使人倍感悲伤，不由感叹时光的无情流逝。

多年来，出于种种原因，离家后，我也渐渐地与儿时的伙伴们失去了联系。可在城市的我，却常常想到他们，斗转星移，一切变化太大了。一次，回家探望父母时，没想到，居然在弄堂口遇到我儿时一位形影不离的玩伴，高中毕业后，他依然选择待在家乡。现在，他和爱人经营着一家理发店，生意显得不温不火。可我们寒暄了一阵，却感到索然寡味，彼此间已没有了以前的默契，很难深入地攀谈下去，便匆匆地分了手。事实上，时间的流逝，使我们之间产生了相当的隔膜，显得前所未有的疏远，再也无法重温童年时的情趣，捕捉少年时代的欢乐，也许这就是大多数人成年后的悲哀。

如今，生活在城市里，高楼大厦、封闭的围墙、厚厚的防盗门、双层的隔音玻璃窗……家家户户封闭自守，鲜有来往，缺少了当年弥漫在乡村邻里间那种亲切温暖的气氛，每念及此，我总是怅然若失。我虔诚地希望，现在的孩子，能像我们童年时代在弄堂里嬉戏玩耍时那童稚纯朴、无忧无虑的伙伴关系一样，在他们往后的悠悠岁月里能留下充满温馨的回味，但这也许仅仅是我难得的奢望和一厢情愿的祝福罢了。

　　孩提时，台历撕过"冬至"以后，意味着将进入年关，南方的孩子就会知道，真正的冬天已经开始，而他们所期盼下雪的日子也即将临近。

　　通常在一个特别寒冷的下午，没有阳光，天空开始阴沉下来，泛着点白光，没有一丝风，坐在四壁透风的教室里，全身冷如冰窖，双脚都冻得快要麻木了，可我们却充满着对雪到来的期待。放学铃声一响，大家随手抄起书包，从教室一涌而出，一路大声地呼叫着，追逐着。一会儿，果然下起了窸窸窣窣的雪籽，打落在身上、头顶，痒痒的、冰冰的，有时还会倏地钻进脖颈里去，用手去抓，却已杳无踪迹。紧接着，晶莹剔透的雪花就开始无声无息地斜刺里飘落。行人的头顶、肩膀很快栖息了点点的雪花。"瑞雪兆丰年"，在乡亲们看来，下雪可是个好兆头，雪越大，越象征着来年将会带来好运。尤其是年关将近，大雪总是能适时而至。雪花在空中作诗意的飞扬，与远处零星的炮仗声一起渲染出几分童话的意味，让乡村更加美丽迷人。

　　到了傍晚，一出门，外面已是一片雪白的世界，屋顶、门台、瓦楞、地面、树梢上都静静地覆盖了一层层的雪，积出不同的形状和厚度，洁白的雪把天空映衬得又白又亮，仿佛白昼一样，而雪花已不像开始那样旋转飞舞，变得不紧不慢了。这时，我总是按捺不住内心的冲动，呼朋引伴，相约他们跑到雪地里去嬉戏。因为雪地雪景总是孩子们欢乐的天堂：堆雪人、打雪仗、滚雪球……堆雪人是我们小时候最爱玩的雪上游戏。可要堆好一个雪人却是一件颇不容易的事情，一般要几个人合作才行。大家先堆好腿部，再是胸部、双手，最后才堆脸部，在脸部塞了点装饰性的小物品分别做眼睛、鼻子、嘴巴、耳朵等，再戴顶帽子，就是一个活脱脱的雪人了，它们显得非常温顺而又憨态可掬。而打雪仗自然是人愈多，玩得愈兴奋，大家抄起一把湿漉漉的雪，攥成雪球作"子弹"，互相抛砸撒欢，乐不可支地在雪地里追逐打闹；不一会儿，雪很快钻进了大家的手套、鞋子里，甚至滑进衣服里，化成了水，冻得个个直打哆嗦。而一些调皮的伙伴则乘别人玩耍之际，偷偷将雪球塞进他人的后颈部，弄得他们非得脱掉外衣，弯腰取出雪球才作罢。伴雪欢娱，乐不思归，直到天快黑时，从远处传来了大人们一阵阵的呼唤声，一个个孩子才悻悻然作鸟兽散。

雪天里，乡村最热闹的地方该是稻田了。顺着细小的爪印走，野鸡会扑喇喇在眼前飞起，五彩的羽毛宛如飞闪的精灵，狗儿也在田垄间不甘落后地追逐嬉戏。这时候，孩子们会兴致盎然地玩起了雪中套鸟的游戏——在田地中央一块小小的空地，扫掉积雪，一个圆圆的箩筐，拿根小木棍半支起来。箩筐底下撒上一把谷子，引诱麻雀来啄食。一群小伙伴蹲伏在田埂边，拉紧绳子，屏住呼吸，瞅着空地的动静，静静地守候着麻雀自投罗网。待众多麻雀啄得正酣时，猛地一拽绳子，麻雀顿时被扣在箩筐里，成为瓮中之鳖，一串串捆绑起来，带回家经大人们一烹饪，则是一顿难得的美餐。少年的我，常常欢欣于这种游戏所带来的欢乐。

在我的记忆中，故乡的雪往往是连绵不断的小雪，无声地落了一夜，雪停的早晨就显得特别安静。为了防止积雪融化后把道路弄得泥泞不堪，每户人家一早起来，都会自发去清扫门前道路上的积雪，因此，传过来的沙沙声都非常清晰。好多年以后，这沙沙声还时常在耳，每当忆起就觉得世间是这样安详，而心中又会生出无限的温暖。

江南的冰雪美丽却短暂，而大雪消融的日子是寒冷的。雪霁初晴，屋檐上挂着的晶体融化后的水珠滴滴答答有节奏地轻敲在地面，虽刺骨逼人，但却显示出冬日别样的一种温馨。那时，我喜欢坐在厨房间的柴仓凳上，帮着父母干活，边拉风箱边往灶膛里不时地添柴火，这样就可以在寒冷的雪天里达到御寒的目的。有时，我会拣几只体形瘦长的小地瓜埋进已燃尽的灶膛灰里，慢悠悠地煨，煨地瓜当时是很受我们这些不谙厨事的孩子青睐。半晌时间，我和哥哥便相继从黑乎乎的灶灰里扒出软软的、焦黑的煨地瓜来。捧在手里，剥皮后，津津有味地吃着，这样"煨"出来的地瓜，不仅瓤儿黄亮、浓稠，而且味道甜软可口，往往使人感受到温馨的氛围，寻得别样的情趣。当然，这样一种简捷拙朴的吃法，在白雪皑皑的冬日里更加飘荡出浓浓的乡风，品味出甜甜的乡情。

前些日子，读到明代学者张岱的传世之作——《湖心亭看雪》，文曰："大雪三日，湖中人鸟声俱绝。……雾凇沆砀，天与云与山与水，上下一白……到亭上，有两人铺毡对坐，一童子烧酒炉正沸。见余，大喜曰：'湖中焉得更有此人！'拉余同饮。余强饮三大白而别……"在这样大雪冰封、万籁俱静的夜里，作者一人坐船独往西湖中心小岛的亭子里赏雪，然而，令他意想不到的是，亭上竟然还有如此志同道合的知音，天涯遇知音的愉悦也化解了他心中的淡淡愁绪。于是应邀坐下同饮。大雪纷飞中，边赏雪景边与知音饮酒同乐，那无疑是一件可遇不可求的事情。

说到真正的雪景，是我去了号称"中国雪乡"的黑龙江海林双峰林场后，算充分领略和感受到雪的魅力，那才是当之无愧的大雪！整个大地笼罩在和谐的银白色之中，积雪厚达一米多深，可及游人的腰部。踏着松软的积雪，面对一个冰清玉洁的童话世界和一个真正的世外桃源，所有的人都会情不自禁地变得童心未泯了。

故乡的雪景与之相比，自然是"小巫见大巫"，但在我的眼里，毕竟北方的大雪对于南方人来说是遥不可及的。在故乡的冬日里，只要有雪做伴，哪怕是一场小小的雪，就应当知足了，下雪的日子现在回忆起来依然是美好和温馨的。

随着全球气候的逐渐变暖，故乡的雪景已成过去，堆雪人的日子也成了儿时的回忆，"大雪三日，上下一白"几乎成了童话，过去一年一年的白雪赋予我们的童年是欢乐而惊奇。现在身处江南地区，下雪已成了一种莫大的奢侈。而雪天则只有到记忆中去寻觅了。只是时光如梭，我们的记忆又能留住多少逝去的美丽呢？

在乡村的记忆中，晒谷场是我心目中不可忘却的欢乐园，它不但承载着过去人们丰收的喜悦，也荡漾着我童年、少年时代的诸多快乐和梦想。

过去，晒谷场就是乡亲们心目中休闲娱乐的文化广场，也是村里一个热闹的去处。收割季节的忙碌自不必说，平时村里开大会，晒谷场就变成了一个露天会场，密密麻麻，挤满了人，充斥着刺耳尖锐的高音喇叭声；有时谁家遇到宴请喜事，家中酒席摆不下，往往就在附近的晒谷场上增加几桌，乡亲在一起无拘无束地觥筹交错，毫无规矩的羁绊，充满了一派浓酽的乡情；而一年一度的物资交流会，晒谷场就成了乡人约定俗成的贸易场所。一大早，各地的商贩们会自发地从远道赶来，一个个临时性的商品摊位就搭建在此。此时的晒谷场上人声鼎沸，摩肩接踵，俨然成了名副其实的开放式"乡村超市"。当然，最热闹莫过于放映队进村放露天电影，也都选择在规模较大的晒谷场上进行。那份热闹、那份喜庆，甚至超过了乡村过大年。

对乡亲们而言，看露天电影是过去最重要的文化娱乐活动。可一年之中，能观看到露天电影的机会寥若晨星。电影幕布通常临时搭建在晒谷场的尽头，两根竹竿、一块宽大的白色幕布、一台放映机就构成了放电影的所有元素。天刚黑，高高悬挂着的几盏煤汽灯将整个晒谷场照射得如同白昼一样，这时，晒谷场上已经挤满了人，黑压压的一大片，显得乱哄哄的，每个人的脸上都充满着兴奋和期盼。直到电影放映后，嘈杂的声音才开始安静下来，大家全都屏声息气，全神贯注地盯着银幕。随着剧情的发展，全场就会不时地爆发出一阵忘乎所以的笑声，或引起一阵情不自禁的欷歔。电影一结束，人们就很快一哄而散，手电筒的光线四处乱射，人影在黑暗中往各个方向蜿蜒游动，一会儿，晒谷场便变得空无一人，到处是垃圾，一片狼藉。

旧时在农村，晒谷场通常成为乡亲们晾晒粮食的主要天然场所，偶尔也晒一下豆类、花生、番薯干乃至柴草诸物。而摊晒粮食则是农村中不可或缺的一件大事。每年稻谷收成后，挨家挨户都要充分翻晒，并经风车的去伪存真，扬弃瘪谷后方可归囤贮藏。中午时分，待晒谷场上的露水渍蒸发完毕，女人们就用笤帚开始清扫地上的沙土。男人们在田地里完成人工打稻后，便挑来圆实饱满而湿润的新鲜稻谷，倾倒在晒谷场上。女人们拿着带耙齿的竹耙，把稻谷一层一层均匀地摊开。渐渐地，晒谷场变成了黄澄澄的一片。每隔上一段时间，大人们就会把稻谷翻晒一遍，以保证稻谷都能得到阳光的充足照射。于是被占领了游戏阵地的孩子们不甘寂寞，开始在晒谷场边转悠，乘大人们不注意时，会偷偷地拿出竹耙，模仿着他们的样子，在地上一推一拉。可是，在大人们看来，这是在帮倒忙，他们还得重新把孩子们耙得厚薄不匀的稻谷翻一翻才行。

酷夏，烈日与暴雨常交替进行，雨往往来得猝不及防，这让晒稻谷的人们感到非常地烦恼。因此，乡亲们最紧张的莫过于得注意雨水的突袭。他们早已学会了看云识天气的本领。若天色突然变暗，乌云密布，压顶而来，风由热变冷，那十有八九必有降水。于是，大家大呼小叫，相互提醒，开始忙碌不迭地去收稻谷。经过紧张的抢收，总能在大雨倾降之前将稻谷装入箩筐并用塑料雨具及稻草遮掩，待雨过天晴再来晾晒。可有时一天中天气会反复多次，累得人们往往筋疲力尽，苦不堪言。当然，最可怕的是天上阳光灿烂，毫无征兆，却突然下起了瓢泼大雨，令人措手不及。因此，只能全家齐上阵，有人用耙趟收拢，有人用笤帚去抢扫，有人用畚箕倒入箩筐，可无论人们如何争分夺秒，稻谷仍然不可避免被雨水淋湿，只得重新晾晒干燥，否则稻谷就有发芽之虞。

在乡村孩子的眼里，晒谷场还是他们消遣时光的游乐场。只要晒谷场上没有晒粮食，每天放学后，孩子们就会陆续从家里出来，汇聚到晒谷场上玩耍，跳绳、老鹰抓小鸡、打陀螺、滚铁环等都是他们喜欢的游戏。直至傍晚时分，父母亲过来叫唤多次，孩子们才会极不情愿地跟随着大人回家。夏天的晚上，晒谷场又成了村庄的公共空间。饭后，大人们各自带着凳椅，手提茶壶，陆陆续续地从家里出来，孩子们则尾随其后，不约而同直奔晒谷场纳凉。晒谷场上，大家"济济一堂"。大人们开始三三两两围在一起，边摇扇子边拉家常。孩子们则偎依在大人的身旁，缠着他们要求讲故事。起初孩子们还能洗耳恭听，可是，一会儿便会感到腻烦起来，起身在晒谷场上跑来跑去，互相嬉闹追逐着。明亮的月色下，他们玩跳房子、捉迷藏等游戏，并乐此不疲，直到最后累了熟睡在大人的身旁。

时过境迁，如今，晒谷场已逐渐淡出了人们的视野，随着农村城镇化建设的推进，一幢幢漂亮的商品房在原址上拔地而起，而一些小型的晒谷场由于长期荒芜，则显得破烂不堪，杂草丛生，使人不免百感交集，也更激起了人们对过去乡村美好时光的留恋和追忆。

　　离开故乡将近二十年，随着岁月的流逝，许多事情早已淡忘了，唯有那条终年流淌着、波光粼粼的小河却时常浮现在我的眼前，令我"魂牵梦萦"。

　　出了老屋的大门，不出几步，一条蜿蜒曲折的小河就横亘在眼前。小河发源于十里开外植被丰富的大罗山脉，它绕过山道，流经各个乡村，逶迤向北，注入温瑞塘河的支流中，最后汇聚于母亲河瓯江。一直以来，小河是乡亲们赖以生存的生命之河，它与每个人都须臾不可离。除了洗濯、运输、浇溉功能外，还提供了丰富的河鲜。

　　晨曦微露时，经过一夜的沉淀，河水显得恬静清澈，男人们争先恐后地到河边挑水，直至把自家的水缸贮满。妇女们则在河埠头忙碌着洗菜、淘米、濯衣。而在酷夏干旱时节，乡亲们常用抽水机将河水引灌到田地中，为水稻的生长提供必要的水分。

　　从记事起，我就与小河一直休戚相关，保持着"亲密接触"。我几乎天天都要从小河前经过。入学后，每天上学、放学，我和河平行着一路到学校，又平行着一路回家。潺潺的流水声也一直伴随着我完成了中小学的学业。放学途中，我和同学经常结伴到河边，分头拣选大小适中的薄瓦片，玩起了打水漂游戏——比谁的贴着水面飞得远，起落跳跃的次数多。同学们每次用力把瓦片撇出去，瓦片就像长了脚似的紧贴水面噌噌噌地往前跳，水花涟漪，向四周飞溅，直到很远的地方才沉没下去。

　　小时候，娱乐项目不多。河边抓蜻蜓成了我儿时的一种乐趣。蜻蜓时常停歇在河岸石缝里长出的刺梅上面，吸引着我们的目光。抓蜻蜓时，我和伙伴往往进行"分工协作"——一人趴在河岸边，另一人则必须紧紧地抱住他的双腿。趴着的人要小心翼翼地伸手去逮。因为抓蜻蜓很危险，一不小心，就有可能栽进河里。而蜻蜓则机灵得很，稍有动静，就会迅速飞走，让你扑了个空，常常不能得手。当时，一种叫斗"蚱蜢孙孙"的游戏也很受孩子们的欢迎，这种被乡亲们俗称为"蚱蜢孙孙"的绿色植物往往长在一些大河埠头边，大家摘下来后，剥去外皮，让里头的筋交在一起，然后去拉，看谁的叶片先落下来了，谁就得认输，不服输的再去摘，继续缠着别人玩。

我们与塘河近距离的接触当在夏天。一到盛夏，河道里一眼望去都是游泳的人们，密密麻麻，显得特别热闹。伙伴们在水中闹腾够了，就会从家中拿来脸盆，开始捉鱼虾摸螺蛳河蚌，还有的去捉河蟹。这时，人往往半潜入水中，将脸盆托在手里，沿着河岸一路摸去，往洞穴、石缝里一抓，往往可抓出一大把一大把，最常见的是螺蛳，还有河蚌。味道鲜美的河蚌，扁扁的壳往往呈深黑色，上面有着一圈圈年轮式的纹理。一会儿，脸盆中就盛满了螺蛳、河蚌和鱼虾等"战利品"。在洞穴中，有时也会遇到河蟹，那河蟹很凶，你捉它，它就会张开双螯跟你对抗，一旦钳着你的指头，哪怕是螯折断也不肯松开，钳得你钻心地痛。于是，我们只要捕获到河蟹，就马上用细的麻绳将它五花大绑。放在锅里一煮，来个以牙还牙大饱口福。摸来的螺蛳，则先得放在水里清养上一个晚上，待其吐净胃肠的泥沙后，乡亲们就用针线一一挑出螺蛳肉。至于河蚌，得用刀剖开蚌壳，取出肥厚的蚌肉，洗净后，才可以下锅鲜炒。

在河边，最有意思的当数看鸬鹚捉鱼。一般都是两只船，一船八只鸬鹚，有时也会有三四只。它们浑身漆黑，排成阵势，伫立在船舷上，凝视梭巡水面，整装待发。只要听到打鱼人敲击船板，挥动竹篙，发出出征令后，这些训练有素的鸬鹚就会收紧双翅，绷直双脚，凌空一个猛子扎入水中，眨眼工夫，有的就叼了一条鱼上来。打鱼人解开鸬鹚脖子上的金属箍（鸬鹚脖子上都有一道箍，以防止它把逮到的鱼吞下去），把鱼扔进船里，奖给它一条小鱼，以激起其连续"工作"的动力，它又会心甘情愿地转身跳进河里。有时，两只鸬鹚会合力抬起一条大鱼上来，鱼尚在挣扎中，打鱼人已经手疾眼快地一把捞住了，看得岸边的人欢声雷动。但司空见惯的打鱼人却显得十分冷静，不动声色。在一个地方捕捉得差不多时，打鱼人便会将船只划到其他地方继续进行"作业"。

在计划经济年代，商品都要实行"凭票定额供应"，籴米也不例外。我家得去几公里远的永中粮管所籴米。如果去挑，父亲凭一人之力只能挑回一担米，每趟还得花上半天的时间。当时，家乡水路发达，每次籴米前，父亲总是从邻居家借来小划船，载着我，沿着狭窄的塘河支流，一直划到粮管所前的河运码头。一路上，划动的船桨发出"咿呀"、"咿呀"的声音，搅得清清的河水泛起阵阵的波纹，沿岸的风景尽收眼底，父亲和我可以从慢悠悠的"水路游"中享受到别样的乐趣。在粮管所，父亲往往一口气籴了好几担米，顺便到附近的永中供销社捎回一些生活必需品，这样，就可以通过小划船一次性地运到家中，从而解决了全家人近一个月的日常生活所需。

可有时，小河也不总是那么的温驯，亦有发怒的时候，每年台风季节或遭到特大暴雨的袭击，一夜之间河水猛涨，所有的道路几乎都被水淹没了，大水往往漫至人家的庭院中甚至于一楼，只有那一座座露出水面的桥顶还在向人们标示着河道的位置，大水浸泡了一两天后，水位才会渐渐消退。可这却是孩子们最开心的时候了，他们挽起裤腿，赤脚在没膝的小巷中玩起了蹚水的游戏，从这头蹚到那头，又从那头再蹚到这头，还常常瞒着家长，偷偷地从家中掏出各种工具去河边捞鱼虾，钓水蛇，玩得不亦乐乎。而大人们得忙碌着去清理堆积在庭院中的大量淤泥和垃圾。

如今，家乡日益繁华热闹，可小河却再也没有了儿时的韵味，河道淤塞变窄了，露出的河床到处是垃圾，因生态恶化，水质遭受到毁灭性的破坏，鱼虾绝迹，河面上漂浮的尽是污物，河水浓稠腥臭，很难看到往来的船只……小河已失去了江南水乡往日自然的情韵，虽然政府部门也在不断加大疏浚整治的力度，但何时能恢复其原来清秀的面容？对此，我有些茫然。

说到露天电影，脑海中关于童年的大半记忆一下子变得鲜活起来，一片空旷的场地、两根竹竿、一块十几米见方的黑边白色幕布、一台老式的放映机、一对音质粗糙的音箱、一群渴望娱乐的人们，构成了露天电影的全部。随着老式放映机"咔嗒"一声响，两盘胶片慢慢地转动起来，淡蓝色的光束从放映机直射到白色幕布上，鲜活的画面瞬间显现，嘈杂的人群顿时安静下来，伴随着剧情的发展，或欢欣鼓舞，或黯然神伤。

儿时在农村，文化活动单调，看电影几乎成为人们唯一的娱乐方式和精神排遣，也成了乡亲们共同期盼的一件大事。可作为乡村文化盛宴的露天电影不常有，往往只有一些家境富裕的人家逢老人做寿、子女结婚、新房落成等大喜事时，才会邀请放映员在当地村庄上映一场电影以谢乡邻。因此，一个村庄一年一般也只能看上屈指可数的几场电影。

记忆中，晒谷场上那面高高竖起的悬布映出的世界无所不能。因此，放映员是一个令人羡慕的职业，他们在各个乡村长年累月地转。人们也喜欢从放映员那里打探放映的消息以及电影的各种细枝末节。而他们总能带来福音，让大家如饥似渴的心灵得到慰藉。一旦知道某地有电影上映的消息时，就可以成为炫耀的资本，大家欢喜得竞相奔走相告。而孩子们得知后，学校上课就会显得冗长而乏味，心早已飞向了晚上的电影。

下午一放学，大家便相继冲出教室，迈步快马加鞭地奔向晒谷场。当他们看到那两根长长的竹竿上面所悬挂的白色幕布时，又会心急火燎地往家里赶，催促着大人们早点做饭。这样，晚饭往往都吃得索然无味，心悬着，希望与伙伴们一同早点去晒谷场抢占有利的位置。

不到天黑，晒谷场开始聚集起人群，来自四面八方的人们就像平时赶集一样，提凳搬椅，三个一群五个一簇，扶老携幼，陆陆续续来到这里凑热闹，黑压压的人头攒动着，本来空旷的晒谷场一下子变小了。幕布的正天前方，那些自带的凳椅高矮不一，颜色各异地排列在一起，看上去就像一支杂牌军。捷足先登的乡亲，坐在那里耐心地守候着，来晚的没有了位置，只能在后面站着或席地而坐，甚至还有人爬到树杈上去，大家焦急等待着电影的上映。

等待开演的时间是漫长的，孩子们兴奋地在密集的人群中不时穿梭、打闹、藏匿，玩得不亦乐乎。宽大的电影屏幕前，晃动的尽是黑压压的人头，有看着放映员倒带子的，有盯着银幕静等的，有与人拉闲话的，有吆喝着找孩子的……忽然，人们的期待被一道白光照亮。从放映机的镜头上推出了方形的光，铺平在长方形的银幕上，望眼欲穿的人群终于骚动起来。刚开始，那个发亮的方形并不稳定，在反复挪动着位置，调整着自己的边界，直到覆盖了整个银幕。这时，现场的嗡嗡声迅速地平息了下来，孩子们则发出欢快的尖叫声。电影开始了，一切乱哄哄的前奏终于消失于音乐和熟悉的图像中。

放映途中，由于更换胶片，银幕显得一片空白，只剩下单调的机械转动声，这时，观众中往往会引起骚动，一片混乱。而观看的人过于拥挤，经常会出现相互推搡和埋怨的局面，脾气火暴的年轻人之间打架就显得司空见惯，以致有时会中断放映。因此，在人声鼎沸的声音中，要全神贯注地看电影是很不容易的。

小时候，我最喜欢去一村之隔的城南村看电影，这缘于一位同班同学居住在晒谷场的正对面。每次在该村放映电影时，我们往往先在他家里玩上一阵子。等电影正式上映时，几位同学就可以坐在他家的二楼阳台上，毫无遮拦、舒舒服服地看起电影，而不用在嘈杂拥挤的人群中争抢位置。

露天电影不同于影院一样准时，有时，一部影片几个村子的放映队共用一个电影拷贝，那就需要跑片——在电影放映的过程中及时把胶片从一个地方送往另一个地方。因此，在等胶片的间隙，人们可以尽情地拉家常。而小孩子则显得尤为兴奋，他们个个站得老高，有的坐在大人的肩膀上，借着放映机的那束光把自己的影子投到银幕上，大家挤在一块儿摇头晃脑，比画着各种姿势，银幕上则乱成一团，乐得在场的人哈哈大笑。看露天电影时，坐在前面的通常是大人带着孩子，中间的一般是年轻人，老人们的位置往往在后面。但也有例外，个别相好的青年男女则借着看电影的名义进行谈情说爱，为了躲避众人的耳目，他们就专门跑到离晒谷场较远的地方，说着悄悄话。

放露天电影，天气是其中最重要的因素。南方本来就多雨，尤其是在春夏两季。有时白天阳光明媚，可到了晚上却突然大雨倾盆，把我们整整一天的期待化为泡影。如果雨下得不大，放映员还会用一把雨伞罩住放映机，勉强支撑一段时间。若是雨量增大或一直下个不停，电影会被终止放映，乡亲们的情绪一下由涨停到跌停，大家只得扫兴而归。下雪则没有什么问题，反而会给观众增添某种别致的情趣。在我的记忆中，似乎很少出现因下雪而终止电影放映的事。

　　作为一个十足的电影迷，我曾为此跑过不少冤枉路。可能看电影心太切，有时不知听谁说一声哪一个村放映电影，也没去核实消息的准确性，匆匆扒了晚饭后，就带着父母给我准备的手电筒，邀上几位伙伴，兴致勃勃地往目的地赶去。可是，当我们走了很长的路，才沮丧地发现"扑空"了，那个村子并没有放电影，而是在另一个村子上映。于是，我们一边谩骂着造谣者，一边又马不停蹄地往放映影片的村子赶。等赶到时，电影往往已过半场，只能看得个囫囵半片的，而散场归家时却往往是深夜了。

　　当时，电影都很干净纯洁，大都是战争片，不少人或许如今还能如数家珍地搬出镂刻进他们记忆里最早的一些电影名字：《闪闪的红星》《红日》《地道战》《英雄儿女》等等。当八一电影制片厂的厂徽，那个光芒四射写有"八一"字样的峻拔的五角星一出现，伴随着《中国人民解放军进行曲》威武雄壮的乐曲时，我们的心中总是特别激动。过去的战争片，日本鬼子、汉奸、特务等反派人物，容颜丑陋，行踪鬼祟；八路军战士、游击队队员、老百姓等正派人物，眉目端正，循规蹈矩，在人物一出场的刹那，就能被观众判断得一清二白，随着剧情的发展，人们会毫不犹豫地倾向正派的一方，与之同喜同愤。当然，这些影片也正迎合了我们这些涉世未深的少年的英雄情结。每次看到解放军或是八路军同敌人打仗，孩子们的心总是绷得紧紧的。要是解放军打了胜仗，小伙伴们就更来劲了，在下面大声地叫喊着："狠狠地打，狠狠地打！"若是敌人占了上风，我们就大声地骂那些敌人。

　　那时没有更多的影片，只有几部经典的战争旧片不断地被重复放映。然而习惯于枯燥生活的人们，仍然乐此不疲。于是，影片中一个个难忘的片断、一句句经典的对白，至今仍记忆犹新。电影放映完毕，我们还感到意犹未尽，久久不愿离开。第二天到学校后，课间，一群同学常常聚集在一起，津津有味地讨论起上一日电影中的某个精彩情节，有时甚至为一个人物或一个镜头争得面红耳赤也不会罢休。

　　前些日子回到老家，发现村里的晒谷场已被一条横贯其间的马路所替代，两旁则布满了参差不齐的临街店面。随着电视的逐渐普及，露天电影也走向了终极。80 年代初，乡政府建造了一座电影院，成了当时乡里的地标性建筑。电影院曾经红火过一段时间，开业伊始，门前的售票窗口总是围满了买票的人。每逢上映热门电影时，往往一"票"难求，甚至得找关系开后门。可到了 90 年代末，随着各种娱乐形式日益丰富，电影院日心薄西山，变得门可罗雀了。如今，那个电影院已经荡然无存，成了轰轰烈烈的城镇扩建运动的牺牲品，取而代之的是一片商铺。

现在，露天电影只能停留在我的记忆深处，但它给我带来的喜悦却让我享受、怀念一生。那些经典的黑白战争片也只有在电影频道中偶尔还可以看到，心中不免惆怅。真希望有朝一日能在乡村重温看露天电影的经历，找回儿时的那种乐趣。

很多人嘈杂地围坐在电视机前一起看电视节目的景象，现在恐怕已经绝迹了。如今，挨家挨户都拥有了电视机，而且还都不止一台，即使是一家人也可以各有选择，互不干扰。而我们孩提的那个年代，谁家拥有了一台电视机，那可是一件很时髦的事情。

80 年代初期，邻居忠璞叔托人从外地买来了一台十二英寸的凸面黑白电视机，当时的电视机在乡村尚属稀罕物，它引起的轰动史无前例，消息也很快在整个村子不胫而走，它完全打破了乡村夜晚的威严和神秘。于是，看电视便成了乡邻们首选的晚间娱乐。令人诧异的是，电视里的每个人物都能发出话语和声音，还有其面容及演绎的连场好戏，他们不仅能相互听懂，还能让电视外面的人们听懂。总之，电视机小小的屏幕蕴藏了无穷尽的人、事物及事件，它看上去就是电影屏幕的微缩，但内容却比电影更丰富，仿佛浓缩了人间世。

一到傍晚，忠璞家就开始热闹起来，邻居们会陆陆续续地聚集到他家二楼的卧室里。虽然，大量观众突如其来的涌入无疑会给主人家带来某些麻烦。但能给大伙儿提供看电视的机会，也是一种莫大的荣耀。每次，热情的女主人总是满面春风、眉飞色舞地招呼着邻居们，其间，她脸上也会自然而然地流露出一片得意的神情。

当时，每台电视机都有一个电视柜，电视柜可盛放电视机，但更重要的是提供防护。其状如衣柜，门上还挂着一把大锁。看电视前，主人会小心翼翼地打开钥匙，取出电视，每晚节目结束后又将它重新锁进电视柜里，并乐此不疲。

看电视的人多了，有时甚至要挤到阳台上，后来卧室里容纳不下，只得将电视机搬到公用道坦中，以供更多的人收看。

在公用道坦看电视前，左邻右舍往往会"拖家带口"，并随手从家中带来凳子，抢占最佳的位置。来迟了，就只能在后面站着看，或者干脆当收音机来收听。那场景就像放露天电影一样热闹，人们虽济济一堂但总是其乐融融。大人们相互聊着天，孩子们则在旁边欢呼雀跃地跑来跑去，大家等待着电视机的调试，气氛显得嘈杂混乱。

过去的电视机只能接收到寥寥有限的几个频道，而且节目单一。刚播放时，电视上总是先出现一条深一条浅的灰条色，一会儿则呈现像圆形地球那样的格子状态，然后慢慢显现黑白屏幕（常常雪花飘飘，我们仍虔诚地翘首以待，大家有足够的耐心可以透支）。而一遇到风雨天气，电视画面则会经常发生重影现象，显得非常模糊，但人们依然看得津津有味。

当电视机调试完毕时，荧屏上先会出现一位面容姣好、穿戴得体的女播音员，在慢条斯理地播报着新闻。之后，电视机相继播出一些活动场景，随着镜头的移动，则是不同年龄的人群欢欣鼓舞的劳动场面，也有人对着话筒说着一些非普通话非方言的话，但乡亲们对上述节目并不感兴趣，他们关注的是什么时候可以播放电视剧。在插播一些短暂的广告后，期盼已久的电视剧终于姗姗登场。听到电视剧主题曲响起时，人群才开始安静下来，伸长脖子盯着屏幕，一脸的陶醉，聚精会神地看起节目来。而大部分观众直到荧屏打出"再见"的字幕后，会流露出无奈和流连忘返的神情，依依不舍地离开。

那时候，电视里所热播的是像《寸雕英雄传》《陈真》《上海滩》《再向虎山行》《情义无价》等港台剧，虽然演员打扮并不入时，剧情也有些拖沓，但依然阻挡不住人们看电视的热情，反复地观看仍不觉得过瘾。每天一看完，大家还喜欢赖在那里，围着电视机长吁短叹，跟着永远都不可能亲眼相见的演员喜怒哀乐，还七嘴八舌地讨论着电视剧中的某些情节，并开始牵肠挂肚着下集的内容。

在众多的港台电视剧中，《大侠霍元甲》演绎了清末著名武术家霍元甲富有传奇色彩的一生，播映时场面最为火爆，曾创过收视神话。每天播放时，电视机总是被观众里三层外三层围了个水泄不通。电视剧播映后，黄元申、梁小龙、米雪等演员也迅速成为内地几代人的偶像，并在国内风行起习武的热潮。而那首主题曲《万里长城永不倒》与电视剧交相辉映，听起来让人热血沸腾，亦传唱于大江南北，成为一个时代的传奇。当时，几乎每个人都会哼唱上"昏睡百年，国人渐已醒"等几句粤语歌词。

当时，电视差转台设备并不齐全，信号全靠室外天线进行接收，一旦图像不明或者声音不清时，就得百般摆弄那高高竖起、装着天线的竹竿。每次遇到电视模糊时，懂行的人便要到楼顶上救场，不断地转动着天线的角度，并大声地喊叫："清不清啊？"要是回答"不清"时，还得继续转着方向，直到下面的人高声欢呼："清楚啦！清楚啦！别再动了！"才松了一口气，赶紧把竹竿固定好，又急匆匆地跑下楼来看电视。由于农村常常供电不足，看电视的过程中经常出现停电的现象。正当乡亲们看得兴致盎然的时候，却突然停电，大家只得扫兴而归。

与电视有关的记忆中，最难忘的便是1996年的亚特兰大奥运会。在中国女排最困难的时候，退役多年的老将"铁榔头"郎平义无反顾重返国家队担任了主教练，在她的带领下，一路连克强敌，在半决赛中与雄心勃勃的俄罗斯队狭路相逢，中国队凭借坚固的防守和快速多变的进攻力挫对手，时隔十二年后再度杀入决赛。当时，我已在一家金融机构从事办公室工作，租住在外面，为了能收看到奥运会的节目，我临时借用了一台外婆家闲置已久、显得老迈的黑白电视机。在女排决赛的当天晚上，我就把频道锁定在中央二套直至深夜的直播时间。由于电视老化，信号差，在转播过程中，经常看不清比赛的画面，我只得靠不断调节天线的角度，坚持看完了整场女排决赛的转播。但事与愿违，尽管中国队拼尽全力，终因实力不济，被正处于巅峰期的卫冕冠军古巴队逆转，获得来之不易的亚军。

时代在飞速地向前发展，电视机的花样也在发生变化，等离子的、超薄的、壁式的等相继走进了普通百姓家。电视频道则从过去的几个发展到现在的几百个，还开辟了音乐、体育、戏曲、军事、新闻等专业频道，使人们有了更大的选择余地，每个人都可以根据自己的喜好来观看。

现在，人们的娱乐生活中，电视已经不再占据了垄断地位。尽管色彩是那么的鲜艳，频道是那么的应接不暇，却再也找不到当年那钻东家跑西家满屋子围着看电视的美好感觉。看电视的兴奋已经成了一种远逝的回忆，这种记忆静静地沉淀在岁月的长河里，成为人生难以忘却的细节。也因为真实，在且行且远的日子里，作为一种情感已深深地嵌入了我们的生命中。

水井是乡村的命脉，是乡村一道独特的风景线。

因为水，江南才有了水乡的美誉。在水乡，那一口口维系着乡亲们生活用水的水井更是为它们增添了许多灵气。

在我老家所居住的巷尾，就有一口公用水井，始建于何时，已无处考稽。小时候，井水天天有人去挑。晨曦微露的时刻是每天挑水的高峰，经过一夜的沉淀，井水更加清澈，人们在打水的时候也会互相寒暄交流几句，谁先打满了会顺手帮旁边的人打上几桶水，彼此不用客套和推辞，然后一前一后行走在小道上，继续聊天，显得自然亲切。傍晚则是另一个挑水高峰，水井旁再次变得热闹起来，但因为暮色逼近，打水的节奏显得匆忙，缺少了早晨的舒缓，连说话的频率都加快了，人们得忙碌着赶回家准备晚餐。

井水是地下水，夏凉冬暖。夏日里，人们总喜欢到井边打桶水，抹把脸，冲冲脚，喝口井水，以解盛夏的暑气。傍晚时分，在田间劳作了一天的男人们则趿着拖鞋，肩披毛巾，直奔井边，吊起一桶井水兜头冲凉，以洗去一身的热汗。到了晚上，水井旁则成了"街谈巷议"的场所。附近的人们用过晚餐后，不用相约，便会一前一后从家里出来，聚集在老井边的大榕树下，大家坐在树下用青石码起来的石凳上，东拉西扯。当然对我们来讲，最喜欢的就是听老人们神采飞扬地讲古老的传说和村里的往事。有时候，耐不住寂寞的孩子们就会跑到井边嬉戏玩耍，还时不时地趴在井沿上，朝黑咕隆咚的井里喊上几句或扔下几块小石子，直到大人们过来，才"轰"的一声朝四处逃散。在老井旁，人们往往聊到很晚才回家。

冬天，小河结了薄薄的冰层，要用捶衣棒砸开水面才能洗衣，洗起衣来则是刺骨的冷。井水有冬暖夏凉的特点。因此，女人们都愿意到井边去洗。这时的井里冒着一缕缕的水汽，显得暖暖的。她们会从家里搬出一大桶脏衣服，围在井边，将衣袖高高地卷起，一边浣洗着衣服，一边有说有笑地聊天。

在过去的那个年代里，男孩子都要学会挑水。现在回想起挑水的那一桩桩往事依然记忆犹新。我最初的体力劳动就是和父亲一起抬水开始的。我长得瘦小，父亲心疼我，抬水时总是尽量将水桶挪近自己的肩头，使我少担重量，不致被压坏身体。上初中后，我就开始自己学挑水。那时候，在井口一站，望着脚下那个深不可测的井底，我的脑袋经常发晕，两腿会不自然地发抖。只得壮着胆子，学着大人的样子，手握一根一头系着吊桶的绳子，从井沿慢慢地放下吊桶。初学打水是一件颇为费力的事情，那吊桶在井里扑腾了老半天才汲上来，将两只小水桶装满了，往往弄得自己大汗淋漓。于是一路上摇摇晃晃地挑着，总会不时把桶里的水泼溢出来，累了，还得换肩挑——左右肩膀轮流换。这样，两道弯弯曲曲的水痕就从井边一直延伸到家门口。待踉踉跄跄地放下挑担，两鞋已是湿透，显得非常狼狈，将水倒入水缸里，抹去额头上的汗珠，才感到两腿发软，两肩发酸。

水是生命之源，老井就是它周围男女老少的生命之源，因而乡亲们十分爱护它。建井伊始，井裙是用四根粗壮的树木制成，并用木板制成井盖，挑水时需打开井盖，挑完了再盖上，以防灰尘杂物掉落井内。可由于风雨不断地侵蚀，渐渐地腐烂掉了。后来，乡亲们又用水泥、石子和细沙砌成六角形井口，并特意在外边砌了一圈青石栏杆，比木头的结实了许多。

老人们说："刀要常磨，井要常淘。"因此，淘井成了乡村的固定节目。其目的是要清除淤泥，清洗井壁。一般选择在春季，那时水位低。淘井也常常会吸引着孩子们的眼球。淘井前，挨家挨户都会把自家的水缸挑得满满的。人们先用水泵将井水抽到见底，再小心翼翼地把绑接好的梯子移到井边，从井沿缓慢地放入井中。这时，男人们开始穿上雨靴，带上铁铲等工具，通过梯子相继下到井底。井边的人用绳子放下桅灯和小铅桶。井底堆积着淤泥、瓦片和碎砖头，还有玻璃瓶、破铜烂铁及其他物什，都是人们平时不小心掉进去或是顽皮的孩子故意扔下来的。待井底的人用铅桶装满垃圾后，便被上面接应的人运走。清除了井底的杂物，下面的人还得站在梯子上用铁铲铲除井壁上丛生的野草和苔藓，最后还须冲洗井壁井底，再将污水抽出，如此循环三四次后，才能把整个井完全洗干净。由于井底黑暗阴冷而且缺氧，淘井活比较劳累，洗井人得交替轮换以防发生意外。清洗过后，井水显得更加清澈甘冽。

如今，家家户户都用上了自来水，甚至瓶装水。水井已失去了其原有的重要作用，被人们所废弃。因为长期无人光顾，井边野草丛生，井台到处是青苔，井底堆积了许多杂物，水井显得残缺沧桑、冷落寂寞。

水井的变化印证了时代的变迁。现在，我只能在记忆中回味当年水井作为乡村命脉的风光和清凉，那一口又一口曾经供养和滋润一方儿女的水井，在完成使命后，已带着历史的记忆，渐行而渐远。

附录：儿子王经明九年级期末考试现场习作：

别忘了那口井

被枯枝败叶遗忘的那口井呵？你在哪里？

我双眼直勾勾地凝视着这口在我的记忆里早已被淡忘的井。一阵风吹过，卷起扑在上面的枯枝，让支离破碎的井盖露出一角。

我禁不住伸出手，轻轻碰触，是那么冰凉，一把触及心底最柔软的部分。

我想起夏天，爷爷颤颤巍巍地放入打水的木桶，和我一起把桶伸到井里。那撞到井壁的"哐哐"声，把我们的心震得"砰砰"响。我想起秋天，一个人兀自嬉戏的时候，从那深不可见的井水中邂逅一片枯叶，微笑着把它揉平，看它卷起，再揉平。我想起冬天，一桶的井水哗啦啦地注入那个不锈钢的大盆，奶奶"婀娜"的洗衣舞姿在夕阳下攒动，阳光也在她的背上舞蹈。我想起春天，鸟落满枝头，惬意地在井上方的大树里筑巢，爷爷眉飞色舞地讲着小鸟的故事。

我想着想着，竟有些无言以对了。一个被遗弃在世界角落里的遗物，除了对来来往往的人烟、世事感叹，它又能做些什么？而我，又能做些什么呢？

我想起了被爆竹炸开的新屋。装潢一新的房子依旧历历在目。奶奶呆呆地望着阳光，我看着她洗落的白发，把水染得没了知觉。

或许一个人生来就是除旧迎新的，时光也总会匆匆地封存一切，做到不留痕迹。井里的水也总会有干涸的时候，我终究要离开这里到另一个地方去，挡也挡不住。

可人为何一定要驻足才能回忆呢？为何一定要凝视才能铭记呢？我悄然地转身离去，走我自己的路。它也悄然卧着，续着自己的梦。或许我会在天涯海角的另一口井旁找到你，或许我会在夕阳西下的某一刹那想起投射在你身上那缕不紧不慢的时光。又或许我会在瞧见父母鬓间发白的发丝前瞧见你周围一切人的影子，那笑着跳着的爷爷，洗衣的奶奶……一切的一切。

当它们被我的目光遗忘时，已经深藏在了我的心底。

河埠头是江南水乡一景，为水乡民居建筑中不可或缺的组成部分。

江南水乡的民居大都沿河而筑。当时没有自来水，公用水井又分布不均，为日常生活中洗涮的方便，人们就在村落沿岸的一些地方，从河底开始，用长方形的大条石铺设，条石一头腾空，一头嵌在石驳岸上，一级一级地插进河床，排列而成台阶，直至与岸持平，从而成为一个个大小不一的河埠头。顺着那拾级而下的河埠头，人们可以进行洗涮、挑水等活儿。河埠头式样众多，形态各异，外观简朴厚实，与"小桥流水人家"相映成趣。

河埠头虽为江南水乡生活必需的设施，但因其所处地理位置、附近人口多少、富裕程度不一，而有所不同。因此，亦有大小河埠头之分，也有公用埠头和私家埠头的区别。

在江南水乡，一些大的河埠头除承担着取水、洗涤使命外，往往还兼有内河航运码头功能，因而建造时显得更加考究。通常沿河构筑一个平台，再左右两边分开筑台阶，深入水中，以便几条货船同时靠泊装卸和通行。河埠头也成了当时连接外面世界的一个重要渠道。

从前，水乡的居民吃的是用水缸沉淀过滤后的天落水，用的则是河水。每天的大清早，经过一夜的沉淀，水质最好，男人们便会用"担桶"到附近的河埠头挑水，直至将自家的水缸贮满。

洗涮事宜以女人居多，因此，河埠头亦成为她们的小世界。每天的清晨或黄昏，她们往往三五成群地蹲在河埠头的台阶上捶揉洗涮，"砰砰嘭嘭"的棒槌声、插科打挥的戏笑声不绝于耳……河埠头成了一幅鲜活的水乡风情图。

而河埠头常常是随着季节的变化呈现出不同的风情。

春天的时候，垂柳新绿点水，河水荡漾，伴随着女人们的棒槌声，成群的鸭鹅划水而过，气定神闲地在水中悠悠觅食，打破了河面的平静。大河埠头的早市显得特别地热闹，手划船、木板船、水泥船、机帆船等各式各样的船只载着瓜果、蔬菜、粮食、日用百货停泊在此做买卖。买卖的吆喝声、船桨的哗哗声，奏响了最悦耳的晨曲。在那个车辆运输不发达的年代，人们运送农作物，走亲戚都往往以船只代步。因此，河埠头就当仁不让地成为船只停靠的码头和水乡最具人气的"共享空间"。河埠头上，搬运的、装卸的、上下船的，来来往往，呈现出一片繁忙的景象。

夏日时节，河埠头最为热闹。大人游泳、儿童戏水成为主旋律。傍晚时分，河埠头更成了一道风景，洗洗涮涮不说，田间劳作归来的男人们一回家，便迫不及待拿着香皂、毛巾，直奔河里，在水中来回折腾一番后，最后停留在河埠头洗澡，以洗去一天的疲劳。泳技高超的孩子们，放学后，便相约一起来到河埠头，跳入水中享受那份盛夏的清凉。他们开始在河里各显神通，尽情地展示着各种泳姿，不过还是以那种无师自通的狗刨式居多，还时不时地撩水嬉戏。胆子大的则站在桥头或河岸边的树杈上，往河里纵身一跃，好一会儿才从水中露出小脑袋来。初学游泳的孩子，赤着双足，小心翼翼地走下一级级晒得发烫的河埠石阶，从最后一级石阶慢慢地踩到水里，脚掌试探着触到水底滑腻的河泥，偶尔会有一块瓦片或者一个鹅卵石硌得脚底一痛。在大人的帮助下，孩子们双手扶着木板，刚开始，他们只敢待在浅水区里，但一些调皮的总是故意把双脚甩得"啪啪"作响，以溅起阵阵的水花。于是，并不宽敞的河道里到处挤满了洗澡、游泳的人们，水花声、欢笑声充斥其中。每当船只驶过时，人们不得不游到岸边去躲避。可一些谙熟水性而胆大调皮的男孩子则会避开螺旋桨，想方设法靠近缓慢行驶中的船只，趁机将自己攀附在船舷上，被一直拖到很远，才一个猛子扎下去，从十几米外露出乌黑的头，继续在水中嬉闹着。

入秋后，河埠头渐赋凉意，伸入河中的柳枝最先落叶，而四季如一的当数女人的手，来河埠头的第一件事便是将手探入水中。开始还好，随着秋的脚步走向深处，女人的手开始冷得发红，洗得发僵。秋天是钓河虾的最佳季节，孩子们来河埠头，主要是用小鱼竿来钓河虾，只要有耐心，一个半天下来，往往收获颇丰。有时，一些孩子也会瞒着大人，偷偷地从家里拎来"饭捎箕"（从前用来盛凉饭的竹编工具）来捞小鱼，放在河埠头的浅水边，将粘在箕上的陈饭作为诱饵，一会儿，提起"饭捎箕"，泛着银光活蹦乱跳的鱼儿来不及逃走，便被一箕打尽，煮起来则是鲜美无比。

到了冬季，河埠头开始变得萧条，河面有时会结起薄冰。那时，人们的洗涮活动明显减少，只有一些调皮的小孩子在路边捡来碎瓦片，甩开双手，在冰上进行溜瓦片比赛，比谁滑得远。女人们则明智地开始转移地盘，她们往往选择在公用水井旁进行洗涮，与河水相比，冬天的井水洗起来不会那么冰冷僵手。

小小的河埠头像一个历史小舞台，演绎着江南水乡诉不完道不尽的乡土风情。林林总总多姿多态的河埠头，以其所特有的魅力，不仅给水乡人们带来无限的生机，也为水乡平添了富有特色的人文景观。

小时候，家乡水路发达，河网纵横交错，船只成了当时人们一种重要的生产、生活和交通工具。河道里穿梭来往的舟船，拴留在河埠头的船只，抑或野渡无人舟自横的小舟，都成了故乡不可多得的亮丽风景线。

船只有大小之别，形态各异，材料不一。木质船体，轻巧灵活；水泥船体，载重坚固。货船运物，客船载人，各司其职。一出家门，映入眼帘的第一道风景便是河面上流动的各式各样的船只：装满稻谷的农活船、张网捕鱼的丝网船、披红挂绿的迎亲船……水乡行船时，大都使用撑篙、摇橹、划桨的，亦有采用机械动力行驶的。

过去，由于道路的限制，轮船成为人们出行最重要的交通工具。当时，我最开心的莫过于跟随父母坐轮船去永中老街，因为每隔一两个月，家里就要去一趟那里采购生活必需品。河面上经常行驶着一艘艘小客轮，一招手，两舷挂满黑色车胎的客船就会在船埠头停下来载客。船一启动，尾部就吐出一缕缕淡淡的青烟，河面则会泛起层层洁白的浪花。每临近桥关或船埠头，船只便拉响汽笛，发出"呜呜"的声音，给静谧清澈的河面带来阵阵喧哗。

船舱中，三教九流的各色人物汇聚在一起。看报纸的、打毛线的、吃零食的、哄小孩的，一些小商贩则在船中不停地前后穿梭，叫卖声不绝于耳。船头、船艄不断地穿插着拉二胡的、唱词的、打快板的，还有说书和唱道情的等五花八门的表演。表演完毕，大家便纷纷掏出零钱，一分、两分地扔进放在一旁的罐子里，以示支持。尽管船行速度偏慢，但是人们边聊天边看表演，就不会过于漫长无聊。一到终点站，船只泊岸后，客轮往码头上搭一条厚木板，通过木板，乘客们从船舱走到船埠头的台阶上，往目的地赶去。这时，就会换上另一批新的乘客，而整个码头呈现出一派喧哗而繁忙的景象。

乘坐小划船则常常在每年夏收后。那时，挨家挨户都要去一趟粮站，按国家规定的比例上缴公粮。待稻谷在晒谷场上晾晒干后，天刚蒙蒙亮，全家齐出动，男的挑担，女的装箩，一担担过磅后，便挑进早已停歇在河埠头等候的船舱里。家家户户在自家的担子上做好标志，以防混淆。邻居们往往相约一同前往。那时，我和伙伴们常吵闹着要跟随着大人们。虽然帮不上他们的忙，我们却很乐意去粮站凑热闹。一路上，大人们娴熟地摇橹划桨，天南地北地聊着今年的收成和近来发生的事情。我们则坐在船头惬意地闲眺两岸景色，自得其乐，一边数着经过几座桥，穿过几个村，当一排排稻田、果园在我们的视线中缓缓后移时，大家就会显得特别兴奋。每次到达粮站时，总能看到从四面八方赶来的络绎不绝的乡亲们，有的挑着担子，有的推着自制的单轮木板车……交公粮时，总是排着长长的队伍，人们边聊天边等待着。待粮站保管员遴选、验收、过磅秤入库，拿到盖有公章的收据凭证后，才算完成一年一度的夏粮征收任务，这样往往需要大半天的时间。征完公粮后，作为犒赏，大人们便会慷慨地掏钱给孩子买根冰棍，既解渴又解馋。之后，大家又在"哗啦哗啦"的桨橹声中，一直划回到自家的河埠头。

在我的记忆中，印象最深的船只是如今已退出历史舞台的渡船儿。渡船儿的木质船体通常呈四方形，外表涂上紫色的桐油漆，既美观又防腐，其耐水性能颇强，作为沟通水乡两岸的交通工具，可以起到以船代桥的功用。我的家乡附近，有一个远近闻名的渔村，由于与对岸的村庄间没有架桥，村民们外出购货，走亲访友，孩子们上学、放学等出行都依靠这样一只渡船儿作为连接沟通的"移动桥梁"。那时，渡船儿作为一种实实在在的公共设施，随到随走。平时，如果没有摆渡的人，这只无人看管、两端系有缆绳的渡船儿便随意飘荡在河面。而人们一上船，都会自觉地去拉盘在船头的粗缆绳。渡船启动时，就会在碧绿的河面上走动起来。拉缆绳时，两手必须用力均匀，船体才会平稳地走到河中央，直至摆渡到对岸。

家乡有一种人，乡亲们昵称为"打鱼的"。在农闲时，他们常划一只小木舟去河里捕鱼。每当夕阳西下，他们立在水中央的孤舟中，把渔网奋力一撒，墨绿色的网瞬间在水面开成一朵花，"沙沙沙"没入水中，然后再被打鱼人一点点地拉起，拽到小舟上，鲫鱼、鲤鱼、鲇鱼甚至河虾等粘在网底如何也挣不脱，如此不到半天"作业"下来，便会"满载而归"，就可以挑到菜市场卖个好价钱。

在水泥船尚未普及的时候，农村里大多使用木船，由于船体入水的部分常年浸水，出水的部分日晒夜露，船板很容易朽黑、龟裂，每隔两三年要修理一次。因此到了夏季，船就要上岸"伏修"。修船时，乡亲们合力把船只从水中拖到晒谷场，将它翻扣在木凳上，底朝天，人可以在下面穿行。木匠师傅先将朽坏的木头凿掉，拆旧换新，然后用油石灰和麻丝嵌进船缝中。他们拿着斧头、錾子，很有节奏地在船身上敲击着，那"叮叮当当"

的金属碰击声和船体发出的嗡嗡声，互相应和着，传得很远。师傅们有时还一边敲，一边哼着小调，惹得孩子们经常围在旁边听，像看电影似的，显得兴奋而激动。船缝嵌好后，就是修理的最后一道工序——油船。师傅总是佝偻着身子，一手提着桐油，一手拿漆刷子，一下一下地涂，显得一丝不苟。为了让桐油既渗进木头里，又在其表面形成防水层，一条船往往要涂上好几次，直到将油"喝足"为止，再放在岸上晾晒。这样，经重新换木、清缝、刮灰、刷油的木船，约一周后，就可以继续下水正常行驶了。

如今，故乡大多数的河道上已鲜见来往的船只，每个乡村早通上了公路。随着时代的发展，在这个分秒必争的快节奏时代，为了赶时间，人们会选择汽车、摩托车等快速的代步交通工具。人心躁动的年代里，谁还有兴致慢悠悠去坐船呢？况且现在的大部分河道黑臭得再也不适宜于人们坐船、行船。"水流潺潺，波光粼粼，河中泛舟，舟来楫往"的塘河美景已经无法复制再现了，渐渐成为被记忆掩卷的画图。

集市

在我的记忆中，集市是乡村里一年一度的节日，它点缀着质朴而平和的乡村生活。

集市是乡村人们约定俗成的贸易场所。一般设在规模较大的村庄，并以村庄的一个主要十字路口为中心，向四周扩展为一定区域。许多临时性的摊位就摆设在这些区域的道路两侧。集市是有固定日子的自由市场，大型的每年一次，短则三四天，长达几周不等，比其他传统节日更具交往性和商业性。

一般来讲，乡村集市的形成都有其渊源和历史。旧时，商品贸易不发达，起初在一定范围的乡村、特定的时间里自发出现小规模相对集中的商品交易活动，久而久之，就形成集市，并赋予一定的文化内涵。现在，一些历史悠久、规模较大的乡村集市已被国家认定为非物质文化遗产，仍在延续着，而小规模并且粗放的集市已经随着时间的变迁逐渐消失。但不可否认的是，从过去到现在相当长的时间内，集市作为乡间拉动消费的盛会和老百姓日常乏味而单调生活的调剂，就是衍生热闹的地方。它一直是乡村的狂欢节，其规模和程度甚至于超过了人们过春节。

集市当天的早晨，天刚蒙蒙亮，东方初现鱼肚白，来自四面八方的人们就会早早地从家中出来，三五成群，或买或卖，自发地结伴去赶集。在交通工具不发达的年代，只能依靠机动船、小货车、拖拉机等运送货物或运输人们。而偏僻山村的人们往往要翻山越岭，肩挑背扛，手提肘挎着货物，来参加一年一度的商品交易盛会。

一到集市地，做买卖的人们就开始忙碌地在路两旁临时性支摊搭架，见缝插针地摆上了各式各样的商品，恭候赶集人的光临选购。这里交易的商品一般为日常易耗用品和当地土特产品等等，尽管这些自产自销的商品并不奢华，但价格合理，少有水分和暴利，买卖交易亦更加自由、随意。

于是，村庄的几条主要道路便成了商品的海洋：竹器木器、农具家什、布衣鞋帽、水产海货、茶米粮油、五颜六色的蔬菜、水果……狭窄逼仄的道路两旁，顿时变得人头攒动，人声鼎沸，商贩的叫卖声、购买者的讨价还价声、乡邻之间的问候声、大人呼唤孩子声，混杂在一起，不绝于耳。

赶集是男人和女人共同的节日。男人猎奇心强，看到新鲜的事物总爱往里挤；可购物的主角非女人莫属，她们心细顾家，考虑周到，在摊位前不时停步、询问，面对头戴尖顶箬笠、皮肤黧黑粗糙，或站或蹲表情各异的货主，就会弯下腰来，一扎一扎地挑拣。家里的砧板裂了，盘算着去买一块新的。拖把用旧了，要更新一把。孩子们的衣服穿破了，无法再打补丁，就要考虑去剪上几尺新布，还要琢磨着给长辈们买些平时难得一见的滋补品……她们淘宝似的在众多摊位中购置一些日用必需品，不知不觉中，手里的东西变得越来越沉，尽管还有强烈的购物欲，但也只能作罢。

集市有时也是年轻人谈情说爱的场所。一些年轻人乘机将自己拾掇得清清爽爽漂漂亮亮，挤在熙熙攘攘的人群中，"众里寻他千百度"地寻找着自己的另一半，他们看似在货物上东瞅西望，其实，眼光却一直在左顾右盼，南寻北觅，从未离开过那些漂亮的姑娘。已订婚的姑娘小伙子通常会在媒人的陪同下来此购买花红彩礼，然后在喜气洋洋的酒桌上确定良辰吉日。

孩子们是社会消费的重要群体。集市这一场大戏，自然也离不开他们的登场，他们或前奔后追，或纠缠着大人——坐在父亲的肩膀上或牵在母亲的手里。摊位上，酸酸甜甜的冰糖葫芦、甜甜黏黏的麦芽糖、卷曲成团的棉花糖、活灵活现的捏泥人、形态各异的气球、蠕蠕爬行的乌龟、活泼可爱的小白兔……无不吸引着他们驻足观看，甚至流连忘返，赖着非要父母购买不可。可一些孩子即使手里拿着东西仍不满足，依然左顾右盼，索要着刚刚入眼的东西，得不到满足的继续吵吵闹闹，遂了心愿的则笑逐颜开。

集市不仅有物件交易，更有形形色色的各种美食。美食摊位往往临时性地搭建在道路深处的弄堂里。在那里，各式各样的风味特色小吃，应有尽有，除了馄饨、鱼丸、汤圆、灯盏糕、胶冻等本地的小吃外，也汇聚了平时难以品尝到的外地美食，争先恐后地弥漫出阵阵的醇香，着实让人无法抵挡住诱惑。商贩们则扯起喉咙，毫无顾忌地吆喝着招徕生意。摊位后面的一张张小矮桌和横七竖八的小马扎到处挤满了食客，很难找到一个歇脚的地方。于是，一些人干脆边逛边吃，以过把美食瘾。

集市边缘地带同样吸引着人们的目光。那是文化娱乐场所聚集的地方。逛累了，人们就会自发地向弄堂口拐角处的露天书场、晒谷场上临时搭就的戏台聚集过去。他们往往围拢在那里听评书、看戏曲。书场里，说书人声音嘶哑，但口齿清晰伶俐，秦琼卖马、桃园三结义等家喻户晓的故事……讲到关键处，可说书人却偏偏卖起了关子，一声要知后事如何且听下回分解，听得人们心旌摇曳；戏台上，武生眼花缭乱的跟斗、小生粉白透红的脸膛、花旦婀娜诱人的身段和顾盼生姿的眼波，一招一式，得体到位，一腔一调，勾魂摄魄……看得台下的乡亲们如痴如醉。小小舞台把千百年的历史故事演绎得酣畅淋漓。当然，集市那天，常有一些马戏团或杂技团来此走穴，门口的锣声吸引着行人的眼光。尽管票价不菲，人们还是心甘情愿地排队买票。当喝彩声、鼓掌声此起彼伏地从被布帏完全遮盖住的场内传出时，更是吊起了场外人们的胃口。

集市在黄昏中偃旗息鼓收摊了。喧嚣和热闹不见了。乡村又恢复了平常的样子，一直要等到下一个集市。人们回到家，检索和回味着一天的收获。他们又开始了等待，等待着下一次集市，如同等待一次心驰神往的约会。

篱笆

离开乡村已有二十多年，生活在由钢筋水泥筑成的城市高楼大厦里，自然很容易怀念起乡村那特有的庭院和它门前屋后的篱笆来。

从前的乡村多篱笆。可以说，乡村的孩子很幸运，能够天天与泥土和万物打交道，昼夜包裹在大自然的气息中。只要一出家门，就能见到风格和用料不同的篱笆。在我的眼里，篱笆就是一道乡村绝美的景色，也是乡村的某种表情。篱笆身上藏有一种隐秘和朴素的东西，这明显区别于城市的坚硬和圆滑。

篱笆虽然简陋，却是乡村田园风光的重要元素，更是诗人眼中美好家园的象征。从晋陶渊明的"采菊东篱下，悠然见南山"，到元缪鉴的"青山修竹矮篱笆，麇麀林泉隐者家"以及清陈维崧的"垒石缘流一迳斜，寺门幽似野人家。西风黄叶响篱笆"……诗人笔下的篱笆总是充满着诗情画意，叫人联想翩翩。

篱笆又称栅栏、护栏，是用来保护自家院子或菜园的一种简易设施，有严严实实包围着小院落，也有疏疏朗朗伴在田间小路的两旁。一般以植物枝干围成的篱笆为多，常见有秫秸、树枝、荆棘等材质。秋天通常是适宜编筑新篱的季节。每家将制篱的材质裁成一样的长短，编排起来，下半部适度插入土中，并动用铁线、钉子和胶钳等扎紧，这样，农家小院就伫立起了一道道的篱笆墙。

篱笆的长度完全取决于菜园、院落的大小和形状，多是不规则的方形或椭圆形，必须将菜园、院落全部围住，并设置一个小门，浇菜或摘菜就得从此门出入，而平时则掩闭不开。篱笆有高低之别，高的约在两米，低的一米至一米半之间，一般临街的那面高些，而与邻居相隔的这面低点。

过去在农村，几乎挨家挨户都饲养猪、鸡等，以赚些额外的收入来贴补家用。而乡村也正是有了这些，才更加富有生气。那时的鸡多放养。每当晨起，乡亲们先打开鸡坍门，在母鸡的带领下，十数只仔鸡"咕咕咕"地叫喊着，鱼贯而出。一眨眼的工夫，稻田边、屋檐下、土堆上、房屋的四周便到处分布着悠闲觅食的鸡。到了晚上，主人只要站在屋檐下，"咕咕咕"地一叫唤，所有的鸡就会摆着"八字步"，一只只乖乖地钻回了鸡笼，随后只需将笼门的插销一插，一点都不费事。还有一些人家里新买回来的猪崽，也得散养几天才投得上粗食。投不上粗食的猪崽，是没法入圈的。因而，在那些四处刨灰啄食的鸡群中，有时候也会混进来一只或是两只拱着泥土的猪崽。那些自由散漫惯了的猪、鸡，一放出来，自然不会像人那样的听话，总是喜欢乱寻食。一不小心，菜园中、小院里，主人刚种下的作物种子和新生的蔬菜苗，就会遭到它们彻底的破坏。为防止那些猪崽、牛羊等其他散养动物的啃食以及鸡的啄食。于是，人们便想方设法围起篱笆来，篱笆细密、严实，能将禽畜拒之门外。

记忆中，我家对门的邻居曾经有过一个很空旷全敞开的庭院，为了能更好地保护好庭院，他们便围了一圈篱笆。邻居喜欢种植蔬菜瓜果和花卉树木，空闲之余，在里面开垦出一道道整齐的菜畦，一年四季，球菜、芥菜、花菜、萝卜和冬瓜、黄瓜、丝瓜等果蔬不间断。后来，又改种成了各式各样的花卉和一排排高高的向日葵。每当圆圆的葵盘籽粒饱满的时候，邻居便把它们晾晒干后炒成葵瓜子，很慷慨地赠送给左邻右舍尝鲜。他们还喜欢在周边种上香樟树、毛竹等树木，整个庭院显得郁郁葱葱。

经过长期日晒雨淋风吹，篱笆容易变旧变脆。一堵篱笆墙在新扎时显得固若金汤，可时间一长，有些地方会出现破损，主人家就得做亡羊补牢的工作——进行及时的修补。当然，乡亲们围篱笆的目的一是防牲畜偷吃作物，二者对作物有挡风保暖之功能，三完全为心理因素，仿佛有了篱笆，心里显得更加地踏实，也许篱笆就是他们心目中的"长城"。

篱笆虽然是一道遮拦，却往往挡不住左邻右舍间的交往。过去，乡村人很少设防。除了防范牲畜外，平时家家户户的篱笆大都敞开着，而门也很少上锁，人们只要轻轻绕开藤条上的扣子，就能进入宅院。乡村的主人从来不会拒绝外人的到访，不管是熟人或陌生人。在乡村，来的都是客人，没有拒之门外的道理。邻居要借用锄头等农具，若主人不在，只要用后放回原处即可。桌上放着主人出门时的凉开水，渴了，推门进去就喝一口，但出来时要把门带上。半路上若是碰到主人，说一声，主人会很开心，因为这是看得起他们。而孩子们也常会把篱笆扒开一个豁口，在那里钻来钻去，于是，这些豁口往往成了猫狗来去的通道。

有时候，篱笆和墙也经常结合在一起的，人们习惯叫它篱笆墙。80年代，由孙国庆演唱的一首很经典的电视剧主题歌——《篱笆墙的影子》，就曾经唱响了祖国的大江南北，在我的心目中留下了很深刻的印象。篱笆还常常和院子一道成为乡村最有特色的景致。如果说院子是乡村人们敞开的心扉，那么篱笆就是他们心里缤纷的色彩；如果说院子是乡村的裙摆，那么篱笆就是裙摆上的花边，互相映衬。而乡村要是没有篱笆和院子，就缺少了生气和灵气，就没有了活力，篱笆和院子要是不倚着乡村又显得寂寞单调。

平时，光顾篱笆的有蝴蝶、蜜蜂等一些飞行小动物。春暖花开之际，篱笆就会吸引着成群结队的蝴蝶蜜蜂，这些小生灵穿梭其间，嘤嘤嗡嗡，翩翩起舞，向人们展示着生命的美丽。累了，它们就停歇在篱笆上，远远看去，就像篱笆上一件件灵动的饰物。篱笆上停歇最多的动物往往是燕子，偶尔还有麻雀，麻雀总是叽叽喳喳地来，叽叽喳喳地去，它会觊觎篱笆内晾晒的稻谷、麦粒。而燕子是从来不打农家人主意的，它温柔地在篱笆上展示着自己的羽毛，全身心地与乡村融合在一起，它守着篱笆就是守着乡村人的院子。

篱笆就是这样，它并不是乡村中不可或缺的事物，但却是早些年乡村确确实实存在的物事。在这个乡村也城市化了的今天，人们纷纷盖起了新式的楼房，猪、鸡也改成大规模的圈养，蔬菜则在大棚里开始大批量地反季节种植……现在，走进乡村，已很难见到篱笆了。夏夜，街上三五成群的纳凉者少了，都是一家人围坐在自家屋檐下的水泥地上，吃罢晚饭就打着饱嗝回屋收看电视。千篇一律的水泥建筑隔断了家与家的乡土情缘。只是在春种夏收季节，人们才可以在无遮拦的田野里难得一见。缺少了篱笆的乡村自然而然地失去一些特有的韵味，也失去人对于自然的水乳交融般的依恋。

真怀念那消失的篱笆。

纳凉

纳凉无疑是件乐事。一想到儿时在故乡纳凉的情景，便引起我无限的惆怅与怀恋。

过去在农村，乡亲们都有在夏夜纳凉的习惯。相比而言，乡下的纳凉方式比城市里要自然得多，所感受到的趣味也要比城市里更为淳朴，更为浓厚。每当夕阳收敛起最后一抹余晖，家家户户就开始忙碌起来，大家会自发地打来清凉的井水，泼洒在公用道坦的地上，给晒得灼热的地面降降温。然后开始从家里搬出各种纳凉工具。片刻之间，道坦中已支起门板、摆满竹床、竹椅以及大大小小、形状各异的凳子。有时，乡亲们还会在道坦的一角点燃一堆木屑，在上面撒一些糠皮，生起了"焖烟堆"。就在"焖烟堆"若隐若现的火光中，一股淡淡的稻麦清香洋溢而出，弥漫了整个道坦，而蚊蝇也会随之逃之夭夭，留给人们一个清凉的纳凉环境。

做好纳凉的各项"基础"工作，晚饭过后，家什收拾好，人们手拿陈旧的扇子，提着茶壶，从家中倾巢而出，这似乎已成了一种约定俗成的习惯。男女老少就开始聚集在公用道坦中，纳凉才算正式登场。

纳凉者总是自由组合，三三两两，谈笑风生，成了乡村最为典型、最为淳厚的一道民俗风景线。公用道坦也自然成为乡村文化交流和信息传递的场所。他们大体上分成三个集团：一是女人，一为孩子，另一个则是成年男子。三个集团的趣味各不相同。女人们谈话的范围总离不开家常琐事以及服饰打扮等，她们喜欢窃窃私语，声音细微。男人们则显得一点也不拘束，或坐，或靠，甚至躺着，喜欢侃新闻，聊农事，也谈一些道听途说的奇闻趣事，话题显得海阔天空，轻松愉快。常在外面跑的人，见的世面多，无疑最具发言权，自然而然成了聊天的主讲，他们的话题在乡村里永远是最新鲜的，他们会将自己在外面的遭际当新闻来发布，说得绘声绘色，唾沫横飞。当然，对于乡亲们来说，他们谈论得最多的还是地里的庄稼。庄稼有好收成时，乡亲们的心情也会随之灿烂起来，话语之间无不洋溢着喜悦之情，闷热的天气似乎变得异常的凉快。遇到庄稼歉收时，乡亲们沮丧的心情也不免溢于言表，不时地抽着闷烟，气氛也立刻显得凝重起来。

这样的夜晚，最开心的当数孩子们。与其说是纳凉，不如说是图个热闹。他们对于大人们的谈话不大感兴趣，总是喜欢结伴着去捉萤火虫。萤火虫往往在庭院内外、花草丛中悠然地飞来飞去，它们在夜空中划出一道道银色的曲线，最后趴在丝瓜藤蔓或缀着露珠的草叶上，要小心翼翼才能捉到。捉来的萤火虫装在玻璃瓶里，不间断地交替着发光，有时还被孩子们当"手电筒"来玩，特别的有趣。当然，孩子们最喜欢玩"老鹰抓小鸡"的游戏，人数可以不限，在道坦里追逐打闹，玩得满头大汗。累了，他们便坐在台阶上，托着腮帮子仰望天空，细数着那忽明忽暗，怎么也数不清的繁星，或蹲在道坦中聆听蝈蝈的鸣唱。调皮的孩子还不时地钻到大人们纳凉的椅子底下，大人们此时也似乎失去了往日的威严，只是轻轻地叫孩子们安静一点，然后再继续着他们的话题。折腾得差不多了，孩子们便会加入大人们的行列，听他们讲故事，可不久，眼皮开始发困，就躺在大人的怀里睡着了。

乡村纳凉中，才艺表演有时也是一个不可或缺的节目。具备才艺的乡亲会捎带各式各样的民间乐器。表演时，往往先来一段独唱，随后登场的才是这些民乐，那舒婉幽怨的二胡声、悠扬动听的笛声和嘹亮高亢的唢呐声总会赢得在场所有人的阵阵喝彩。虽然他们的技艺无法与那些专业演员相比，但演唱者总是那么地全神贯注，演奏者也是一脸的严肃认真，俨然像一场正规的演出，从而把夏夜纳凉的气氛推向了高潮。

在乡村，夏夜纳凉虽然没有灯光，但借着月亮、星光和天然的夏风，听着不远处田野里虫声、蛙鸣交织成天然的音乐，享受那份难得的清闲和凉意，无疑是一种少有的乐趣。

那时，没有空调、电扇，屋里闷热，因此，纳凉总是持续得很晚，往往要等到露水渐浓起来。这时，已不知喝了多少茶水、聊了多少话题的乡亲们才会依依不舍地收拾好家伙，女人则抱着早已沉睡的孩子，相互告别，相约次日再聚。

儿时的纳凉记忆的确是美好的。但不知从什么时候起，农村里也渐渐地远离了纳凉。现在的乡村大都盖起了漂亮的楼房，门口的道坦用一堵堵高墙分隔开来。炎夏之夜，已鲜见乡亲们坐在道坦中纳凉的身影，他们都喜欢待在自家开足冷气的空调房中，手攥遥控器看天南地北的电视节目来度过闷热的夏日。

转眼间，我已跨入不惑之年，生活在繁华喧嚣的城市高楼大厦里，要度过炎热的夏天，只能"蜗居"在小小的斗室中，以空调和电视为伴。有时，为了能体会到别样的纳凉情趣，自己也曾多次与朋友一道驱车去周边的山顶。坐在那里，吹着山风，边品茶边聊天，来打发漫长的夏夜。

甘蔗

孩提时，我特别偏爱甜食，尤其对甘蔗情有独钟。

我国的南方地区广植甘蔗，因此，家乡可随时见到它的身影。特别在乡村搭台演戏或放映露天电影期间，商贩就会挑着甘蔗担闻风而至。晒谷场上，他们将甘蔗洗净、斩段，喷洒清水后，一节一节地放在挑担上面，呈现出一副好卖相。在他们的背后，放置着一捆捆连根带叶、绿色表皮的甘蔗。商贩们往往一手举着一根甘蔗，另一手持一把半月形的短刀，长一声短一声地吆喝着叫卖，引得孩子们馋涎欲滴。

每当从父母那里讨得零钱时，我就会马上从家中一溜小跑到甘蔗摊前，掏出钱，并指着甘蔗问："给多少？"商贩便把刀口往甘蔗上一搁，示意这个长度，我仍不满足，与之讨价还价，把他的刀口往上推，经过几番艰难的"交涉"后，"生意"才终于成交。商贩就用刀在甘蔗皮上轮出一轮刀痕来，然后双手分握在两侧，靠在自己的膝盖上，奋力一掰，"咔嚓"一声，顿时将甘蔗截为两段，然后交给属于我的那段甘蔗。洗净后，我便横在嘴边，用力地啃咬，恣意地咀嚼着，直至嚼成干巴巴的一堆蔗渣，还舍不得吐掉。当时，在我的心目中，甘蔗已是"人间至味"。而有时为了能得到更多的甘蔗，我宁可要那硬邦邦的根部。

关于甘蔗，留在我印象中最深刻的莫过于精彩的劈甘蔗表演了。有时，当围满了一大群顾客时，一些商贩兴之所至，会玩起劈甘蔗来，以更好地招揽生意。他往往先精心挑选一根长相匀称的甘蔗，拿起半月形的短刀，劈头去尾后，将那段甘蔗立起，并把刀"扁"在梢上，屏气凝神，然后突然提刀，左右虚空两下，第三刀才真正向甘蔗劈去，只听见"嗤"的一声，随着刀子下滑，商贩的身体也随之快速下蹲，手起刀落之间，一根甘蔗已被一劈到底，均匀地分成两半，引得围观的人无不拍手称好，更使孩子们佩服得五体投地。

俗话说："江山易改，本性难移"，出于健康的考虑，现在，我慢慢地疏远了糖分过高的甜食，但对土得掉渣的甘蔗，仍然一往情深。每年甘蔗上市后，去菜市场时，总会在外面的水果摊上，顺手捎带上几根，供全家人一起品尝，有时觉得比时令水果还更胜一筹。

没想到，儿子将我这一偏好传承下来，竟然有过之而无不及，还特别偏爱甘蔗汁。现在，许多城市开始流行起喝现榨甘蔗汁，他只要一看到街头小巷的甘蔗榨汁机，总是闹着要去买上一杯，并独自有滋有味地喝着，说不仅味甜而且解渴。前年春节期间，全家人去南京苏州自助游，一到周庄，三个人竟然不约而同直奔景区门口的一个甘蔗摊，买上一根长长的甘蔗，削皮截段后，每人有滋有味地咀嚼着进入景区。

如今在大街小巷，你稍微驻足观望，就会发现一个奇怪的现象，那就是一些小女生们居然也会对甘蔗情有独钟，她们时常围着甘蔗摊，叽叽喳喳地议论着。吃甘蔗是个很奇怪的动作，女孩子们平时优雅矜持，淑女得很，但吃起甘蔗来，却往往变得旁若无人，面部表情极为丰富，龇牙咧嘴，嚼完之后又吐出，全然没有一副淑女的样子。但她们啖得痛快，是那种随心所欲的自由与享受，当然，这也是淑女们平时所无法体验到的。

随着水果种类的日益增加，甘蔗也逐渐被边缘化了。在一些水果行里已鲜见甘蔗出售。不过现在甘蔗依然有，只是以不同的身份而已：酒店的餐桌上，它们被切成麻将牌似的一小块一小块，往往与西瓜、葡萄、苹果等堆成一碟，形成水果拼盘，让食客们用牙签戳着雅致地进口，从大众化开始走向"贵族化"。

前些日子，拜读余光中先生的文集，其中，一首《埔里甘蔗》的诗歌深深地吸引了我："……而真要啖得痛快，就务必冰得彻底……"不难看出，余老也是一位不折不扣的美食家，而且他所描述的另类吃法——冰镇甘蔗，的确令人大开眼界。虽然早在东晋，大画家顾恺之就曾以爱吃甘蔗而闻名，并提倡应从其尾部吃到头部，认为那样吃才能"渐入佳境"，但我对此却一直不敢苟同。可对于余老的做法，还是很感兴趣，于是将新鲜甘蔗削好后，一节一节地放进冰箱，果然，冷藏后的甘蔗吃起来浇透肺腑，犹如一股股甘洌的清泉，吃得别有一番风味。便饶有兴致地向众朋友推荐，没想到，反响极好。

杨梅

天气闷热无比，时雨时晴，不觉已到了杨梅成熟的季节。

于是，每天街上就有三三两两的行贩，他们挑着又红又紫的新鲜杨梅在吆喝着出售，令人馋涎欲滴。

小时候，家里并不富裕，但每年杨梅一上市，父母亲总会慷慨地买给我们品尝。将汁液酸甜的杨梅送入嘴中，既生津止渴，又滋润肺腑。杨梅天生无虫害，家乡人吃杨梅一般不洗就直接入口，并提倡连核一道吃，说这样不仅不会吃坏肚子，还可以及时带走肠胃里的脏物。在众多水果中，由于哥哥与我都对杨梅情有独钟，往往不到半天，一篓杨梅便被我们争抢得一扫而光，以致牙齿常常酸麻不能嚼食其他食品，自然也会被父母数落几句，说吃多了容易上火。

杨梅树树干不高，不过三四米，但树冠却很大，枝叶浓密，笼着树干，远远望去，树型很美，一团团，一簇簇，如绿色的屏障散布在山坡上。到了杨梅采摘的季节，紫红色的杨梅一串串地依偎在弯弯绿叶中，让人赏心悦目，叹为观止。

与其他水果相比，杨梅的"孕期"显得特别漫长，而真正产果的日子却非常短暂，从"夏至杨梅满山红"到"小暑杨梅要出虫"的谚语看，不过半月光景。到目前为止，尽管大棚种植技术日臻成熟，但鲜见有可以反季节种植的杨梅，足见其生长条件之苛刻。长长的"孕期"也使得杨梅能广吸天地之灵气，成为集药用、观赏和食用于一体的时令水果。我想，杨梅正因为有了这种传统的品质，才能独立地保持其与众不同的个性。

家乡人爱吃杨梅，也喜欢泡制杨梅酒。杨梅酒制作工艺并不复杂，采用色泽深、成熟度高、无破损的新鲜杨梅，去叶子、果梗，再选择优质稻米所酿制的清香型烧酒，并将烧酒、杨梅按一定的比例进行配制即可。也可根据个人的喜好，将冰糖、蜂蜜等事先溶解在烧酒里，进行避光保存。浸泡一个月以后，分离杨梅与酒，先食用杨梅，酒液则可以保存至少一年，慢慢地品尝。到了翌年的夏季，杨梅酒便成了家家户户上佳的化食消暑佳酿，遇到发痧雨淋等，吃上几颗便能荡涤肠胃，上下通气。

可令人遗憾的是，虽然杨梅外表晶莹剔透、圆滑可爱，却是一种极不容易保鲜的水果，具有一日味变、二日色变、三日色味俱变的特点，尽管现在的保鲜技术不断地提升，但杨梅却仍然不能进行长期的保鲜，因此除了泡杨梅酒、晒杨梅干、冰冻杨梅、糖腌杨梅外，一般都在本地直接出售，很少外销。

温州是名副其实的杨梅之乡。瓯海的茶山、瑞安的高楼、永嘉的桥头、龙湾的瑶溪等地都栽种了大量品种上乘的杨梅树。随着旅游业的不断发展，现在，每年各地都会举行各式各样的杨梅文化节，其间往往穿插安排了"杨梅王"评选、挑战杨梅"大胃王"、杨梅采摘等与杨梅相关的系列文化活动，增强了游客的参与性、互动性、娱乐性。尤其是杨梅采摘体验项目的推出，很受人们的欢迎。为此，很多果农就地适时开辟了这个项目，一些果园还特地引种了经过改良的"矮化"杨梅树，让人们可以更方便地采摘。通过采摘游，既解决了吃瘾，又能提高玩兴，而且还可带走一定分量自采的杨梅。以至每到六七月份的开摘期，游客便会络绎不绝，热闹非凡。

现在，为了能及时让离家在外的游子们品尝到家乡的新鲜杨梅，近年来，温州机场专门为杨梅单独开辟了"速递"业务，尽管运费昂贵，人们还是愿意舍得花上这笔钱。因为这饱含着乡亲们对游子的浓浓亲情、牵挂和思念。在他们看来，这种感情是无价可寻的。

泥蒜冻

我的家乡在永强，濒临东海，位于瓯江出海口。由于瓯江口岸优质的滩涂资源和适中的海水咸度，造就了其海鲜的独特风味，而其中，最美味的海鲜当推泥蒜。

如果你初次来到我的家乡，热情好客的乡亲们肯定会向你特别推荐泥蒜冻。他们总是说，泥蒜冻是永强第一风味小吃，一定会让你吃得过瘾。

泥蒜又称为泥蛋、沙肠子，是一种产在滩涂上的软体动物，栖息在比较硬朗的海涂下吞食泥沙，并从中吸取营养物质，因全身满是泥沙，顾名思义为泥蒜。泥蒜其貌不扬，呈棕黑色，形如肥肥的短蚯蚓，长约一寸，与另两种"蒜之家族"——沙蒜和野蒜一样，同属海中野味，但形体偏小，品尝起来比上述两种更加鲜美。由于它生长在江海滩涂里，以前，潮落后可随时去捕捉。

少年时代，我曾多次跟随着大人们到滩涂上捕捉过泥蒜。捉泥蒜曾成为当地渔民的主要经济收入，他们还形象称之为"锄泥蒜"。当时，在拦潮坝外长着一种叫"草碎"的小草，叶如松针又尖又硬。一般在每年的三四月天气转暖时，人们就扛着特制的小锄头，上挂一个小篮子，去海涂里掘泥蒜。底下是否有泥蒜，拨开小草就知道：如涂面上有小小的洞孔，洞周有花纹，底下就有泥蒜，他们就一锄一锄地掘着，生长在洞里的泥蒜也随着泥土被翻了上来，这样半天忙活下来，往往能有三五斤的收获。当泥蒜从泥洞里一条一条掘出时，十分柔软、滑腻，其尾部有一条又细又长的须，如果动它，很快会缩进体内，把肚子鼓得硬硬的。它有老嫩之分，洗净后，皮肤呈灰里带黑的是老泥蒜，灰里带白的则是嫩泥蒜。

在泥蒜众多的吃法中，家乡人最推崇的就是泥蒜冻了。

泥蒜冻的制作工序非常精细，每道工序都马虎不得，泥蒜全身都是泥，首先得把泥蒜用水冲洗干净，然后须用力捣、踩并反复地搓、揉、捶，将其体内的泥沙和脏水全部挤尽，清洗后的泥蒜便变成柔软的一条条，团在一起，很不起眼，像这样的几道工序下来，通常一斤活泥蒜只能洗出一二两净物。一切准备就绪后，就可下锅了。把生姜放进油里炸，再下泥蒜，小炒一会儿，加酒、盐、醋等佐料和适量的水进行慢煮，随后，将煮熟的泥蒜连汤一起倒入准备好的格盘中。因它含有丰富的胶质，冷却一会儿就会凝结（冻）起来，当地人昵称为"泥蒜冻"。刚制成的"泥蒜冻"个个冰清如玉晶亮剔透，让人垂涎欲滴。

面对着圆滑的"泥蒜冻"，筷子的功夫极为重要，稍有抖动，它就会断然滑溜而去。而一旦落地，也正好检验它的质地。能蹦跳两下的，方为"泥蒜冻"中的极品。因为富有弹性，质地最为柔糯脆嫩，味道也最鲜美纯正。反之，软烂得如同粥饭，肯定不新鲜，就不能再食用了。当然，面对着鲜美的"泥蒜冻"，筷功不佳者也无需担心——可以用牙签扎取而食，同样能吃得得心应手。吃的时候，如果摆开酱油、香醋、花生酱等佐料，蘸着吃，那么，鲜美软嫩滑溜爽口的泥蒜冻就显得更加甘洌鲜美，回味无穷。

泥蒜不仅味道鲜美，营养丰富，还颇具药用价值，民间认为它是不可多得的滋阴平火之物。一直以来，也被乡亲们视之为食补的佳品。它能防止小孩子夜尿，还起到降火消炎，清凉解热的作用。当你喉咙疼痛或有轻微咳嗽时，吃了它，就可以达到止痛消肿止咳的疗效，胜似一般的药物。特别是酷暑天气时吃上几个，便会感觉到神清气爽，清凉可口。

吃罢泥蒜冻，再来一碗泥蒜汤，那就更加完美了。只需几条肥美脆嫩的泥蒜，加一点姜丝、精盐，原汁原味，汤白如牛奶，味极鲜美，清甜适口。泥蒜除了可以制成泥蒜冻外，还可以与粉干、年糕等食材配搭加工成泥蒜炒粉干或泥蒜煮年糕，把它们当下酒菜，再加上一盅老酒，那真是妙不可言。

如今，泥蒜冻已成为乡亲们招待远道而来的客人们必备的一道肴馔。刚刚凝结的泥蒜冻，口味尤其鲜嫩，也成了当地酒店餐桌的必备冷盘之一。小小的滩涂"蚯蚓"竟然能登上大雅之堂，吸引着众多的食客。

周末去超市买了一辆"捷安特"自行车。晚上，爱人扶着儿子在社区广场上开始学车。转眼间，儿子便可以独立骑着自行车在场地里兜圈子，他们欢乐的笑声勾起了我对自行车的回忆。

自行车，俗称"脚踏车"，也有称之为"单车"，七八十年代，作为一种便捷的交通工具曾风靡全国。可以说，它是当时人们不可或缺的主要交通工具。

说起自行车，我与它有着一种很深的缘分。记得第一次亲密接触自行车是在80年代。我刚上高中，当时，同学中拥有的自行车并不多。我的一位铁杆同学离校较远，为了方便来回，家里给他配备了一辆"永久"牌自行车。尽管这是他哥哥骑了多年淘汰下来的旧车，中间还有一道横梁，样子很笨重，而轮子上的镀光大部分剥落，锈迹斑斑，辐条稀少，可这在同学们面前已是风光无比。

课间，我常常借助同学的自行车在操场上进行练习，很快便用身上无数伤痕的代价学会了骑车。一天放学后，自诩为已"出师"的我就迫不及待地独立骑车溜达。出了校门，拐入了一条狭窄的砂石路，一边邻河，另一边则是宽阔的田野。可能想炫耀自己的车技，一路上，我弓背弯腰，将车蹬得飞快。没想到，正当我骑得有些忘乎所以的时候，猛一抬头，却骇然发现迎面开来一辆装满货物的大卡车，车速很快，骑行经验不足的我一下子慌了神，拼命地摁铃铛，并攥紧车头，猛地扭转车把，想躲闪过去，可仍然无济于事，最后只得把车子随手扔向路旁的田野里，自己则慌不择路地跳了下去，过了许久，惊魂未定的我才把这辆支离破碎但却弥足珍贵的自行车费力地推上了道路，而这也成了我一次难泯的骑车经历。

此后，虽然我学会了骑车，但当时自行车是一种奢侈品，根本不在家庭的开支计划之内，往返家和学校之间只能依靠双足的运动，要想骑行，只能偶尔沾同学的光过过瘾。

高考那年，由于当年我就读的永强中学尚属瓯海区管辖，而考点却设在成立不久、位于温州水心的县立中学，于是，我只身来到距家三十多公里的温州市区参加考试。高考期间，我寄宿在石坦巷的表叔家中。由于表叔家离考点较远，细心的母亲特意从堂姐那里借来了一辆"飞达"牌的女式自行车供我使用。为了熟悉到考场的路线，高考前一天的下午，我专门骑车沿着九山河、清明桥一带弯弯曲曲的小巷子去考场进行"踩点"，而这辆自行车也陪着我度过短暂而又难忘的三天高考时间。

真正开始拥有自己的第一辆自行车，是在考上大学之后，当时，四叔送给我一辆自行车作为奖励，从此，这辆自行车便成为我的忠实伙伴，并陪伴我读完了三年难忘的大学生涯。

参加工作以来，一直风雨无阻坚持骑车去上班，尽管住宿的地方离单位有几公里的路程，但我还是喜欢骑自行车，而不愿意挤公交车，因为它机动灵活。有时下班后，还可以与同事们一道，一路上并驾齐驱，可以随意交谈，有说有笑，回程也变得更加短暂了。我爱骑车，因为它出行自由度很大，或走或停，或快或慢，或远或近，悉听尊便。尤其在一大群翘首等候公共汽车的人群前飘然而过，那感觉特棒，无论春风拂面或朔风呼啸，细雨霏霏或雪花飘飘，都不会影响我的"骑兴"。

儿子上学后，家距学校有一段搭车不值、步行又嫌远的尴尬距离，而且几所学校紧挨在一起。每天上午，校门口前总是排起接送孩子的汽车长龙。我仍然倚仗自行车送儿子。这样，儿子坐在自行车的后座上，可以方便自由地穿梭于川流不息的车流与人流中，不到十分钟就可以载到校门口，既省时又环保，还可以保证他每天上学不误点。

但是，随着时代的发展和生活水平的提高，城市交通道路的拓展，交通工具的多样化，人们出行的方式早已被汽车、摩托车代替，自行车离我们的生活渐渐远去。如今，人们也变得越来越懒惰了，能坐车绝不走路，能乘坐电梯绝不走楼梯。

在一个开口必谈"车事"的时代，每当自己骑着那辆破旧的自行车时，同事、朋友见到我，往往都会脱口而出："怎么还骑车呐，你！"我自然听出了他们那种"大雪满弓刀"的弦外之音，这里面的潜台词当然包含着"你该买辆小车了""至少也应该打辆车"的意思。我再以健身或提倡环保之类矫情的回答似乎不合时宜了。在众多朋友已买了私家车或正在向私家车过渡的时候，骑自行车就有些格格不入，也显得那么"鹤立鸡群"。在他们的眼中，我自然而然地成了一位极为落伍的人。

几年前，单位搬迁新址，家与单位的距离愈发遥远，已经超出了我骑自行车体能的限度，如果再遇风雨，更是难以承受。于是，我也不得不改坐公交车以适应遥远的路途。只有偶尔需要去附近办事或购物时，才从车库里拖出那辆满身落遍尘埃的自行车，擦拭后做一趟短短的怀旧之旅。

如今，自行车已不再成为人们的主要交通工具，而成了一些人进行锻炼的健身器材。平时，在路边会经常看到佩戴骑行头盔、身着运动服的骑行锻炼群体。他们之中，有年轻人，而更多则是上了年纪的老年人，他们依然充满了青春的活力，令人羡慕。而且一些自行车也变得越来越高档了，配置先进，有变速档，甚至还有后视镜等，当然价格也高得令人咋舌。每当他们从面前风驰电掣般掠过的时候，我也真想上去一试身手。当然，骑自行车我也曾经风光过，还是让他们锻炼去吧，只是我心中仍然还有难忘的自行车情结。

　　跨过不惑之年的门槛，喜欢旅游的我去过国内的不少地方，有幸见识了很多座著名的古桥：永定河的卢沟桥、颐和园的十七孔桥、瘦西湖的五亭桥、周庄的永安、世德双桥……虽各具神韵，光彩夺目，但仅在记忆的云泥印下浅浅的鸿爪。在我的心目中，最爱的是故乡的一座古桥，它让我魂牵梦萦，没齿难忘。

　　这是一座明代的石桥，建于成化元年（1465），位于永昌堡内上河状元浃北侧，往西一百余米就是明武状元王名世故居。石桥为单孔梁式结构，呈东西走向，两侧梯步设计不同，东侧桥面往下四级踏步至一小平台，小平台南北各设踏步五级到路面，形似青蛙两腿，行人可在两侧上下走动。而西侧桥面往下踏步九级直接到地面，其形制别具一格，宛如一只青蛙横跨在河道上，当地人称之为"蛙形桥"。

　　石桥从我家的门口横跨上河的两岸，隔开了对岸的喧嚣，也连接起两边的热闹。如今，桥梁上花岗岩条石的花纹早已漫漶，桥墩周壁风干的苔屑开始脱落，南、北桥板侧还可依稀辨刻有"联芳桥"及"大明成化乙酉王廷善建"字样的碑文，显示出石桥的岁月沧桑和悠久的历史。

　　家乡是一个典型的江南水乡，河流纵横交错。为方便交通与生活，先民们修造了各种类型的桥梁。大罗山丰富的石材资源为先民造桥就地取材创造了先天条件。乡亲们更把修桥铺路视为积德行善之事，故自古以来造桥之风盛行。单在仅有 0.34 平方公里的永昌堡内，就静卧着形态各异的十三座明清古桥，联芳桥就是其中典型的代表。

　　据史书记载，当年英桥王氏五世大派祖宗自足翁长子廷芳和三子廷善儒雅友让，敦信乐施，他们继承了祖辈行善积德的优秀传统。由于所居之地东部耕田千余亩，因上河、下河的阻隔，对农业耕作以及交通来往非常不便，兄弟俩决定出资在下河、上河同时建造两座石桥。由已患病在身的廷芳带病监理造桥事宜。后来，当地百姓为纪念同胞兄弟同年联合建造业绩流芳之意，取名上河西桥为"联芳桥"（当时，耕田千余亩按里法约为三里，故下河东桥名为"三里桥"）。现联芳桥仍保持原状。

石桥是水乡交通网络的连接链，是我们乡情的纽带，坐落于故乡的联芳桥就像一位饱经风霜的老人，见证并记载着家乡的岁月变迁。

小时候，出门不到五十米，便见这座石桥，与伙伴们常在上面一起玩耍，走熟了，自然对于桥上的一石一草了如指掌。夏天，石桥就成了我们玩耍的天地，大家坐在石阶上钓鱼、玩牌下棋，做游戏。傍晚时分，调皮的伙伴们还在桥上比试着"高空"跳水，看谁跳得远跳得多，他们站在桥上，双臂一举，"扑通"一声，跃入水中，溅起一片片水花，"跳水"的英雄壮举还引来一片片喝彩声。到了晚上，我们就坐在石阶上乘凉聊天，听着大人们给我们讲述着一个又一个动人的故事。石桥曾给我的少年时代带来诸多的快乐和幸福! 在桥头，我无数次盼望从学校晚归的母亲。在桥上，我和小伙伴们并排而坐，探头俯视着小船从下面划过，鸭群从桥下快活地游过，我将手里的馒头碎丢进水中，引来了一群贪馋的小鱼……

如今，时光已过去了四百多年，古桥不知负载过多少行人货物，谁也说不清楚，历经了多少次台风无情的肆虐、多少次河水暴涨漫过桥面，可它依然挺直着脊梁，从不屈服。

石桥桥面由三块厚厚的长条石板构成，八米多长，两米来宽，横架在两岸由块石垒砌的桥墩上。那三块石板呈淡红色，严丝合缝。因桥既陡又有台阶，只宜步行不能通机动车，渐渐被人们冷落。时人越显娇贵，就在附近修建了一座崭新的钢筋水泥铸成的平桥，汽车、摩托车可在上面来往往，畅行无阻。但人们没有抛弃联芳桥，作为国家级文物保护单位永昌堡内现存的最古文物，现在，终于得到了政府部门的重视，人们知道怎样去尊重它、保护它。

现在，只要我有机会回老家，都喜欢在联芳桥上面走一走，就当是和一位老朋友叙旧吧。因为桥石上蹒跚过我童年的幼稚，桥栏上偎依过我青年的幻想。走在暮色中的我，看着桥面上那斑驳的石阶，也让我不由得生出多种情怀。一座座古桥留下了各个不同的景致和寓意，由联芳桥情不自禁地生出对其他古桥的许多联想。到了西湖，断桥是绕不过去的，传说当年白娘子和许仙缠绵悲怆的爱情故事就始于断桥，借雨伞定情。于是，断桥便成了忠贞爱情的代名词，人们永远记住了断桥情缘。去绍兴沈园，人们会不得不提到这座伤心桥的，它见证了陆游、唐婉的一世悲情。"伤心桥下春波绿，曾是惊鸿照影来"，一座伤心桥由宋朝飞架到今天，一代代人为那份旷世情缘慕名而来。可是如今，有多少人还会为一份情感坚守一生呢? 而唐时阳安的尽情桥与长安的灞桥一样，总是氤氲着人们送友远行、折柳赠别的惆怅与离恨，由桥牵引出的缕缕情感和依依故事，延伸弥漫了多少年，让多少人感情心动，谁也说不清楚，但人们看重的是那份折柳赠别的情谊。我想，要是人与人之间的心海也有桥那么紧密相连，世界就不会有隔阂，再也没有动乱，没有敌视，没有战争，只有和平和发展，和谐生活，和谐发展，人们的生活那该有多么美好！

"初中"这个词汇应当离我很远，中间仿佛隔了一条河，所有的人和事都活动在河的对岸，经努力回想才能从记忆的长河中由模糊逐渐变得清晰起来。

提及我的初中时代，真是欲说还休，竟不知从何说起。母校永昌中学是一所普通的乡村中学，创办于 20 世纪 50 年代末，生源来自乡属各村适龄的小学应届毕业生。80 年代初还没有实行九年制义务教育，能有机会上初中已属幸运，因此，不少孩子小学毕业后将面临辍学，长辈就得让他们拜师学艺掌握一技之长，以能在将来自谋出路。

学校位于永昌堡古城内，毗邻其北门——通市楼，距我家只有一箭之遥。当时，学习环境轻松，没有多少家庭作业，没有补课和培训班，家长对孩子们的学习也很少干预，三年的初中时光显得轻松快乐。每每向儿子叙述这一切时，1999 年出生的他都会瞪着疲惫的眼睛，很异样地望着我，对此既表示怀疑又万分羡慕。

那时，我们少不更事，玩性未泯，最有意思的当数根据老师的生理或行为的特点，相聚着言论，挖空心思地给每位默默浇灌未来的园丁们"封"了一个又一个并不雅致的绰号。身材瘦小的生物老师有一口大嗓门，上课时声振屋瓦且唾沫四溅，全班同学均感到耳朵深受其害，而前两排中间的同学则要饱受其口水之苦，于是，大家群起而攻之，"喷雾器"的绰号便应运而生，算是对他一种善意的讽刺。初一、初二时，数学张老师是一位典型的"严师"，以教学《平面几何》见长，讲解角边关系，论证求解的逻辑思维，通俗易懂，学习起来一点也不费力。而画的几何图则非常规矩，他画图时，先定好圆心，一笔下来，一定是一个闭合的圆，几乎与木制的大圆规教具画的一样。张老师长得高大威严，不苟言笑，上课声音洪亮，时常声色俱厉，不留情面，同学们见了他会自觉地收敛行止。上课铃响后，远远一听到老师的足音，同学们便迅速蹿回座位，翻开书本捧起并做出埋头苦读状，刚才还是一片混乱嘈杂的教室顿时变得鸦雀无声，大家开始恭敬地等候。进教室时，老师腋下常夹了个刷了黄漆的木质三角板，手中端着教案的夹子，上面放着一盒粉笔，大步流星，衣袂翩飞。我们私下里称其为"长人"，绰号未必高明，但还是很符合他的生理特征。数学老师对我很偏爱，每次改卷时，常要求我和另一位男同学去担任其助手。其间自然也少不了给我们加小灶做思维拓展题，因此，我的数学思维在他那里得到了很好的训练，也曾代表学校参加过市级数学竞赛，只是遗憾与名次失之交臂。语文老师虽然知识渊博，上课精彩生动，但却有一个令我们深恶痛绝的坏习惯——喜欢拖堂。他上课没有时间观念，几乎每次都拖堂，弄得同学们怨声载道。某日，一位女同学突发灵感，给他起了一个"铁托"（前南斯拉夫总统的名字）的绰号——意即长期性的拖课，恰如其分地概括了他上课的风格，大家对此无不拍手称快，纷纷评价为神来之笔，此绰号也很快在全校公然传开。此外，我们还给各科的老师们"册封"了像"$\sqrt{2}$"（意为身高只有 1.414 米）、"王驼子"、"电灯泡"、"黑牡丹"等一个个令人捧腹的绰号。

关于当时上课的诸多情景，那难忘的一幕幕依然鲜活地铭记在心。众多的课程中，我最渴望上历史课，全缘于在那里遇到一位好老师。20 个世纪 80 年代，"学好数理化，走遍天下都不怕"的理念正大行其道，国人对理工科极为推崇。但王则琼老师却把我引入了一个广阔的历史天地。王老师学识渊博，幽默生动，书本内容早已烂熟于心。他讲课时富有激情，绘声绘色，一个又一个精彩的历史典故给演绎得扑朔迷离，扣人心弦。有时，他也会挑选一些名著的精彩章节讲给我们听，课堂里总是鸦雀无声，大家听得津津有味，在他的循循善诱下，同学们很快激起了对历史知识的强烈求知欲，油然跟着他的思路思索起中国上下五千年历史的得失。与此同时，王老师还能写一手秀美的行体板书，飘逸灵动，似行云流水，显示出一种无拘无束的鲜明个性。只是王老师后来调任市区一所中学从事语文教学，再也无法聆听到他的教诲。在他的言传身教下，使我至今一直保持着对历史的浓厚兴趣，如今连儿子也受到了我潜移默化的影响，成了一名不折不扣的历史迷。而地理课实在乏善可陈，老师已近知命之年，原系教授其他课程，后因学校地理老师奇缺才临时客串，他的地理知识匮乏，教学水平实在令人不敢恭维，纯粹是照本宣科来应付我们。他的最大特点，就是善于把简单问题复杂化，把复杂问题搞得更为复杂化。因他上课讲授不得法，教室里公然打瞌睡者有之，交头接耳者有之，传阅看小人书者有之，互相递字条、画漫画者有之。当时的教室条件简陋，没有窗玻璃。在老师背身板书之际，占据靠窗黄金位置的我和几位调皮好动的同学常越窗而出，然后匍匐着身体躲过老师的视线。当然，我们不敢走学校的正门，而是偷偷地从操场围墙豁口钻出来，到外面玩了一圈，又悄无声息地溜回教室。可有一次在匆忙之中，翻窗时，我的衣服口袋挂住了窗户的销子，"哗"地撕了一个口子，所有的同学都在那个瞬间扭过头来向我行注目礼。于是，我这个始作俑者自然难逃一劫，老师顿时两眼喷火，把我训斥得赧颜不作声，被揪耳朵并进行惩戒——在教室门口一直罚站到下课。因为有了前车之鉴的教训，从此，我不再故态复萌。

初中三年级，新增了一门功课——化学课，记忆犹新的是在一堂化学课，老师给我们演示氢气制取的实验，由于操作不当，化学反应时居然发生了剧烈的爆炸，反应物硫酸锌由讲台上向四周倾泻下来，具有强烈腐蚀性的硫酸还灼伤了老师的双手，教室里顿时呈混乱无序的状态，同学们马上进行紧急疏散。新购的一套昂贵玻璃仪皿也自然被报废。对此，老师显得一脸尴尬无奈，被全班同学所诟病，当然，此次失败的化学实验也成为往后初中同学聚会时不可或缺的谈资。毕业班时，我们更换了一位数学老师，竟然是初中第一学期时曾执教我们的英语张老师。其间，他去师范学院进修了一年半数学后又重新回到了母校。张老师有一个明显特征，口头禅喜欢说"那么"，很多同学在上课时，每人铺张纸在上面画"正"字，记老师一堂课究竟能说多少个"那么"，结果最高纪录竟然高达一百零四个。此外，张老师脾气炮仗，逢个别学生上课窃窃私语或神思恍惚时，总是按捺不住，将长长的粉笔头随手掰成几根打脑袋。于是在教室有效的射程内，老师手上的粉笔头像呼啸的子弹，准确无误地落在这些不守纪律的同学的额头，不偏不倚，百发百中，颇具《水浒传》英雄没羽箭张清飞石技的风范。相比而言，他的数学课要生动得多，有一种化腐朽为神奇的力量，一个学年下来，我们班羸弱的数学科目成绩整体上提高了一大截，进步有目可睹。

我们课间消遣的主要方式是下棋和打乒乓球。中国象棋在农村很普及，几乎人人都会下。但课间休息时间短，下整盘象棋又太耗时，于是，大家便玩翻着的象棋（暗棋），用棋盘的一半，棋子翻过来，由大到小，将吃士，士吃象，依次吃车、马，炮可以隔着打，兵（卒）最小，但可以吃老将（帅），将对方的棋子吃光并困住老将（帅）就算赢棋。下暗棋时，经常是两个人玩，大多数同学围成一圈在旁边做"智囊团"，分别为双方支着儿，支着儿的往往比下棋的还激动。可以说，我对乒乓球业余爱好的根源应当追溯到中学时代，只是现在没能坚持下来，一直引以为憾。学校里，摆在校舍走廊的两张油漆斑驳的木质乒乓球桌，课间时总是围满了人，同学们轮流上场捉对厮杀，乒乓高手也不时在此设擂，由其他同学进行挑战，围观的人纷纷为挑战者呐喊助威，直到上课铃响，大家仍不过瘾，得经常在老师的不断善意提醒下，才恋恋不舍地回到教室。

当时，学校体育设施严重不足，两排工字形的平房教室前面的一半是铺满沙子的操场，没有跑道，只有一个简易的沙坑，下雨的时候老是有积水。还有一副锈迹斑斑的双杠。而两副远远对峙、布满裂纹的木制篮球架则孤零零地立在另一半的水泥地上。操场的围墙高耸，上面插满了尖尖的玻璃碎片，防止外人越墙进入里面，两边墙壁上则分别有"好好学习，天天向上""团结紧张，严肃活泼"十六个宋体大字。体育课时，我们的主要活动范围就是在这个不太规则的操场上，但也仅仅限于做做广播体操、玩玩跳绳、打打篮球等有限的体育活动，有时也在沙坑中练练跳远，或对着两段方木支起的跳竿练习跳高等田赛项目，就再没有别的花样了。当然，设施单一的好处就是造就了许多人共同的爱好。

为了提高我们的体能，年轻气盛、刚从体校毕业的女体育老师只能因地制宜，就地取材，要求同学们沿着城堡外崎岖不平的田埂路进行近三公里的绕城长跑练习。训练伊始，大家还是兴致高昂，但后来就变得漫不经心。我们往往从北门出发，跑不到三分之一的路程，就开起了小差，常常由西门绕到我家里玩上一会儿，估计着差不多的时间，又慢腾腾地逛出来，快接近学校时，大家赶紧重新起跑，并拉开距离，从校门口开始齐声喊"一二一"，还故意上气不接下气地跑进操场，这样一来，老师就被我们轻易蒙混过关。可现在回想起来，还是愧对那位对我们一向苛求、布满蕊状青春痘的体育老师。

许许多多的翻新花样成为我们初中生活中的一部分内容，岁月渐渐冲淡了青少年时代的往事，但对善良的老师们所做的"坏行为"却异常清晰地萦绕在脑际而不时困扰着我，对他们抱有深深的歉疚。成年之后，每次邂逅初中的老师，总要倾诉一点往事，忏悔自己当年的"糗事"，希望能得到他们的宽恕。但老师们都很宽容我们少年懵懂无知的所作所为，而为我们日后所取得的点滴成绩感到骄傲。前些日子，在路上与久违的毕业班语文老师不期而遇。头发花白的她一如既往地热情，拉着我的手亲切地问长问短。她已从当地媒体得知我出版散文集的消息，为此，她显得格外自豪，再三叮嘱要送一本给她作为纪念。三十多年过去了，老师们心中仍然惦记着旧日的学生，着实令人感动。

初中毕业时，只有屈指可数的同学有机会考上了梦寐以求的高中，从此，水乡田园牧歌般的初中生活也就戛然而止。永昌中学则于 90 年代初搬迁至永昌堡外西南侧的新校区。现在，坐落在它原址上的是一座道观——永昌坤德宫，而母校早已面目全非，旧日的痕迹荡然无存。如今，每每忆及中学时代，由于时过境迁，留在脑海中也仅是些细节琐事，因此只能截取一些零碎片断，用文字絮絮叨叨地记录下来。但初中三年作为漫长人生的一个驿站和充满青春气息一段最为难忘的历史，却依然镌刻在我的历史长河中。

白驹过隙，三十年一晃而过，同学们早已各奔东西，老师们也进入了耄耋之年，很少有机会聚集在一起，每当与老师和同学们后来偶遇时，总是百感交集，不胜唏嘘，聊起初中生活，大家恍惚间又重新回到了美好、充满欢乐的少年时代，因为那里终究留下我们纯真年代无邪的梦想和永恒的美好回忆。

感谢命运！让永昌中学选择我和我的老师们、同学们，编织了那么多琐碎的、快乐与遗憾并存的故事，值得让我慢慢回忆、细细品味。

在乡村，田野作物一茬一茬，四季分明，春播谷种，五月插秧，整个夏天，满眼更多的是绿油油的水稻。稻谷收割后，田间便开始翻种小麦和蔬菜。而在乡间河道两岸坡地和一些山坡上、沟坳里，种植了番薯等农作物，一年四季，循环不已。但在我的记忆中，众多的农作物，当数油菜花开花时最为浓烈强悍，它是最具集体主义的草本植物，那一畦畦成片成片鲜艳夺目的黄色，质朴的黄，喷香的黄，显示出一派生机盎然，整个乡村仿佛被浸泡在壮丽辉煌的金色花海里，它在早春里持久地飘散着沁人心脾的气息。

油菜花普通平凡，弱小沉默，它随风飘洒，遇土生根，落雨花开。它虽然没有刻骨铭心的香气，也没有玉树临风的骨架，但在广袤的平原、阡陌的地头、贫瘠的山丘甚至在农舍的墙角边，随处都可见它的身影，而且在有限的花期内开得轰轰烈烈。

油菜花很容易使人联想到梅花、桂花及其他名贵的花木，它们可以种植在城市的公园中、道路上，也可以被呵护在精致的瓷盆里，用来装饰居室庭院。但是，只有油菜花在少有污染的乡村，在充满泥土气息的田野，才能彰显出她的"草根"本性。在袅袅的炊烟、荷锄牵牛的农夫映衬下，更透显出它的清新与生机。那份天真淳朴，那份淡雅芬芳，却是那些开在繁喧闹市中的名花奇花所永远无法企及的。

过去，乡村大部分的田园里都种植了油菜花，它是人们最亲切熟悉最平常经济的花朵，油菜花就像乡村的姑娘一样清隽可爱，朴素大方。油菜花嫩，那嫩显得鲜明透亮，嫩得掐得出水来，一律绿莹莹的，盛花期间，总会惹得五颜六色的蝴蝶款款飞来，在上面翩翩起舞，逗得蜜蜂盘旋或停驻授粉采蜜，嘤嘤嗡嗡，蝶舞蜂喧的景象使人情不自禁地联想起杜甫笔下"流连戏蝶时时舞，自在娇莺恰恰啼"的诗句来。面对此情此景，好动爱玩的孩子们往往禁不住美景的诱惑，他们流连忘返地穿行在花丛中，忙碌地采猪草、做游戏、唱儿歌、捉蝴蝶……你追我赶，无拘无束，孩子们撒欢在漫无边际、一片金黄的油菜花的海洋里，那天真烂漫的欢声笑语，伴随着油菜花清爽的香气，在乡村的上空悠悠飘荡，清风徐来，和着那清脆的鸟鸣，演绎出一幅栩栩如生、万物复苏的田园春色图！

油菜花作为当时乡亲们主要的经济作物，在我看来，它却是最适合乡村人们的油料。花期过后，待结满了沉甸甸的果实，乡亲们便将油菜收割下来，扎成一捆一捆，放进篾编的晒筐里，经阳光下暴晒后，只要用手轻轻一揉细长的籽荚，黑褐细圆的菜籽就落了一筐，堆得厚厚的。晒干后的油菜枯秆成为乡亲们生火做饭的上等原料，而精细圆润、细小轻便的菜籽则被收集一只只箩筐里，由男人们奋力地挑往油坊。

油坊坐落在不远的镇子上。那原是一座破旧的厂房，屋内光线黑暗，却终日弥漫着特有的菜籽油香。几位身强力壮的青年男子，赤膊着上身，在其间劳作着。当时，榨油全凭手工劳作。榨油机都是木头制成的，特别坚实的那种木质，粗粗的庞然大物。男人们将油菜籽放在上面捻碎，然后几个人共同推着一根巨大的木棒挤榨着，蓄力发出"嘿——唷，嘿——唷"的吼声，随着一阵阵有节奏的一吼一捣，那酱色的菜籽油从木器上汩汩地流下来，流进了盛油的木槽或铁皮桶里。菜籽油亮晃晃的，能照得进人影。榨油时那声音缓慢、沉着，是乡村生活节奏最好的诠释。由于全天候地工作在油坊中，一天下来，青年男子全身满是油渍，伸手一摸，像泥鳅一样地滑溜。当然，这样生产出来的成品油没有掺杂着任何添加剂，其纯正的香味是任何工业化下的油类都无法比拟的，除出售用于增加额外的家庭贴补外，剩余的便成了当时人们的日常主食油，而榨干后的油饼则往往被乡亲们利用起来作为难得的有机肥。

随着经济的迅猛发展，城镇化建设的推进，在农村，田地大量地锐减。人们的视野再也看不到大片大片的油菜花了，只是在路过一些乡村时，偶然会看到一些零星分散的油菜花，总是显得那么孤立渺小。而每年的春天，虽有于红花绿叶之间的徜徉，也会心领神会柳色青青的怡然春光，但是，我心里总是无比怀念着那些纯朴自然的油菜花。

如今，旅游业方兴未艾，人们在旅游上开始做足了文章，时人爱猎奇地游玩，于是，自驾游、采摘游、观赏游等各式各样的旅游形式也就不断地应运而生。在乡村，一些长期荒芜的田地或山坡被精明的商人充分利用，投资种植了大量的油菜花。一到每年的盛花期，一簇簇、一片片金黄浓烈的油菜花便成了一处处独特的风景，总会吸引着一拨又一拨的城市人。于是在乡村里，总是游人如织，观花海，弄花潮，游客们像蜜蜂一样如痴如醉地采撷属于自己的快乐，花姿、花影、花雾、花潮让人陶醉。他们的镜头"咔嚓""咔嚓"地闪烁着，里面尽是千姿百态、风情万种的造型；当然也有"桃红、柳绿、油菜花，小桥、流水、吊脚楼"，还有那些在山坡上、田野里劳作的农家人。

在江西的婺源，"游古村落，赏油菜花"已成为当地旅游的最大特色和品牌。青海的门源，那里有五十万亩连绵不绝的油菜花田，沿着一字并肩的祁连雪山，形成了"百里油菜花海"蔚为壮观的视觉盛宴，浩荡的金波一望无际。该县从2000年7月开始，还创建了一年一度的"油菜花文化旅游节"，从而将油菜花的宣传推向了高潮。

前几天，一位乡村朋友给我发来一条短信：油菜花开了，兄弟，今年你来不来？极简洁的一句邀请，却在随意之中饱含着真情，着实让我感动，我立即回复：一定会如约而至。真的，工作在城市多年，许久已没有亲近油菜花了，真想回到那自然朴素的油菜花边，回到那曾经快乐无忧的童年时代。

杨柳

记事起，老屋前面的一个公用河埠头就长着一棵杨柳树，据父亲说，它至少有着三十年的树龄。在我的眼里，它已是一棵老树，粗壮的虬枝呈"S"形地扎进土里，表面皲裂成棱条状，树身黝黑色，皱巴巴的，实在没有什么特别的美感。尤其入冬后，树叶全落光了，光秃秃的一片，显出萧条来。只是到了二月，江南的春天最先把它的枝条染绿，曼妙的柳条展露着密匝匝的嫩芽。不久，清澈的河面上便垂满绿油油的细密枝条，显得体态瘦长袅娜，一遇到风，就会轻盈曼妙地随之舞蹈，给平静的乡村染上了一抹朦朦胧胧的淡淡绿意。

清晨，就有鸟儿站在它的枝头，迎着东方殷红的天空放声歌唱，唤醒黎明的到来。我上学时，它们也开始展翅飞翔，飞到我走的那条小路的前方去了。前方是我上学经过的小桥人家，是一片蛙鸣的水稻秧田，是小河边黄灿灿的油菜花，还有晨曦里在河埠头洗濯的女人。

春末初夏，蝉开始在某一天的暮色渐起时放声叫嚷了。它就在这棵杨柳树枝上，细微的晚风里，一缕炊烟迎着它的歌声袅袅飘散，而蝉鸣声把柳枝也唱得一颤一摆的。这蛊惑人心的叫鸣，还真为我心头添上一缕兴奋的色彩。可等我走近时，蝉便会立即噤声，把自己完全藏身在一片片柳叶的背后。树上的蝉很多，大都趴在人们够不着的树梢上，于是，上树捉蝉便成了儿时少有的乐事。午饭后，我们一群小伙伴经常猫着腰，循着蝉的声音，蹑手蹑脚地来到树下。当然，我们手持网兜，显然有备而来。如果蝉趴在柳树的顶部。还得让一位小伙伴爬到树杈上，并小心翼翼地透过树杈枝叶伸到蝉的背后，如果一不小心碰到树叶，蝉就会轻易地逃走，必须乘它没有发觉之前，用网兜迅速盖上去，紧紧地按住，蝉的翅膀一旦被粘住，只得束手就擒。捕捉后的蝉被放到早已准备好的笼子里，挂在自家院子的树上，于是便有了蝉鸣声。但关在笼子里的蝉声却不再像平时停歇在树上一样那么高亢洪亮，而是充满着悲哀和无奈，且不会持久。

当然，与柳树有关的还有捉蜻蜓的美好记忆，蜻蜓有时也会停歇在柳枝上，它的动作非常敏捷，只要稍有风吹草动，就会展翅飞走。因此，要抓住它并非一件易事。捉蜻蜓时没有借助于任何工具，我总是微张着手指，以不易察觉的速度小心翼翼地逼近，一旦抓着蜻蜓时，就会马上用线缚住其尾巴牵着飞，充分展示着对蜻蜓的控制水平。

在乡村众多的树木中，最使我感到亲切的就是杨柳树，它曾带给我梦幻般的记忆。在那段孤寂和贫穷的时光里，杨柳仿佛是为孩子的游戏而准备的，它的唯美而轻柔的身姿、低垂的树梢，都显得那么柔和，使每一个孩子都能轻而易举地摘下它来制造玩具。它不像梧桐那样高不可攀，虽然伟岸，但终不是我们所可以随便亲近的。杨柳带给我们的最好游戏就是用它来编帽子和做球。那是很有趣的玩乐，我们擗下杨柳枝，在枝根的地方剥下一圈皮后，再在枝上绕几圈，然后用手顺势把树皮抹到枝梢，一根杨柳球就做成了。用柳枝编草帽则是从小人书上和电影战争片学来的，杨柳条弹性好，几根柳条弯折起来，相互交叉缠绕，就成了一顶草帽。编好后的杨柳帽子箍在头上，非常软和、舒服，还可起到防晒作用。我们往往学着解放军的样子，趴在草丛中相互玩打仗的游戏，虽然单调枯燥，而且在炎热的夏天，这种游戏没少让蚊虫叮咬，但我们却从这种游戏中享受到了特有的乐趣。

到了夏日，酷热难挡，小河成了孩子们的乐园。午后大家相约着从家里出来，聚集在河埠头，顺着台阶，一步步地走向河里，当河水漫过腰际时，大家便迫不及待开始准备游泳。那时，农村孩子学游泳，往往一只手抓住木盆，另一只手划水，或者把整个身子趴在粗壮的毛竹或一块木板上，狗刨式地在水中扑腾了几天，呛上几口水后就会无师自通。游累了，便托着脸盆在河埠头石阶底下或河岸的洞穴里去挖吸附着的螺蛳，有时也会有鱼虾等意外的收获，当然，这些是游泳外的"战利品"。一些胆大的孩子则干脆上岸，爬上这棵杨柳，将自己坐在杨柳的树杈上，还故意压得树枝一颤一抖，然后纵身往下跳跃，引来旁边一阵阵的喝彩声，他们便会为此而引以为豪，不断重复着跳跃动作，并乐此不疲，这时，柳树便成了他们"高空跳水"表演的最佳场地。

杨柳虽是一种非常唯美的树，但也有美中不足之处，有时会从树上扑簌簌地掉下一些虫子来。这种圆滚滚的青色虫子，全身是毛，而且一遇到东西就会放刺蜇人。胆小的人见了心里都会发毛，不要说碰它，看见它都会起鸡皮疙瘩。但在我看来，却是小时候最好的"玩具"了。我还常常把它拿起来放在手掌上看着它爬。有时候，一些调皮的男同学还会把它带到教室里，乘女同学不注意时，偷偷地放在她们课桌的抽屉里。上课时，女同学一推抽屉，就会发出尖锐的叫喊声，这时，便是我们男生最得意的时候了。

可如今，路旁岸边的杨柳树变得越来越少了。只是在城市河滨公园临水的岸边，偶尔栽种了几棵小得可怜的垂柳。也许是因为杨柳太容易遭到害虫的侵袭，所以城市里选择行道树时，一般都少种甚至不种杨柳，这是美丽而遭到的代价。城市宁愿需要丑陋而冷漠的高楼大厦，却无法容忍一种丰姿卓绝却容易受到伤害的唯美生命。

去年3月，回老家看望父母时，古堡上河的岸边，等间距地种植了清一色的杨柳，一棵棵披绿垂青，迎风摇曳，真是一派"杨柳依依小湖边，似梦似真又相见"的感觉。呈现出一片江南早春的景色，给了我一个意外的惊喜。

　　麻雀是鸟类中的"平民"，虽貌不出众，语不惊人，但它们数量之多，胆子之大，生存能力之强，让全世界的鸟儿甚至兽类都相形见绌。

　　麻雀又名家雀、铁雀、宾雀、瓦雀等，分布极广，被乡村人们视为村庄生活最为亲近的物类和最具亲和力的伙伴。在我国的大部分地区，一年四季都可见到麻雀的踪影，它们往往活动在树林里、菜园中、晒场上。这种褐色带斑点、翅小尾短、头圆尖嘴的小鸟在乡村热烈而盛大地生长和繁衍。麻雀因陋就简，随遇而安，很随意地把巢筑在屋檐下、墙洞中，甚至窗台上斜伸出的晾衣竹竿，都是它们栖息游戏的场所。麻雀以其生活的悠然与随意，成为村庄真正的诗意栖居者。

　　稻熟季节，一拨又一拨的麻雀会扑扇着轻盈的翅膀，成群结队从四面八方飞掠而来。它们总是觊觎田地里的稻谷，迅疾地扑向那里，专拣成熟的粮食吃。为保护粮食，乡亲们只能采用人力的办法，挥舞着竹竿或笤帚，奋力地驱赶。可聪明的麻雀则往往采用"你进我退，你退我进"的游击战术，与人们进行周旋。当人们追到西边，它们却流星般地蹿到东边，依然津津有味地大啖起谷物来，令人疲于应付。

　　因麻雀驱赶无尽，乡亲们又不能老守着田地，于是，他们便想方设法在那里伫立起一个个用竹竿或木棍作为支柱的稻草人，有的稻草人身上还拴着铃铛，随着风吹而发出清脆的铃声，有的则手中拄着木头刀杖作武器，以加强其恫吓的威力及效果。这样，远远望去，手工扎起的稻草人躯干瘦高，两臂修长，脑袋笨大，活像一个真人守候在那里，刚开始还能起到震慑作用，麻雀对此略有顾忌，可时间一长，麻雀就识破了人类所布下的圈套，变得肆无忌惮。它们又继续大摆大摇地落到稻谷上照吃不误，甚至还飞到稻草人头上旁若无人地拉屎撒尿，弄得人们无可奈何，不得不与麻雀共守一个家园。在驱赶和侵占的漫长岁月里，麻雀和乡村人们也成为村庄一对相生相克的欢喜冤家。

　　捕捉麻雀是当年孩子们的野趣。放学后或在周末，我和伙伴们经常相约一起，各自将用粗铁丝制成的"丫"字形弹弓掖在裤腰带上，开始在村里转悠，准备大显身手去打麻雀。麻雀往往散落排列在树梢、高压线上，大家就蹑手蹑脚向它们靠近，并以大树或墙壁作为掩体，窥伺着不远处的猎物，择机准备射杀。麻雀警觉而敏捷，闻听任何一声足音，它们就会斜着褐色的身子箭矢般齐刷刷地弹射向天空。声音一旦远去，它们又会斜着翅膀，轻捷地从天空中不声不响，伞兵样地重新徐徐降落下来。因此，只有待它们完全平静下来，才有机会出手。这时，等候已久的我们手握弹弓叉，瞄准目标后迅速侧身一拉橡皮筋，尖锐的石子便"嗖"的一声从弹弓兜里飞射出去。一有麻雀应声坠落，大伙就会一拥而上，将麻雀用绳子拴起来，当作活动的玩具，并常常借此引以为豪。捕捉的麻雀多了，就在竹竿上穿成一串。

而捉麻雀最直截了当的办法莫过于在黑夜，手持电筒，架梯上树，弓着腰在满是麦秸和草茎的树洞里掏麻雀窝。夜间的麻雀特傻，用电筒一照，它们面对强烈的光束，就完全不知所措，成了呆鸟，一动不动。这样，只要伸出手来，连同热乎柔软、口角鹅黄、裸着身子、嗷嗷待哺的雏雀和一窝的麻雀蛋，也不知就里地乖乖束手就擒了。

捕捉到麻雀后，有时也会将它们关在鸟笼里饲养起来，尽管对它们呵护备至，可面对着人们施舍的菜叶和谷粒，惶恐的麻雀却本能拒绝这嗟来之食，整天蔫蔫地睡着觉，一声一声地哀叫着，直到气息奄奄。因此，老人们总是告诫我们："把它放了吧，这东西养不活……"麻雀虽小，五脏俱全，它和人一样，威武不能屈，贫贱不能移。它用小小的生命捍卫着自由活泼的天性。

可是，在过去那个疯狂的50年代中期，人类居然把麻雀和老鼠、蚊子、苍蝇一起列入"黑四类"，冠冕堂皇的理由是它们不劳而食，祸害庄稼。从此，麻雀遭到了空前劫难，成为人人喊打的对象。中国大地也开始了一场声势浩大的"革雀运动"。一时间，村庄内外血雨腥风，麻雀被大肆捕杀，甚至连麻雀窝也不放过。当时，男女老少齐上阵，连日赶夜，用"轰、打、毒、掏"的综合战术来围剿麻雀。大街小巷，院里院外、楼顶、墙头、树上，鞭炮齐鸣，竹竿彩旗一齐挥动，处处吆喝，强迫麻雀到处飞翔，轰赶得它们既无处藏身，又得不到喘息的机会，无法逃脱人类布下的天罗地网，最后累得坠地而死，人类几乎将它们赶尽杀绝。

野火烧不尽，春风吹又生。来年春天，麻雀又不知从哪儿冒了出来。它们不记仇，照样捱到人类的屋檐下，照样绕着我们的脚跟扑腾。它们继续生生息息，队伍迅速壮大。

平时，麻雀在天空中飞翔，在树枝上、草地里觅食，也捡食人类丢弃的碎屑。在人类的眼中，它们是弱者，但它们虽然弱小，亦有伟大的一面。

曾读过俄国作家屠格涅夫笔下的一篇散文诗《麻雀》，文章描写了一只老麻雀为了保护自己的幼儿，面对着强大的狗，奋不顾身，与之对峙。尽管麻雀在狗的面前显得极其孱弱渺小，力量对比悬殊，可它却置生死于度外地扑来营救，竟然吓退凶猛的对手，护犊之情一览无遗，读来令人感动。

如今，随着城市生态环境的日趋好转，麻雀也开始在城市安家落户，给人们带来惊喜。清晨，它们在草坪上迈着细碎的雀步，傍晚在树丫上轻灵地蹦跳，叽叽喳喳地鸣叫着，给满是钢筋水泥包围的城市增添了无限的生机，也成为城市里一道独特的风景线。

灶头

去年的国庆节，与一群朋友从周边的风景区游玩回来，在南白象的农家小院用晚餐。大厅点菜区的左首，两座农家灶头赫然在目，金黄的木锅盖下有可供食客选择的各式各样的农家饭。大家兴致勃勃地品尝着用铁锅、柴火烹煮的番薯饭。友人的兴味，强烈唤起了我对灶头的记忆。

灶头，对于生活在农村的人们来说并不陌生，过去的岁月里，灶头是厨房间最重要的组成部分，也是乡亲们用来烧菜做饭不可或缺的传统灶具，可以说，人们的一日三餐都离不开古朴典雅的灶头。

说起灶头，就不得不提到置灶。在农村，置灶无疑是家中的一件大事，大多数人家都要挑选一个宜开工的吉日时辰进行造灶。南方的灶头既要兼顾实用又得讲究美观。它的横截面大致呈腰子形，而纵截面则无法名状，一般砌成高约一米，长度二至三米不等。灶头上并列设有两只铁锅，其中间往往内嵌一口汤罐，布排得疏密有致。围着锅的是灶沿，用方砖随形镶拼而成。灶头的一侧靠墙，正面是灶壁。灶壁空心的烟道与倚墙而砌的烟囱相连，灶膛里的烟在这里聚拢后从烟囱通往屋顶，形成了袅袅的炊烟。与灶壁相连的灶下，有两个灶膛，一个灰仓和一个柴仓，共同构成了一个完整的灶头。

尽管打造灶头和烟囱的工艺并不复杂，但乡亲们对选择师傅还是挑剔有加，每家在打造灶头之前，总要把附近的泥瓦匠逐一打听，在广泛征求意见后，才确定由哪位师傅砌灶，并会亲自慕名上门请他出场。因为在大家的心目中，只有手艺好的泥瓦匠才能砌出火势旺、烟少省柴而且结实美观的灶头来。

因此，手艺高超的泥瓦匠总把档期安排得满满的，与主顾们谈好时间、价钱后，几天后，他就会带上几位帮手，挑着专用工具，直往主顾家中赶去。泥瓦匠师傅在主顾家干活的短暂日子里，总是被照顾得细致到位。手艺娴熟的泥瓦匠砌一座两眼灶一般需要两天时间，第一天砌完灶身，造好烟囱，第二天便可粉刷灶壁。家境殷实的人家往往还要请师傅画上像喜鹊登梅、五谷丰登之类寓意着和合美满、幸福吉祥的漂亮灶画。大约一周后，灶头便可投入使用了。

农家的灶头有两眼灶和三眼灶之分，家中人口单薄一点的一般就打一座两眼灶，人口众多的则喜欢打一座气势不凡的三眼灶。三眼灶的功能众多，小锅烧菜，二锅做饭，大锅则用于煮猪食，三只锅通常可以同时并用。逢年过节，在大锅上接个屉笼，可以蒸松糕、酱油肉、鳗鲞之类的年货，也可蒸上几笼的馒头以满足家人聚餐的需要。在烧菜做饭的同时，埋在小锅边的锅镬专门用来烧开水，而腰鼓形、竖排着的那口汤罐则能充分利用余热焙成温水，用来洗脸刷碗，符合节能的原则。

过去在农村，红白喜事都在自家摆设酒席招待客人。酒宴前，主人家会预约好具有一定厨艺的乡间"兼职"厨师，并自备食材。宴席那天的一大早，一些亲戚、邻居也会被主人家请来帮厨。而那些"兼职"厨师往往很敬业，一到主人家，立即进入角色，围着灶头忙碌开来。因此，酒席的当天，灶头的地位和作用凸现无遗。在灶边，大家分工显得有条不紊，外聘的厨师们专门负责掌勺，而乡亲们往往打下手——忙碌着洗菜、择菜、端菜以及清理酒席。总之，厨房间到处是进进出出的人们。乡村酒席大多是流水席，临时借来的八仙桌摆在家里的厅堂或公用的天井中，端上来盛在大盘大碗的菜高高地冒了尖，让人垂涎三尺。不管是中餐还是晚餐，客人们都喜欢拖家带口，酒席可见空就坐，随到随吃。

乡村用灶头烧菜做饭基本以烧干草、柴火为主，这些燃料的来源都要靠全家人去拾掇，大人孩子概莫能外。乡亲们大多利用田地里收割晒干后的稻草、麦秸，这些乡间理想的干草被码成垛状堆在柴仓里。柴火一旦告罄，人们就得上山砍柴。风吹折落在地上的各种枯叶及松针都是我们青睐的对象，用笟篱收集回家，乃厨房上等的柴火。柴火在灶膛里点燃后，化作袅袅的炊烟，为平静的乡村增添了无限的生机。而燃烧后的柴火最终化为一堆堆灰黑色的草木灰，拌之以青草、瓜藤等，经数月沤腐后就成了种植稻谷蔬菜上等的农家肥。

在我的童年记忆里，灶台的铁锅就是似童话故事里具有神奇魔力的魔法袋，可以轻松地变出一样又一样让我垂涎三尺的众多美食，像我喜欢的九层糕、粽子、松糕、锅巴等等，锅巴虽貌不惊人，但我却对它情有独钟。年幼时，由于物资匮乏，我们几乎没有零食可吃。母亲为了能让我们解馋，通常会留起锅巴来。家里每次做饭时，我就特别喜欢凑热闹，坐在柴仓凳上，帮着母亲添柴火拉风箱。待锅里发出噼里啪啦的声响时，母亲便吩咐我赶紧熄火，焖片刻，揭开锅盛走米饭后，锅底上就粘连着一层焦结物——锅巴。之后，母亲加少许水，均匀撒些红糖，用微火加热，直到红糖化为糖水融进锅巴、水汽完全溢出时，整个房间顿时香气飘溢，令人口舌生津。一旁的我就迫不及待地催促着母亲，母亲便趁热小心翼翼地用锅铲铲起一张一张挺括有形的薄脆锅巴。刚出炉的锅巴干而不硬，金黄不焦，嚼起来"嘎嘣嘎嘣"，显得松脆香甜，很快被我和哥哥风卷残云般地一扫而光。可现在，不粘锅的电饭煲在每个家庭已大行其道，原汁原味的锅巴也渐行渐远。当然，在超市里，你也随时能购买到形形色色的袋装品牌锅巴，但与过去用铁锅柴火烧制的相比，却是望尘莫及。

随着时代的变迁，如今在农村，灶头已普遍被煤气灶、电器炊具所替代，当然，在这个讲究快节奏的时代里，使用煤气灶以及电器炊具既方便卫生又省时省力，自然受到人们的欢迎，也使传统农家灶头再难以重现。可是，在逝去的岁月里，灶头总能让简陋的房间里弥漫出家的温馨气氛和充满着人间烟火味，也使得我们这一代人格外留恋它。

划龙舟

进入农历五月，端午的气氛渐浓，与林林总总的其他传统节日相比，端午节所包含的文化内涵，约定俗成的风俗定式，无与伦比，喷香的粽子、浓烈的雄黄酒、竞技的龙舟、青涩的艾草和菖蒲、孩子额头上的雄黄、餐桌上的"五黄"，无不深深刻着端午的烙印。而其中，最有兴致的当数观看划龙舟了。

划龙舟，据说是专门为了纪念诗人屈原而设立的（有唐代文秀《端午》诗为证：节分端午自谁言，万古传闻为屈原。堪笑楚江空渺渺，不能洗得直臣冤）。当年，楚国三闾大夫屈原投江正值端午，于是，家家户户煮粽抛江，并建造龙舟以打捞屈原的尸体。后人便将五月划龙舟演变为一种民间娱乐活动，并延续至今。

旧时在农村，划龙舟是一个村子挨着一个村子，到了端午节前夕，村民们就会自发组织，自愿捐款，有人出人，有物出物，非把它搞成轰轰烈烈不可。

家乡的塘河四通八达，支流密布，每年端午前后，沿岸各地都会举行划龙舟的习俗，那水面上热闹的景象回忆起来仍记忆犹新。在农村，龙舟下水极讲究仪式和程序，一般选择在农历五月初一前后的凌晨一点至七点钟。时辰一到，划手们便聚集在一起将龙舟抬入水中，由唱神说词，从庙中请香官神上船，再检点船上人数，以偶数为准，然后在庙前来回划上三趟，再划至太平祭点又划三趟，礼毕后重新划回龙舟朝圣点，以隆重的拜谒仪式来祈求划龙舟平安吉祥。

　　划龙舟时，整个队伍通常由开道船引道，预示着龙舟队伍即将到来。开道船通常集中了村里各种有身份、辈分的人物，并插满了彩旗，被装扮得分外醒目。居中才是真正的龙舟队，船只庞大的压阵船则紧随其后。它们一路上浩浩荡荡，每到一处，鞭炮声此起彼伏，显得热闹非凡。一般龙舟人数额定十三档三十六人叫作一槽，就是俗称的"三十六香官"。龙头、龙尾各悬一位童男、童女，在大人指挥下晃来晃去，做着各式各样的动作。另有司旗一人，掌艄二人，唱神一人，司鼓二人，掌锣二人，托香斗二人，划手二十六人，每人各司其职。龙舟鼓在当中，两旁划手要听鼓声，锣是合鼓声的。划龙舟时，通常唱神老人边大声叫嚷着，边打着手势，司旗便将旗左边一划，右边一兜，舞得呼呼作响，拨着龙舟向前蹿去，鼓手和掌锣就会和着"唱神"的节拍擂起鼓，击着锣来。于是，穿着统一、剽悍矫健的划手们便一路吆喝着，跟着锣鼓声的节奏，动作整齐划一地向前奋力划去。到了桥边，就将水泼向石桥，围观的人便齐刷刷地往后退。一般每只龙舟队都有三至五只龙舟组成，也不乏清一色女划手组成的"凤舟"。

　　龙舟队到来时，佛信徒往往站在岸边，手拿鞭炮，神情恭敬地等候着。他们的旁边摆着一桌桌的"香案"，上面放置了香烟、猪头、糕点、菜肴之类的东西，是给"神佛"享受的。这时的塘河两岸早已人头攒动，翘首以待。本地的男女老少摩肩接踵纷至沓来，也有从四面八方远道而来看热闹的外地客人。奇怪的是，人们宁愿踮起脚尖在岸边挤来挤去，也没有人敢站在桥上居高临下地观看。据老人们说，这样会犯大忌的。龙舟队每到一处，总显得不那么客气，殿后的压阵船对摆在岸边一家又一家的"香案"统吃不误，满载而归。这样，整个龙舟队周游了一村又一村，划手们被烈日晒得汗水淋漓或被雨水淋得全身湿透也心甘情愿，毫无怨言。

　　说起划龙舟，自然有龙舟的比赛，在家乡俗称为"斗龙船"。每逢端午，各地就会自发组织各式各样的龙舟赛。因为龙舟赛要决出胜负，其激烈对抗的壮观盛况可以与其他任何一项体育赛事相媲美。

　　赛龙舟的那几天，宽阔的河面上，五颜六色的狭长轻捷彩舟，龙头高昂，一字排开，膂力过人的精壮汉子各就各位，手握划桨，精神抖擞，蓄势待发。发令声一响，数舟竞发，如离弦之箭，劈波斩浪，鏖战正酣，小伙子们的额头个个青筋暴突，手臂的肌肉块块饱绽，"嗨唷嗨唷"的口号声整齐有力，清一色衣服组成的划手们配合默契，在蓝天碧水中划出一道道清晰优美的弧线，或你追我赶，或并驾齐驱，或穿插交错，或后来居上。随着龙舟的驶过，河浪一阵阵地涌上河埠头，两岸的啦啦队显得神情激奋，欢呼雀跃，他们不断为自己心仪的龙舟呐喊助威，大家手舞足蹈地叫喊着："加油，前进！加油，前进！……"呐喊声、锣鼓声、击楫声、噼里啪啦的炮仗声此起彼伏，一浪高过一浪，也将龙舟竞渡推向一波又一波的高潮。

龙舟竞渡，是激励奋斗拼搏、人生进取一种最直观的寓教于乐的方式。它作为一项既能娱乐健身又能弘扬爱国主义的传统民俗文化，充分体现了中华民族所具有的褒扬忠烈、健康向上的精神，逐渐成为人们喜闻乐见的体育竞技项目，也引起了政府部门的重视。现在，每年端午节的前后，人们都能有机会欣赏到精彩的赛龙舟活动。

广播

提起广播，对于现在使用电脑、手机的年轻人听来可能会感到很陌生，但将时光回溯到20世纪的七八十年代，尤其在那个没有电视机，甚至没有收音机的广大乡村，广播是人们获取信息最主要的渠道。它曾经给贫瘠的乡村文化沙漠带来甘露，让乡亲们及时了解外面的精彩世界。60年代末出生的我，就是伴随着广播的声音成长的。

从20世纪60年代中期开始，全国掀起了大办广播的积极性，广播网络开始变得四通八达，覆盖了绝大部分的乡村，挨家挨户都架设了有线广播专用线。我家的广播就安装在卧室廊柱的上端位置，是一个磁铁金属，周身刷成绿色油漆的木匣子。匣子呈四方形，正上方镶嵌着一颗鲜艳的五角星，并书有"敬祝毛主席万寿无疆"九个字，其中间有一个圆孔，它正是通过这个圆孔向外发声。广播虽然看上去并不起眼，但却成了家中的稀罕物。父亲对它很呵护，会隔三岔五地踩着凳子，踮起脚尖，用抹布小心地擦拭，直到外表光洁透亮为止。

前些日子回老家，当年的卧室早已废弃不用，堆积了许多杂物。我却惊奇地发现，陈旧残破的广播作为一种摆设，依然悬挂在那里。我不由戏谑地说，这台广播已完成其历史使命，可以光荣退役，作为藏品进入声像电器类的博物馆。

对于广播，令我惊异的是它每天早、中、晚都会固执地发出声音，不管你爱听不爱听。大清早，首先以全国人民耳熟能详的《东方红》拉开序曲，晚上的广播结束曲则是《大海航行靠舵手》，最后，广播会传来"全天播送到此结束，再会！"整个乡村才会陷入一片完全寂静之中。

广播的内容一般分早、中、晚三个时段。早晨六点三十分转播中央人民广播电台的《新闻和报纸摘要》节目，晚上八点三十分转播中央人民广播电台的《各地人民广播电台联播》节目，每天雷打不动。中间会停歇一段时间，而逢整点，广播就会发出嘀嘀六声，告诉人们："刚才最后一响，是北京时间×点整。"那时，手表、闹钟无疑是奢侈品，只有少数富裕人家才拥有。于是，广播自然而然便成了乡亲们的"计时器"。

广播的最大作用首先是作为宣传工具。全国新闻和本地一些消息都是通过它传送到挨家挨户，而让听众获知。除此之外，还有一些文艺节目和科技知识等等的内容。当时我年纪尚小，对于播放的内容已经很模糊了。后来，在晒谷场的电线杆、大队部的屋脊、村头的樟树肩上也竖起了银灰色的高声喇叭。喇叭呈上粗下细、最下端的口部向四周张开的圆桶形结构，这样一来，声音就可传送到乡村的四面八方，几乎把每家每户的小广播声音都覆盖了。到了农忙时节，高声喇叭会显得更加忙碌，它在不停地传达上级精神，宣读表扬好人好事通讯稿和坏人坏事检讨书以及播放生产动员大会。谁家若有个要紧事，也会赶到广播室，央求播音员通过喇叭喊上几遍。当然，一些重要通知也会随时插播让人们知晓。

在我的童年记忆中，1976年是一个很特殊的年份，中国大地发生了诸多大事，中国人民也经历了情感上的大跌宕，有如乘坐"过山车"。它让人们大悲过，也大喜过。这一年，三位领导人先后逝世、唐山发生七点八级大地震、党中央彻底粉碎"四人帮"……人们都是通过广播得知消息的。周总理去世几天后，乡亲们还自发组织游行以表达对总理的思念之情。在寒风凛冽的一月，大人们有秩序地排成一支长长的游行队伍，每人臂上戴着黑纱。庞大的游行队伍绕着整个永强地区，穿过一个又一个乡村蜿蜒徐行，足足走了一个上午的时间。乡亲们就是以这种朴素行为来缅怀这位不朽的伟人、开国总理。

9月9日是举国哀恸的日子，下午四时，广播播出了《告各族人民书》，接着播报哀乐、《毛泽东同志治丧委员会名单》《公告》《国际歌》等，并各循环播放了多次。毛主席逝世的消息，从下午一直滚动播放到晚上十点。广播里的声音悲痛、庄重、深沉，音调不高不低，语速缓慢，听到这个惊天动地的噩耗，全国人民都沉浸在强烈的悲痛之中，似乎中国大地都停止了转动。

同年的10月6日晚，"四人帮"垮台的消息从广播传来，顿时举国欢庆，从此，中国结束了十年内乱的历史，迎来了一个崭新的开端。

听广播只能依靠耳朵去听，有时难免会弄不明白，总是存在着一些疑问。譬如听当地的天气预报，虽然播音员播放时语速缓慢，而且都是一句一个停顿，其中就有"温州沿海海面和洞头、北麂、南麂等渔场"这么一句话，后面的北麂、南麂等渔场几个字却让我迷惑相当长的一段时间，问大人，他们也一直含糊其词，没有人能够说出一个令人信服的答案。工作数年后，我相继去了已经成为风景名胜区的北麂、南麂列岛后才最终揭开这个谜底。广播中还有一个每天早上播报的"新闻和报纸摘要"节目，由于播音员播速快，而且我对"Z"、"ZH"的平舌音、翘舌音无法区分，所以，"摘要"二字，尽管一直支棱着耳朵听了无数次，仍然分辨不出，直至某一天在报纸上看到"摘要"两字后才恍然大悟。

　　遇到刮风和下雨，广播的音质有时会变差，发出刺刺啦啦的杂音，不断嘶嘶作响，严重时则完全哑然无声。我和哥哥就会自告奋勇地进行处理，因为不懂工作原理，我们只能在大门口连接着广播的裸线铁丝上做文章，挖出来埋上，埋上再挖出来，并给地线周围一勺一勺地浇水，以保持湿润，令人奇怪的是，偶尔声音也会变得清晰起来。当然，大部分的时间，摆弄了老半天，仍然是沙哑或者无声的。由于好奇心的驱使，我们就瞒着父母，异想天开地动手把广播卸拆下来，试图找出症结所在，再准备重新组装回去。最后，殊不知无论怎么努力，那些散落一桌子星星点点的零碎部件，却再也安置不到那个木匣子里去了。这个会发声的物什终于完全哑然。广播不响，我们自然成了罪魁祸首，父亲得知事情的原委后，总会不免责骂上几句。无奈之下，他只得上门去请广播站的专业人员来维修，让它尽快恢复正常的播放功能。

　　那时，广播中文化娱乐项目有限，以相声、小说连播、广播剧、革命历史歌曲、样板戏为主，其中，对我影响最大的莫过于广播剧。1982年，陈屿先生所著的长篇小说破幕下的哈尔滨》一经问世，就轰动全国，也很快被改编成广播剧。而立之年的王刚应邀开始在电台播讲《夜幕下的哈尔滨》，他以富有磁性的声音，播讲起来朗朗上口，令听众如痴如醉。每天播放的固定时间里，我会准时守候在广播旁，一句不漏地听完了全部七十五回的广播剧。王一民、李汉超、玉旨一郎等剧中主角和不少精彩片断至今仍记忆犹新。

　　王刚先后演播了三十多部中、长篇小说，通过演播《夜幕下的哈尔滨》，让他一夜成名，家喻户晓，许多上了年纪的听众成了他的忠实铁粉，而广播剧《夜幕下的哈尔滨》则成为大家"膜拜"的经典。此后，王刚也从幕后走向台前，转型为央视的著名主持人。

　　上高中时，小叔给我家弄来了一台半导体收音机，收音机可以随身携带，只要接通电源，转动旋钮，调到相应的频道，就可随时收听到自己喜欢的节目。于是，我也开始移情别恋上了收音机，从而结束了听广播的历史。之后，随着电视、电脑的相继普及，广播已悄然遁入记忆的角落。几年前在老家，年幼的儿子无意中问起我："'广播'是干什么的？"我心中一时五味杂陈，不知从何说起。

铜火炉

　　铜火炉，又称"铜火熜""袖炉""手熏""火笼"，是20世纪六七十年代农村里最普通的家庭取暖物品，采用优质的黄铜制造，古朴典雅，经久耐用。其形如扁圆罐，上有炉盖，有大有小，一般的直径二十多厘米，高约十五厘米，大的可暖脚，小的可温手。主体罐盛有余热的灶灰，盖子上有密密麻麻的小圆孔——为使刚出灶的草木灰有氧而燃，且确保热气能够源源不绝从洞孔中逸出。因为铜制的火炉延热性好，为免烫手和使用方便，工匠们往往在铜火炉按上一环拎柄。一只上等的铜火炉，往往做工考究，既具备了整体造型的圆实，又雕凿了精美的纹样装饰。因此，一只铜火炉无论放置在哪里，都是农村里一道不可或缺的风景。

　　在农村，进入冬天，铜火炉便开始登场亮相。当时，几乎挨家挨户都使用铜火炉。铜火炉功能众多，它可以用来烘脚、焐手甚至焐被窝。阴雨天时，还可以在上面架一个烘篮，来烘干湿衣服或婴儿的湿尿布等。

　　每天做完饭后，父亲先在铜火炉的底部放上一些粗糠或稻瘪子，然后小心翼翼将灶膛里刚刚燃烧过带火星的木炭或灶灰添加到里面，以引燃粗糠、稻瘪子取暖。由于我身材瘦长，尤其畏冷，在家中，我使用铜火炉的频率最高。特别遇上阴雨天，铜火炉更是一天中须臾不离身。我喜欢双脚踏在大的铜火炉，而双手则紧捧小铜火炉取暖，一会儿，僵冷的手脚就会逐渐暖和起来。为了防止热量的散失和防烫手，母亲经常用一层布罩住整个铜火炉。我至今还记得每晚临睡前，母亲总是先拎着铜火炉去焐热冰冷的被子。这样，上床时，整个被窝显得暖烘烘的，很易入睡。而老家的房子系砖木结构，窗户、木门不严实也不防风，不时会有寒气透进房间内，若是当时没有铜火炉，如何抵御寒冷那真是无法想象。

　　铜火炉的盖上全是蜂窝似的小孔，手摸上去暖乎乎的，微微的火光从小孔里透露出来，给人总是传递着它的那份酽酽的暖意。这不仅使人在触感上感到温暖，而且透过视觉在心灵上也感受到一种启示与希望的闪光。

　　然而，毕竟铜火炉也会渐渐降热而至温至冷。一只新铲装的铜火炉，一般可以用上一两个小时。之后又要打开盖子，用木棒上下鼓捣一下，里面若是依然还有火星在闪烁，按上炉盖，还能享受一回余热。在寒冷的冬天，由于铜火炉往往整天一直不间歇地使用着，其间就要更换几次余热的灶灰，才能保持适宜的温度。

　　火热的铜火炉除了可以暖手暖脚暖身外，对我来讲，还有一种另类的用途，因为铜火炉里的灶灰温度很高，还可以用来煨食物，那种香味是无与伦比的。那时煨得最多便是小红薯，煨上十几分钟，从铜火炉内将其取出，显得香气扑鼻，让人垂涎三尺，比起现在用专门的炉子烤起来的番薯还要香甜。

铜火炉伴随着我度过了难忘的童年时代。随着热水袋、电暖炉、电热毯甚至更先进的空调等现代取暖用品的先后问世，使得铜火炉难见踪迹。可以说，一只普普通通的铜火炉折射出时代的变迁和社会的发展。

出生于20世纪60年代末的我，算得上乡村的一个"幸运儿"——我的前辈们都是"正宗"的乡村人，我的身上烙着清晰的"乡村印"。贫穷与落后本来应是我与生俱来的命运。可幸运的是，我赶上了祖国改革开放、农民发家致富的好时代，更幸运地成了高考这座"独木桥"的受惠者，在高等学府书香浓郁的校园里接受良好教育，并从乡村来到城市，实现了父母让我当上市民的殷切愿望。

斗转星移，光阴荏苒，弹指一挥间，离开故乡近三十年了，我已由懵懂无知的少年成为迈进不惑之年的中年人。"人是故乡亲，月是故乡明"，年龄的增长，人容易开始怀旧，思乡之情日日在吞噬着我的灵魂。歌手陈红那首唱红大江南北的经典通俗歌曲——《常回家看看》也时刻在拨动着我的心弦，去故乡走走也成了我近些年来的心声和行动。然而，每次返回到城市后，我总感觉故乡正在渐行渐远，人是物非，日益陌生。"少小离家老大回，乡音未改鬓毛衰，儿童相见不相识，笑问客从何处来"，唐代大诗人贺知章的诗句每每涌上心头，不禁惘然若失。于是，每当闲暇时刻，我总是自个儿躲在自己独立的"窝"中，遥想起那苍茫的乡村，思绪又立刻驰骋到那个难忘的孩提时代，故乡的姿容便会清晰地浮现在我的眼前。

砖瓦房是我少年时代乡村民居的基本样式。当时谁家若能盖上新房子，就可以扬眉吐气，在乡亲们中具备了炫耀的资本。在那个计划经济的年代，拥有一辆自行车不仅仅是阔绰的表现，甚至还是身份地位的象征，即使是一辆破得叮当响的自行车骑在路上，也时常会引来羡慕的眼光。耕牛则是乡亲们当时从事田地劳动最得力的帮手，乡亲们每天吆喝着它们在田间不辞辛苦地劳作，过着"自给自足"的生活。在乡村坎坷又蜿蜒的土路上行走时，总是尘土飞扬。每逢下雨，泥泞塞道，又变成了一条条坑坑洼洼的"水泥路"。乡村姑娘出嫁，自行车、缝纫机、录音机就是最好的嫁妆，新郎家往往挑选出身强力壮的年轻人作为接亲队伍，挑着"礼担"，将新娘从娘家迎娶过来，并在家中置办婚宴酒。在农村，教育可没有像现在那么地普及，校舍陈旧，教室简陋，大多数孩子在初中毕业就辍学了，父母们便开始琢磨着给他们学一门手艺，好歹将来靠手艺谋个出路。当时的孩子能上高中已是相当地幸运，要是谁家的孩子考上大学，实现了"鲤鱼跃龙门"的愿望，则无疑是一件光宗耀祖的事情。

在我的记忆中，在上小学低年级时，家乡才通上了电。以前，绝大多数人家靠煤油灯来照明。男人们白天下地参加集体劳动，挣工分；晚上，女人们则在昏黄如豆的灯光下纺线、织布、纳鞋底、缝鞋帮，做成布鞋，替家中赚些额外的贴补，来维持全家的生计费用。乡村人衣服上的补丁是司空见惯的"饰物"，也是那个时代贫穷乡村人的"胎记"。有缝纫机的人家，衣服的补丁既规则，又匀称平展，着实让人羡慕不已。腊月里，母亲凭票证到供销社剪来"洋布"，邀请裁缝师傅上门为家人量身定做过年的衣服。孩提时，最激动人心的时刻莫过于每年的除夕之夜，母亲会取出新衣、新鞋，让我们试穿，之后去放鞭炮，看划龙灯表演，吃分岁酒。但真正要穿上簇新的衣鞋则要等到大年初一。用过早餐，孩子们一身新装，穿戴整齐，神采飞扬地跟着父母走亲戚拜大年，这令人激动的情景，现在回忆起来依然身临其境，怦然心动！

在那个饥馑的年代里，农村自然灾害多，贫困落后，生活条件差，乡亲们长年累月吃的是"粗茶淡饭"，似乎没有一天离开过红薯玉米等杂粮，不饿肚子就已经满足了。当时，咸菜、鱼生以及豆腐乳成为一般家庭的饮食主菜也是一个不争的事实。平时，泡饭佐以咸菜、萝卜之类的小菜，就是一般人家最为常见的"餐标"。面粉匮乏，被乡下人尊称为"白面""好面"，它主要用来照顾病人，款待客人，一般家庭平时不敢问津。至于油条等"奢侈品"，也只有在家中来了客人时，父母才破例买来招待他们，有多余了，我们才能品尝到它的滋味。而吃肉那更是逢年过节的盼头——只能在吃一年一度的分岁酒才能有机会享受到。

过去，乡村的文化生活贫乏，唯一诱人的文化娱乐活动就是看"露天电影"，哪个村子晚上有电影，消息总是很快不胫而走，家喻户晓，不管放映场有多远，乡亲们总要拖儿带女，去一饱眼福。尽管那时候放映的露天电影无非都是清一色的战争片，而且总是重复地上映，但乡亲们依然乐此不疲，看上一遍仍不过瘾，还经常一个村子又一个村子到处赶场，很少有人觉得乏味。后来，邻居家开始拥有了一台黑白电视机，在村里立即成了一条爆炸性的新闻。每天的晚上，他家面前的道坦便自发地成为乡亲们聚集的中心，人们簇拥在小小的电视机前，津津有味地观看仅有的两三个频道所播放的一集集电视连续剧，直到每天电视节目结束后才起身回家。

时过境迁，今非昔比，我所追忆年少时的乡村生活面貌，的确已离我们而去，且渐行渐远，而当今的乡村生活面貌则完全焕然一新，发生了翻天覆地的变化——一幢幢现代化住宅小区拔地而起，一座座主题公园、广场相继落成，一个个健身点（苑）遍布于各个乡村，成为人们休闲、锻炼的好去处；一条条畅通无阻的柏油路、水泥路四通八达，贯穿于各个乡村；电动收割机、拖拉机取代了镰刀和耕牛；诸多的手工作坊早早"下岗"，电视机、电冰箱等先进的电器产品进入了家家户户；电脑、手机也开始在寻常百姓家普及开来，交通工具已经升级为汽车、摩托车，乡亲们享受到了现代生活带来的便捷和通畅，一幢幢精致漂亮的校舍伫立在各个乡村，教育推行了九年制义务教育；婚宴酒、分岁酒被安排在豪华的酒店里，显得体面而风光；外出旅游成为一种时尚；乡亲们开始有了医保，老人们享受到了社保，过上了无忧无虑的晚年生活……三十年河东，三十年河西，这是我对可爱的家乡三十多年来巨大社会变迁的深切感叹，也是我对伟大的祖国改革开放丰硕成果的由衷礼赞！

我的故乡，在今后的岁月里，你能走得多远，会是什么模样？

亲爱的朋友，你能告诉我吗？

人生印痕 张素趣

　　这平凡的词条在地图上，也许只是一个冷冰冰的地名——学院西路166号，可在我的心中，却具有非凡的意义，在这里，我度过了难忘的三年时光。2001年的仲秋，母校温州大学由这里整体搬迁至茶山镇大学城新校区，条件和环境也因此鸟枪换炮，焕然一新。现在坐落在它原址上的是一所温州地区的知名中学。每每路过这里时，脑海里总会浮现出二十多年前一些曾经发生过的有意思的细节和逗事。

　　1990年9月中旬的一天下午，经过一个多小时的公交车颠簸，在灰桥站下车后，我背负行李，一边是铺盖，一边是皮箱，怀着既兴奋又忐忑的心情，从学院西路166号的正门步入校园，面对着"欢迎90级新同学"的横幅，在学长、学姐们的协助下，办理新生注册手续正式入住，人生中一段崭新的集体生活，就这样开张大吉了。直至在此"坐科"三载后，骄阳似火的7月上旬的一个午后才萧瑟离开。

　　当时，校园地处偏僻，周边分布着尽是一些建于80年代中后期如上村、横河新村、蒲鞋市以及稍远的桥儿头等以单位福利房为主组成的住宅区，民航路尚未建成，到市中心只能通过学院路往西走，因此，通往市区的黄色外壳的五路双层巴士总是和我发生着频繁的联系。马路正对面，仅一街之隔是温州第十三中学，而一个位于学校左侧、不挂牌名的单位却显得特别引人注目，也使我们对进出这所大门的人们总是充满了好奇，虽近在咫尺，却让人可望而不可即，犹如卡夫卡笔下的城堡。直至毕业前夕，该单位才正式对外亮牌：八个白底黑字——温州市国家安全局，神秘的面纱终于被揭开。学校往东则是更早开发的双井头住宅区，再过去就是绵延大片的稻田、菜园以及纵横交错的河道。如今，东片在城市如火如荼的扩张步伐中，到处楼宇林立，商店鳞次栉比，成为这座城市最繁华富庶的地段，正在涅槃的新城与往日的荒凉相比不可同日而语。

　　第一天报到办理入学手续、安顿好住宿后，已接近晚饭的结束时间，我带着饭盆，步履匆匆穿过篮足两用、二百米跑道圈成的微型操场，赶往位于校园西北角的食堂。食堂一楼的餐厅里，只有稀稀拉拉的几位新生在窗口前排队打饭。米饭盛在一只大木桶里，生硬并带有明显的木腥气，菜蔬冰冷，很难下咽。为了熟悉环境，饭后便在校园里信步。当时，学校从蛟翔巷的办学基地搬迁过来不久，新的学生宿舍楼和两幢教工宿舍尚在建造中，占地一百多亩的校园，走二十分钟就可以探遍它的每一个角落。

由于条件的限制，我们入住了爱乡楼的 237 室——外贸经济与文秘专业两个班十四名同学共享一个大宿舍，一起坐拥四十平方米左右的空间。八张"吱吱"作响的双层铺，空出的两个铺位供我们放置皮箱、书籍和一些杂七杂八的东西，房间背阴，没有电扇，更谈不上配备空调，里面摆放着四张桌子、八张方凳，显得逼仄促狭。大家全部回宿舍时，走路必须侧身勉强通行。去公共卫生间如厕和水房盥漱得经过一条深长幽暗的走廊。与家中通电话，要步行十来分钟到学校的传达室打盘式拨号电话，速度慢且往往需要排队等候，食堂毗邻的浴室每周只对外开放两次，对此，我们却毫无怨言。当时，大学生虽不再是"天之骄子"，但能有机会上大学本身就实属不易，也改变了很多人的生命轨迹。

90 年代初，粮票制度尚未取消，我们享受着每月三十斤饭票和十三元菜金补贴的待遇，而师范类院校学生的伙食标准明显偏高，使同学们一直心存歆羡。那时，我近一米八的高度却只有五十五公斤左右的体重，属豆芽骨感型，虽然瘦骨嶙峋，但肚子饿得特别快，而且食量惊人，常常维持不到月底，饭票早就大瓢底。这时，女生节余的饭票就顶了大用场。女生们为了保持好身材，用餐不多，基本上人人都有富余，因此，我常常会得到她们的"接济"，渡过了吃饭的难关。集体伙食很单调，偶尔我也会与同学们去校园的小餐厅撮一顿打打牙祭或到外面的饭店饕餮一番，这已属于不小的挥霍。但这样的机会毕竟不多，父母给我们的生活费还是紧巴巴的。每月再向家里讨额外的贴补，脸总红得像关公。

之后，大学实行全面扩招制度，工作不久的我曾因事回到母校，学校的宿舍已远远不能满足大量的新生，显得"僧多粥少"，连食堂也被充分利用起来，它的二楼被临时改造成一个大宿舍，竟然入住了九十多位男生，场面混乱，以致常有物品不翼而飞。也使我想起了刚入学时曾经轰动一时的一起校园盗窃案件。

入学伊始，作为新生，我们必须接受上大学的第一课——军训，这无疑是一件新鲜事。但正式开始军训时，才深刻地体会到枯燥无味，艰苦异常。天蒙蒙亮就得起床，每天穿着厚重的迷彩军服，头顶炎热的烈日，在教官的要求下反复操练队形，一丝不苟，一有动作不到位，就得不厌其烦地重来，直至教官完全满意为止。由于刚刚入学，同学之间还没有互相熟悉，彼此的交流也不多，加之教官要求严苛，一天训练下来已是疲惫之至，累得就想蒙头大睡。这样，十多天暴晒下来，直接导致我们在军训结束时晒成了程度不同的黑汉子。

军训的第三天，我们像往常一样回到宿舍，可相邻两个大宿舍的大门都虚掩着，大家面面相觑，相互在猜测着发生了什么事情。果然，一位眼尖的同学发现自己上锁的皮箱被撬开，最终，两个宿舍均被"内贼"光顾，遭到"重创"——贵重物品被洗劫一空。学校的保卫科和管辖派出所也迅速介入，同时封锁了现场，进行拍照、调查取证。这一案件在校内也引起了轩然大波，经分析，基本排除了外部作案的可能性。在公安机关的努力下，案件很快就告侦破。一位文秘专业的杭州籍大二学长摸清了新生军训的规律，心生邪念，在我们军训期间，撬开了两个宿舍的大门，盗走了新生们一些贵重的物品。由于影响恶劣，为严肃校纪，以儆效尤，该同学被开除学籍，一场载入校史丑闻的风波就此结束。

那时，大学生活简单，没有 Internet，更遑论 Iphone，娱乐生活并不丰富，需要自己去发掘，其中，看录像就成了我们打发业余时间主要的娱乐方式。

90 年代初是录像最流行的年代，录像厅遍布于市区的大街小巷，就像如今的网吧一样。它的大门、窗户都用厚厚的黑色帷幕挡住了外面的光线。即使在白天，也和黑夜一样幽暗神秘。但我和同学们却成了录像厅的常客。与电影相比，录像的最大优势是随到随看，流水席。而枪战、警匪和武侠则永远是录像厅里播放的主题。因此，厅内四周安放的喇叭里总是传出子弹落地、刀剑撞击的声音，拳头击打在身体上的扑扑声，还有马蹄奔驶在荒野地里的声音。在这些声音的撩拨下，一批又一批年轻人走进了录像厅。

当然，长期占据录像厅屏幕的总是周润发、任达华、刘德华、周星驰等那些港台明星。每当录像厅表示剧终的灯光亮起时，穿过黑色帷幕、离席的观众脸上总是充满了一种满足兴奋的表情。而如果在放映途中，屏幕上由于卡带出现了画面零乱或者暂时的雪花点，厅内就会响起一片不满的嘘声。可有时在放录像的过程中，突然会灯光大亮，接着，几位穿着公安制服的人贸然闯入，他们用装了三节电池的手电光——晃过每个人的脸部，当然，他们是例行公事查夜，是否在追查可能的逃犯? 我们就不得而知。但这却常常弄得录像厅的承包者惊惶失措，一直赔着笑脸紧随其后，生怕出事。好在几位穿公安制服的人始终神色严峻，未发一言，匆匆离去。之后，录像厅又恢复了黑暗，屏幕上中断的剧情重新上演。

在没有爱情的周末，待在学校时，也许是荷尔蒙过剩吧，我和同学们有时也会选择去看一场通宵录像。坐在录像厅的长条木凳上，我们一部又一部接连不断地看着，直至看得瞌睡涌了上来，哈欠连天时，大家才头重脚轻，摇摇晃晃地走出录像厅，一路上苍白着脸，揉揉惺忪的睡眼，踩着凌波微步，回到学校时往往已是后半夜，便一声不吭地钻进被窝里（幸亏那时宿舍楼是夜不闭户的，没有被关在室外），一直睡到日上三竿。当时，我们对此也并不觉得疯狂，因为录像确实是我们那时候一项重要的娱乐。

从高中阶段，我就迷恋上了体育运动。因此，精彩的体育赛事，电视凡有转播必不放过。大学同学中亦不乏体育迷，所谓物以类聚，共同的爱好使我们缔结了深厚的友谊，成为铁杆朋友。可当时由于条件的限制，学校仅逢奥运会、亚运会、世界杯足球赛等重大体育赛事时，才在大礼堂向我们提供看电视的机会。1990年12月的丰田杯足球赛决赛，由于学校的大礼堂没有开放，无法收看到本场比赛的电视现场转播，使我们一群球迷沮丧不已。当一位同学打听到华联商厦可以看电视时，大家都显得很兴奋，便相约起来共同去观看。

比赛是在一个周末的中午进行，对垒的双方是欧洲冠军杯得主意大利AC米兰队、南美解放者杯冠军巴拉圭奥林匹亚队。一群同学从学校徒步至南站后，就直奔坐落在人民路华联商厦的三楼电器专柜。当时，柜台外已是内三层外三层围着观看的人群，去迟了，个子矮小的同学只能一直靠踮着脚尖，透过人缝往里看。商厦的几名男营业员们也凑在柜台里看热闹。就这样，我们一直站立在柜台外，看完了整场的现场直播。两队联袂奉献了丰田杯历史上最具观赏价值的一场比赛。当时，拥有荷兰"三剑客"的萨基王朝正值巅峰时期，他们上演一场激情风暴，比赛中，巴斯滕在失去重心的情况下绝妙吊射，里杰卡尔德鱼跃冲顶上演完美绝杀……令我们看得如痴如醉，当AC米兰队一进球，就引起我们这些拥趸的一阵沸腾，最终，AC米兰队令人信服地以3：0成功卫冕。看完比赛将近下午一时，早已错过了学校的午饭时间，大家饥肠辘辘，两腿乏力，只得在周边的饭摊上草草打发，但我们仍然显得很兴奋，毕竟自己所钟情的球队取得了胜利。

交谊舞现在虽然日渐式微，沦为中老年人健身项目之行列。但当时却在大学校园里呈现星火燎原之势，一发不可收拾，颇受大学生们的青睐，因为这是与异性相识的最好办法，也是他们展示青春释放活力的时髦玩意。在周末晚上，一堆堆俊男靓女从校园的四面八方汇成人潮，如蚂蚁般涌向由食堂二楼临时改建成的"Dancing Hall"。女生们更会穿戴一新，花枝招展地去赴会。相比而言，我们学校的同学们更喜欢参加毗邻的医学院、师范学院等高校举办的舞会。

室友中，一位李姓的永嘉籍同学热衷于跳舞，尤善快三，谈起交谊舞来，头头是道、津津有味，是各种舞会不可或缺的男主角，逢舞必到，场场不落。周末的大学校园舞会常常持续到很晚才结束，一对对舞伴在舞池中仍会显得难舍难分，意犹未尽。该同学回寝室后，总是显得很亢奋，绘声绘色地向我们描述拥在怀里、漂亮可人的女搭档，使得其他室友怦然心动，在他的极力撺掇下，室友们也会偶尔跟随他去开开眼界。那时，我开蒙较晚，与女生说话都会脸红，心跳加快，对这种手牵手、搂搂抱抱、老是摩肩接踵、晃来晃去的运动心存畏惧。尽管这位同室好友曾多次威逼利诱，试图拉我"下水"，最后均以失败而告终，我这种拒不介入的行为常被他讽刺为迂腐、思想不解放，以至于至今我对跳舞依然一窍不通，留下诸多的遗憾。

此外，看电影、打牌、下棋、逛书店、泡图书馆……也是我们用来打发漫长业余时间的方式，就不遑细述了。

而能躬逢其盛苏老的教诲是大学三年中最为荣光的一段记忆。当时，苏步青先生担任了学校的名誉校长（温州大学校名就由他题写），一直关心学校的发展和建设。1991年，苏老第二次莅临温大，将专门为全体师生作一场报告。得知消息后，大家都很激动，大清早就争先恐后站在大门口，以能亲眼目睹苏老的风采。已是耄耋之年的苏老显得平易近人，在学校的门口，他拒绝工作人员的搀扶，一路上向夹道欢迎的师生们微笑着致意，自己坚持徐行到会场。当时，苏老的报告引发了爆棚效应，能容纳近千人的任岩松大礼堂里座无虚席，盛况空前，去晚了就没有座位，最后，连过道里也挤满了一群又一群执着的听众。而苏老从后台入场的方式很特别，他先是挥手，然后双手作揖走到台前，在全体师生经久不息的掌声中入座。他诙谐的开场白（用平阳话）云："我是平阳山头人。"顿时萌翻了全场，听众席笑声迭爆，掌声不绝，气氛活跃，这一幕一直镌刻在我的脑海里，成为最温馨的记忆之一。一个上午，几个小时的讲座下来，苏老侃侃而谈，思路清晰，他要求学校解放思想，实事求是，办出自己的特色，勉励广大学生不要丢弃艰苦朴素，不能忘记勤奋学习的精神，还以自己的成长之路为我们进行言传身教，给大家上了一堂极其有意义的教育课。我现在能够记得的梗概就这些了。

现在，该说说我们的老师了。

90年初是大学老师新老交替最轰轰烈烈的时段，因为学校成立不久，人才奇缺，一些在外地工作多年的名师纷纷响应市政府的号召回归故里，加上其他高校调配的中年骨干以及新招收的"青椒"（青年教师的自嘲），教师队伍呈现出老中青三代相结合，教学水平也显得参差不齐。初入学时，我们国际贸易系还没有经历后来的一个系变成一个独立学院（瓯江学院现包含九大系八大学科门类四十三个本科专业）的"跨越式发展"，人丁并不兴旺，只有一个学制三年的外贸经济专科专业，一个级段又只有一个班。我们班三十五人，男女生的比例约是二比一，温州地区学生占据了绝大多数的名额，仅有的两名嘉兴籍同学只是作为"点缀"而已。与其他专业相比，外贸经济专业还是显得炙手可热，在开设英语类专业课的同时，还设置了《企业管理》《公共关系学》《BASIC语言》《高等数学》等诸多的相关课程，而《企业管理》作为全校最有影响力的精品课程之一，成了全班同学们的最爱，这完全缘于儒雅而有长者风度的黄焕文教授（那时，正教授职称属凤毛麟角，很金贵，不像现在，正教授多得就像过了季节的时装批量甩卖）。已过天命之年的他在业内声名显赫，是学校一言九鼎的教学权威。逢他上课，班级里总是无人翘课（当时在大学里，没有实行点名制，早退、翘课已成家常便饭，特别是一些选修课，听众最少时经常不足两位数）。先生在讲台上不疾不徐轻柔地讲述，并一直脱稿，还常引经据典，上课时幽默生动，深入浅出，条分缕析，显得学识丰厚，魅力逼人，极受到同学们的追捧和拥戴，而且他还能写一手漂亮的板书。老师当年传授的内容已经遗忘殆尽，但他讲课时的那种渊博知识和热情投入却一直记忆犹新。好多同学毕业多年，每每谈起黄焕文先生，均以聆听过他的课而自豪。而后来的学子们就没这个好运了，他们常常为听不到如此名流教授的讲课而遗憾。令人拍案叫绝的是，先生每上完一堂课，他的下课话音刚落，电铃必骤然鸣响，毫厘不爽，犹如闹钟般的精确，他对上课时间的把握更是令人啧啧称奇！而周德文老师在我们入学时，刚过而立之年，风华正茂，还是系里的一位讲师，典型的青年教师气质，显得文质彬彬，身材略显纤弱，绝没有当下有影响力。他当时主讲外贸会计课，专业课并不擅长，但他在上课期间常向我们提起自己要在三十年内实现教十年书、办十年企业、写十年文章的愿望却令同学们尤感兴趣。果不其然，我们毕业不久，他也辞职下海相继创办了多家公司，几年后又成功转型专心从事著书立说，先后出版了关于温州经济发展和经济模式的系列丛书，反响极大，原先的愿望一一兑现！如今，他已声名鹊起，如日中天，成为名震一方的经济学者、省人大代表。而他家族中竟然拥有一份内刊，所有的文章均由亲戚撰稿，并自行印刷出版，在亲友中相互传阅，这样的内刊在国内也是绝无仅有的事。至于我们系的副主任吴方副教授，五十开外的年纪，长着一张弥勒佛似的脸，永远一副笑眯眯的样子，从不见他发怒的表情，哪怕批评同学，也是和风细雨。他是由原先教俄语课改行担任我们班的英语泛读老师（中苏交恶后，一大批俄语老师不得不"转世投胎"），也许教俄语时间长了，英语口语发音不太标准。上他的课，等于做翻译。他喜欢手拿书本，在教室里踱步，先念一段原文，再念一段译文，基本不作解释。兴致来时，就会出其不意地进行突袭，随手一点："××同学，你来翻译一下。"令一些心不在焉的男同学往往猝不及防，嘴上嗫嚅道："老师，翻译哪几句？"逗得全班哄堂大笑。当然，翻译得一塌糊涂的同学总是非常尴尬，面色绯红，显得站立不安。

进入大三，一种惶惶然如丧家之犬的气氛在同学中间弥漫开来，像一场狂欢即将散场似的。当时，除了师范类专业外，大学生已取消了包分配制度，不再是"铁饭碗"了，要自谋出路。大家开始担心起自己的前途。一些掌握生存秘诀的同学开始行动起来，力争最后的留城机会。而大多数茅塞尚未顿开的人对于未来是迷茫的，只能苦熬日子，等待着命运的支配。

班级毕业筵席被安排在一家位于黎明西路名为"华都"的饭店（现在仍在营业之中，每每经过时，我总有一种抑制不住的冲动，极想进去回味一下当年筵席的氛围）。三年同学的最后聚餐，标志着离别的欢聚，之后将各奔东西，亦不知将来何时重逢。这顿"散伙饭"显得隆重而热烈，也充满了一种前途未卜的悲伤气氛。那天，大家都盛装出席，"散伙饭"持续很晚，到处杯盘狼藉，可没人想离开。最后，店内除我们一班同学外，客人早已散尽。因此，服务员貌似抱歉实为轰赶的笑容，其实是在提醒打烊时间业已接近。最后，大家不顾形象地喝起酒来，连一些性格内向、不善言辞的同学也借助酒力，相互拥抱着说了些词不达意的话，毫不掩饰地袒露出自己的个性。不少感情细腻的女同学哭得稀里哗啦，很多男生则明显喝高了，酩酊大醉，开始翻江倒海地呕吐，不得不由同学们架回宿舍。连滴酒不沾的我也禁不起同学们的怂恿，拿起小调羹向大家频频敬酒，喝得头重脚轻，晕晕乎乎。

6月将尽，校园里每天都有互相拍照的人。那些行将离校的毕业生，要将母校的每一寸景致和他们留下的痕迹打包珍藏。几天后，同学们又相互在毕业纪念册上留下临别赠言，尽管上面的话语多数又都如出一辙，但大家还是踌躇满志地写下对未来诸多的祝福和期许，以纪念这段来之不易的同学情缘。

其实对于大学，还有许许多多关于老师和同学的事在我的记忆里闪动跳跃着，却又太零碎、纷杂，哪儿都不挨哪儿，一时无从说起。虽然，二十多年一晃而逝，自己也不可逆转地进入了中年，但那段人生流程最唯美的时空、最富有诗意、三年"同窗共栖"的大学生涯却留给我太多的美好记忆与怀念。

　　近段时间，当地媒体上到处是关于母校八十周年校庆铺天盖地的报道，也迅速勾起了我在大学的诸多回忆。虽然离开母校近二十年了，但一些往事仍鲜活地存在于我的脑海中。

　　在这里讲述的只是90年代初一条楼道一座房间里一群大学生的凡人逸事，我尽量为同宿舍的每位舍友都不偏不倚说上几句。现在，他们中的大多数都与我久违了。我用文字记录了他们一些无伤大雅的隐私，不是为了笑话他们，而是以此来深深怀念我们曾经共同奋斗、共同忍耐、共同享受、共同消磨过的那段青葱岁月。

　　因此，在这里有必要将公寓楼（毗邻的女生宿舍名曰春晖楼，与公寓楼相对而立，泾渭分明，尤其是女生楼，虽然没有"男生禁步"之类的提示牌，但平时宿管管理严厉，不容男生越雷池半步）312室作一番陈述，否则在大家看来，会感到莫无所云。入学之后，由于新的学生宿舍楼尚未建成，大家因陋就简，我们国贸系与中文系十四位同学合住在爱乡楼237室的大宿舍。第二学期，才转到新的工字形宿舍楼——公寓楼212室，大二起正式"动迁"至312室。从此，六位从乡下进城、个性与趣味各异的同学开始了两年共同的"聚居"生活。

　　为了让外人看不出写的是谁，我在这里"姑隐其名"，并采用半实关虚的写法，以ABCDE来代替。

　　我，无须在此赘述，现"混迹"于市区的一家金融机构。闲暇时，喜欢在电脑前敲敲键盘，偶尔有"豆腐块"文章见诸报端，在亲朋好友前借此吹嘘之外，一无所长，碌碌无为，循规蹈矩地过着随遇而安的都市悠闲慢生活。因此，还是惜墨如金为佳。

　　A君来自H县偏僻遥远的乡村，性格纯厚，谦和仁义，与同窗均甚相得。但其不低的情商从报到的第一天就初现端倪。90年代初，能从众多的竞争对手中脱颖而出，进入梦寐以求的大学校门，在乡村人看来，已经实现了"鲤鱼跳龙门"的梦想。现在，我依然清晰地记得A君报到时的那一幕细节。那天，也许是路途偏远，傍晚时分，他才姗姗来迟，但与他同处一"床"（上、下铺）的海岛同学由于客轮时间的原因，第二天一大早才匆匆赶到。当A君看到自己名字张贴在下铺时，竟然毫不迟疑地以迅雷不及掩耳的速度将上下铺的名字同时撕掉，并且面不改色地将自己的行李坦然地安置在上铺。当然，那位最后报到、完全蒙在鼓里、不知道被"调包"的同学不得不接受住下铺的事实。可这一幕却丝毫没有逃脱出我的"火眼金睛"，于是，"调包事件"也成为我日后一直取笑他的谈资和每次同学聚会必涉的话题之一。但他这微小的"劣迹"却无碍两人的关系，我们却心照不宣，很合拍地走在一起，成为无话不说、形影不离的契友。课余，我们经常结伴看电影、录像，逛书店，并共同选修了摄影课。

A君喜运动，尤钟情于篮球，至今仍坚持不辍，单位内部比赛，已沦为替补的他却常不愿作壁上观，主动请缨亮相于垃圾时间，以示"廉颇虽老，尚能饭也"，虽已不能复当年之勇，但仍拼劲十足，勇气可嘉。大学期间，我们总是挥霍不掉那大把的时间，晚饭后在宿舍打牌是永不厌倦的固定节目，玩得最多的当数拱猪。可我们鏖战之时，A君从不轻易上阵，只是不时在一旁转悠着，喜欢在背后"指点江山"，常招惹我们讨厌。因此，室友们便赠送其一个"遥控器"的雅号。

A君人缘颇佳，大学期间，他的同学时来串门，因此，我也与他们变得熟稔起来，其中就有一位绰号"老鼠"的高中同学。而简陋的寝室亦成为他的私人"客厅"，周末时常有规模不等的同学聚会，他们买小吃，沽老酒，并围坐在里面乐于吃喝。而酒酣耳热之际开行酒令是A君当地的风俗习惯。觥筹交错中便夹杂着当地方言的划拳行令吆喝声，显得特别生动有趣。可工作后，频繁难辞的应酬使他的酒量反呈下降的趋势，以至于现在好几次面对着曾经滴酒不沾的我提出拼酒量的挑衅，居然敢甘拜下风，俯首称臣（告别一段为期三年的青春岁月的毕业班级酒会上，同学们不依不饶，在他们的软硬兼施下，初次抿进几勺黄褐色味道浓重的啤酒时，我已是不胜酒力，艳若桃花，呈微醺状。而他连灌几大杯的啤酒，却仍面不改色）。

读书、工作期间，我曾多次到他家旅游观光。他们家人都很随和友善，为人低调实在，待人真诚用心。他妹妹一口一声地唤我为"哥哥"，使我受宠若惊。现在，每次去他老家，必看望其父母，也定捎回他老家的特产——冻米糖。A君毕业分配之初，曾给我写来一封长信，倾诉了求职的艰辛。最意想不到的是，我们竟然分配到了同一个单位，又续同事情缘，彼此间更加深了友谊的常青。A君仕途亨通，现新晋为"一方诸侯"，"一打"美女下属鼎力相助，事业有成，春风得意，羡煞旁人。

B君天性聪慧，但恃才傲物。现已成为国内一家上市服饰公司的优秀供应商。几年前的当地晚报曾对他的服装企业进行过专题报道。见报后，我立去贺电，电话那端，他舒心爽朗的笑声显得精神抖擞。初中期间，B君有缘跟随学校的一位老师（为温州书法泰斗之入室弟子，现已成为国内知名的书法家，在当地书法界具有举足轻重的地位）学习书法，因对书法有着与生俱来的禀赋，练就一手漂亮的硬笔字，尤擅行书，在大学里薄有名声，"Fans"众多，他用硬笔临王羲之的《兰亭序》，几近神似。在他的带动下，整个宿舍学习书法的气氛空前高涨，三人被吸纳为校书画社的会员。我们几位曾在业余时间心无旁骛地苦练，但始终不能望其项背。可惜没有潜心于书法艺术，不然的话，B君很可能会有更高的造诣。令人遗憾的是，我的毕业纪念册里竟然没有留下他的墨迹来。

同学中，B君属前卫派，像当时大学流行交谊舞，他就是校园中一位闻名遐迩的"舞林高手"。晚饭后，一个人总喜欢在拥挤而狭小的宿舍里对镜练舞步——将自己的身体绷得直直的，脚步放得轻轻的，嘴里打着"蓬嚓嚓"的拍子，优雅地旋转、移动，还强行要求我们欣赏他的舞姿。在校的大部分周末晚上，他常去周边的几所大学参加各式各样的舞会。赴会前，必郑重其事地将自己修饰得风度翩翩，一尘不染，皮鞋亦擦拭得锃亮。作为女生眼里的"舞场王子"，在轻快或强烈的舞曲伴奏下，每每与女舞伴们翩翩起舞于旋转的激光灯下，B君总显得满面春风，兴致盎然。结束漫长的舞会后，他孤身一人兴奋地哼唱着小调，一副十分Happy的样子。当他迈着轻快的步伐回到宿舍时，往往已是后半夜了。

同时，B君又以赖床而著称，起床于他而言实在是件艰难备至的事。当时，紧挨着宿舍的是一所中专学校的操场，该校管理严格（不像我们学校，三年的大学生涯，记忆中仅仅出过唯一的一次早操，也是被生活老师连拉带拽赶至操场，大家都一个个缩头拱肩，拳手曲臂，敷衍了事，不成体统），每天早上坚持出操，一旦该校做操音乐声嘶力竭地响起时，B君总是无奈地张嘴开骂："又把我好端端的觉给打扰了"，然后又继续蒙头大睡。宿舍中，他往往最后一个起床，但动作却是一气呵成，迅速利落，洗漱完毕，三步并两步地赶，在上课前恰到好处到达教室。下课的铃声骤响之后，他必首当其冲跨出教室，去校外的饭摊解决早餐，于是，馒头味很快在教室里弥漫开来，经久不散。最令舍友羡慕的是，周末，他常到市区的姐姐家蹭饭，还顺手拎着满大包待洗的衣服。可近几年的他，乐性格居然实现了一百八十度的大转变，开始参透人生，变得淡泊明志，不再那么争强好胜，迷恋上茶道和养生：每天上午风雨无阻地上山进行修练——打太极、练气功（据同学们说，其修为已臻一定层次），再到公司上班，日子过得潇洒自在，有滋有味。

C君住我的对床，都是上铺，中间隔一张桌子，晚上的卧谈我们很投缘。他与B君同来自Q县，但老家在该县最北端的山区，系家中独子，前面有几位姐姐，常感叹山区之艰苦，说他的老家一天最多能吃到两顿饭，麦饼便成为来填肚子的替代品，令我们感到不可思议，以至极想去体验他老家的"粗茶淡饭"，只可惜至今一直没有成行。每次假期归来，C君总会捎来老家特产——麦饼，以飨各位吃货，因此，舍友们对麦饼情有独钟，现在思之仍满口生津。全班同学中，C君吃饭速度最快，这早已盖棺定论。就餐时，他总是风卷残云，很快见底。C君还能写得一手好字。众多业余爱好中，拳击是他的最爱，拳击手套、护手带、头盔等装备总是轻易不离手，每周去学校的业余拳击队训练二至三次，锲而不舍，从不间断，我们经常旁敲侧击他这种自我摧残式的锻炼方式不可取时，得到的答复："拳击是一项勇敢者的运动，既刺激又可保持充沛的精力，何乐而不为呢？"为了加强对抗能力和肌肉的锻炼，他在宿舍备有一对哑铃，早起晚睡时，都要举上几分钟。乒乓球是我们的共同爱好，闲暇之余，我们常在学校简陋的乒乓球室一道切磋球技。如今，C君已成为一名机关公务员，毕业后，我们之间疏于联系，不知他还练拳击、打乒乓否？

　　D君与我同窗三载，亦与我同桌三年，因此也结下了笃厚的友谊。我们三人年龄有个排行，我老大、A君居中、D君最小，在学校里，我们仨如胶似漆，情同手足，形如《三国演义》中之刘、关、张。那时，他家已居住在市郊，因此也常走读。令人诧异的是，年龄最小的他却众望所归地竞聘成功当选为一班之长，而且干得有声有色。三年任期内，他曾牵头组织过班级的诸多活动，给同学们带来了不少的欢乐。而最经典的当数看电影活动——通过抽签形式，每周一对，异性同学互相混搭，也增进了男女同学彼此间的友谊。而我居然幸运地抽中了"班花"，令同学们妒忌不已。

　　毕业后，他仍然执行班长的职责，总是由他出面召集老同学聚会。此外，D君还是个十足的音乐迷，空暇时就在宿舍里打开砖头形状的单卡录音机听音乐，边摇头晃脑，边不停地哼唱，无师自通地学会了一首首最新的流行歌曲，也常用NHK空白磁带录制自己清唱的经典老歌，其相似度有时可达到以假乱真的效果，足见其音乐天赋。有一段时间，他对高深莫测的《周易》颇为入迷，从图书馆借阅的一些《周易》书籍总是摞在床头角落，并喜欢给大伙占卜，居然给算得神准。毕业时，他竟先于风流倜傥的"情圣"B君拥有了一位小鸟依人的女友。如今，D君已成了五口之家的一户之主，并经营着一家颇具规模的外贸企业，我们自愧弗如。

　　生来自W县的E君，少言寡言，不善交际，给人一种愤世嫉俗的感觉。平时喜欢独来独往，自行其是，令人捉摸不透，无法一识其庐山真面目，窥进他的内心城池。我们宿舍的"打水制度"，实行轮流值班制，除他一人自打开水实行单干外，其余五人每天轮流进行，周末则采用无为而治式，谁有空谁打，完全靠自觉。但到了冬天，众人懒得去打开水，就偷偷地使用电热棒。藏匿并使用电热棒是学校严令禁止的行为，我们却明知故犯，因此"作案"时不免心中惶惶，一边守着正在沸腾的热水瓶，一边得侧耳留神走廊上的动静。现在回想起来，在这件事上我们是愧对学校的。同时，E君亦有洁癖，一天到晚经常待在楼道的水房里不停地搓衣服，在宿舍小集体中显得孤单不合群。几年前，B君参加母校校庆时，在楼道里居然邂逅了久违的E君，仍然是那么地沉默无语。

关于E君，留在我记忆深处的是，毕业前夕世界杯亚洲区足球预选赛的一场小组赛。当时，首次由洋帅施拉普纳执教的中国队竟然输给了"鱼腩"也门队，兵败伊尔比德，导致小组无法出线，自然失去世界杯亚洲区决赛阶段的参赛权，第五次冲击世界杯无果，令广大球迷大失所望。当晚，我们一群同学聚集在学校的任岩松大礼堂共同收看比赛的现场直播。回到宿舍后，大家为国家队的失常表现品头论足，纷纷感叹中国足球已无药可救。可就在大伙即将熄灯就寝之际，E君才怒气未歇地从外面回来，用脚猛踹房门，然后一声不吭，二话没讲就拎起热水瓶，疾步往走廊里小跑，并朝楼下一气掷下，以这种特别的方式发泄自己对国家队的不满，"砰"的破碎声顿时惊动了同楼的男生们。原本空荡荡的各层走廊上，如蘑菇般地冒出一个个脑袋，此起彼伏，连公寓楼的宿管也过来一探究竟，待弄清事情的原委后，大家才悻悻然离开。没想到，以他这种特立独行的性格，毕业后居然挤进了当地"金色盾牌"的行列，让人大跌眼镜。

时过境迁，室友们早已各奔东西，从事了不同的行业，但难忘的大学生涯令人魂牵梦萦，回忆起来依然历历在目，如鲠在喉，总想一吐为快。其实，312室还有更多精彩的乐章。限于水平和篇幅，只能以零星杂乱的文字采撷了当年宿舍小部分的趣谈逸事，谨以此作为献给母校八十周年校庆和我曾经共处一室的同学们的一份"贺礼"。

没想到，一篇《公寓楼 312 室》居然引来了一片褒扬之声，虽然舍友们对号入座后不免进行口诛笔伐，毕竟揭露了他们一些所鲜为人知的个人隐私，但提供的"意见"却是非常善意，而且还不忘给我补充了不少新的素材，并积极怂恿我用那拙劣的笔去继续书写校园往事。毕竟那承载了我们的青春梦想，彰显了同学们间亲密纯真的友谊。

校园里自然绕不开老师这个话题。记忆中的大学老师是由老、中、青三代相结合。以中年老师居多，荣归故里、尽显桑梓之情的系主任和另一位由原先的俄文老师转为执教英语泛读的吴老师，均已过天命之年，而班主任则是初出茅庐的青年老师。众多的老师中，传授《中国对外经济贸易概论》的陈先生，我印象尤其深刻。这位提倡"丁克"的前卫人士，近不惑之年，高瘦白皙，架副金边近视眼镜，据说曾留学东瀛二年。陈先生专业并不擅长，但爱好良多，乐于在日语（我们曾上过他的选修课）、摄影（常在校内外举办个人摄影展）等业余爱好上展示自己的才华。其教学方法也独树一帜，别有风格，上课伊始必给我们分发不同类型的明信片予以欣赏，这是他的一大发明，而且那种说书艺人信马由缰式的授课倒是让人"赏心悦耳"，颇受同学们的欢迎。毕业前夕，他家喜迁学校分配的新居，曾约上一群同学去帮忙，全日式的装潢，令我们大开眼界。

经过寒窗十二载的苦读、紧锣密鼓的高考一役，跨入大学校门后，我们过着一种惶恐而无序的生活，没有了高中时代的紧迫感，学习上大家不再铆足劲你追我赶，互争上游，乏味的课堂最终消磨掉了我们残存的求知欲，因此奉课本和考试为神，努力创造好成绩，把浓浓的荷尔蒙发泄到读书上的人，已寥若晨星。最苦楚的事自然非考试莫属，当时，校园中"六十分万岁"的口号甚嚣尘上，通过各门功课的考试，最后凭一叠论文换来"通关文牒"——毕业文凭就万事大吉。因此，考试作弊便呈蔚然成风之势，监考老师成为我们予以重点关注的对象。那些监考严厉者自然成了我们"仇恨"的对象，无不"咬牙切齿"。可这位陈先生就是校园传说中一位令人闻之色变的考试"杀手"。学长学姐早已给我们打过预防针，提醒该老师在监考时手腕严厉，需要特别防范。可不巧的是，大一下学期的高等数学考试竟然由其担任监考老师。消息一公布，大多数同学把学长学姐们的告诫奉为金科玉律，马上厉兵秣马，积极备战。只有几位不信邪的依然我行我素，继续过着自由浪漫的生活，根本没有认真地去对待。

高数考试很快不期而至，那天上午，陈老师提前出现在考场上，腋下夹着一个棕色的试卷袋，表情不苟言笑。他宣读了冷冰冰带有警告色彩的《考试须知》后，便开宗明义地告诫我们：休想在他的眼皮底下"顶风作案"，否则将严惩不贷，并历陈了他前几年监考时的种种辉煌战绩。这近乎残酷的开场白一宣布，教室里顿时一片寂静，大家都惴惴不安，而那些根本没有复习、一心想作弊蒙混过关的同学更是面面相觑。真是"百闻不如一见"。一分发完试卷，陈先生就背着双手，在教室里开始踱步巡视，目光炯炯地紧盯每位考生，只要我们稍微扭一下头，或探一下抽屉，便会遭到他的口头严重警告。可半个小时后，陈先生却突然宣布要出去一会儿。于是，当他的脚步刚一跨出教室，顿时变得嘈杂混乱起来，个别同学自然不想"坐以待毙"，就迫不及待地斜眼四周，拉开架势小抄大抄特抄。可万万没有想到，两位作弊正欢的同学被从教室后门偷偷迁回进来的陈先生抓了现行，众目睽睽之下将他们"人赃"俱获。事后大家才知道，这原来就是他惯用的伎俩，旨在设下圈套，专诱学生上当，"第一杀手"称号由此而来。翌日，教学楼下的通告栏里所张贴红底黑字的通报上，他们的名字赫然在列，作为违反校纪的对象被校方"绳之以法"——记录进个人档案。在大家连滚带爬或有惊无险过了高数考试之际，而这两位同学不得不参加来年的重修，心情自然糟糕之透。

老师就此打住，再回忆回忆那些可亲可爱的"童鞋"们。

大郑君（俩同学均为郑姓，因年龄的差别，故用大、小来区分）长得白白胖胖，嫩嫩乎乎，聊起来口无遮拦，笑起来天真无邪，他常在宿舍里将袖展臂，吆喝着要与大家掰手腕以争高低。其父母均为科级干部，乃典型的"官二代"。见多识广，能说会道，更喜欢调侃，是我们班难得的搞笑明星，荤段子信手拈来，讲述时自己脸无表情，别人则能笑得前仰后合。大一上学期，他就是我的下铺，但这不是一件太爽的事，他从无叠被子的习惯，有时没洗脚就钻被窝，经常光膀子睡觉，每次总弄得床上沙沙作响。同时还有吸烟的嗜好，逢人总四处点火，四面敬烟，将整个宿舍搞得烟雾缭绕。可最令人厌烦的是，偶尔半夜醒来，无法入睡时，他竟然不忘抽烟来解闷，连贯不断的烟圈袅袅上升，害得我往往被"熏"醒。他有打牌的爱好，但乐趣只在参与，胜负心不强，既不刻苦钻研技术，也不琢磨别人的心理，所以大家也不太愿意与他合作。

90 年代初期，大学里谈恋爱尚未成为著名的景观，以"地下活动"居多，当时，我们对爱情仍处在懵懂期，可这位仁兄发蒙却似乎比别人早，而且极高调，初涉爱河的他常与师院的女友旁若无人地出双入对，挽臂招摇而过，成为校园的一道风景。舍友们常知趣地退避三舍，宿舍也暂时成为他们的二人世界，以便让这对情侣更自由的耳鬓厮磨直至忘我。某一周末，性情慵惰的他居然破天荒地晒起被子来，没想到夜不归宿，半夜蹊跷暴雨突至，第二天回宿舍时，被子被淋了个湿透，一直被我们传为经久不衰的笑谈。如今，其女儿已从当地重点中学被中国"第一学府"北大提前录取，实现了多少学子家长梦寐以求的愿望。同学们对他能培养出拥有如此优异基因的女"学霸"，无不顶礼膜拜。毕业后，大郑君亦成了我们的同行，但已与我"失联"了多年，不知经历社会磨炼的他还那么口无遮拦乎？

聪慧活络的小郑君系班级发迹较早的同学之一，为人古道热肠。现在生意做得风生水起，并成了当地商界的成功人士。对小郑君留下深刻印象的是在入校后的军训。一迈进大学校门，校方马上给我们一个下马威——新生军训。军训期间，我们得每天不厌其烦地重复整理内务。面对秋老虎的肆虐，同学们却不得不在偌大的操场上反复操练站军姿、走队列、踢正步、喊口号等机械的动作，不啻于是一种煎熬。军训的翌日，小郑君就自动出列，向教官诉说自己患过眼疾，医嘱须避强光的刺激为由，欲退出军训。向来严苛的教官在半信半疑之下，竟然准许他当天暂停训练的要求。第二天，他果然出具了医院的书面证明，从此可以光明正大地逃过一"劫"——枯燥乏味、劳累疲惫的军训。小郑君平时读书极少用功，每回只是在考试前"临阵磨枪"———一反常态成为刻苦用功到晚上一二点的逆袭品种。那几天，他匆匆扒过晚饭后，立即去阶梯教室抢占座位（永不熄灯的阶梯教室平时往往阒无一人，但考试前夕却是大家学习的必争阵地，总是座无虚席，来迟了，则是一"位"难求。同学们在此奋笔疾书的宗旨很明确，就是为了通过考试关），这样考前突击几天就能轻松自如地通过考试，大家对他的学习效率无不钦佩之至。业余时间，我们通常的娱乐是打牌或下棋，尤其热衷于"四国大战"（四人同时下陆战棋，对面两家配合迎战另外两人，曾在 90 年代大学校园里风靡一时）。班级里，我俩常搭档，配合默契，鲜有敌手，无人能出其右，只是现在再也无缘有机会下"四国大战"了。

结识徐君，也是在开学后的军训，他被教官指定为临时班长，后排的我们紧挨一块儿，正步走摆臂时常碰在一起，均相视一笑，很快便熟悉起来。徐君的体育天赋异禀，也许出身体育世家的原因，他学任何体育活动都如儿戏，驾轻就熟。在我的眼中，他简直是位罕见的左撇子体育通才（除写字外，皆用左手）。足篮排、乒羽球，无一不精。全市大学生足球联赛，他蝉联了最佳射手称号；校篮球联赛，他是系里当仁不让的绝对主力，司职前锋；排球赛，主攻手的位置非他莫属。而乒乓球，曾获得过高中生比赛的男单冠军。大二时，欣赏过他与其他系的一位女生（省高中生乒乓球比赛第四名）的一场友谊赛，二人打得难舍难分，你来我往，精彩纷呈。作为市区的走读生，我们之间虽然没有很深的交往，但他的体育天赋却一直留在了我的脑海里。

"阿门"学长来自高我一级的企管系，一名已在教会受洗、极其虔诚的基督信徒（因家庭关系，他家几代人的信仰，到他这儿就自然地笃信了）。就餐前，总是低着头，微闭双眼，左手按住胸口，右手抚桌，神情肃穆庄严，喃喃有词祈祷后，方敢动箸。而每周日去教堂聚会听道是他的必修课，雷打不动。他是我舍友的同乡，时来我们312室串门，随身总携带六十四开本的黑皮精装本《圣经》和一些基督歌谱，也常给众人上一堂又一堂的"思想教育课"，不断宣扬基督教的好处，旨在让大家及时"迷途知返"，皈依上帝。出于好奇，舍友们常拿来《圣经》，可刚开始看一小段，便浅尝辄止。大家感到这部世界上伟大的书籍实在太厚重深奥了，怎么也看不下去。在他不厌其烦的游说下，我们一群同学终于被说服，同意去教堂体验。

一个周日的上午，"阿门"学长兴高采烈地带着大家来到离学校不远的坐落在小巷深处的一所基督教堂。教堂哥特式的顶端耸立着一个高大的红色十字架，从半开的后门走进这座庄严的建筑物，同学们明显有了一种神圣的感觉。教堂内，光线幽暗，气氛神秘，听众几乎是清一色的中、老年信徒，鲜有青春的力量。基督教教义的中心是一个"爱"字，他们真正理解上帝对人的爱，所有的苦难都是对人的磨炼，让人学会爱神爱人。而信徒们之间全以弟兄姊妹相称，给人一种颇为亲切的感觉。一群年轻人的初来乍到，自然受到他们的极力欢迎。布道台中央上空高悬着"以马内利"四个行体大字，一架黑白簇新的电子琴搁在其墙角的一张木桌上。一位中年男牧师一直站在上面，操夹着半生不熟的普通话大声地宣讲。中年牧师结束他的一段讲道后，便带领大家神情肃穆地读经、唱诗、作祈祷，那套烦琐的宗教仪式使人感到可笑与不耐。不久，我们便乏味得昏昏入睡，都产生了想逃离的心态，碍于情面，艰难地坚持到礼拜结束。从传经布道的殿堂出来，"阿门"学长不断追问我们感受如何？当然，基督徒的追求与我们的理想还有相当的距离，而且短暂的教导灌输很难立竿见影，产生共鸣，但"阿门"学长并不气馁，依然我行我素，逢人就宣扬基督教，不遗余力地"策反"校友们能加入他的"团队"中去。如今，家中那本大学毕业纪念册泛黄的内页中就留有他的墨迹，寥寥的几句留言，字里行间到处充满了与基督教关联的词语，在"志趣"一栏写的是基督圣道，最后一排斗大的落款则为：愿主的慈爱与你同在，读来令人莞尔。毕业之后，再也没有联系的他不知还笃信基督教否？

张君，英俊潇洒，温文尔雅，文秘专业的他与我同乡。第一学期，我们同住一间大宿舍，同室十四人，分别来自各县，一开口，总是混杂着各地的方言，显得南腔北调。我们的床紧挨着，常用方言交流。晚上熄灯后，卧谈会我们最投机。工作后，我们竟然又居住在同一个小区、同一幢楼相邻的单元里，由于张君分配到乡镇法庭，我们的交往也慢慢地疏远了。在法庭工作期间，他废寝忘食，秉公执法，廉洁自律，在同事中留下了很好的口碑。在他的工作信条中，工作就是生命的意义，常带病坚持工作，以致积劳成疾，未过而立之年时，竟然听到了他的噩耗，心脏病突发，倒在心爱的工作岗位上，英年早逝，撇下了新婚燕尔的妻子，消息猝不及防，令人扼腕。法院系统曾给了他很高的荣誉，《人民日报》就以一篇《永不倾斜的天平》的报道追记了他的事迹。十二年，时间匆匆流过，不知远在天国的你还好吗？

最后，还得提及毗邻的313室——服装设计专业的一个宿舍，我们有时会去串门走动。可令人不解的是，他们的窗户总被一块百衲衣一般的门帘整天地遮挡着，而且每人都在自己的床位周围拉起了五颜六色的披布，帐门垂落，紧闭，用几只小夹子夹起来，"军阀割据"成一个个自成一体的私人空间。大部分雪白的墙壁也被他们用画笔涂鸦得千疮百孔，五彩缤纷，昏暗的光线下仿佛进入一个艺术天地。他们的许多课程与绘画相关联，而常带着画板外出采风——写生季跟着老师"上山下海"，冠冕堂皇的理由自然是学业的需要，使我们十分向往。宿舍里的男生们（全班仅有十六位同学，以女生居多）常穿花花绿绿的奇装异服，甚至留有披肩长发，满脸满腮的胡须，一副艺术家特有另类超脱潇洒的样子。他们之间总是默不出声地早出晚归，彼此之间交谈也不多，超凡脱俗般地过着鸡犬相闻、老死不相往来的老聃似的生活。可他们就业时，却很少人从事了与专业对口的行业。我的一位就读该专业的同学妹妹出乎意料地栖身在一家当地官办报社，如今已成为一位极有影响力的实力派美女作家，时可见其力作在报刊上发表。

由于篇幅的限制，难以面面俱到更多的同窗，如冬天洗冷水澡前先服感冒药预防的海岛同学朱君，嘉兴籍"画家"刘君，在校时恋爱显得隐秘、最终修成正果、毕业后比翼双飞、共同创业、班级"硕果仅存"一对之男同学钱君，男同学体重和财富增幅最大者、温州教育世家之后裔马君……
恕我不再一一列举。而以上也仅是大学期间的片鳞半爪，写得零零碎碎，
并不是我为了逗乐瞎编出来的，那是我们大学生活的真实记录和写照，连
一些细节都是确凿无误的。大学是人生的一个重要驿站，我写它们无非是
怀念过去美好的东西以及纯洁的同学友情。其实，还有更加可歌可泣的校
园篇章，请留神在将来的大部头作品中，我将专门来予以描述。

从小到大，看过无数场电影，有在露天看的，也不乏在电影院里看的，但在我印象中最深的却是大学期间所看的一场电影。

大二时，年轻的班长为了活跃气氛，增强同学尤其是异性同学间的友谊，想出了一个令人惊叹的"金点子"——组织男女同学搭配看电影，每周选择一对。当时的娱乐活动并不像如今那么丰富多彩，电影作为一种主要的文化娱乐方式，深受大家的欢迎，此计一出，对处于青春萌动期的同学无疑是欢欣鼓舞，众人无不拥护和赞成。由于班级女生资源稀缺，仅有二分之一的男同学才有与女同学混搭的机会，而剩下的男生则只能同性搭配，自然逊色不少。面对这千载难逢的机会，男同学无不摩拳擦掌，跃跃欲试，有的还甚至想找班长开后门，拉关系。

为了能充分体现公正、公平、公开，杜绝"作弊"行为，最后，班委决定以抽签的形式进行。为此，还特别成立了三人组成的监督小组，并在教室里现场抽签。在女同学选定号码后，男同学再进行依次编号，按顺序抽签，抽到与女同学相同号码的才有机会与异性搭配看电影。

抽签开始时，后面的男同学个个翘首以待，目不转睛地盯着前面，生怕被抽光了女同学，自己就彻底失去了机会。于是便有了不同情绪的种种表现：往往抽中女同学的就会"哇"的一声惊叫，兴高采烈，甚至于手舞足蹈，其欢喜之情溢于言表；而没有抽中的则显得垂头丧气，颇不服气，吵闹着要进行重新抽签。一些男同学为了能抽到理想的对象，还将抽签箱故意摇晃了好几次，才小心翼翼地抽出了一张来。

轮到我抽签时，已有超半的女同学被抽走了，可没想到，我居然抽中了班级的"女一号"——即"班花"，成绩名列前茅，而且容貌出众。据说，她是当时众多男同学心仪目追之人，暗恋仰慕者成群。于是，男同学无不羡慕之至，纷纷嫉妒我撞上桃花运。很多男同学还甚至希望我能把机会让给他们，借此缘由亲近她。那时候，我虽然在班里年纪偏大，可由于家教甚严而在感情方面相当单纯，是一位性格内倾，见了女同学表现局促、不自然的人。其实，我并不在意机会的让出，但此建议却被"女一号"一口回绝，说既然抽中，就不得随意更换，使我备受鼓舞。

那时，在大学的校园里，谈恋爱大都在"地下"进行，而不像如今明目张胆，一对对手挽手在校园里光明正大地自由出入。那个周末的晚上，班长还特地去当时市区最高档的电影院买来电影票。舍友们都在旁怂恿着，既然能幸运地抽到令人羡慕的对象，那总得去浪漫一回，他们纷纷向我面授机宜——讨好女生的几手"绝招"，而对于在感情方面愚钝的我却始终无法领会同学们的好意，不太开窍。女同学倒是落落大方，还主动约我去电影院。

那是一个下着中雨的晚上，我们各自打着伞，来到电影院。坐在影院的大厅里，由于平生第一次如此近距离地接触女同学，我的心里一直在"砰砰"地发跳，脑袋一片空白，同学教的招数不知跑到哪里去了，就一直一声不吭地坐在那里，只顾着看电影，而冷落了旁边的这位美女同学。为了打破僵局，还是女同学先拾起话题，其实都是同学，也就是平时说话不多而已，在她的带动下，我也克服了胆怯的心理，不再那么拘束。于是，两人开始谈理想志向，谈兴趣爱好、谈学习，渐渐地，原先沉默的我也变得活跃起来。就这样，一个多小时很快过去了，由于一直沉浸在交谈中，令人遗憾的是，一场电影下来，仅记得这部喜剧片的片名——《表姐当家》，而整部电影的内容基本没有印象。可女同学却对我刮目相看，说平时内向的我不仅热情而且健谈，这一番夸张简直令我受宠若惊。回到学校时，舍友们众星捧月似的围着我东揶西问，纷纷询问我是不是有一种"触电"的感觉，仿佛沾了美女同学的光，自己也成了明星一样。

大学毕业至今，整整过去了二十年，同学们也早已成家立业，但那次班级组织看电影的事情一直记忆犹新，挥之不去。成家后，一次向妻子说起那次看电影的故事，却被精明的妻子揶揄了一番，想不到我这个老实木讷的人居然也会有如此浪漫的经历，真是不可想象。

深夜，梦中醒来，却再也难以入眠，辗转反侧，外面淅淅沥沥的细雨扑打在玻璃窗上，酷夏，这一场及时雨本来得正逢其时！可此刻却不胜其烦。探头望儿子的房间，他发出轻微的鼾声，睡得正香。我便蹑手蹑脚起了床，"移师"到客厅的沙发。可躺在沙发上，依然没有一丝的睡意，思绪飞驰。

近段时间，孩子的升学问题一直困扰着我，今年，小升初"五四"制的招生，我们宁愿"舍近求远"，让儿子报考了这所新创办的寄宿名校，并非自己的本意。因为儿子没有特长的优势，同样也掺杂着我们对辖区初中学校师资力量的担忧。这是该校第二年开展"五四"制的招生考试，而其他两所名校也不甘落后，首次加入到竞争的行列，来争夺优秀的生源。三所学校四百多个入学名额吸引了五千多名孩子的角逐，招生的苛刻程度让广大家长无不望"校"兴叹。也许近几天连绵不绝的夏雨是个好兆头，上次儿子顺利考入小学名校，正是在细雨的陪伴下完成的。可昨晚他看电视过晚，会不会影响今天的状态？能不能全身心地投入到面试中去？直至天近黎明，才有困意袭来，我迷迷糊糊地再度入睡。

可烦人的蚊子却不请自来，"嗡嗡嗡"地在耳边响个不停，不得不以手驱赶，恍恍惚惚中，却将近在咫尺的花露水瓶碰翻在地，"咣当"一声一下子惊醒了正在熟睡的儿子，真是后悔莫及！心情顿时变得沉重起来。这时，时针定格在早上六点二十五分。可儿子却再也无法入睡了，过早醒来肯定会影响孩子今天考试的状态，被妻子狠狠地训斥了一通，无奈之下，我只得小心地赔着笑脸。

请了一天的假期，准备全程陪伴儿子。上午的学习班依旧，起床后，儿子磨蹭了老半天，用过早餐，我便破例送他到老师家。一路上，儿子依然又讲又笑，一脸轻松，丝毫看不出对考试的担心，心中窃喜。

回家后，我直奔菜市场，特地挑选了几样儿子喜欢的菜品，准备亲自下厨，为他做上一顿可口的午餐，尽管自己的厨艺并不精湛。

中午十一点，门铃响起，儿子从学习班回来，一到家，扔下书包，开始翻箱倒柜，嘴里叫嚷着："爸爸，手机呢?"拿到手机后，就忙不迭地向上午面试的同班同学打听。看来，我和妻子平时唠叨升学话题的一些行为，无疑也给儿子施加了无形的压力。但很快地，儿子变得亢奋起来。由于同学无一例外地考到了历史，而且比重很高，他似乎已胜券在握，便到卧室迫不及待地打开电视。

不久，妻子从单位回来，难得请了一个下午的假，可以一道陪同儿子去参加"小考"。

午饭后的这段时光最难捱，说服了老半天，儿子依然找不到入眠的感觉，担心早起到下午考试时会疲倦，俩人依顺着他，陪着玩棋，以做放松调节。

终于熬到了下午一时半，离正式开考尚有一个小时，全家人收拾完毕。出发前，细心的妻子又把儿子的面试材料重新核对一番。下楼，搭上出租车，司机熟门熟路，十分钟后，抵达考点。

大量的家长和孩子从各个方向鱼贯而入。校门口的左边，作为面试考场的教室已被拉上了一条长长的红色警戒线，几位保安守候在那里，神情严肃，不苟言笑，使家长难越雷池一步。之后，开始了流水式程序：填表、报到、准备室候考、考场面试。儿子进入报到处后，很久，才远远看到他随着成群的考生涌进准备室，终于消失了身影。

之后便是漫长的等待，互不相识的家长们开始没话找话地搭讪，话题飘忽不定，一会儿聊及天气，说天公作美，有利于孩子的发挥；不久则谈起自己当年的高考是如何的随便，而如今的"小升初"考试却居然搞得如临大敌。话题很快又转向此次应考前的准备工作——有利用难得的十几天暑期时间让孩子猛啃中国四大名著进行恶补；有让孩子参加连续一周的奥数班强化训练；有报名社会上的小升初面试专业培训班；还有的甚至托熟人想方设法搞到了该校近年来的题库，让孩子做模拟训练，听得我和妻子一惊一乍。对于儿子的此次考试，暑假里，我们可没有给他施加任何压力，强迫他"临阵磨枪"，可是，其他家庭的考前充分准备简直令我们望尘莫及。不久，旁边的家长开始议论起儿子所在学校的考生参加此次招生会有一定的心理优势，印象分高，使得我们又转忧为喜，因为刚才在庞大的考生队伍中，的确看到了儿子的不少校友居然身着校服，佩戴校徽去面试。果真如此的话，那么，今年该校的小学招生肯定会成为大热门，许多家庭又将要为屈指可数的入学名额争得焦头烂额了。当然对于普通市民来说，考试是最公平合理的方式，任何不经过考试的方式，譬如保送，譬如推荐，譬如各种特长加分，都存在着暗箱操作的可能性。

这时，从大门口忽然进来母子俩，在焦急地打听报到处，母亲跑得气喘吁吁，在前面大声地招呼着，儿子跟随其后，却一路慢吞吞地走来，手中提着沉甸甸的材料。众多家长几乎一起看表，离面试规定的报到时间仅有五分钟，大家都在猜测着，肯定是家长的粗心大意，记错了考试的时间，或是去赶考其他学校刚折返回来。但还是不约而同地被这个男孩的气度所折服，有的说，这孩子不是最好的学生，就是最差的学生，但他的心理素质绝佳。

考试正式开始，方才还熙熙攘攘的校园渐渐安静下来，树上聒噪的蝉鸣声变得格外刺耳。家长们有的依然兴致盎然地聊着教育的话题，有的干脆用打盹来打发漫长的等待。

时间过去了近一个小时，仍然不见儿子的身影，我开始感到焦灼不安，在校园里信步而行。校门周围尽是人山人海的家长陪考大军，他们站在回廊里，坐在教室门口，蹲在树荫下，无不翘首以待望着那条长长的红线，真是可怜天下父母心！每出来一个孩子，很多家长便纷涌而上，问这问那，就像迎接凯旋归来的"将军"。从先前出来孩子的口里得知，下午的试题与上午完全迥异，考的大多是奥数、科学、地理等方面的题目，均系儿子的弱项，不知此时在考场的儿子发挥如何？

这时，一位女家长拉着女儿的手，心急火燎往咨询处跑去。原来，女孩考试后，由于志愿者的疏忽，没有按要求告知孩子及时上交面试材料。面对突发事件，母女俩显得一筹莫展，咨询处的老师则用手机忙碌地联系着。

下午四时半，很多家长已经开始成群地涌向红线，自发地形成了几条长长的人墙，等待着孩子们从考场出来。家长们此时的心情格外敏感，看到最前面出来的考生脸色沉重，有位家长禁不住说，看来题够难的，孩子们没有考好。其实每个人心里都在紧张地根据考生的脸色猜测试题的难易程度，猜测自己的孩子能考得怎么样？

终于看见儿子从上面的台阶走向警戒线，东张西望，在寻找着我们，朝他挥挥手，儿子一路小跑过来，脸色苍白，我心中不由得一沉，儿子的这种状态太出乎意料了！见了我们，儿子忙不迭地诉苦："考运太背了！题目太偏了！"他最擅长的历史、语文科目，居然一道题目都没有考到！儿子完全没有了上午的那种自信。回家的路上，他显得心事重重，我和妻子只能不断安慰着："你已经尽力了，考不好不要紧，反正我们是抱着试试看的目的，能考上最理想，若没有考取就权当一次难得的锻炼，毕竟明年还有机会。"心中却在暗暗地祈祷着，毕竟这个暑假才刚刚开始，别破坏了他的好心情，要想方设法尽快让儿子忘记考试的事情。三天后的成绩揭晓，但愿好运陪伴着他，盼望着能出现"奇迹"——榜上有名……

附录：儿子王经明七年级期中考试现场习作一篇：

那一刻

　　流光容易把人抛，红了樱桃，绿了芭蕉。仿佛只是昨日的紧张激烈，前夜的彻夜难眠，那一刻，便已是如今的喜悦与欢声笑语。

　　那一刻，倾注了父母的多少心血与辛勤。

　　那一刻，挥洒了我多少的努力与汗水。

　　那一刻，汇集了老师们多少的自豪与甜蜜……

　　这是一个漫漫长夜，本应安恬入梦，如今却难以入眠。只静静地盯着电脑，聆听时钟嘀嗒地流转。一台电脑前，凝望着三双深邃却又渴望的双眼。

　　跳动的还是那个感叹号，移动的还是那六幅看了成千上万次的图片，映着的还是那一篇篇烂熟于心的文字。我也知道，虽然十点钟的铃声早已敲响，却不知还有多少人盯着电脑，那短短的几行字里，能洞察他们喜极而泣的泪水，我能感受到我的腿在抖，抖得像风中的树叶。

　　十点三十分，十一点……我们早已在电脑前睡去，却被一个电话铃声给吵醒，"你们家的进啦！进啦！"看着时钟，早已划过十二点。

　　那一刻，仅仅是几秒的瞬间，却是那么漫长，那么深远，仿佛绕地球跑了一圈。那一个闪动的感叹号旁，映了我们心头数十天的挂念。"录——取——名——单"，父母心头多少天，多少夜的巨石，终于在此刻落定，当我的大名出现在电脑上时，我能够看出电脑的微光照映着他们苍老的面孔，同时又照映着他们的喜悦。

　　为了这一刻的喜悦，为了这"小升初"的尘埃落定，我们不仅盼了无数的日月，也努力了无数的日月。我们平时或许会更专注于抱怨与怒火，那一刻才真正发觉，在熊熊的怒火下，藏着一块珍重美丽却又难以寻觅的金矿，只有经过无数次的开凿，才能真正发现它，发现它的珍贵与价值。

　　那一刻，我们终于亲身经历了喜极而泣！

小学毕业，儿子考进了寄宿制中学，为的是能得到更好的教育。

孩子是家长的心头肉，儿行"千里"，家长担忧。

离开学尚有半个月，妻子就整天开始不停地唠叨：住校后，不谙世事、稚气未脱的儿子脱离了我们的"监护"，能不能适应学校的生活？与晨昏相见的室友能否投缘相处？在家吃饭一贯挑剔有加的他对于学校的饭菜是否合胃口？住校完全靠自主学习，没有了我们的有效监督，孩子能管好自己吗？……从小到大，全家人朝夕相处，儿子从没有远离过我们，妻子的担忧不无道理，这对我们三口都是一个莫大的考验。而一有空，她就忙这忙那，给儿子整理行装，想到一点就往行李箱中放一点，唯恐到时候又遗漏了什么，并乐此不疲地在房间里倒腾着行李箱。

我能做到的，仅仅是安慰妻子：儿子是寄宿而已，周末还可回来与全家团聚，不要给他施加压力，长大后迟早会远走高飞，该放手时就该放手，男孩子应该早点独立生活，接受磨炼，培养自理和交际能力，这对今后又何尝不是一件好事。

话虽这么说，可真正一分开，那会怎么样呢？我们不去想象，也不敢想象。漫长的两个多月假期里，一天又一天，我、妻子、儿子，大家各自心照不宣，都在极力回避那敏感的话题。

流水似的日历，终于翻到了儿子要到新校报到的那一页。

看着长得已比妻子几乎要高出半头的儿子背着书包的那种洒脱样子，我感到很骄傲，也很自豪。十多年来，儿子在我们身边，从一个呱呱坠地的婴儿，蹒跚学步、咿呀学语的幼儿长成一位懂事上进的小学生，直至今天迈进了初中的校门。现在，儿子终于可以离巢单独放飞了。

虽然我们知道在人生成长的道路上这是必然的，是每个孩子都要面临的，能离开我们独自飞翔，应该感到庆幸，可我们还是难过不已。

报到的那天，妻的表弟特意开车来接送我们，并把自己的儿子带来，也让他顺便见识一下这所众多家长心中梦寐以求的名校。一路上，大家谈笑风生，特别是俩孩子叽叽喳喳个不停，大人们也故意营造一种轻松、愉快的氛围，不让那留恋感、沉重感袭上心头。

尽管家距新校只有半个多小时的车程，可一路上，我既盼望着堵车，这样儿子可以与我们多待上一会儿，同时又怕因为堵车而耽误了报到时间，在那种故作轻松的胡思乱想中，汽车已到达了学校的门口。

学校前，那条狭窄的道路因一时无法容纳突如其来的大量车辆，早已壅塞不堪，校门口的交通几乎处于瘫痪状态，从路口一直到学校的后门，逶迤地排列着密密麻麻的私家车。众多经警虽然在卖力地调度着，依然无济于事。这个平时安静冷清的城郊村一下子变得分外的热闹。

学校的报到处，一茬又一茬的家长簇拥着孩子，也偶见爷爷、奶奶辈的家长在不停地忙碌着。报到、注册登记，交费领取被褥、枕席等寝具后，大家拖着沉重的行李箱，争先恐后地向宿舍涌去。

儿子的宿舍坐落在五楼，采光充分，六个孩子一个房间，每人上面睡铺，下面是书桌、柜子，房间的前面是阳台，盥洗室、浴室、卫生间独立分开，空调、电扇、热水器一应俱全，与自己就读大学时的条件相比已有天壤之别，不可同日而语。

陌生的家长开始互相寒暄，之后，大家分工有条不紊，合力打扫宿舍，又开始忙碌着各自为孩子铺床、支蚊帐，接着一趟又一趟往学校的小卖部跑，所有的环节都无微不至，所有的生活用品一样不缺。

老师也紧挨着一个个宿舍来串门，与孩子们见面。年轻的班主任给我们留下了良好的第一印象。据一些家长了解，班主任毕业于名牌大学，虽初出茅庐，但素质高责任心强。

晚餐不期而至。家长们牵挂着学校的伙食，所有的人又开始不约而同地往食堂涌去。十多分钟的步行路程，使我有暇仔细打量，学校毗邻温瑞塘河，三百余亩的占地面积、全欧式建筑风格显示出其与众不同的特色。不久的将来，环绕着校园的将是一座美丽的滨水公园，生态优雅、安静舒适的环境更加有利于孩子们的学习。

食堂回来，我们漠然地坐在宿舍里，陪着儿子不着边际地聊天，与其他家长毫无目的地交流着。令人害怕的喇叭催促声终于在校园里一阵阵回荡着，真正分别的时间到了，妻子还在宿舍里磨蹭了许久。在楼梯口，她又重新折回，叮咛了儿子一番。儿子倒显得满不在乎，向我们挥挥手："爸爸、妈妈，再见。"可转身看妻子时，却已是泪眼婆娑。

此后，我们便有了另一种历程——专心等待着儿子的电话。

接到儿子的来电已是第二天的晚上，一整天忙碌下来，回到家，不再心是儿子绕膝承欢，只有两人怅然面对，心中不由得泛起阵阵空落感，看电视时也显得心不在焉。特别是妻子，更在焦急地等待着儿子的电话。每一次电话铃声响起，都能使我们显得兴奋。只可惜不是儿子的声音，在经历了一次又一次失望的同时，那种思念、焦虑的感觉更甚，那种寂寞、惆怅的感觉更深。

等待是一种煎熬，我们在这煎熬中焦灼不安地注视着时钟，忠实的指针，此时似乎停止了转动。

八点一刻，急促的铃声响起，妻子和我争先恐后地去抓电话，霎时，儿子的声音清晰地传入耳中。

于是，话筒在两人的手中不断地传递，急切地叫唤着儿子的名字，跟他唠叨了起来……

翻开《辞海》，"空落"的解释为"空旷而冷冷清清的，意为冷清寂寞"。小时候，家里有过一段长达十多年的养猫史。每次母猫生崽后，父母亲都会背着母猫把小猫一只一只地送人，但最后，还是留一只在它的身边。这时，母猫一旦发现孩子少了，会四处寻觅，发出低低的哀叫，但只要还有一只跟随着它，它最后就慢慢不闹了，但如果一只都不留，它就会发疯似的暴跳如雷，终日寝食不安。人亦是如此，儿女长大了会各奔东西，父母自然会思念，但只要身边留一个陪伴照顾，就不会显得有空落感。可现在几乎家家都是独生子女，孩子一旦离开，那种空落感就会一直挥之不去。

2011年6月，儿子五年级时，正逢"五四"制初中试点招生的第二年。我们非常地纠结，到底要不要报考？如要报考，只能在三所初中名校选择其一，我与妻子也在反复权衡各所学校的利弊：绣山中学离家路途遥远，显然不太现实；而在绝大多数朋友的描述之中，外国语学校对孩子的学习要求过于严苛，根本不适合一向自由散漫的儿子；如果剔除了前两所学校，就只能选择去年刚刚创办的、几乎所有家长都趋之若鹜的第二外国语学校，可要寄宿，儿子行吗？十二岁，他在我们眼中还仅仅是个孩子，从未离开过我们，没有我们在身边的日子，他会照顾好自己吗？他是否会惊慌失措？他是否会茫然无助？若不报考，明年的这个时候就要参加初中学校的"电脑派位"，而电脑派位（摇号），任何人都没有百分之百的把握。如果摇不中，对于没有任何背景的我们，孩子就只能"沦落"到所在辖区的初中就读，那里的教学质量和学风令人担忧和不安。当然，作为家长，我们不能为儿子越俎代庖做出决定，最终还得征求他的意见。没想到，儿子居然毫不犹豫地选择了寄宿制的第二外国语学校，没有半点的回乐旋余地。看着儿子斩钉截铁的决定，铿锵有力的语气，我和妻子只得违心地答应，那就试试看吧，而且能否考得上还是一个大大的未知数呢？因为报考前，我们从来没有设想过他会去报考第二外国语学校。因为看到有些曲孩子离开家长后，对那些家长魂不守舍的样子，我总是报以同情，这同情中更多的是怜悯和嘲讽，也有叹息。特别是妻姐的表现，令我更是大跌眼镜。

2011 年的 1 月中旬，国内正是寒风凛冽的时候，外甥选择去加拿大的温哥华读高中。那天早上，岳父母、我、妻子一道到温州机场送行。岳父在外甥全家通过安检门告别之际，眼圈发红，转过身擦眼睛。军人出身、一向以坚强著称的老人刹那间所流露出儿女情长的一幕令我至今难忘，百感交集。外甥刚离开的一段日子里，妻姐根本无法适应，一有空就与妻煲电话粥，有时居然长达一个多小时。因为外甥从小到大，就一直没有在外寄宿过，可一离开，竟然要置身于完全陌生的生存背景和文化环境的另一国度。

1980 年，我国推行了计划生育这一基本国策，在一定程度上控制了人口的过度增长，可现在的家长却要承受更大的心理负担和压力，这种心理亚健康状态几乎从孩子一出世就开始萌生了——三口之家的"核心家庭"。在以独生子女为常态结构的我国都市家庭，孩子无疑成了生活中的一大重心，也成为许多行为和选择的重要原因和驱动力。小时候怕孩子患孤独症，家长得千方百计地装疯卖傻充当孩子的玩伴，一个孩子被六个大人当成小皇帝一样伺候着，弄得孩子娇气，家长神经，一家三口更是相濡以沫，情浓于血，如胶似漆地黏在一起透不过气来，偶尔分开几天就撕心裂肺地想念。上学后，家长和孩子的神经紧张到极点，全家都把宝押在一个孩子身上，就像赌徒进行孤注一掷地赌博。而一旦孩子离开自己，核心里一下子少了最核心的那三分之一，只剩下两位家长，天天你看我，我看你，那种失落简直如同失重，一颗心从此变得没着没落。

理性地分析别人一通，但不久这种情况就成为我们所必须面对的现实：没想到，儿子居然过了在大多数人眼中难以逾越的升学难关——面试关，的确为我们节省了一笔不菲的择校费（公立学校"五四"制），也提前一年从根本上解决了初中择校的难题，一时间，儿子成了同事朋友眼中的小"明星"。可摆在我们面前的却是一个非常纠结的问题，去不去？去就得寄宿，走读明显不太现实，因为家与学校的车程就需要半个多小时，尽管从儿子义无反顾的眼神里，我们看出了他的成熟和理智，应该为他高兴！但也为儿子这么快就离家独立生活而感到黯然神伤。因此，网上录取消息一公布，心里虽然兴高采烈，其实却有了一种"妻离子散"的不妙感觉。我们这些年只顾盯着儿子的学习成绩和能力的培养，瞄着他一个名次一个名次地往前冲，一个一个竞赛地拿奖，可等他仅仅上了初中，结果却是未满十二岁就得远离大人独立生活、学习，"离巢"放飞去，我们图的是什么呀？

报到的那天，我们把儿子送到学校后，从中午开始一直忙碌着，甚至吃晚饭时还坐在他的旁边，目不转睛地盯着，结果却被食堂管理员毫不留情地驱逐出来。直到晚上八点，妻子还黏乎在儿子的宿舍里，迟迟舍不得离开，在重复整理着他的生活用品，当然还有更多一样同病相怜的家长们！

晚上回到家里，我们躺在床上，分分秒秒，焦急不安，一夜辗转反侧，难以入眠。

此后的一个多月，我们就一直没有消停过，白天，夫妻俩忙于工作，到了晚上，没有朝夕相处的儿子在身旁，只有我们面对面，心里总是空荡荡的，一种异常冷清的气氛一直盘踞在我们的心中。特别是妻子，一有空，就不断念叨起儿子在身边的种种好处。而每天仍然天不亮就醒，准备给他做早餐，夜里一觉睡来，总要探头看看，只可惜儿子的床上空空的。

从此，每天下班回家后，等待儿子的来电成了一种惯例。可是，我们等待的结果，却往往等不来他的一个电话。而拨打宿舍的电话，大多数的时间总是忙音，因为在晚自习到熄灯就寝前的一个小时内，六个孩子要分享宿舍公用电话的时间相当有限。可难得接到儿子的电话时，他总是三言两语简单汇报一下当天的情况，并在电话中不断诉说自己很忙，无法与我们进行长时间的通话，而电话只能在夫妻俩手中传来传去，东叮嘱西吩咐着。的确，学业的日益加重，竞争对手的增强已令小小年纪的他倍感压力。

于是，思念之情逐渐加深，每周三的晚上，不管风吹雨打，我和妻子便雷打不动地提早守候在校门口，眼巴巴地盼望着晚自习的铃声早点响起。可学校却显得森严壁垒，电动门总是不轻易对外开启。我们与众多家长的感受是一样的，那就是有一种视同"探监"的感觉。仿佛孩子们都是"罪犯"一样！我们更像一群探监的亲人们！一见孩子们从教室里飞奔出来，家长们便拼命往电动门挤去。于是，孩子们站在电动门的里面，而家长们被堵在门外，隔着电动门，挥着双手，提高嗓门，高声地吩咐着。但儿子面对激动的我们，似乎并不领情，也不太感激，只是在一旁傻傻地听着，甚至说我们这样做有点神经质，弄得他在同学眼里很觉"丢人"，好像他没有独立生活能力，还要家长大老远跑来照顾，说以后要是没事就不要来了，弄得我们面面相觑，无言以对。

一个学期很快就在牵肠挂肚和电话联络中过去了，我们终于挺过了这一关，习惯了提前的"空巢期"生活。妻子忙完了白天的工作，可以在晚上自由自在地观看自己所喜欢的电视剧。我也在继续着自己的业余爱好：散步、登山、练书法、写文章，来打发儿子不在家的日子，而且可以把双方老人的生活照顾得更好。房子整理得清清爽爽，所有的家务都自己做，这样的每一分钟过得十分充实，我们重新开始了一种完完全全两人世界的生活，仿佛又回到了谈恋爱的时代，活得精神抖擞，活得更加潇洒自在！只有自己生活得好，才是对儿子最大的支持。而儿子现在完全可以驾驭住校生活，与没有代沟的同学们生活在一起，也不会寂寞孤独，这样既提高了自理能力，又增强了集体观念，何乐而不为呢？迟放养不如早放养！一到周末，一家三口还可团聚在一起，更加其乐融融。估计到了老年时，更应该是这样吧？现在我们就提前做好准备，还有以后儿子上高中、大学，工作呢？……反正儿子长大了，不会永远厮守在一起，这样的日子迟早会降临到我们的身上。当然我们也会尊重他的选择，但那就意味着真正的"长相思，长别离"，意味着望眼欲穿。当然人比猫强，有脑子，知道自己的孩子在远方，知道还有能相聚的日子，因此不会像老猫一样地发疯。有了初中这四年别离经验的垫底，我想，以后再长的别离，我们也应该能自如地应付。

公元 2011 年 9 月 4 日，是值得全家人刻骨铭心的日子。朝夕相处、形影不离的儿子将要进入寄宿制中学。这是我们家生活的一座分水岭，也翻开儿子成长道路中崭新的一页，同时标志着他独立生活的开端。为此，特以文字记录他寄宿后的一点一滴，作为献给儿子的一份特殊礼物。

One

每周五从学校回来，看到儿子一脸菜色，一副萎靡不振的状态，总让我们心生懊悔。选择寄宿，我们曾犹豫过，但面对着儿子坚定不移的立场，我们曾经的想法难以坚守。为了能让他得到更好的教育，只能默默接受每周要离开我们五天的事实。尽管减少了家与学校之间的每日奔波之苦，但稚气未脱、性格单纯透明的儿子，显得一副孱弱样，虽然个头蹿得差不多要与我齐肩高，可面对着全新的生活环境，一直在我们呵护下成长的他能很好地适应吗？这些平时养尊处优、离巢远飞的孩子能让家长们放心管好自己吗？在学校里睡得无法像家中踏实那是确凿无疑。这对处在青春期的孩子们会带来多大的影响，我们无法预料，这些问题时时地困扰并折磨着我们，总让我们惴惴不安。因此，周末在家，我们只能让儿子尽量少做作业，多休息。放松身心成了他唯一的任务。而补觉自然而然地成了他当仁不让的头等大事。晚上敦促他早入睡，早上让他自来醒，中午再让他小憩一下，目的就是让他迅速恢复精神。令人欣慰的是，儿子心照不宣的默契，两天调整下来，他的脸色很快恢复了红润，又能精神抖擞地返回学校。面对激烈的学业竞争，为了能跻身一所炙手可热的高中，他在未来一千四百多天的日子中还要努力地冲刺。其实，本不应该让他寄宿而远离我们，因此，我们常常对他抱着歉疚。

Two

儿子寄宿后，家中便时常笼罩着一种空落感。于是，儿子与家里的电话沟通成了全家一天中的重中之重。寄宿伊始，为解决联系问题，我们特意给他配备了一部新手机。未来的时间，手机将是陪伴他极为重要的通讯工具。没想到，这却惹出了更大的麻烦，由于在学校，手机是违禁物，三令五申不准携带。每次儿子与我们通电时，总是提心吊胆。几次被老师发现后，又是扣行规分，又是通报批评，弄得儿子很尴尬，再也不愿意带手机了。这样就只能依靠公用电话与家里保持联系，但不管是传达室还是宿舍的公用电话，只能利用课间休息或在宿舍的短暂时间，而且打公用电话总是人满为患。为通上一个电话，儿子往往要排队候上很长时间，而且只能简单地聊上几句，便撂下了。一天中，若接不到儿子的来电，妻子便会如坐针毡，只能在晚自习后、宿舍熄灯前的这段短暂时间，拨打宿舍的公用电话。当然，她想同儿子多絮叨上几句，听听他的声音，心里才能感到踏实。可儿子在电话那一端的声音总是很简短的只言片语，还不断催促着妻子早点结束通话，因为长时间的占线还会影响室友们与家长的通话，他的回答总搅得我们心绪不宁。

Three

在家里，儿子嘴里老是在咕哝着一个字——"累"。告别了轻松的小学时代，初中最为显著的变化就是没完没了的作业和应付不迭的各种考试：单元考、模拟考、期中考、期末考……这回考好了，下回考砸了，今天欢喜明天忧，他经常被考试的结果左右着情绪。

最令他厌烦的就是学业排名（尽管教育部门曾三令五申严禁学校进行各种排名。但往往上有政策，下有对策，校方总是另辟蹊径，改头换面以另一种方式来体现出每个孩子的成绩排名）。在学校，孩子们过的是教室、食堂、宿舍"三点式"生活，周而复始地完成校方的学习、作业、考试"三部曲"任务，他们已成为一架开足马力、不折不扣的学习机器，忙得像个陀螺，按部就班的学习伴随着严丝密扣的应试，几乎构成了他们单调、封闭而又隔膜的人生。

而现在的孩子能从现行的教育学到什么? 家长们都心知肚明，中国特有"填压式"的封闭高压教育早已偏离了培养孩子成长的本性，完全剥夺孩子青春少年的兴趣爱好。动手能力偏差、身体素质落后、意志力薄弱、责任感差、怕吃苦、缺少挫折教育、缺乏健康的体魄和健全的人格、缺失爱心、个性呆板……一运动就气喘吁吁，连体育课也常常被校方以各式各样的名义所挤掉。如此应试教育的模式下，只能营造出一批又一批考试工具和一个又一个作题机器，如今，高分低能者比比皆是。缺少生活、闲暇、运动、爱好，只能疲于应付繁重考试的孩子，将来进入复杂的社会，能适应吗?

据儿子说，班级上一些成绩相对落后的同学得常在晚上"开夜车"，特别是宿舍熄灯后，为了完成拖拉下来的作业，他们要避开生活老师的梭巡，在被窝里打起手电筒，利用其昏暗的光线进行挑灯夜战——赶做作业。而在校的晚自习，孩子们只能龟缩在大半空间被摞了几乎能遮住视线的复习资料的书桌上，静静地埋头做题，每次休息间隙抬头时，看到的永远为一道雷同的风景——整个教室都是无数埋得低低的头和突出的肩胛骨，听来真是令人心寒！

的确，作为家长，孩子的学业我们鞭长莫及，也爱莫能助。但教育部门能不能站在孩子的角度进行换位思考，减轻他们的学业负担。减负口号空减了N年，可结果换汤不换药，作业仍然堆积如山，孩子们疲于应付。素质教育提倡了多年，依然是学业为先，分数居首。最近的全省中学生体质报告中，温州在全省排名倒数第二。市教育局正在酝酿着大动作的改革，从2015年开始，中考体育分的占比将从原来的百分之六提升到百分之八，这对广大家长和孩子来说，无疑是一个利好的消息。

Four

现在，儿子给我们的最大惊讶是，他的学习再也不依赖我们了，包括不依赖我们的督促和具体帮助，他学会了自觉学习，我不知道他这一份觉悟是因为离开我们后，在学校大环境的影响和熏陶下，还是因为他在一定的年龄段上突然开窍，抑或面临着日益繁难的课业和更加强劲的竞争对手，他再不把玩耍当作是他生活中的第一件大事。总之他已经学会了承担自己，对自己做的事情负责。如今，儿子回家后，首要的事就会自觉地去完成老师布置的作业，然后再上电脑、看电视。吃饭也不再那么挑剔有加，面对着妻子竭尽全力做出的翻新菜肴，总是吃得津津有味，而不像以前，妻子必须坐在身旁，全神贯注地紧盯着，不时帮忙拣菜，并随时做好喂饭的准备。这一切的变化来得突然，使我们感到很欣慰，儿子正在长大，羽翼渐丰。

Five

寄宿伊始，妻子从嘴里常"蹦"出来的两个字就是"看望"。没有儿乐子在身边的日子里，妻子更加牵肠挂肚，她的空落感也显而易见。一到周中，便一意孤行地怂恿我去学校看望儿子。可去学校总要经过城市中常堵心的一段路。尤其是儿子刚入学时，正逢瓯海大道西向段的修建，堵车成了家常便饭。前年的圣诞节，与儿子相约去看望他。没想到，这个洋节却成为当今国人最为推崇的节日。街面上尽是铺天盖地的火树银花，而路上的车辆则堵成长龙，又加上淅淅沥沥的冬雨，等我下班后，车子从单位蜗行至家中，接上妻子，去儿子学校的半途中，却已过了孩子晚自习下课的时间，因为无法联系上儿子，我们只得干着急，面对着无头无尾的长龙车阵，不得不掉头回家。半个小时后，儿子才姗姗来电，说自己已在校门口苦苦地等待了很长时间，我们只能在电话中向他再三表示歉意。

可是，看望儿子也并非尽如人意。在我看来，犹如一种探监的感觉。门岗们一本正经地执行着校方的条条框框，无论家长们如何煞费口舌，气派的不锈钢伸缩大门总是巍然不动，拒绝开放。被拒之门外的家长们只能隔空相望，无助地等候，不着边际地聊着大家共同关心的教育话题。直至捱到晚自习结束的音乐应声而起，大家才快速回拢在门前，围成厚厚的人墙，等待着自己孩子的到来。一会儿，才见孩子们陆陆续续地从教室里向大门口奔涌而来。这时，家长们高举着手，隔着大门向自己的子女大声地发喊。不苟言笑、铁面无私的门岗则面无表情地指挥着孩子们有秩序排成一列列纵队。家长们在急匆匆地交代了几句，伸手递进捎带过来的各种吃食或学习用品后，只能意犹未尽地转身离开。后来，还是儿子劝告我们，不要常来看望他了，学校离家路途遥远，晚上视线不好，隔着电动门又无法进行充分的交流，况且周末全家还可以团聚在一起，你们下班回家得匆忙地做准备，一路上赶来赶去，何苦呢？儿子的话听来不无道理。面对现实，妻子无奈地消停下来，不再热衷于去看望他。

Six

如今，衡量孩子学业的高低，唯有考试华山一条路，对广大学生而言，它是一道不可逾越的鸿沟。毋庸置疑，考试已成为孩子们沉重的精神负担，压得他们喘不过气来。十几年的寒窗苦读，最终都将以考试见分晓，特别是一年一度一考定终身、梦魇般的中考、高考，那可真是要拼真刀真枪。

从校方冠冕堂皇的话来说，考试作为检测孩子学业水平一种最重要的手段，不可或缺。考试多了，压力自然也会增加。每次考试后，儿子与我们通电时总是报喜不报忧，发挥得好，他总是迫不及待地在电话里告知我们，考得不理想时，就会对成绩显得闪烁其词、支支吾吾，有时甚至只字不提，生怕我们责骂他。

据儿子不完全统计，初一上学期考试次数绝不下六十五次之多。一周中最高的考试纪录为十一次，其中包括数学测验七次，其他四门课程各一次，令人咋舌。为了追求升学率（特别是上重点高中的比例），层出不穷的考试在所难免。月考、期中考刚刚硝烟殆尽，模拟考、期末考又将粉墨登场。为此，几乎所有学校都不惜祭出题海战术的法宝，让孩子们整天"蜗居"在题库中,企图通过大量的做题来摸索出考试规律。于是,在全民读书每况愈下的今天,却出现了一个令人诧异的现象。在书店,文学、艺术类的书籍少人问津,而五花八门的教辅却持续热销,经常卖得断货。只要孩子们需要,家长们就会把它作为最重要的投资,义无反顾地掏钱一摞摞打包回家。

每次家长会,学业成绩毫无疑问地成为重中之重,而其他则演变成无足轻重的话题。年轻班主任的一些话语使家长们可以轻易地掂量出孩子的学业在她心目中所占据的地位。名次成了她脱口而出的口头禅,她反复强调的是学业成绩,要求大家全力配合关注孩子平时的考试成绩,关心孩子在家的学习情况。并再三告诫我们:初一阶段最为关键,承上启下,将为初中学习打下扎实基础,基础不扎实,那今后就无法冲刺重点高中。因此,在班级的学业排行榜上,当我偶尔看到儿子忝列其中时,还是感到很欣慰,毕竟在这个众多家长心目中的名校里,要上排行榜绝非一件易事。

现在的孩子,物质条件相对优越,但精神上却毫无幸福感可言。据最新的一份调查报告显示,学业考试已成为他们幸福感的最大障碍,也成了很多家庭幸福指数的一张晴雨表。

儿子上初中后,我们开始密切关注起世俗的所谓学习成绩以及每年市直高中招生的新政变化,近几年来,中考招生政策的朝令夕改总让我们非常地纠结。一方面,我们一直勉力坚守"健康、快乐、幸福"的原则,不敢让儿子在学习太过于疲劳,另一方面还是期望他能在众多的竞争对手中脱颖而出,在老师和同学面前来明证自己,我们内心的矛盾可想而知。

现在,几乎每个家庭都要举全家之力,将孩子千方百计挤进各所名校,并翘首企盼着他们能最终进入理想的大学之门,孩子们所承受的精神压力由此可想而知。而一些不满中国教育现状的家长们,则不惜花巨资,宁愿"舍近求远",把孩子送出国门读书(据教育部门统计,现每年中国自费留学的人数已达到几十万,每年还以近30%的速度在递增,年年有几十亿、上百亿美元的教育资金流向国外。现在,亲戚朋友的孩子远赴加拿大、美国、英国、澳洲等国留学的消息不绝于耳)。面临着前所未有,紧迫严峻的教育形势,我们的教育部门、我们的学校是否能做到扪心自问,多点宽容与理解:能否对孩子们少些学业考试,多关注他们的能力培养,可否对孩子们少些作业负担,让他们多参与到运动中来……以让孩子们充分享受到完整的娱乐和自由时间,还他们一个真正快乐幸福的童年。

家长会又不期而至。

从儿子上幼儿园开始，参加家长会林林总总不下十余次，作为连接家庭教育与学校教育的纽带以及了解孩子在校情况的最佳途径，家长会总让人充满着期待和寄予厚望。

周日下午，我按惯例提早进入教室。一会儿，其他家长才陆陆续续前来报到，亦有个别家长姗姗来迟，每人按自己孩子的座位对号入座。家长会的主角以女性居多，为数不多的男家长便显得鹤立鸡群，最令人惊异的是，我的邻座居然由一位奶奶辈的家长前来代劳。与之前坐在幼儿园、小学的教室里没有丝毫的负担相比，现在，我则明显地感到了压力。自儿子就读寄宿初中以来，随着学业要求的提高，竞争对手的明显增强，平时一向大大咧咧的他已感受到前所未有的压力，每晚与我们通电话时，总是三言两语，不断喊自己忙。六年来，儿子的眼睛近视了，脊背稍不注意就有些轻微的佝偻，上楼梯时总是气喘吁吁，书包更是在不断地增重，开始是提着，现在是背着，预计将来可能要用拖行李的架子车拖着才行。每个周末回家时，总是喊"累"，晚上一倒在床上便呼呼入睡。看着他耸起瘦削的肩胛骨，蜡黄的面孔，我们心疼得要命。在家的两天里，便强行要求他把学业完全撇在一边，在生活上给予全面的关心，全天候照顾着他吃好睡足，全程陪伴他玩得开心。曾读过儿子的一篇作文——《偷点童趣》，最后的一句写道：真盼望着回到那曾经隶属于我的无忧无虑的童年时代。读罢不由得潸然泪下。但面对着激烈残酷的现行应试教育制度，每个孩子都不能幸免，儿子亦不能逃脱同样的命运。

下午二时一刻，铃声准时响起，七年级段先同步收听专家的教育讲座。由于作为主会场的阶梯教室位置有限，半数的班级不能进行面对面的聆听，只得借助于教室的分会场收看视频。专家在本地教育界名声显赫，演讲的主题是如何做一名合格的家长。该教授透过话筒向全场传授教育孩子的"秘籍"，理论联系实践，滔滔不绝，我们则听得昏昏欲睡，哈欠连连，一个半小时后，意犹未尽的专家才结束了烦琐冗长的讲座。

家长会的议程显得程序化，但因为事关孩子们的教育，与平时开会时的窃窃私语、交头接耳不同，教室里显得特别安静。面对"80后"的女班主任，家长们个个正襟危坐，洗耳恭听，手中的笔都在唰唰地记录着老师宝贵的意见。年轻的班主任首先通报了学校近期开展的有关活动，之后的侧重点自然离不开孩子本学期来的学业表现，一系列量化的数据无疑是最好的诠释，让人看得有点眼花缭乱。其实，教育局早已三令五申要求任何学校不得对学生的学业成绩进行排名通报，因此呈现在我们面前的是美名为全能奖、进步奖、语文奖、数学奖、思政奖等一系列的另类称谓，足见校方的煞费苦心。在纷繁复杂的排名榜上偶尔能瞥见儿子的名字，还是让人感到欣慰的，在激烈的竞争中没有掉队，就是我们的最大期望。

　　去年6月，该校"五四"制招生时，报名者趋之若鹜，经过严格的入学考试，百里挑一后几乎汇聚了市区各所小学名校的优秀学生和来自各县的学生佼佼者。在熟人关系盛行的温州，只有极个别神通广大的家长通过关系才使自己的孩子搭上该校的末班车，要想在强手如林的竞争对手中脱颖而出实在是勉为其难。

　　此后，各位主科老师轮番上阵，每人言简意赅地强调本学科的重要性，几乎都不约而同地谈及在中考中的分数占比，要求家长务必从现在的关键期抓起，加强对孩子的学业督促，不能有任何的松懈，使我们倍感压力在身。之后，每科尖子生的经验介绍引起了家长们的极大兴趣。大家用羡慕的眼光看着这些上台发言的孩子们，他们显得口齿伶俐，讲得头头是道，听得台下的家长们无不颔首称是，时不时有家长拿出手机，"咔嚓咔嚓"地拍摄 PPT，准备给自己的孩子参考。

　　待家长代表、家委会代表相继发言完毕，家长会已持续了近三个小时。但事业心颇强的班主任还是不失时宜地进行了总结：教育是学校和家长共同的责任，作为家长，要做好表率作用，加强自身的学习，不要落伍；要为孩子尽量创造良好的家庭学习环境，培养他们良好的学习习惯；鼓励他们要积极参加集体活动，增强集体荣誉感；及时了解孩子的动态，多加强家校之间的联系……以一番老生常谈的客套话结束了本次家长会。总而言之，核心还是离不开学业的重要性。

　　迈出校门，冬日瑟瑟的寒风迎面吹来，让我不由得打了个冷战，心情更加沉重起来，儿子刚刚就读初中，就要面对着无穷无尽的作业、永无休止的考试、名目繁多的成绩排名榜……重视学业，那就意味着运动时间的相对减少，校方近期还对课程进行了适当的"调整"，体育课这门副科却逃脱不了被"瘦身"的命运，每周减少一节，将其主动让位于主科的学习。缺乏应有的体育锻炼，处于青春期、正在长身体的孩子健康谈何保证，而且后面还有更加艰巨的两年多初中、三年高中的学习……据一些家长说，今后的家长会将更加频繁，从小学时的一年一度到现在的一个学期一次，临近中考前最紧要的冲刺阶段时，或许会增加到每个学期二至三次，甚至更多。今天，专家的精彩讲座、班主任的耳提面命以及主科老师的谆谆告诫，明确告诉家长们一切都是考试解题，而最终目的无非只有一个，那就是让孩子取得优异的成绩，最终在中考考出好成绩，为自己争气，为班级争光，为学校争得荣誉。当然，如果换位思考，现在的老师也并非易事，上级有要求，学校有任务，家长有期待，职业的责任心使他们面临着多重的压力，分数是学生的业绩，也事关他们的命运。没有了成绩，拿什么来向学校、家长交代? 望子成龙、望女成凤是每位家长的共同目标，但是，面对现行的应试教育体制，要实现这个远大的理想，你说容易吗?

　　开学前，儿子在埋头整理着暑假作业，却发现遗漏了其中一道，马上就冲我嚷嚷："老爸，赶快给我补好，"原来是要求家长给孩子的暑假作文汇集写一篇序言。自儿子上学以来，对于要求家长配合的作业，我早已司空见惯。但写序却是第一遭。我随口问："如果家长不会呢？""那我就不知道，反正开学前必须及时上交。"无奈之下，只得仓促上阵，随手翻阅他的十几篇文章，虽然写得不落俗套，语言优美，描写细腻，但内容却显得空洞，尽是连篇累牍的空话。于是，我搜索枯肠，才东拼西凑成一篇序言。在序的最后，我写道：在为儿子进步的同时，我亦有了一丝丝的担忧，那就是现在大多数孩子作文的一大通病，为迎合应试作文的流弊，常闭门造车，文章缺乏一种生活的真实感，总是言之无物，空泛无味，作文中没有生活体验，那就显得肤浅苍白，无病呻吟。因此，也希冀他今后能更多深入体验生活，写出更有生活味、真实可信的文章来。我想这样的文章也许会更具感染力，更能引人共鸣，这也算是对他提点更高的要求吧。

　　没想到，儿子交作业时，却擅自将这一段进行了修改——见证了他的锐变与成长，从无从下笔到泼墨如飞，看到他在文学的道路上越走越远，心里由衷地感到高兴，愿他能写出更感人的文字来。这完全违反我的本意。但他认为那样的写法对老师无法交代，儿子尊师敬道。我同时明白，真话难讲，在老师面前亦是如此。

　　与此一道上交的，除了各科的作业外，居然还有两篇小论文，其中有一篇关于市区公共自行车使用情况的调查报告，竟然达到五千字。酷热天里，儿子连续几天蹲守在繁华的十字路口，每次细心地观察好几个小时，才收集到真实的一手数据。再上网查资料，手工抄写，自己动手打字，花了近一个月的时间反复修改而成。天啊！这相当于我大学毕业论文所要求的字数，而儿子仅仅上初中一年级。

　　现在，儿子最反感就是铺天盖地的各科作业。那些作业可是比中国人口还要多，而且像细菌一样繁殖极快，今天做不完，明天会更多。永远背不完的英语单词，永远解不完的数学题，翻来覆去永远写不完的作文，颠三倒四永远记不住的历史年份事件和人物，让他的身体激发出抗拒。宝贵的周末两天，大半时间都耗在作业上，看着他长时间一动不动地弓着背机械地做着一册册堆积如山的练习题，一副倦怠的眼神，我们显得爱莫能助，鞭长莫及，充满难以言喻的悲凉，心中常常升腾起一种悲天悯人的苦涩之情。

每临考试，回家的作业更多，大多是做练习卷子。卷子很长，据儿子说，同学们形象地称其为"哈达卷"，挺准确，像一条长长的哈达，从桌子上拖了下去。周五下午一回家，便马不停蹄地开始做，用过晚饭稍微松一口气后，又得继续俯在上边做，一条"哈达"做完了还有另一条，周五做完了，周六周日还得接着做"哈达"。

我曾看过儿子的数学作业，对格式和步骤要求十分苛刻，不厌其烦，明明可以综合列式子的，也要求分部，一个式子之后还要有语言阐述。我不明白为什么校方、老师总把聪明的孩子当成白痴来教。他们其实非常灵动，他们比我们想象的要机敏得多，但我觉得中国这种教育方法好像就是非要压制住他们的活跃。很多时候这样的教学像是想验证一下谁更能按部就班，谁更能掌握僵死的程式。

我不是个好父亲，为父之道做得远远不够，没有陪儿子写作业的精神。而且现在他的作业，我已大多不会，对于科学，我是一窍不通；数学题中，十道题大约能解出其中的二三道已经算不错了；由于长期从事与专业毫不相关的岗位，英语专业的我只能勉强对付阅读理解、完形填空等，但已完成不了完整的英语作文，一些单词，我看都没看过，只能依靠词典；语文题目基本上做一个错一个，使我常常怀疑自己的语文水平。因此，陪也帮不上什么忙，反而还会对他做题的思路碍手碍脚。平时，他做作业时，只能孤军奋战，而我则离得远远的，坐在客厅里看着"哑巴"电视，让他有一个清清静静的学习环境。

开学前夕，教育部出台了史上最为严厉的减负政策，这是一件额手称庆的大好事，广大家长无不拍手称快，可学校里却丝毫不见减负的动作，反而变本加厉。晚自修结束的时间居然由初一的晚上八点延长至九点，其结果自然是作业量成倍地增长，尤其是数学、科学两门主科。面对着是永远解不完的题海作业，而且老师的要求也相应地提高，增加了许多高难度的思维拓展题。熄灯则由九点顺延到九点五十。起得早，睡得晚，孩子的睡眠时间自然相应地缩短，势必影响他们的身体健康。一些家长也曾经向学校大力呼吁，但校方却置之不理，依然我行我素。它们给出振振有词的理由——初二是初中最关键的阶段，没有作业量的保证，影响考试成绩，降低升学率，你们负得起这个责任吗？

现在，一些有识之士纷纷行动，发起希望工程，援建希望小学，让那些贫困地区失学的孩子能重返校园，这自然是一件善事。希望工程的宗旨就是去救助那些失学的孩子。可我却发现，我的身边，很多上学的孩子厌恶把他们当作傻子来教，他们不想学那种一时有用（考试一时），一辈子没用的东西，他们讨厌那个把简单复杂化的教法，他们讨厌作业，讨厌考试，他们讨厌评分不公正和狭隘，他们甚至产生厌学的想法。

曾见过这样的一条微博："@关公文化博览会：……少壮不努力，老大写作业。垂死病中惊坐起，今天还没写作业。生当作人杰，死亦写作业。人生自古谁无死，来生继续写作业……"的确，作业已成为套在孩子们身心上实实在在的枷锁。孩子们十二年的初、中等教育，难道不是在"考试人生""作业人生"中度过吗？从心底里，我很反感现行的教育体制，对毫无意义的作业深恶痛绝，对应试教育表示极大的轻蔑。但面对中国教育的现实，我们无力改变，也无法改变，只能被动地适应，但这样的教育方式难道不是对孩子智力的一种侮辱和对孩子身体的一种戕害吗？

前几天上午接到儿子的来电，电话那端一直闪烁其词，我顿时有了一种预感，数学课可能发挥得不理想。果然，儿子在电话里的声音越来越低："爸爸，这次数学考砸了。""数学考不好不要紧，放下思想包袱，振作起来，不要影响后面的几门功课。"我及时抚慰他。

放下手机，我的思绪很快回到了儿子刚上寄宿中学时的情形，离开朝夕相处的我们，对他在生活上的担心没有应验，他却在学习上遭遇了瓶颈期。小学里，儿子在班级一枝独秀，深受老师们的器重。进入初中，随着学业日益繁重，竞争对手的骤然增强，他感到了前所未有的学习压力，特别要应付各式各样的考试，使他变得不再无忧无虑。

平时，我经常在手机上收到班主任通过校信通发给家长的短信：本次单元测验或月考，××几位同学取得最高分，全班平均为××分？××分以下同学的各位家长务必要引起高度重视，周末在家要督促你们的孩子抓紧学习，迎头赶上。这无形中是在向广大家长施压。当然，周边的同事和朋友也会收到许多大同小异的信息，面对以成绩为唯一衡量标准的应试教育，大家早已习以为常。

期中考后的家长会，按惯例，包括体育老师在内的六位老师又轮番上阵，其核心依然是围绕着考试而展开，提醒家长得提前为一年半后的中考未雨绸缪。之后，他们开始不厌其烦地分析每门学科的重要性，要求家长们全力配合。由于体育中考的改革，分值的升高，更令我们揪心，体育课也迅速变成了香饽饽。而班主任的开场白更让所有的家长大跌眼镜。过去一直回避学业排名榜的班主任此次竟然将全班同学的分数从高至低排列进行张榜公布，的确出乎意料，更使部分家长感到尴尬。她在大部分的时间里，直言不讳地反复强调成绩的重要性，通过展示学校之间、班级之间等错综复杂、精心制作的各种成绩数据对比表，旨在让所有的家长们一目了然，明白自己孩子目前在学校所处的学业位置。最后还是念念不忘提出了更高的要求和殷切的期望：期末考，前三十名的孩子要努力冲刺前十，前一百名的要进入前五十名，一百名以后的要争取打好翻身仗……班主任对孩子们分数的锱铢必较，听得下面的家长们个个胆战心惊。重点中学基本上是分数的势利鬼，考试成绩就是衡量学生好坏的唯一标准，也成了家庭的一张晴雨表，家长们为孩子的排名提前而喜，为他们学习的退步而忧。成绩不好，似乎便是一个孩子乃至一个家庭的奇耻大辱。就像在成人的社会中，权力、金钱决定着一人的地位，分数亦是如此。如今的教育已演变成一种数据和排位的竞争而丧失了其本质，又进一步剥夺了孩子纯真的本性。散会时，大家无不感慨：世界上怎么会有如此愚昧的人发明这种排行榜来摧残蹂躏正处于青春期那些脆弱的自尊心。

几年前，重庆晚报的一篇报道引起了我的关注和深思：重庆荣昌县昌元初级中学初三（二）班，按学生月考成绩的高低顺序来编排他们的座位，家长会时，家长们得对号入座。这样做不仅伤害了差生的自尊心，也使他们的家长如坐针毡，脸上无光，而校方给出的解释竟然是激励差生使其不断努力，显得牵强和令人费解。

周末在家，儿子最喜欢赖床，起床之后也总是在磨蹭，学校睡眠不足导致的补觉需要自然无可厚非，同时他还似乎在默默地向我们表示一种反抗，一种愤怒。至于考试成绩，他总是报喜不报忧，考得不好，便缄口不提，对我的发问常常不置可否，总是顾左右而言他。我问一句他至多答一句，显得"言简意赅"，有时答一句则顶我十句，还会经常遭到他的反唇相讥："年代不同了，你去参加我们的考试，能得多少分？"常常呛得我无法跟正处于青春叛逆期的儿子进行正常的沟通。因此，对于考试的话题，我总是保持缄默，避而不谈，怕影响了儿子的情绪。

面对压力山大的应试教育，摆在儿子前面的道路就似乎越来越窄，仅有华山一条路——考试，要实现近期上重点高中、将来进好大学的目标，唯有"拼命"两字，只有考出好成绩才能到达成功的彼岸。

与小学时迥异不同的是，现在每逢重要的考试，平时一向蛮不在乎的儿子会不自觉地患上"考前综合征"：显得不安、紧张和忧虑，这些行为同时也使我们担忧不已。因为考试前，老师们总是反复强调其重要性，当然，他们的初衷无非是期待孩子们能有"重压之下，必有勇夫"的良好表现。因此，他总是如临大敌，一丝不苟地进行复习备战，即使"临阵磨枪"效果并不明显，也依然乐此不疲。晚上，每当看见他在台灯下佝偻着身子沙沙写字的身影时，我们总是很无奈，能做到的只是横说竖说，软硬兼施要求他早点熄灯就寝。

的确，现在的孩子活得像大人一样累，甚至比大人还要累。他们活得太沉重，太劳累，太单调了！考试、分数、升学，这本是一个由社会、教育体制、成人搅起的巨大漩涡、怪圈，可是，孩子们却那样无辜地被卷了进去，不由自主地沉浮，疲惫不堪地旋转，无法也无力自拔。尽管儿子这一代从小就被太多的爱包裹着，但这一切并不意味着他们就过得幸福，实际正承受着诸多的苦恼。面对来自学校和家长的强大压力，孩子们既无法躲避，也无法反抗，几乎成了被操纵的木偶。他们一出生，早到尚在襁褓中，晚从上幼儿园，就开始了一场场没有硝烟的竞争。无论是社会的还是家庭的压力，都会转嫁到他身上。他们能有多少童稚可言？稍一懂事便不能无忧无虑，就要开始应对永无休止的培训、学习、考试，特别是那些层出不穷的考试。尤其是上了初中以后，不得不面临着中国教育所特有的"一周一小考，每月一大考"的考试，也许进入高中后，会更加令人恐怖。

想想一年以后，他将面临着中考的关键战役，四年后还有高考这场更加残酷的恶战，我就感到厌烦，感到心慌。也许这又是自己做父亲的庸人自扰，是一种渐入老境的心态。可儿子倒是满不在乎，安之若素，毕竟他们这一代早已沦为应试教育体制下刻苦训练铸成的考试机器，又何必对此心存畏惧呢？

近段时间，我渐渐对散步产生了浓厚的兴趣。每天晚上，只要不是因为天气的原因或者别的特殊事情耽搁，都会坚持例常的散步。

离家不到一刻钟的步行路程中，新建了一个规模不小的滨水城市公园——由一条人工湖、一座天然形成的小山丘、东西两个公园组成。里面绿树成荫，花草繁茂，水榭亭台，给久居城市的人们提供了一个赏心悦目、回归自然的好去处，也为我的散步创造了良好的条件。

从在湖边，不管在哪个季节，隔一段距离，就会发现有稀稀疏疏的垂钓者，面向湖面，专心致志。因为天黑，很难看清他们的面孔，但一看到这么一幅背影，敬佩之意便油然而生。我想，不管他们现在的收获是大还是小，此时此刻的心态一定是非常平和的。或者说，他们此时此举或许就是为了修身养性。其实，钓鱼的过程正是锤炼自己的过程。人不管从事什么职业，成就如何；不管是处在得意之际，还是失意之时；不管年纪是大还是小，身体健康还是患有疾病；不管是家庭幸福、生活富裕，还是历经磨难、家境贫寒，首先都必须要有一颗平和的心，才能冷静面对困难、挫折，才能拥有一份真正属于自己的幸福。

过了湖，就拐入西园，这里仿佛是另一个世界：没有了楼房的逼仄感，听不见喧嚣的施工声，道路也开始变得曲径通幽。公园里每天都形成自由气息的景观：抖空竹的老人以熟练敏捷、轻盈潇洒的动作吸引着游园的市民驻足观看，提拉、空翻、抛扔，闪转腾挪，一气呵成，令人叹为观止，真是老有所乐！一位青年男子正照着乐谱心无旁骛地吹奏着萨克斯，一副完全乐在其中的样子；几位年轻的母亲扶着孩子在蹒跚学步，显得很有耐心。一位老者坐在路边的石凳上，耳贴微型的收音机专注地收听着新闻，表情怡然满足。一路行来，送入耳际都是一些音乐声。竹林前的空旷地上，一对对中老年在兴致勃勃地跳着交谊舞，一副并不服老的样子。一大群中年妇女在璀璨的灯光下全情投入，释放出自己的激情和快乐，她们奋力地扭腰甩头，精力充沛地跳着节奏强烈的健身舞。滑旱冰的孩子全身武装，在密密麻麻的行走人群中轻松地穿梭而过。在健身锻炼的队伍中，可随见一批又一批的散步者，其中，以女性居多——尤其是进入中年以后的女性，对身材的关注变得更加敏感，她们一身运动装束，成群结队地在公园里绕圈疾走，还时不时从我的身后超越而过。

在众多行走的人群中，给我印象最深的是一对年逾花甲的夫妇，婚龄应该有四十年以上。他们每天傍晚相携而来，绕着公园一圈一圈地走。那男的其中一条蜷曲的腿走路使不上劲，放不平，迈出一步似乎要下很大的决心，总之，步伐显得踉跄，一路上总是磕磕绊绊，像是幼儿在学走路，而女的却始终如影随形，相挽相扶，亦步亦趋，一副温柔、体贴的好脾气。丈夫走累了不愿走的时候，妻子就挽扶着丈夫的一只胳膊，鼓励他继续走，很明显这是大病初愈，刚刚恢复过来。就这样，他们风雨不误，相扶相依地走着，走着，从枝叶刚刚吐青的树下走过，又从盛开的荷花旁边经过；踏过秋风扫起的枯叶，又迎来了雪花的飞翔……步子是一天天地轻快，动作是一天天地灵活。他们在灯光下静静地走着，表情是那样从容，那样自信，步子是缓缓的，不可阻挡的。看得出，在当年相识的日子里，他们就是这样轻轻推开彼此的心灵之门吧？从此，他们手拉手走进爱情，走进生活，走进事业……如今这一切都留在了身后，现在，他们又携手走进了生命的暮年。虽然这扇门是通往生命的终结与归宿，但对于他们来说，这却是生命的全新开启，也是苍老生命不悔的依恋，是"执子之手，与子偕老"最好的诠释。目送着他们相依相伴的背影，我的心中忽然又泛起了一种触动，觉得在这个暮秋树叶纷落的时刻，感动就如层层涟漪漾开，也令我肃然起敬，这些不为人知的平常百姓中的为人妻者，她们为爱的付出甚至牺牲，不是同样应当值得我们尊敬和为她们送上"伟大"两个字吗？

西园转了一圈后，通常我会顺着上山的台阶拾级而上，抵达公园的最高处。山顶海拔不高，仅有三十多米，从山脚攀登到山顶，不过几分钟的时间。一座新建的佛塔坐落在山顶的右侧，塔借山势，山借塔势，显得格外高大巍峨。塔体系混凝土仿木结构，其外观端庄挺拔，斗拱硕大，出檐深远，塔刹高耸，体现了典型的唐代楼阁式木塔的风格，吸引着游人的目光。如果在白天的开放时间，每次到这里，我总会信步走进这个七级八面的塔内，沿着螺旋式的木板塔梯一口气登上塔顶。在顶层上凭栏远眺，城市的全貌尽收眼底，一览无遗，不失为一件惬意之事。

离开佛塔，往北走会途经一个茶社，茶社在此经营多年，是市井的社交场所，拥有众多固定的客源。每天清晨便开张迎客，上午是茶社最忙碌的时候，到处坐满了休闲的人们，在此谈天说地。有时则是"一位"难求。常客每每散步到此，就会选一张椅子坐下消磨半日，更多的则是事先就有了明确的目标，直接奔赴而去。椅子是竹编的躺椅，一个靠背、四条腿，坐久之后的扶手和靠背变得尤为光亮。桌子则是折叠式的木制小方桌，茶也是普通不过的花茶、绿茶、红茶等，价格却是一成不变的——五元一杯，童叟无欺，从早喝到晚，随意。尤其在炎热的夏日里，坐在大树的浓荫下，喝茶聊天，享受山顶吹来细细的微风，实在是件爽心的事。而现在是晚上，虽然茶社仍在开张中，但生意则显得清淡了许多。有时散步累了，我也会选一张椅子歇脚，喝口茶，恢复体力后继续前行。

绕过茶室，顺着下山的小径向东走去，就是更加繁华热闹的东园。这里显得灯火通明，对面临街则是一幢幢拔地而起、鳞次栉比的大厦以及五光十色的橱窗。宽阔舒朗的道路上行驶着川流不息的车辆，人来人往的街面上到处霓虹闪烁，这些繁华锦簇的景象体现出城市夜生活的丰富，张扬着商业活动的无限活力。东园的广场里，一拨又一拨的人群选择自己喜欢的运动项目进行健身锻炼。占据广场"半壁江山"的是一种简易健身操，整齐划一的队伍，动作规范有序。在舒展优美的音乐声中，一群太极拳爱好者打得一丝不苟，柔中带刚，阴阳相济，给人一种强烈的美感。一位书法功底不错的老人手握大笔蘸着水在大理石的地面上饶有兴致地练习书法；远处的树丛中，一位声乐爱好者在吊嗓子，还有几位中年人选择了练站桩……在这里，我总要止步小驻，观望片刻后再循原路折返。

我所谓的散步，实际上是一种小步快走，有时也会甩开两臂，走在公园的小路上，每天沿着既定的路线来回，一圈下来总是汗流浃背，时间很快就过去，全身也变得轻松起来。

多年来，我一直有一种坚持锻炼身体的想法，但常常因工作忙、照顾孩子而迟迟没有付诸行动。自儿子上了寄宿制学校后，有了更多可支配的业余时间，而妻子则愿意窝在家中，看电视或读书。于是，晚上常常演变成我一个人的散步。现在，对于闲适时的功课之一——散步，绝不是娇情造作，它已经成了我多年的积习和每日的必修课，坚持不辍既可强身健天体，磨炼意志，调整心态，最重要还能启发写作的思路。因为久坐电脑前，总有一种断电的感觉，而在自由自在、无拘无束的散步中，刹那间会产生一种灵感，新思路也就纷至沓来，于是回家后马上打开电脑，进入我的业余写作时间。因此，散步之于我已经不可或缺。

　　我的办公室位于市郊一条大道的起点，从八楼办公室的窗户俯瞰，它是一条横贯城市、呈东西走向的宽阔行车道，两边的自行车道、人行道各司其职，高大浓密的行道树令人赏心悦目，堪称这个城市最漂亮干净的道路。往东走，则集中了众多的文化馆舍，譬如博物馆、科技馆、图书馆、大剧院等，让人感受到浓烈的文化氛围。

　　随着政府的驻地东移，近年来，一些市属单位陆陆续续地搬迁过来，许多住宅区和不少金融机构也不甘示弱在此抢摊登陆。于是来往车辆的骤然增多，为这条原本稀疏冷落的城市大道平添了更多的热闹，亦成为这条主干道的风景之一。

　　除盛夏外，每天午饭后，我都会与同事们按部就班沿着这条大道往东漫步，过了市府大桥，拐入临河的滨水公园，往返走上一圈，已经成了我们雷打不动的习惯，这样既有助于消食，又可达到强身健体的目的。当然，路上也会不时邂逅与我们有着共同爱好的步行者。

　　平时，当我埋头忙于杂事而为犯颈椎病头晕得烦躁，脖子无法忍受时，便会放下手里的琐事，信步踱到窗边，喜欢伫立在布满夕阳的窗户前俯视这条大道里的光景，当白天时光将尽的时候，大道则仿佛一个如梦初醒的人，精神抖擞起来。

　　每天下班后，各式各样的车辆就会从四面八方不约而同地汇聚到这条大道，大道呈"S"形，从窗户俯瞰，密密麻麻排列起来的汽车蜿蜒成一条条弯曲的车龙，向前蠕蠕挪动。从八楼的高度望下去，这些大大小小的汽车犹如一辆辆玩具汽车。相比而言，迎面驶来的车流量明显比逆向驶去的车流量多，毕竟往西走是城市的中心所在。

　　大多数的时间，街道的路边光景很平常也很平静，可有时候也会呈现出多变的形态，演绎着不同的故事，这也反映出城市的一种生活气息。

　　那是一个上午的上班伊始，大家正埋首于工作时，却突然被阵阵刺耳的消防车警笛声所惊醒，同事们忙不迭往窗户边聚集过来，看个究竟。原来是对面住宅区的一户出租房因不明原因引发了火灾，邻居及时拨打报警电话。很快，呼啸的消防车紧急赶往现场，鱼贯而入。可令人意想不到的是，一辆违停的私家车成了救火的"拦路虎"，完全堵住了消防车的道路，消防车欲进不能，无计可施。围观的人议论纷纷，咒骂车主缺失公共道德。无奈之中，消防车只得掉头，尝试着从该大道的一条小路驶入，可由于道路狭窄也无法进入现场。消防官兵只能眼睁睁地望着冒着浓烟、火势蔓延的房子干着急。约半个小时后，这辆"闯祸"的车主才姗姗来迟，消防车终于得以开进小区，最终扑灭了这场火灾。

前年深秋临近下班时的一场睽违已久的大暴雨让这座城市的人们注定难以释怀，那场暴雨来得猝不及防，刚才还好端端的天说变就变，一刹那云层堆积，天地昏暗，狂风裹挟着暴雨，迎头劈下，树木和建筑物显得飘摇动荡，排水系统不完善的城市一下子陷入了危机。下班时，整个城市已成了水乡泽国，到处积水，一些路段甚至过膝，行人无法行走。而这条大道上已经排起了汽车长龙，从它的起点一直延伸到终点，它们一律打亮了前后灯，互相照耀着，如同夜游灯河，在艰难地挪动着车轮。面对着雨水的恣肆，我和许多同事都选择留守在办公室，待暴雨完全停歇下来，才起身回家，但那一幕却永远留在了我的脑海深处。

而最记忆犹新的应该是去年的 9 月 18 日。当时，钓鱼岛事件导致中日关系迅速恶化。那天，全国各地纷纷自发地组织起示威游行，我所在的城市也不例外。白天，这条大道实行了临时的交通管制，允许人们自发游行，也理所当然地成了城市当天的焦点。大清早，大道中央的广场里已聚集了众多迫不及待的人们。整个游行队伍显得井然有序，一个方队紧挨一个方队，纷纷亮出"勿忘国耻、保我钓岛""捍卫国土""抵制日货、振兴中华"等各式各样的爱国标语。队伍从广场出发，绵延数里，依次西行，直至市中心。方队大多来自民企、高校，也有一些民间团体组织的自发参与。令人诧异的是，二十多位耄耋之年的老兵，踩着缓迈的步伐，或拄拐杖，或互相搀扶着，行进在最后的方队。然而，他们清癯的脸上满是刚毅和骄傲，令人肃然起敬。警察无疑成了当天最为忙碌的人，他们尾随着每个方队，小心翼翼地维持着秩序，唯恐这些义愤填膺的人们做出一些过激的行为和不理性的举止。

当然毗邻大道，这里的每一个微小的变化我都记挂于心。不知何时，正对面一个公用停车场突然被改造成篮球公园，里面修建了五个标准的篮球场地。约在下午四时后，便会变得人声鼎沸。放学后，孩子们喜欢聚集在此，饶有兴致地进行篮球对抗练习。有时也会开办篮球学习班，但总是人满为患。到了周末，有限的场地更是成了香饽饽，只有预约好才能打上球。

沿着大道往东，市府大桥右边的一片空地，先是被政府部门规划成绿地，里面曾经绿树成荫，但不知怎么被一家开发商所征用，写字楼却围着迟迟没有动工，这片迅速被夷为平地的空地就这么奢侈地荒芜着，很长一段时间后，才开始堆满了塔吊、打桩机、搅拌机等建筑机械工具。可几年过去了，在空旷的工地上，虽然高大的起重机不时地伸出长长的手臂，在挥来舞去地忙活着——深挖、打桩，但工程进展却极其缓慢。于是，人们纷纷用狐疑的目光猜测着，这会不会又成为一个烂尾工程？而从这片横七竖八的建筑工地向南望去，邻岸则是一片由城郊村兴建的三至四层落地式的连排水泥住宅，这曾是温州20世纪七八十年代最普遍的生活形态，它们隐匿在冠以洋血统名字的众多新楼盘中，显示出一片颓败的景象，两者形成冰火两重天。或许在寸金寸土的当下，政府部门即将这个城中村的改造计划列入议事日程上来。

　　近几天，楼下传来隆隆的机器声，单位前一个尘封了十三年的过街地下通道要准备开挖。随着这条大道的日渐繁华，也让城市管理者开始担忧起来，因为许多市民总是不那么中规中矩走斑马线，而以中国式过马路的陋习来往于大道的两边。于是，地下通道建设被列入了政府交通整治工程的计划。不久的将来，一个标准的地下通道将给人们出行带来方便和安全。

　　这条大道上没有这个城市其他道路鳞次栉比的商店，也不会出现人头攒动的情景，有的只是一些来来往往的汽车和骑行着橙色公共自行车的环保人士。因此，对于爱静的我已急不可耐地爱上这里。有时下班了，也愿意沿着大道继续往东散步，给劳累了一天的身体作个放松。

　　听友人说，金华磐安已成周遭的避暑胜地，不由心旌摇荡。自诸永高速通车后，进一步拉近了家乡与磐安的距离。于是，在七月这个充满强烈阳光时段的一个周末，我们选择了磐安作为全家暑假旅游的首站。

　　按惯例，我们没有选择自驾游，而准备乘坐中午时分的大巴。出了客运站的检票口，迎面就看到泊车场停靠的一辆八成新的厦门金龙大巴，前窗玻璃上斗大的红字：温州—磐安，可上车后往四下看，除我们一行八人外，仅有其他三位乘客，整个车厢里显得空荡荡，面对寥寥无几的乘客，我顿生疑窦：这样运营路线长期经营是否会亏本？

　　几分钟后，大巴已上高速，一路风驰电掣，估摸着两个小时后可顺利到达县城，便憧憬着先在县城玩一个景点，再取道尖山镇景区，时间应该绰绰有余。

　　不久，在车载 VCD 轻音乐的催眠下，我迷迷糊糊地开始打盹，醒来时已过仙居出口。可意想不到的是，大巴却跟我们玩起了迷藏：提前在白塔互通下高速，转入台金高速，很快又在丽水壶镇的高速匝道拐入出口。

　　高速出口上来一位中年妇女，与驾驶员一阵寒暄后，便气定神闲地端坐在前排，从背包里娴熟地淘出票夹，摆开架势，一副监车卖票的样子，令人迷惑不解。接着，大巴开始穿行在人流密集的乡镇，雁岭、冷水、新渥、深泽等一个又一个陌生的乡镇标识牌迎面而来，行驶在变换着稻田和集市、狭窄又壅塞的乡间小路中，司机得不时瞻前顾后，不断地按响喇叭，驱赶不识好歹的摩托车和自行车。可行人却总是"死猪不怕开水烫"的架势，慢悠悠地行走着。此时，专线大巴俨然成了随叫随停的私营车，中年妇女将头探出车窗召唤着，沿路不断拉客人，揽客已成了它的主要目的。没有固定的停靠站，只要行人一招手，汽车就马上停车载客。很快，原先空荡荡的大巴开始变得座无虚席。这时，中年妇女又变戏法似从前排的一些座位底下抽出若干塑料凳，看来是早有预备。当然，之后上来的只能坐在小凳上。当路过一条遍地烂菜叶和鱼鳞、充满腥臭味、视觉中一片紊乱不洁的小街时，大巴竟然靠边停车，熄火不走了，看样子，有一笔大生意要成交。果不其然，约过了十分钟，一位五十开外的男人带着十几人气咻咻地赶来，他们背驮蛇皮袋，肩挑箩筐，拖着大大小小的行李。显而易见，该男人与中年妇女相当熟稔，两人一番本地方言嘀咕后，男人一挥手，一伙人便一哄而入。车的过道塞进十几个喘息未定的旅人和鼓囊囊的行李，顿时变得水泄不通，车厢里一下子闷热起来。面对明显超载和如此令人揪心的行驶路线，惹得乘客怨声载道，质疑不断：为何要绕开高速这样走？中年妇女却向我们摊摊手，耸耸肩，一副不置可否的样子。

车又停靠一村头，这是一片空地，一位妙龄女子翩然而下。六七部等候的"摩的"蜂拥而上，嬉皮笑脸地开始拉客。女子微笑着架开男人们贪婪的手，跟着一位青年男子离开了。摩的佬们不服气地盯着捞到便宜的男人，以为是他们的同行，一个摩的佬甚至走近去探个究竟，知道他是女子的男友，预先在此接站后才点点头走开。满面春风的情侣坐在摩托上，女子紧紧搂住男友，摩托呼啸着擦过车身，开走了。

过了几个乡镇后，竟然又拐入了典型的乡村线路，车轮下的道路越来越细，迎面驶来一辆冒着黑烟、"突突突"、装载着巨大山石的拖拉机闪展腾挪，擦身而过，偶尔会有几辆越野车呼啸而来，一辆车厢漏淌着泥水、没有窗玻璃的漏风农用小型卡车正左摇右晃爬上坡来，待一辆自行车扭着身子费力上坡的孤单身影消逝在前方的一个转弯处，视野里便又是长时间的静寂和空无一人。

为了多串几个村子继续"捡客"，汽车开始走浓绿夹拥的细窄山间公路，时而直道，时而曲折，时而平坦，时而崎岖，时不时还需要做惊险的大回环，车身则不时地震荡颠簸，一路黄尘翻卷，惊起路边鸡飞狗跳，车里也迅速羼杂进浓郁的土气，但空气却越来越清新，一边是一片绿油油的稻田，另一边是清澈见底的小溪，路旁还可见两三只慵懒觅食的鸡以及午时炊烟还没散尽的农家屋舍的短短烟囱，闻一闻，似有一种极为熟悉的乡村味。走在弯弯曲曲、盘旋而上的山路上，也使我的思绪很快回到了90年代去省城过国道的场景。当时，去一趟杭州都要十几个小时的车程，就行驶在尘土飞扬的国道上，有时得在山间一圈一圈地绕行，中间，汽车则会很默契地几次停歇在某些约定俗成、因公路繁衍而出的路边店，用餐、如厕、休息。在公路两侧，一些妇女一边悠闲地做针线活儿，一边招呼着买卖，遇到过往的客车，马上起身围追堵截，卖力地兜售水果、土特产，一副不买不罢休的样子。而堵车则是家常便饭，与如今上高速一路畅通无阻不可同日而语。

如果没有什么急事的时候，我倒真愿意走这些老公路，这样可以享受到慢速的散淡和沿途的风光美景，这样的行车虽说要留一些弯曲和颠簸，虽说可能遇到失修的土坑，但没有钢铁护栏的管束和押送，没有各种交通标志的频繁警告，开车人想慢就慢，想停就停。但现在的最大问题是我们急不可耐地要赶时间。

上高速、经省道、拐县道、过乡道、转村道，经近四个小时的辗转，大巴终于抵达磐安县城，这样的时间足够到达杭州了。可车子却把疲惫不堪的我们一行不由分说地撂在了一个三岔路口，告知我们只需在前面的大桥等候，会有直接去景区的专线中巴不时经过，随叫随停，并可随时搭乘。下车之际，中年妇女仍不忘向大家分发名片，叮嘱拨打她的手机，回程时就无须去客运站买票，可享受优惠价，还会给我们预留好位置，减少了去车站买票的麻烦。真是新鲜! 在客运站坐大巴居然还可打折，简直闻所未闻。

这时，差不多已是薄暮时分，行人寥落。桥边一块长方形的白漆驳蚀的木牌上，显示出同样驳蚀的大小红字："尖山镇·由此进40公里"(连同一个箭头)，可一打听，显然已赶不上县城去尖山景区最后的专线班车了。出租车驶过，不时有司机探头与我们搭讪。去景区，打的价格自然不菲，但对我们来说，这已是不二选择。可最令人烦恼的是，我们的旅游计划完全被打乱了。

随着高铁、动车的高歌猛进，人们在出行时往往舍弃了原先的绿皮慢车。今年盛夏的一个周末，我却反其道而行之，特意选择了久违的、被烙上慢车标志的绿皮火车，到近邻的丽水缙云做两天的短途旅游。这个建议完全来自于儿子的极力撺掇。他一直没有坐绿皮火车的经历，很想亲身体验一番。

要赶早班的火车，天不亮就起床了，匆忙洗漱完毕，全家赶到火车站，穿越人头攒动、行李雍塞的站前广场，检票后便随人流涌进站台。从磨得锃亮的铁杆扶手上去，火车所有的车厢早已座无虚席，买站票的人也不计其数，呈膨胀状态。

按着票号找到座位时，可我们的位置却被两个孩子完全占领了，他们在墨绿色的皮革座椅上不时地翻滚。出示火车票后，对座孩子的父母亲脸上堆满了笑，急忙把孩子抱下来，坐在他们自己的座位上。

待喘息稍定，我们才有闲心打量这一家五口，他们那边是三人座，丈夫坐在靠过道一边，妻子临窗，三个孩子挤在中间的位置，臃肿的行李不仅把行李架塞满了，连座位下也同样塞得鼓囊囊的，几乎没有下脚的地方。显而易见，个子矮小的丈夫木讷，少主张，人微言轻的他一直双手互攥，只在一旁不时轻微地点点头。妻子则显得快人快语，动作伶俐，不断地操劳，照看着三个孩子。最大是男孩，脸皱红，应该刚上小学，年纪居中的女孩不过四五岁的年龄，在哭哭啼啼地吵闹着，最小的男孩可能不到一岁，一直抱在母亲的怀里，举着两只胖乎乎的小手放到嘴里吮吸，母亲得不断地哄着他。

我知道，这显然是一个打工的家庭，围绕着他们肯定有一个令人意味深长的故事，每一个故事的背后都有着不为人知的辛酸和无奈。这样的故事太多，我在不知不觉中涉身于现场。果然，与他们攀谈之后，得知他们来自江西的一个偏僻山村，在家靠务农为生，几年前随着汹涌的民工潮南下温州，现在鞋都的一家鞋厂做工。一年中因路途遥远，也只有在春节期间才有机会回家探亲。前几天，孩子们思念父母，家人只好从老家带他们过来团聚几天，可夫妻俩无法照顾，这回又要把孩子们送回乡下老家托付给长辈，顺便利用农忙季节返乡帮助家里收割稻谷。但他们得坐这趟绿皮火车到金华兰溪，还要倒几个小时的汽车到江西鹰潭，再转小巴、翻山路、过深沟、才能进入村庄的砂石小路，一路需要换乘各种交通工具，辗转十几个小时。而对这些孩子而言，就是名副其实的留守儿童。随着城乡一体化建设的推进，劳动力由农村向城市流动已成为一种必然的趋势，也使很多偏远的村庄处于一种长期"空壳"状态。据统计，目前，全国农村留守儿童的数量已超六千万人，单独留守高达二百万人，他们长期得不到父母的关爱，他们的成长环境令人担忧，也成了当今新农村建设必然面临和解决的重要问题。

我想，如果一个人要想体验真正的民情，到慢车的硬座车厢泡上一天一夜就够了。绿皮车（慢车）是流动的茶馆，凝聚的胶片，汇集了芸芸众生相。这种慢车吭哧吭哧地在铁路上爬行，它不慌张不着急不浮躁，很多小站都停，逗留时间足够，不像高铁、动车，掐分掐秒地到站，又掐分掐秒地开离，加之低廉的票价，又不易晕车，因此一直拥有很好的市场，每节车厢超过核定载客数是一件常事。春运期间就不必说了，更是一"票"难求，而有时也成为一些青年追逐"怀旧感觉"的独享空间。

即使在平时，一节节车厢里总是塞满了来自天南地北的乘客，因此，南腔北调的搭讪显得特别嘈杂混乱。但在我看来，它却有众多的好处：不用顾虑红绿灯，也不用担忧其他车辆的干扰，人们可以享受坐慢车带来的安稳。车厢虽是狭仄的，但有足够允许人们自由活动的空间。不像飞机、汽车等其他交通工具，属乏味的产物，一路上，人们被安全带束缚着，只能对着一排排僵死的座背、一个个半探出的后脑勺，木然地端坐着，感觉那只是一种"运输"，而非"旅行"，戒律多了，整个行程就自然充斥了单调无聊的气味。而坐在火车里，沿途还可见列车员时不时手执扫帚、簸箕与垃圾袋过来清理，售货员不厌其烦地推着食品小车或餐车来回叫卖。当然，大多数的旅客就像坐在自己家里一样，不理会家门口路过的叫卖声，自顾拉家常，玩牌，看书读报乃至打瞌睡。也许地面显得脏乱，也许空气中充满了嘈杂，也许并不那么优雅，一切显得市井。但它的拥挤，它的缓慢，它的热闹氛围，那可是生活的状态，让你觉得自己仍旧在生活，而不是裹在交通工具里。

在没有空调的火车里，拥挤闷热，空气污浊，头顶上的电风扇根本起不了降温的作用，而抵挡酷热的唯一办法只能把车窗往上推，让凉风适时地吹进来，才使心稍微平静凉快一点。

一会儿，对面的小男孩开始倚在母亲的怀里入睡了，睡得很香。母亲怕车厢里吹来的凉风会使孩子着凉，赶紧将车厢拉下只剩下一条小缝，并拿出小衣服，盖在他的身上。途中，另外两个孩子一路打闹、嬉戏玩耍，不久，不知什么原因，他们开始吵架起来。之后，女孩显得烦躁不安，靠在母亲身上蹭来蹭去哼哼叽叽，有时还不顾一切地哭泣，脸上布满了泪痕。男孩很淘气，表现欲强，一直不得安生，还时不时在几节车厢的过道上飞快地窜来窜去，父亲得不断地跟在后面撵着，生怕他出意外。最后，他被两个孩子翻来覆去折腾得黔驴技穷，无计可施。为了哄住他们，父亲开始在一个旧的鼓鼓囊囊、提手虚了边、看样子就要快断的旅行包里掏来掏去，最后，他小心翼翼地掏出一包明显看不出商标的袋装瓜子。两个孩子终于破涕为笑，争先恐后地去抢食。令人意外的是，他们竟然嗑得十分娴熟，津津有味地在嘴里咀嚼着，显得一脸很满足的样子。一会儿，列车的小桌板和地面就天女散花般地撒满了密密麻麻的瓜子壳。诚然，与城市的孩子相比，农村孩子的生活条件真有天壤之别。现在，城市的孩子生活在吃穿不愁的优越物质条件中，平时娇生惯养，养尊处优，面对富有的物质条件，却很难满足他们的要求。

火车在有节奏地奔驰，我的思绪也在飞驰，不由自主地想起了南怀瑾先生——金温铁路的催生者、文化学者、国学大师，他平生致力于弘扬中国传统文化，关心故乡的发展，为倡建金温铁路的建设作出巨大的贡献，为家乡开通这条来之不易的铁路呕心沥血，正是在他的倡导下，才使金温铁路得以立项、开工，并于1998年6月竣工通车，尽管比起国内一些内陆地区开通铁路整整落后了几十年。

从温州到缙云，算不上路途迢迢，作为旅游的老江湖，我们知道枯燥是难免的，因而准备得非常充分，有的是打发时间的玩笑和大量的食品，还附带了一大摞的消遣杂志。平时忙于工作，只有依靠周末时间的调节来丰富自己的业余生活。但今天与家人在一起，摆脱了日日缠身的工作和家务，放下一切尘杂，做一次心灵的放逐，旅途应该说充满了欢乐和温馨。这趟旅行，从某种程度上说，未尝不是一种休息。

巧合的是，温州市区的一群老年人正坐在我们后排的位置。一打听，他们也是抱团去缙云自助旅游。一路上一直欢声笑语，他们的快乐也很快感染了整节车厢里的所有人。他们均年过花甲，一些已逾古稀之年，少数应在耄耋之列，但个个显得精神矍铄。显然，这是一群积极乐观的老年人，他们对生活充满了热爱，他们以自己的姿态和方式追求着属于自己的幸福和快乐，应该向他们表示深深的敬意!

坐火车，因为它速度适宜，可以让人从容地欣赏沿途风景，当然，在火车上看风景与平时有很大不同，流动而多变，丰富而生动，还可以随时邂逅惊喜与新奇，同时，它让我有一种真正"在路上"的感觉。于是，看书、聊天累了，我便把目光移向窗外。

透过车窗玻璃，火车"爬行"得很慢，进入青田界，车窗外掠过的青山绿水触手可及，与山水一色的深绿移动，宛如画中，赏心悦目，也使人的心情更加地爽朗。而经过一些村庄时，偶尔还能看见路边黄土抹墙的房舍，灰黑的鱼鳞瓦片，几缕乳白的炊烟从这些农家小院的屋顶上袅袅升腾，鸡叫狗吠声充盈于耳。铁路旁的机耕路上，两三个农人荷锄扛锹，悠闲从容地往田地里走去，一种熟稔的乡村气息迎面而来。看到这一切，仿佛自己又回到了难忘的乡村童年。

可遗憾的是，这趟火车要穿越很多长短不一的隧道。有些时候，钻进一座隧道，黑咕隆咚，满世界的轰轰隆隆，如千个雷霆、万队人马从头顶飞过，在幽暗的隧道里，只能听到火车与铁轨摩擦出的咣当声。好容易出了洞口，见得光明，立即又钻进另一座隧道，大部分时间都闷在洞里不见天日。以前常听去新疆的朋友说，当火车连续几天穿行在戈壁滩上，四处没有人烟，没有生命，只有寸草不生的青褐色的旷野，大大小小形态各异的卵石，被烈日烤出的蒸腾热气，渺无边际的戈壁荒漠让人容易产生视觉疲劳，有的人差不多会变得疯狂起来，我想这绝不是夸张。就如我们在不停地穿越隧道，本来途中的好心情也时常被弄坏，就像现在。但这譬如人生的路，一会儿晴天朗日，一会儿又将你推到无边无际的黑暗之中——这是生命无法回避的一种暗，是当年人们曾付出艰辛劳动找到的暗。暗此刻或许正是出路所在。

坐累了，便起身活动，我开始在车厢里游走，一个人不自觉地踱到了火车最拥挤和最孤独的地方一两节车厢的衔接处。可映入眼帘的景象却令人有些不堪入眼。扎堆在这里，除了一脸冷漠、显示出自命不凡、吞云吐雾的烟民外，便是那些蓬头垢面的民工了。他们大都在回乡的路上，或躺或倚或蹲，却不肯轻易地站着，仿佛那是件费气力的活儿。其神情、衣束、行李皆十分相近，他们一个个表情黯淡，呵欠连天，像是连夜赶了很远的路才来到这儿，而上路前又恰好干完很累的活。如此多买站票的人聚集在此，使得下脚的缝隙都没有了，空气显得很沉闷，连上趟卫生间亦显得举步维艰。

两个半小时后，火车准时抵达目的地，虽是一个并不重要的小站，逗留时间短，可一些性急的乘客却早早带着行李，一阵大呼小叫地拥出车厢，本来冷冷清清的出站口一下子变得热闹非凡，他们都是去周遭的仙都风景区做短途旅游。

提着行李下车前，我与这一家五口打了招呼，可以看出他们脸上对我到达目的地的羡慕和对漫长旅途的忧心忡忡，特别是那位显得一脸老相的男人，显露出无助和哀愁。他们的目的地依然遥不可及，后面的行程无疑更是舟车劳顿。因为要照顾好三个孩子，特别是两位调皮好动的儿女，尔后还要近十个小时不同交通工具的颠簸，确实不易，这需要相当的耐心和毅力。

短短不到三个小时的车程，在一个并不宽敞的长方形车厢，充满了太多的可能性，苦旅中的乐趣便在其中。而我选择了欣赏风景、听音乐、看书、聊天、打盹，把这些平日里稀松平常的事情一项一项地做着，时间便在不知不觉中过去了，因此，我从未觉得着急和烦躁，甚至还有些意犹未尽。可天性好动的儿子已充分体验到绿皮火车的慢速了，当我们提示他返程依然要坐绿皮火车时，他已经开始厌烦起来，不由自主地噘起了嘴。

　　"十一"黄金周的第四天，接到短信——超强台风"菲特"可能于国庆末期正面袭击家乡时，我正挈妇将雏在江南某地游兴正酣，只得紧急调整了时间安排，提前一天结束旅程，否则随时将有滞留在外的可能。

　　可现在，这个偏居一隅的南方城市，仲秋的阳光仍然坚挺，直泻而下。柏油马路晒得发软，道路边的小树垂头丧气地耷拉着叶子，公交车里的空调依然保持着低温，一些小河的水位已经降到了历史的最低位，将要露出河床来，炽热的阳光制造出一幅盛夏的假象。对此，儿子噘着小嘴嘟哝着：这样好端端的天气，难得的假期旅游计划为何要更改？他对提前结束旅游一直耿耿于怀。表面上风平浪静，其实已含藏着阵阵杀机，这往往是台风来临前的迹象，也正是它的可怕之处。

　　但午后，台风开始显露出它的蛛丝马迹，敏感的人们已能隐隐地从空气之中捕摸到一丝凉意，风力正在逐渐加大，一团团浓黑的乌云从远处正慢慢地向我所在的城市靠近。根据气象台的预告，这个超强台风在西太平洋洋面生成后，正以威风凛凛的态势由西偏南方向快速推进。

　　面对这个来势汹汹、不可抗拒的超强台风，政府部门很快宣布进入了紧急防汛期，启动一级应急响应机制，各单位相关人员一律取消国庆假期，立即到岗，进入临战状态。一些政府官员们开始频繁地出入陋巷、危房、工地，通知居民加固广告牌、电线杆，捆紧脚手架，遮盖裸露在地面的水泥砂石。社区的扩音喇叭里不时地播放着台风即将来临的消息，时刻提醒着居民要加强防范。在各个乡村，针对山洪、泥石流、山体滑坡存在的隐患，干部们挨家挨户地上门动员，煞费苦心地做好这些危险地带的人员撤离、转移安置工作，这是一个性命攸关的重任，容不得半点疏忽。出海的船只被强制勒令返回，停靠在安全的避风港。机场的最后一个航班正在降落，随后宣布关闭，所有开往南方的火车班次全部取消，汽车站往南方向的大多数班车停开，高速公路被临时封道。带着巨大的心理恐怖，人们开始从四面八方相继返回家中，偌大空旷的城市已危机四伏，静候台风的践踏。

可还有少数人属于例外，他们对于台风的到来则是翘首以盼。这就像我小时候一样，记忆中每次刮台风，则是我和同伴们最雀跃的时候，台风过后，孩子们常常兴奋地挽起裤腿，携手在积水的道路反复地蹚水，嬉戏，忙碌地捡拾着各种漂浮在上面的东西。有时还手持简易的捕捞工具，去捉鱼虾、钓水蛇。一些孩子则别出心裁地将木条并排钉成小筏子，在浑浊的水面上穿行玩耍。此刻的儿子也同样兴高采烈盯着电视屏幕，关注着台风的进展，笑眯眯地预测着明天要临时停课了。果然，很快接到学校的通知，但却将当日的课程顺延至周六，让儿子懊恼不已。在校方看来，现在正值初中学习的关键时期，容不得有丝毫的懈怠。

电视在全天候不间断地滚动播放着相关的新闻，犹如战时播报战况一样，向人们提供卫星云图显示的最新台风资讯——台风何时形成，经纬几何，风向几何，风力几何，都测量形成精确数字，绝不含糊。荧屏上，清晰可见一根根电线杆齐刷刷地倒下，一排排栽种不久的树木被连根拔起，一辆辆停靠在路边的私家车被浸泡在大水中，少数车辆仅露出车盖，无法启动……一位女记者紧裹橡胶雨衣，站在某个大堤前，在风雨中摇摇晃晃，依然敬业地对着话筒大喊大叫，声音被大风刮得支离破碎，断断续续，后面的巨浪不时地拍打在岸边的礁石上，溅起高高的浪花。电视又很快被切换到另一个画面：街道上，行人手中的雨伞被风刮得翻卷过来，得倾斜着身体吃力地行走。行驶着的私家车在水中费力地漂移前行，几个塑料袋呼地蹿上天空，飞得越来越远。一艘艘冲锋舟运载身着橙色救生衣的武警战士，正在风浪里冲锋陷阵，往灾情严重的地区进发……

入夜了，台风终于露出其狰狞的面目，潜入城市，风越刮越大，不时便有高空坠落物砸将下来，碎裂爆破之声不绝于耳。不远处，附近的路灯一下子熄灭了，紧接着，整幢大楼陷入一片漆黑之中，大面积的停电使人们不由得尖叫起来，他们在黑暗中摸索着，很快点燃起白天刚刚从超市里买回的应急蜡烛。这时，窗户一阵紧一阵地"沙沙"作响。雨终于来了，借着风势横扫在玻璃上，急促而密集，水花漾开，外面的景象一片模糊。从小到大生活在这个南方城市，曾有过无数次台风肆虐的经历，感觉这次台风并不像往常，仅仅走过场而已，而是要动真格了。于是，我下意识开始拨打老家的电话，却无人接听，老家地势低矮，会不会漏雨进水？每逢台风，都让我担忧不已，况且这又是一个多年未遇的狂风、暴雨、天文大水潮"三碰头"的超强台风。这不禁使我想起了十九年前同样的一次超强台风。那时，家乡那条简易堤岸无法抵挡住强台风，被掀开几个大口子使海水倒灌，造成了人员和财产的重大损失，成为乡亲们心中的切肤之痛。那次台风过后，政府部门终于痛定思痛，下决心修建了一条如今百年一遇标准防洪堤坝。

雨越下越大，"啪嗒啪嗒"地砸在窗台上，顷刻之间，已是大雨滂沱，照这样下去，估摸着可能就是几十年一遇的降雨量，这对脆弱的城市排水系统将是一个莫大的考验。这个晚上，很多人注定会度过一个不眠之夜，特别是那些奋战在抗台一线的人们，他们必须严阵以待，发扬连续作战的精神，与强大的台风进行马不停蹄的周旋。

翌日的上午，我的自备车已行驶在往老家的路上，与父母联系不上，一直揪着心。与昨晚相比，风力已明显减少，雨量也在减弱。可城市如同挨了人家的一顿重拳，遍体鳞伤，路障满地，到处是台风穿行过后留下的破坏痕迹——满街黄色的淤泥，马路中央的隔离栅倒了一大片，街头的广告牌被吹得七零八落，歪斜的树木如同缺胳膊少腿的残兵败将，横七竖八地躺在路边，几根路灯杆和高压电线杆被连根拔起，河面上漂浮着各式各样的杂物。来不及收割的晚稻被吹得倒伏并贴在水田中。车轮疾驶而过，两边溅起长长的弧形水花。

通往老家一条大道的一个十字路口已是一片汪洋，众多司机纷纷下车察看水情，犹豫不定。这时，一辆私家车却不甘落后，一马当先想冲进积水疾驰而过，可不幸的是，一下子熄火在积水深处。年轻的车主显得一筹莫展，只得拨打手机向修理厂求助。后面的车辆不得不一一掉头，想方设法绕行过去。

报道说，行迹诡异的"菲特"已于昨晚凌晨一时在邻省某县的一个乡镇登陆，台风过后，部分地区已成水乡泽国。领导们开始奔赴各地指导救灾，慰问受灾群众；保险公司派遣人员迅速进驻现场，勘察受保户的损失，积极做好理赔；电力工人正与时间展开竞赛，抢修遭台风重创的电力设施；医务人员忙碌碌下乡进行卫生防疫，防止瘟疫的蔓延……总之，人们正采取各种方式有条不紊地开展自救，恢复生产。在我长居的城市，一俟夏深，台风迭至。每一次乖戾的台风过去，整个城市都显得惊魂未定。可对于大自然而言，只不过是它一次急促的呼吸罢了。

　　整天与电脑亲密接触，颈椎病悄然而至，不得不重操散步的习惯。晚上单位临时加班后，忽冒一个想法，何不安步当车回家去？初秋时节正适合闲庭信步，也可顺便检验一下，单位到家究竟要走多长时间？于是开始沿着这条每日自驾或乘坐公交车必经的路线行走，以能更真切实在地感受夜色下城市的原本面貌。

　　先经过的是一条南北走向的城市大道，两旁分布的众多玻璃幕墙大厦，每一幢都高耸云端，一派现代化的气息。如果在上下班的高峰，堵车已成常态，两个主要的十字路口往往要更替三四次红绿灯才能通过。而此时则是畅通无阻。在大道上行走着，却时不时会遇到一些醉酒的人，今天同样也不例外。他们刚才还在酒店的包厢里，觥筹交错中推杯换盏，完全一副不醉不罢休的豪气，也许在他们看来，似乎只有在酒精的升腾中方可抵达人生的沸点，在频频的碰杯声中才能走向感情的极致。可现在，他们已是满脸绯红，互相勾肩搭背着摇摇晃晃地走向了路边。微醺的，伸手拦住出租车，一溜烟儿不见了；深度醉酒的，要么拿着手机乱拨一通，要么扶着路边的树木，肆无忌惮地呕吐，酒桌上的阿谀奉承尔虞我诈，通通被他们吐到了大街上。他们间或会对着地面或树木说上几句，继而就大喊大叫，继续弯弯斜斜地往前走去。

　　二十分钟后，我已穿越了这条大道。从一条高耸的立交桥下左拐，便进入城市的另一条主干道。刚过了它的第一个十字路口，却听见救护车正由近而远朝前呼啸而去的尖锐鸣笛声。远远望见行人把一块空地围拢了，更多的人还在继续靠拢，互相交头接耳，唏嘘感叹着。向前走了几步，就看见路面上隐隐的血迹，一条黄带子已圈出隔离带，旁边的警车灯在不停地闪烁。显而易见，这里刚发生过一起血淋淋的交通事故。在事故现场，一大堆喜欢打听消息的人群将一位目击者围在核心，听他陈述着刚才令人心悸的一幕。据目击者说，这位老家在另一个遥远的省份、靠收废品维持生计的外来务工者在横穿斑马线时，却遭遇丝毫不减速的私家车，导致了突如其来的严重车祸。而那位年轻的车主则一脸煞白地站在车边，车头变形，它的右前灯已经碎成蜂窝状，车子的右前轮卡着一辆装载着废旧物品的手推板车。几位交警正在忙碌着，用皮尺横竖反复丈量着距离。另一位交警正在讯问那位肇事司机。现在，随着车辆的大量剧增，城市中不时会有车祸发生，人们也从开始之初的心惊肉跳变成如今的麻木不仁了。

上了市中心这条最为宽阔的人行过街天桥，天桥下面是隆隆驶过的各种车辆，上面却是另一番景象：聚集了为数众多的谋生者——摆书摊的、卖钥匙扣折叠刀的、出售盗版光盘的，还有搞艺术签名设计的……虽然现在已鲜有人光顾，可卖主们依然没有收摊的迹象，顽强地坚守着。在这些小摊的旁边，是一位看相算命的中年人，双目锐利，从一开始就直盯着我。我当然领教过这种把戏，丝毫没有和他搭腔的欲望，便从他的面前匆匆而过。

过街天桥下来往前走，公园大门前，几位卖花的小姑娘忽然从不同方向围了过来，那一张张尖瘦的小脸脏得跟猴儿似的，一双双黑幽幽的眼睛也被风吹得眼泪汪汪，使我不由得动了恻隐之心，停下了脚步。很快地，我被鲜花包围了。这些全都是没有根的花，修剪得很整齐的花，用保鲜膜包着的花，散发出短暂而恍惚的花香。"叔叔，买束花吧？"看着那些央求的目光，比儿子还小一点的可怜的孩子们，经不起软磨硬泡的我不由自主地掏出零钱，顺手买上几束，但送给谁呢？我不清楚，只能带回家去。但看着她们欢呼雀跃而去的样子，我还是感到很欣慰，毕竟这样做，能让我的心灵获得一些慰藉和片刻安宁。

在第三个十字路口东南角一家知名商厦的门口，一位女孩长跪在地，低着头毫无尊严地等待路人或多或少的施舍，膝前摊了一张纸状自述身世，字迹已稍显模糊。上书："父母猝然双亡，无力偿付学费，即将辍学。恳求天下乐善好施之士大发慈悲，捐一些钱让我完成学业。"她只是经常出现在这里的乞讨者之一，也可以说，她只是我上下班必经途中所看到的"他们"中的"平凡者"，默默无闻，毫无特色。现在，她面前的盆子里虽然有些零钱，我却不太情愿再凑上一份。不是自己不富有同情心，本来向不幸者布施同情无可厚非。可这样的骗术实在不太高明，情节生动的乞讨理由总是漏洞百出，令人质疑。在女孩的旁边，一位长发飘逸的年轻小伙子胸前斜挎着吉他，边弹边唱。他的前面摆了一个扩音器和一个打开的琴套，琴套里面稀疏地散落着几张褶皱的一元、五元纸钞。他与那个女孩子显然不同，应该是一位流浪歌手吧，为生计所迫的一种献艺行为。一曲唱罢，大部分聚拢的看客却吝于施舍，只有少数的掏出零钱投入琴套里，可小伙子并不显得感激涕零，只是礼貌而矜持地低头说声"谢谢"，便继续他的演唱。

驻足观看弹吉他的小伙子后，径直前行，道路上却排起了长长的车龙，来往的车辆只能缓缓地向前挪动。走在路面，明显感到脚下巨大的轰鸣声和震颤。原来，一排排天蓝色围挡板已将半幅车道遮蔽得严严实实，上面赫然写着一行大字："公用工程集团向全市人民问好! 施工给您带来的不便敬请谅解。"马路被剥开内脏，挖土机亮着带有尖齿的利爪，身躯转动时发出沉闷的声响，隐隐还能嗅到一股股土腥气，这样的场景在我所在的城市里已是司空见惯，好端端的路面总是三天两头被开膛破肚，掘地三尺，然后缓慢地缝合，这一切就像拉开一条拉链那样随意。电信、电力、供水、燃气等行业总是以各式各样的理由大动干戈地修整，使本来狭窄的城市道路显得更加捉襟见肘，不堪重负。人们很难理解一条本来宽敞畅通的道路，为什么老是被折腾成这个样子?

从这条繁华的街段右转是一条单行道，夜晚只有极少数的车辆，朝着一个方向缓慢地行驶着。来这里的人们大多热爱锻炼，晚饭后，他们就沿着这条被称之为城市的绿道上散步，或大步流星地疾行或悠然自得地漫步，或拐入旁边的城市公园进行绕圈走。在这样的路上行走是一件惬意的事，不会被各色的烟气、噪音以及迎面而来的人流所打扰。行走者中还有一对对热恋中的情侣，勾手扶腰，旁若无人地在喁语款步。当然也少不了遛狗的人们，有些中年妇女甚至亲昵地将身着花衣服的小宠物狗紧抱在怀中，而一些高大的宠物狗显得皮毛光洁闪亮，神态倨傲，殷勤地环绕在主人的身前脚后，上蹿下跳，寸步不离，显得一副酒足饭饱的受用神情，显然，养尊处优的生活增加了宠物的体重，它们正欢快而兴奋地跟随着主人去公园下沉式的半圆形广场里参加狗族的派对。

单行道的中间左拐后，便进入一条昏暗的小径，两侧散落着众多的足浴店、洗头房、网吧和台球室。足浴店、洗头房这些五光十色的招牌，总是在夜色中发出暧昧的光，不时看到一些醉醺醺的人钻了进去，那间逼窄的屋子会短暂地关门、熄灯。灯亮着的时候，显得暗红，窗帘半遮半掩，门口有旋转的柱灯，几位异地女子打扮得浓妆艳抹，穿着暴露，倚在门前，搔首弄姿地诱惑着路过的男人，目光中充满了期待。网吧则密不透风，一种怪异的气味在噼噼啪啪的键盘声中弥散，虽光线昏暗，气息混浊，但总是人满为患，一些精力过剩的年轻人在这里消磨着自己旺盛的青春。隔着玻璃窗望去，人们正饶有兴致地打游戏、聊 QQ、看电影、听歌曲，他们往往在里面流连至深夜，甚至有人通宵达旦地坐在那里。紧挨网吧的台球室里，摆了几张台球桌，绿桌布明显有些污脏，但丝毫不减抽烟打球者的勃勃兴致。虽然看不清他们的面容，只是嘴角都有一星烟火闪耀着碎红——一群游手好闲的年轻人围着桌子用球杆击打。小径两边的树干、路灯杆和一些已打烊商店的卷闸门上，贴满了各式各样的油印广告——顶端是夸张的房产广告，中间则充斥着开锁、刻章、培训、通马桶等各种内容驳杂的信息，下面为密密麻麻医治性病的游医广告，甚至还夹杂着一些招工和寻人启事，且都留有联系电话。尽管政府部门三令五申禁止和清理，但这些"城市牛皮癣"却依然令人防不胜防，屡禁不止，严重影响了市容市貌。

小径尽头向北折，家已近在咫尺了，一个小时步行下来，脚力已稍显疲乏。这时，身后的市声就消失了，楼下的院子里一片寂静，几位保安正在传达室专心看着电视，爱搭不理的样子。乘坐电梯上楼，楼道里灯火通明。我蹑手蹑脚地打开房门，看见妻子端坐在沙发上，静静地看着电视。儿子寄宿后，家里明显有了一种空落感。尤其是妻子，如果我迟点回家，总让她充满担忧。桌上已备好"消夜"——妻子掐准时间留的一碗热绿豆粥。只有等我回到家，她才将牵挂的心放了下来。

一觉醒来，撩开窗帘，外面阳光绚烂，看表，时针已指向八时，近来难得沉实的觉！用过早餐收掇行李后，赶航班仍有充裕的时间，我干脆选择了公交车，这个时段已恰好避开了上班的高峰期，还可慢悠悠地欣赏沿途风景。

在家附近的站头，很快上了去老家的公交车，似乎预示着今天有了一个良好的开端。自拥有了自备车以后，回老家已很少搭乘公交车了，尤其瓯海大道西段的开通，更缩短了与老家的距离。可往常满载的公交车竟然出奇地空闲，令人诧异，一打听才知前面刚开走一辆，我们这辆只能相跟随行，这是交运集团的规矩。车内，稀稀拉拉的乘客都在低头摆弄着触屏式手机。过了火车站，之后的道路变得畅通无阻，在贯穿东西走向的城市"黄金大通道"——瓯海大道上，公交车更是一路风驰电掣，一个小时后已停靠在龙湾文博馆站。

站牌边焦急地等候着出租车，却丝毫见不到它的踪影。而蜂拥而上的三轮车已将我团团包围，情急之下，便顺手上了一辆停泊路边已久的机动载客三轮车。尽管天公作美，但坐在敞篷三轮车上，初冬的寒风迎面吹来，依然冷飕飕的。来自湖北的车夫五十开外，显得十分开朗、健谈，去机场短暂的路程中，他向我娓娓道来：说自己干这营生已有十多年，与待在工厂生产流水线、昼夜颠倒、强负荷劳动的乡党们相比，拉客的活要自由得多，收入也相对高一点。两年前，载客三轮车在市区已被全面取缔，但在这里依然"长治久安"。

空旷的候机大厅里，乘客显得稀稀落落，但托运处依然一片忙碌，现在，人们总是喜欢随身携带着一只又一只笨重的旅行箱，仿佛旅行箱是个人经济总量的标志，谁也不甘心贫穷和落后。当然也大都由男人帮助搬运，女同胞对于占有和消费这种人力资源，逐渐养成了习惯。

办理登记牌、过安检后，一些资深烟民开始凑在面积不大的吸烟室里，围着汽油桶一样硕大的烟缸吞云吐雾，匆匆路过的行人则不断向他们投去鄙夷的眼神，可他们依然我行我素，悠然自得。沿着灯箱广告的指引，我乘坐滚动电梯，上了二楼的小卖部，点了一份面包和热豆浆，打包，航班的中餐肯定食不果腹，我得做好准备。之后，则在登机口旁开始候机。

十一点准时登机。这次单枪匹马独闯京城，缘起于参加第二届全国金融文学奖的颁奖活动，此次获得业界的最高文学奖项是对我长期坚持业余写作的一种褒奖和鞭策。上次去首都还是遥远的 2006 年"五一"黄金周，全家跟旅游团开始朝圣般的旅程，一周下来，并没有留下美好的印象，脑海中尽是人头攒动、熙熙攘攘的景象。记忆犹新的是，地陪导游给我们安排了众多自费和购物项目，从北京旅游回来，妻子竟然在家里整整休养了好几天后才完全恢复。从此，迫使她彻底下定决心，今后出行非自助游莫属，太经不起旅游团的折腾了！此次来虽是参加颁奖及文学研讨会，若能在行色匆匆中偷得浮生半日闲，利用有限的时间出去转一转，看看北京的最新变化，见识一下什刹海、奥运场馆鸟巢、水立方等，则是我的美好愿望，但前提必须得有时间。

坐在封闭狭窄的空调舱内，有一种空气浑浊和燥热的感觉，飞机却不能按时腾空而起。不久，扩音器里开始回旋起空姐动听悦耳的声音："飞往北京的旅客，你所搭乘的××次航班由于流量控制的原因暂时不能起飞，起飞的时间待定，对此，我们深表抱歉。"不到一刻钟，会不厌其烦地循环播放。看来，航班延误已是板上钉钉。漫长的等待就是一种痛苦的煎熬！幸好早有充分的心理准备，面对被南来北往的乘客们翻得卷起边的几本航空杂志，行囊中已有几本刚刚借阅的书籍，书籍是我出门的必需之物。于是拧开头顶上方的阅读灯，在橘黄色的灯光下，沉浸于名家的美文中，与大师们进行心灵的沟通，展开时空的对话，也不失为一种难得的奢侈。而旁边几位商人模样的中年人似乎早已失去耐心，显得焦灼不安，不时向空姐发难，指责她们。但美丽可人的空姐们依然带着职业微笑，耐心地进行解释，可最后还是拒绝给出具体的起飞时间。

半个小时，一个小时……飞机仍然没有起飞的迹象。不少乘客显得百无聊赖。左侧三人排中间位置、蓝睛高鼻的洋人干脆戴起耳机，欣赏起优美的音乐。前排靠舷窗的中年男子则熬不住阵阵的倦意，打起了瞌睡，头不时地耷拉下来又弹上去。后排的一位老人则跟旁边的老伴嘟哝着："看来中餐要来双份了！"

当空姐推着餐车出现在狭长的通道时，我才感觉到饥肠辘辘。她们微笑着不厌其烦地向乘客逐个征询："要鸡肉或是牛肉米饭，还是面条？"国内航空餐总是那么古板，亘古不变。在狭小的小桌板狼吞虎咽地消灭了这顿拘束的中餐和派发的小面包与榨菜，看着早已发动但迟迟没有起飞的国航飞机，我显得很无奈。流量控制似乎成了现在飞机延误的最佳理由。

机场往往被看作一座城市面向国际敞开的窗口，温州机场经过二十多年的超常规发展，于今年4月升格为国际机场，并与国内外的八十四个城市架起了空中桥梁，目前仍在为不断开通诸多的国内外新航线而努力。可有限的停机坪无法容纳每年以百分之二十旅客吞吐量增长的航班量也是情有可原的。看来，原先计划抵达北京后先选一个景点转转的想法已完全成为泡影。

下午一时，扩音器里终于传来利好消息："各位旅客，本次航班马上就要起飞，请系好安全带，收起小桌板，关闭所有的电子设备，"比预定的起飞时间整整慢了一百零五分钟，客舱里一片沸腾，这样，北京着陆的时间预计将是下午三时半。

迷迷糊糊连续两次浅眠，蓦然醒来后，飞机已开始在跑道上滑行，透过小小的舷窗，可以看到两旁的衰草和远处破旧的民居。扩音器里回荡着空姐的声音："女士们、先生们：飞机已安全着落在首都国际机场，现在北京地面温度为十六摄氏度，华氏六十点八度……"气温比预想要高得多，衬衫加一件薄外套绰绰有余。原先还担心北京应该进入寒冬，细心的妻子居然为我准备了整整一旅游袋的衣服，包括羊毛衫、厚外套等一应俱全，看来根本派不上用场了。

作为旅游的老江湖，一踏出飞机的舱门，顺着人流行走，这是一种最好的方法。没有大辎重的行走，一路上轻松了许多，东拐西弯，晕乎乎跟随着拥挤的人群出了机场的三号航站楼，买票，过地铁的安检，进入机场快轨。

坐在快轨上，透过车窗，初冬的北京开始出现肃杀的景象，田地里一片荒芜，茂密的树林已凋零成光秃的枝丫（而我所蛰居的南方城市现在依然是铺天盖地的绿树红花，各种植物还是葳蕤繁盛），天空灰暗，浓雾低沉，诸多高楼飘浮在空中，不少行人捂着大口罩，一些甚至把头脸裹在纱巾里穿越马路，预计应是中度以上的雾霾。看来下一场酣畅淋漓的及时雨，清洗空气中的灰尘，吹散逗留多时的雾霾，确实迫在眉睫。据报道，汽车尾气已上升为雾霾的最重要来源。对此，政府部门具有不可推卸的责任，应刻不容缓地将治理雾霾提上议事日程，还首都一个清新的空气和美丽的环境。不到下午四时，郊区的汽车开始排成长龙。首都人口的剧增，高速公路的建设已加速度地延伸到了六环，五环内还实行了汽车单双号限行制度，仍然解决不了交通堵塞的问题，"首堵"真是名不虚传，没到市区就给我来了个下马威。看来坐地铁还是明智的选择，否则打的，连报到时间也赶不上了。

四十分钟后，快轨抵达换乘点东直门，几次上上下下，终于找到二号线。

地铁是大城市的创意。它是拥挤的地方，也是最让人寂寞的地方，可最大的好处则是冬暖夏凉。看看书报，听听音乐，本来是地铁里消遣寂寞的最好方式。可在这里，我却找不到一个报刊铺，真是"杯具"!(北京有关部门以保障安全为理由，从2011年1月起开始实施地铁"禁报令"，这让首都的报业很不爽，纷纷利用自己的版面质疑这种举措的合理性与合法性，曾有一个最激烈的标题就是"地铁里快成真空了!"但质疑归质疑，乘客们依然无报纸可看)。首都地铁始建于20世纪60年代，现在已超速度地扩张至十四条，它们在地下盘根错节地交织起来，通过一个个出口，把中心城区和近郊、远郊、卫星城，紧密地结成了一个不可分割的血肉之躯。

乘坐地铁自然方便，但总是拥挤不堪。从洞开的地铁口，顺着通道右边的滚动电梯下来，购票、过入口闸机的扇形门，我甚至来不及看一眼马赛克贴面的墙壁上的房产广告和各种肤色的性感美女，便被人流迅速地卷进地铁站台。这时，脚下的大地传来一阵剧烈的抖动。伴随着巨大的呼啸，地铁席卷着热风浊浪，越来越清晰地出现在人们的视线，很快吞吐着汹涌的人潮。

站在人满为患的车厢里，犹如罐头里的沙丁鱼一般。环顾四周，尽是一些手提肩扛行李包袱的新北京人以及一张张陌生的年轻人面孔。裹挟地铁的是无聊，在里面，人们有闭目养神，有手指翻飞在玩着手机游戏，有一脸疲惫，有面色木然……无论是坐在椅子的，倚在把杆上的，抓紧吊环的，都冷漠相对，默然无声，很少会彼此问候和微笑。而几位大学生模样的年轻人塞着耳机，随着优美的轻音乐节奏摇头晃脑，一副气定神闲的样子。地铁座位稀缺早成一个不争的事实，看来，站立到西直门已是不二选择。

从地铁西直门站出口上来，报到的地点近在咫尺，手机显示的时间却指向了下午五时一刻，早上八时四十五分出门，一路上整整花费了八个半小时!竟然相当于乘坐高铁的时间，想想明天的回程又要遭受同样的劳顿之苦，真是累人又烦心!

对于北京胡同，我是偶然的闯入者。

从地铁鼓楼大街站出口上来，正临近中午，我朝着什刹海方向行走。八年前的一次首都之旅，旅游团队景点安排十分频密，四五天内浮光掠影般地浏览了故宫、颐和园、长城等众多景点，偌大的北京城，什刹海自然不在团队安排的旅游项目之列。去一直蓄谋已久的什刹海转一转，弥补上次失之交臂留下的遗憾是此次晋京就事先计划好的。当然在寻找风景的同时，希望能找到一处有特色的饭馆解决午饭也是当务之急。早上会议结束后，匆匆与组织者打过招呼，不再与众文友共进中餐，利用会议后至傍晚前不足三小时的空当，"偷得浮生半日闲"，抽空去从未谋面的什刹海走一走。

前一日抵京时，一场低沉浓雾加上北京城首日开始供暖气，使我对北京之行不再抱乐观的态度，但没想到昨晚彻夜大风，冷空气及时光顾，吹散了逗留首都上空已久的雾霾天，今天难得放晴，天也难得地蓝得透彻，最适合于闲庭信步。

按图索骥，地铁口朝南应是一条宽阔的马路，可眼前却偏偏狭窄得出奇，右边建筑工地的临时隔墙肆无忌惮地侵占了近半的道路。近年来，北京城市建设日新月异。走在满是灰尘的马路上，工地的搅拌机不时发出"咣当咣当"的轰鸣声，令人厌烦。路到底，一打听，北京著名的标志性建筑钟楼、鼓楼就近在咫尺，甚喜。继续前行。

不经意间，一条胡同闯入了我的眼帘。虽然没有将胡同列入我此次的游走计划内，但我对胡同一直情有独钟。胡同之于北京就像江南地区的弄堂一样，不可或缺。发端于五百多年前的胡同是这座城市的血脉和名片之一，它如同一本史书，记录了北京城历史的变迁，时代的风貌。胡同无论大胡同、小胡同、漫长笔直的、曲里拐弯的……直到今天，北京老市民还眷恋于这种传统的富有人情味的生活方式。而什刹海周边恰是北京保存比较完好的胡同片区，今天能得以与之邂逅，使我不禁感慨，这趟来得值，也算是意外的收获。

废名曾在小说《桥》一开始就写道：小林每逢到一个生地方，他的精神，同他的眼睛一样，新鲜得现射出一种光芒。今天在胡同里行走的我，就像小林一样，看什么都是新鲜好奇的，左顾右盼，盯盯这个，摸摸那个，对感兴趣的，便驻足不走了，掏出相机拍照留念。大概是我的行为太过于夸张，和胡同里的安静时光实在不大协调，引来行人的阵阵侧目。当然，我是没来过胡同的稀罕人，做这么出格的事，大约也会得到路人原谅的。于是，便只管一个人径自晃荡下去，寻寻觅觅，走走停停，全没有目的了。

此次偶尔闯入的烟袋斜街胡同，人气非常旺，是连接鼓楼和什刹海后海的捷径。胡同并不长，只有二百多米，呈东偏向西北走向，细长的街好似烟袋杆儿而得名，其名称在清《京师坊巷志稿》中已有记述。悠行于其中，一种老北京醉人的气息让人迷恋，间或还可听到老北京特有的几声吆喝，或者看到捏糖人这样的老北京传统手工艺。胡同两边聚合了大大小小的咖啡店、民俗店、火柴店、酒吧、画廊以及许多创意特色店，东西精致，多为中国传统的刺绣、木雕、风筝、字画、古玩等，洋溢着艺术与商业联袂联姻，同谋共生的氛围。而每个酒吧的装饰风格都很有特色，将传统与现代糅合得恰到好处，既有怀旧的亦有现代的，充满了浪漫情调。

逛着胡同，思绪飞驰，不由自主地联想起一些当代名人对北京胡同所寄予的深厚感情。冰心老人九十岁高龄时在《我的家在哪里》中深情地倾诉："只有住着我父母和弟弟们的中剪子巷才是我灵魂深处永久的家。"因为她"生平最关键，最难忘的发育，模塑的年光，印象最深，情感最浓，关系最切"的一段岁月，正是在这条不起眼的小胡同里度过的，在这里，她读完了中学和大学，并开始了文学创作，就连"冰心"这个笔名也诞生在当时的中剪子巷十四号。国学大师季羡林更是以质朴的语言表达了他对胡同的感情："我爱北京的小胡同，北京的小胡同也爱我，我们已经结下了永恒的缘分。"著名记者、翻译家、作家萧乾先生在回忆童年往事时，曾写过一篇散文《老北京的小胡同》——"我这一辈子只有头十七年是真正生活在北京的小胡同。那以后，我就走南闯北了。可是不论我走到哪里，在梦境里，我的灵魂总是萦绕着那几条小胡同转悠。"他笔下的北京小胡同，充满了烟火气息和人间的真情。旅居海外的著名作家林海音女士一直眷恋着她所居住过的胡同。她在《在胡同里长大》一文中这样写道："尤其在这些画片中，很多是画到胡同风光的，使我这自小在'胡同'里长大的人，不由得看着看着图片，就回到椿树上二条、新帘子胡同、西交民巷、梁家园、南柳巷和永光寺街这些我住过的胡同里去……"

可是，随着城市建设的不断扩张，在步步为营的高楼大厦和车水马龙的大街的紧逼下，一个无法逆转的事实——一些胡同很快销声匿迹，淡化在人们的记忆深处。而那些苟延残喘的胡同则无奈地被驱赶出原有的生活现场，只能退缩在城市的夹缝中苟且偷安，它们被切割的身影残缺而模糊，显得孤芳自赏、孤立无助、无所适从。当然，这不是它们的过错，而是历史前行的必然结果。如今，这座宁静幽深的城市已经变得吵闹不堪，声音从四面八方汹涌而来，人们为那些消失的胡同感到惋惜。

出了烟袋斜街胡同，经路人的指点，七拐八弯，进入前海西街，其十八号就是郭沫若故居所在，现已成为北京的一座经典坐标，旁边所立的碑铭显示为全国重点文物保护单位。朱红色大门正上方的"郭沫若故居"匾牌，遒劲有力，略带飘逸，系邓颖超先生的手笔。周恩来夫妇与郭沫若北伐前就是战友，故旧题识，颇为相宜。郭老于1963年11月迁入此寓所，在这里走完了人生的最后十五年。大型四合院里，随处可感的书卷气息，仍能让人想象出当年主人皓首穷经、奋发笔耕的情状。作为北京文化名人的坐标之一和北京四合院的"标本"，现在依旧保持着先生在世时的样子。但令人遗憾的是，由于时间的限制，我无法与这位集文学、历史、考古、戏剧、翻译以及社会活动等诸多领域于一身的文化大师进行面对面的深入"交流"。

左拐进去的胡同里，遗留着众多著名的王爷府：恭王府、阿拉善王府、庆亲王府等，虽是旅游淡季，但恭王府仍然游人如织。漫步其中，花园里古木参天，怪石林立，亭台楼榭，廊回路转，处处精致，不由得令人感叹过去达官贵人的奢侈生活。

一路行来，已感到饥肠辘辘，肚子终于抗议了，却一直找不到一家像样的饭馆。这时，路边一家卖烤番薯的摊位，大铁炉子里跳着火苗，烤熟的红薯散发出诱人的香味，很快激起了我的食欲，不由得怦然心动。烤薯是我童年中最佳美食之一，一直延伸直今，而这种吃法现在更多的是粮食富足之后的一种生活点缀。那就干脆节省下吃午饭的时间，挑了两只热乎乎的烤番薯。撕开刚出炉、焦香四溢的红瓤烤薯，就这样边品尝边逛胡同，也不失为一种莫大的享受。于是不再耽搁片刻，得充分利用最后一个小时的宝贵时间再逛逛胡同。之后，就要去赶傍晚回程的航班。

徜徉在这些大大小小、长长短短、曲曲折折，作为北京草根文化发源地的胡同里，陶陶然不知倦意。在冬天晴好的日子，随时可见一些消磨时光的老人坐在小凳上，悠闲地晒太阳、喝茶聊天，下棋看报纸；孩子们则尽情打闹嬉戏，场面显得温馨安逸，令人艳羡。当然，此次偶尔闯入计划外的胡同里，并与之邂逅，已让我觉得北京之旅不虚此行。

麻雀在阳台上叽叽喳喳的。三叫两叫地，就扰醒了我。看外面阳光灿烂，但依然雾气笼罩，预计至少是中度以上的雾霾天。儿子尚在酣睡中，周末，补觉自然而然成了他的最主要任务。

蹑手蹑脚来到客厅，信手打开电视，作为一名资深体育迷，坚持收看晨间体育新闻已近二十年，天天如此，雷打不动。今天最重要的赛事莫过于下午足协杯决赛的第二回合比赛。首回合，贵州人和凭借于海的两粒进球，主场2：0意外降伏近期战无不胜、并已手握亚冠、中超冠军的广州恒大，占得先机，强力外援埃尔克森、穆里奇分别由于红、黄牌累积而缺席，令恒大在锋线安排上更加捉襟见肘，天河魔鬼主场翻盘的概率无疑大打折扣，里皮如何调兵遣将将成为本场比赛的最大看点。妻子在旁不断地催促，给儿子留下便条，两人迅速赶往体检中心。

单位体检的第一天，我们捷足先登。人来人往的二楼体检大厅里，与不少同事不期而遇。内外科、心电图、血液检查等进展顺利，但B超室前却人满为患，穿粉色衣服、笑容可掬的导护小姐告知至少需要半个小时的等候。

B超室里，年轻帅气、态度和蔼的男医师很敬业，配合医师进行吸气、憋气、侧身、转身，告知内脏功能完美，已初显运动的成效，更增强了坚持锻炼的信心。体检完毕匆匆赶回家中，妻子马不停蹄地开始准备午餐，我则埋头处理一些家务。儿子已成为我们生活中的最大主题，周末一切都得围绕着他连轴转。

午饭后，妻子敦促着儿子去睡午觉。本学期伊始，学校将熄灯时间调整至晚上十时，一直习惯于早睡的儿子叫苦不迭。寄宿时睡眠的严重不足，只能通过周末有限的时间进行补充。下午一时，妻子不得不违心地唤醒仍在呼呼大睡的儿子，得赶科学培训班。

中午时分，城市的道路畅通无阻，准时赶到培训班。可如何捱过漫长的等候时间，成为横亘在我面前的一道难题。

最终选择去毗邻单位的城市滨水公园走一走。每天午饭后，我与几位同事都约定俗成地到这里保持散步的习惯。可现在，停车却颇为棘手，图书馆附近难以寻觅到一个合适的停车位。而停靠在广场边，则面临被执法局随时抄牌的可能性。如今，停车难、交通拥堵、汽车尾气污染已成为制约可持续性发展的一个瓶颈，给人们日常生活和出行带来种种不便，也成为每个城市所面临急需解决的难题。

偌大的广场显得空旷，残叶在冷风中飘零，脱去外衣的秃树显露出深褐色的沧桑。脚下满是仲冬的落叶。在这里，远离噪音和废气双重污染，阳光和煦正适宜闲适的散步。这种可以延伸思路和自我交谈的漫步，被我看成是一种放松与休闲。我沿着平时熟识的路径，随着脚步的延伸，不时蔓延出一些零碎的想法，这是一种看不见的精神流动，也是一种看不见的享受。

据说，康德老人也有散步的习惯，每天傍晚，他如同钟表的时针一样准确地出现在街道上，附近的居民甚至以他的现身来确定钟点。我无意攀附仿效伟人，我既与伟人无关也不可能做伟人，我愿意默默无闻地不被人关注地生活。

可今天，散步时似乎异常冷清，平时总会时不时邂逅周边单位来散步的人们。现在，仅有少数家长带着孩子，在阳光下溜旱冰、打羽毛球。除受近期雾霾天气的影响外，在周末，孩子们要忙碌奔波于各式各样的学习班，根本无暇让他们融入大自然中去才是最根本的原因。这个时代的孩子成了圈养的动物，他们缺乏玩伴，整天只能与电脑、电视这些生硬无趣的东西亲密接触，可谓当今教育一种莫大的悲哀和痛楚！

即使是阳光灿烂的中午时分，但远眺还是雾气一片。儿时，我们那晴空下碧透如洗的瓦蓝哪儿去了？蓝天上飘浮的朵朵白云哪儿去了？夏夜晚上抬头总能看到夜空的满天繁星哪儿去了？难道它们真地要被遗忘在污浊的霾气之中吗？这无疑与我们平时不重视"绿色"环保以及人类能源的无止境消耗休戚相关，也是大自然对人类饮鸩止渴的应有报复。令人悲哀的是，急功近利的大建设大开发却常常被解读为当局者魄力和毅力的所谓体现。于是，山被铲平、树被砍伐、农田被征用，生态被破坏……人类对大自然的所谓征服和改造，实质上是亲手将自己一步步逼向尴尬无助的境地，因此，人们再难从城市的身旁看到乡间的农舍风光，闻到餐桌上的食物散发出泥土的芬芳。我们只能躲在自家住宅的楼顶"克隆"农家小院，以便能够亲身感受一下农家的气息。经济在飞速发展，环境却在不断地恶化，这难道就是社会前行过程中所必须付出的巨大代价吗？归咎到底是谁的过错？对政府部门而言，治理空气污染已到了刻不容缓的地步。可目前，治理之路却仍然举步维艰，前景未卜，任重而道远。

一周来，最热门的词语非雾霾莫属，中国国土的许多版图，尤其是中东部，相继被锁入雾霾之中。偏居沿海的温州也同样难逃纠缠，终究"沦陷"。白天里，阴翳一片——这种白内障似的天气，最难将息。不少行人纷纷戴上口罩，甚至还有人居然使用当年抗击甲流的 N95 专业防护口罩，商场里的中低档空气清新器销量井喷，被卖得断货。用"十面霾伏"和"谈霾色变"来形容近段时间的天气一点也不为过。长此以往，雾霾天成为常态也不是一件耸人听闻的事。要想使雾霾立竿见影地实现"乾坤大挪移"，送来蓝天白云，人们无能为力，唯有静候消霾"神器"——"冷空气"驾到，才能使憋屈多日的能见度得到逐步地释放。

绕了两大圈后，脚力已显疲惫，便拐入市图书馆。偌大的五楼阅览室里座无虚席，许多孩子喜欢整天泡在里面，尤其在寒暑假，更是一"位"难求。窗明几净的图书馆总能营造出环境清静的良好氛围，适宜孩子们学习、阅读。可以预见的是，随着阅读形式的变迁，电子媒介将逐渐取代纸质印刷媒介。但我却一直偏爱纸质阅读，它是自己精神生活的迫切需要，对提高一个人的修养大有裨益。一本纸质好书就像一位好友，能够长久地滋润我们的心性。

阅览室里，漫无目的地翻阅着最新的期刊，时间稍纵即逝。我驱车赶至学习班时，儿子刚刚下课。在车的后座，他不断向我絮叨着科学学科的困难。进入初中，他的科学成绩始终徘徊在班级的中等水平，严重拖了后腿，我们对此爱莫能助，思前顾后，只能随波逐流。为面对应试教育的残酷现实，在宝贵的周末时间，送他去补习班也是言不由衷。

回家后，信手打开电视，足协杯决赛第二回合已进入下半时，于海上半时的又一个进球，客场以 1∶0 领先于恒大。看来，今年恒大超纪录的三连冠梦想即将破灭，反败为胜的可能性微乎其微，名帅里皮也将回天乏术。

今晚要参加妻表弟的婚宴，不能继续关注比赛了。当然有酒席，也使妻子省却了去菜市场的烦琐，更无须在厨房里的油烟绕身。周末，妻子总在想方设法地做出花样翻新的菜肴，让儿子大朵快颐，津津有味。

妻表弟结婚，使大家族得以相聚，我们一家子赶到酒店时，大多数亲戚均已落座，从杭州远道而来的姨妈全家也已提早抵达，互相寒暄后，静候婚宴的开始。

每桌摆着贵州茅台酒，前几年的五粮液到如今的茅台，婚宴用酒似乎又上了一个档次，一桌酒席动辄就要上万元，而"份子钱"起步价也已大幅度上升。现在的婚礼，讲排场、比阔气的奢靡之风依然盛行，甚至愈演愈烈，尤其在温州人的意识里，婚礼简直就是一场"阅兵式"，它检阅你的家底、人情。扎不了台型，起码也要跟住阵脚。结婚的高额开支已给不少家庭带来了巨大的经济压力和负担。

在众人千呼万唤和司仪的助威呐喊声中，新人和伴娘们终于隆重登场，虽然能说会道的年轻司仪总能渲染现场的喜庆气氛，调动客人参与的积极性，但繁缛的程序化仪式缺乏创意，让人看得有些昏昏沉沉，只是巴望着结束这冗长而烦琐的婚宴，早点打道回府。

午寐醒来，妻已带儿子去参加闺蜜的小聚会了。紧张学习忙碌之余，周末让儿子彻底放松一下也是理所当然。这样，大人间相互聊天，孩子们有玩伴，大家各得其所，也给我留下一个自由的空间。在这样一个平常不过的日子里，形单影只，如何排遣孤独方式，来"谋杀"这半天的空当？"偷得浮生半日闲"，可有时闲反而衍生出无聊，但我有事可忙，策划"三步曲"——看书、散步、购物来应对。

进入小寒，昨天的最高气温居然突破了二十三摄氏度，为70年一遇的同日最高值，这"春风拂面"的温暖虽仅是冬天里的一个小插曲而已，但仍反常得令人担忧。而近期发生在我国接连不断的全国性雾霾天气以及全球范围极端天气越来越频繁地显现，已给全世界敲响了环保的警钟，这也许是人类经济发展所必须支付的沉重代价。

阳台上，就着和煦的阳光开读刘荒田先生的散文新著——《两山笔记》，眼前伸手可及的地方是一杯刚沏的醇香绿茶，袅袅出清香。啜饮一小口，沉醉于书中进行潜心的阅读，这对于我这样一个喜欢清静并安于家中的阅读者来说，为生活中拥有如此的甘饴而感到韵味盎然，也不断勾起自己沉睡中的记忆和感受，我相信这样的阅读会有益于自己的身心健康。休息日难得独处读书，不想遭到叨扰，遂将手机调成静音，以卸去牵挂。

几年前，曾经在《散文》（海外版）拜读过刘荒田先生的几篇美文，记忆犹新，文笔清新简练，思想发人深省。前些天，在市图书馆社科阅览室的新书专架前浏览时，《两山笔记》的书名一跳进眼帘，我就莫名地激动起来，立刻从那摆满新书的书架中将它抽出，象征性地翻了两下，便欣喜莫名地借阅过来。书中篇什取材广泛，而生活中平凡景物如排队、散步、补鞋、买菜等亦占了不少的篇幅，充分体现作者对生活的热爱和观察的敏锐。一件件小事在他的笔下，总是有感而发且反思深刻。可谓一生功力写"寻常"，他以多情的笔，向广大写作者指示了另一条写作的"心法"。歌德曾说过："如果人目前只写一些小题目，抓住日常生活提供你的一切材料，那你总会写出一些作品来，这样每天都会给你带来快乐。"但一生浸淫在中美两种文化、经历两个社会、身处两种语境、心怀两种乡愁的刘荒田先生总能在大家熟悉的地方读出风景的哲学，在庸常中发现感动，写出别人无法写就的文字来，给自己带来快乐，也给读者带来精神上的愉悦。平时的柴米油盐最难摹写，日常生活最忌讳流水账，但在他的笔下，却能舒卷自如，信手拈来，妙笔生花，蕴含着对生活、社会、人性的深刻哲学思考，引人共鸣。

一个半小时的光阴转瞬即逝，新书已翻阅了近二分之一章节。换上运动服，准备散步。散步是从儿子上寄宿中学后开始，有时也与家人一道，但独自居多，因为妻子更喜欢宅在家中。散步如今已成为我的一种习惯和日常生活的重要组成部分，每天至少花上一个小时，大多数选择在空气清新的公园里，间或会沿马路不疾不徐地散淡行走，欣赏街景，观察人生百态，也不失为一种惬意的选择。

于是舍近求远，去九山二期公园。我平时极少来这里，大都把目标锁定在与家毗邻的景山公园。进入九山路，开始拐进一条狭窄的人行道。这条花岗岩铺就的人行道设在人工湖内河的栏杆和宽阔的绿化带之间，两米左右的宽度。一路上，年代久远的行道树遮天蔽日，是基本不间断的树荫，即使是盛夏，稠密的绿叶也能完全遮挡住太阳的照射，免去阳光的灼热之苦，雨不太大时穿行其下，都不怎么会湿身。小河的花岗石栏杆边，稀稀拉拉地倚靠着一些中年垂钓者，他们专心致志地盯着河面，一动不动注视鱼竿上浮标的变化，我也偶尔会在一个悠闲的钓鱼者身后站立片刻，看看有没有鱼儿上钩，然后继续前行。每当他们一有钓绩时，总会显得自得其乐，也常常吸引一些有闲情的路人们饶有兴致进行围观。

这条人行道好就好在地势低于马路，断然不会出现横冲直撞的汽车和摩托车，自行车也仅仅是偶尔下来，那是爱逞能的男孩子表演给大人们看的。在一个车满为患甚于人患的城市，保留一些场地让人轻松而愉快地行走其中，而不被喇叭和车轮所干扰，或者不会因反应迟钝而担忧挨撞，被驾驶豪车、不可一世的富二代所呵斥，这无疑是值得称道的。

当然，任何事物都具二重性，此处也不例外，这条绿道亦成了人狗共享之地。目光所及，随时会遇到一些牵着名贵宠物溜达的女性，显然，她们是有闲阶层，把自己的那份孤独、寂寞用遛狗来予以消解。此刻，宠物狗已被主人解除了牵系，恣意奔跑、追逐，还不时地在草皮上蹭磨、翻滚。因此，一不小心，行人还会踩上狗狗们留下的"杰作"——现成的一坨坨排泄物，令人沮丧。而一期公园西园的露天广场，一俟晚上，常演绎为狗儿们的派对场所，陌生的狗狗一碰面就会相见甚欢，喜欢在草坪上嬉戏打闹，从而占领了人们锻炼的场所。尽管有关管理部门三令五申，但仍是屡禁不止。

一路前行，映入眼帘的还有令人难堪的一幕幕：路边的一条条石凳上，横七竖八地躺着人，以凳为床打瞌睡，他们应该是无所事事的流浪汉或负责道路清扫的清洁工，至于睡相，当然是毫不讲究，也绝不介意任何人的偷窥，有点令人大煞风景。走在前面三个颇具美质骨感、打扮时髦的年轻女子，一个把喝光的牛奶盒随手扔在脚下，另一个一只手拿着甘蔗猛啃，另一只手放在口袋里，甘蔗渣呢？当然是从嘴里吐出，犹如天女散花般一路洒落，最后一个把金黄色的香蕉皮扔向绿化带，其实，垃圾桶就在她们的右前方，近在咫尺，把垃圾放进桶里，只是举手之劳，但她们却不，光鲜的外表与不文明的行为落差有些大。她们的过失自然小而又小，不好冠以破坏文明创建、丑化城市一类吓人的罪名，只是没有养成良好的习惯而已。

沿这条滨河小道行走十几分钟，绕过一个丁字路口，向西就拐入二期公园。公园建成仅有两年多。但现在已是人满为患，以中老年人为主，一群一群分门别类地选择了慢行、唱歌、跳舞、舞剑、打太极……还有一大群老人围坐在凉亭里，品茗聊天交流见闻，感怀岁月，那份适意，那份悠闲，着实让人欣慕。人造沙滩中，孩子们玩得不亦乐乎。"宅巷记忆"应是这个公园的最大看点，儿时宅院里的石磨、酒缸、酒壶、酒杯等再现于此，进入这里，宅巷的往事便情不自禁地扑面而来。

弯弯曲曲的小径上，一个一家三口很快地引起了我的注目，"新科爸爸"满脸微笑，小心翼翼地推着婴儿车，往车里探下身子，时不时轻捏孩子的小脸，一副慈父满足的神情。小孩子在车里不时挥舞着小手，"咿咿呀呀"地叫着。母亲跟随其后，手提一大包一小包，里面应该是奶瓶或者尿布之类的东西吧，全家显得其乐融融。但我很快在这个全市最大的门球训练基地驻足，悬挂着的鲜红横幅显示这里正在进行一场门球比赛，门球运动规则简单，轻松有趣，而且可以激发脑力，促进身心健康，因此，深受老年人的喜欢，目前已从纯粹的休闲娱乐走向了竞技舞台，在静动片刻之间，老年朋友正在享受着门球运动所带来的快乐，使健身场景与激烈的赛事相映成趣。

逛罢两圈，已是夕阳西下，信步踱到公交站牌前等候，崭新的站牌令人耳目一新。上了公交车，径直去超市，必须设法完成妻子交代的采购生活日用品的任务，作为凡夫俗子，免不了与柴米油盐亲密接触。好又多超市几年前已易名为"沃尔玛"，感觉又给洋人兼并了，其实"好又多"这个本土品牌，雅俗同赏，颇受百姓的欢迎，但更名的个中原因，外人是不太明了。购物（Shopping）现在差不多已国际化了，一音译为"血拼"，听上去有点暴力，我却特别钟情于另一音译"瞎拼"，音义兼顾，凸显了女性们购物的神韵。至于平时购物，我一直没有掺和的兴致，每次被妻子拽着勉强逛街购物，那是一件苦差。她都显得漫无边际，逛、看、试、比、算，动不动在一个商场上耗上半天，既心累又脚乏。特别是选衣服，妻子每次都会显得很纠结。因此，家中衣橱便有诸多甫一买下便弃如敝屣的衣物，但她仍乐此不疲。现在，儿子长大了，妻子有时也不再抓我的公差，我也乐得一路淡出，为能够获得解放而庆幸，让他们母子俩组成购物同盟，快乐地"瞎拼"去。

今天单独去超市，目的明确，直奔目标而去，力求速战速决，穿梭在货架上摆满琳琅满目的商品中，妻子交代的采买清单在脑子一一闪现，以快刀斩乱麻的速度照单购买、过秤。可不幸的是，周日超市下午的这个时段正逢购物高峰，里面熙熙攘攘，所有的收银台前均排起了蛇形长队，小半天才挪到前面。

走出超市，"谋杀"工程终于大功告成。返家的路上，不再步履轻盈，成了这样的状态——双手各晃荡着一大兜的购物成果，但依然取着闲散的节奏。回到家，妻儿也前后脚跟到，与久违的朋友相遇，应是聊得开心，显得一脸兴奋。

这就是我原味原汁的人生——半天没事找事做，并做到自得其乐。

儿子上寄宿制中学后，家与学校距离的增大，接送成为横亘在我们面前最大的问题。于是，买车事宜很快被提到议事日程上来。

之后，我们开始跑车行，看行情，经比较、筛选和朋友的推荐，又在巧舌如簧的车行销售顾问的热情煽动之下，一款自动档的上海大众三厢波罗新型轿车以其性价比高被我们相中，于是便以快刀斩乱麻的速度当场付款，然后提车、上牌等一气呵成，国庆节前夕，终于拥有一辆梦寐以求的自备车，从此宣告迈入了"有车族"的行列。

为确保早日顺利上路，2011年的国庆长假，全家没按惯例安排出游，总算不再为国家"添堵"。热心的老舅也自告奋勇充当免费陪练，伴我进行枯燥而漫长的道路练习。考取驾照多年，却一直缺乏上路的实践经验，必须尽快熟悉车的性能和交通规则，好在脾气佳又具丰富经验的老舅坐阵指导，五天后顺利"出师"，终于可以战战兢兢地独立上路了。

以车代步后，全家的生活轨迹开始改弦易辙，生活质量和工作效率得以明显提高，可意想不到的是，烦恼也接踵而至。

原先儿子对乘坐公交车参加培训班习以为常，现在突然间拥有一辆自备车，便动辄就要用车子接送作为要挟，加上妻子的一味纵容，无奈之下，在周末，我无可置疑成了儿子的专职驾驶员，得围着他团团转。学习期间，还得在培训场所的周围无事地转悠。从此，周末再也没有了自己可支配的业余时间，真是苦不堪言。

当然，妻子也同样显得不甘落后，平时喜欢宅在家里、偏爱电视剧的她开始了频繁的外出——恋上了逛商场，而购物时，则更加"变本加厉"，疯狂地往购物筐里扔。而我只能机械麻木地跟随在后，一小袋一大袋，一次又一次拎往车的后备箱里，扮演着搬运工兼司机的双重角色。同时，她也加快与朋友约会的频率。于是，往往在家中，当我尚沉浸在观看精彩的电视连续剧或处在写作、练书法的灵感中，一个电话便催促过来："老公，我已结束了，快来接我。"弄得我常常无可奈何。

交通堵塞已成为全球城市的一大问题，我所居住的城市自然也不例外。如今，市区的私家车保有量以令人难以置信的速度剧增，据去年交通部门不完全统计，市区日增汽车量已逾百辆，今后，这个数字肯定还会呈直线上扬。开车不文明、道路不通畅使路阻成为家常便饭。而自己平时用车仅局限于上下班，这又恰逢开车的高峰期，自然便是连绵不绝的车堵，经常寸步难行，似蜗牛爬行。因此，开起车来得格外地谨慎小心，用"眼观六路，耳听八方"来形容一点也不为过，因为不少车辆不能很好地"自行其道"。车水马龙的道路上，到处可见贴着"实习"标志的"菜鸟们"磨蹭龟行。而一些豪车经常毫无顾忌地从左右呼啸而过，不得不退避三舍，逃避其锐利的锋芒，对此，我只能奉行"惹不起、躲得起"的信条，万一发生刮擦，那可是得不偿失。弄堂口三轮车不断斜穿而出、行人随意横穿绿化带、自行车突然转弯现象更为常见，而摩托车主时刻伴随在两旁，往往开得比汽车还快，当然还要提防技高一筹的出租车和个别私家车司机从后面突然呼啸着超车而过，这些都弄得开车时心烦意乱。因此，平时上班期间，有时，我干脆将新车停歇在车库里，而重新推出那辆满是灰尘的自行车，这样既能确保准时上班又能节省昂贵的油费。可同事和朋友一瞧见，又会打趣地开起了玩笑："怎么还开着宝马上班，"面对他们的冷嘲热讽，自己只能以锻炼身体为由来予以搪塞。

当年，驾照的移库考试非常幸运地过关，还是在教练的机智协助之下。于是，停车便成了开车时的最大麻烦，尤其是令人发怵的倒车。第一次开车去单位，遂积极采纳了朋友们"早出晚归"的策略，可是没想到，尽管比平时提早了半个小时，虽然路上畅通无阻，可到了单位，却发现早已没有了车位，真是天外有天，山外有山，想象不出同事们是如何安排他们的作息时间。之后，吸取教训，更早出发，到了单位，就直冲车库，这一回终于有车位了！可狭窄逼仄的车库却成了我停车的最大考验，尽管工作人员经验丰富，并进行"一对一"的贴身指挥，却足足花费了近一刻钟的时间，才使我的新车顺利进入预定的立体停车位。可在倒车的过程中，尚不成熟的倒车技术，手忙脚乱之中，一不小心，新车前部的引擎盖处就被重重地刮擦了一下，自然心痛得要命。因此，到单位就再也不愿停在车库里，既减少停车的麻烦，又可节省宝贵的时间。

于是，与单位毗邻的周边道路便成了我停车心仪的地方，但是，这些"公共资源"自然被有车族们所共同觊觎。可每次去那里，常常要兜上几圈，当然也期望有一个位置能成为"漏网之鱼"，若能幸运地觅到一个空车位则往往感到欣喜若狂，便将车小心翼翼地塞进去。

一次到达单位，远远望去，道路边已没有了车位，只得在周围瞎转，等候时机，突然发现左侧正好有车开走，不由地喜出望外，急踩油门，可一抬头,却发现对面已有车过来,顿时,两车顶住并僵持在那里,前后左右都很挤,我顿时不知所措。可一会儿,后面的喇叭声已是此起彼伏,我使出浑身解数,进进退退,依然不见成效,无奈之下,只能把两边的后视镜合上,终于,一辆辆私家车从后面相继挤过,不时有司机扭头用鄙视的眼光扫射过来,令我无地自容。于是,我只得当机立断放弃这个车位,将车泊在更远的位置。不然就会上演一场"肠梗阻"。

一个盛夏的周末中午,回到家,远远看见树荫下有一空位,一阵狂喜,马上加足马力,向目的地冲去,突然,却见一辆私家车风驰电掣般地从后面冲了过来,快速超越,退——拐——停,立马梦幻般恰如其分地停在车位上,看得我目瞪口呆——好帅气的动作!面对此情此景,我没有因为车位被抢而懊恼,反而为如此精湛的车技而喝彩,是真心诚意地佩服呀!停车,需要智慧的头脑,需要敏锐的双眼,需要精湛的技巧,还需要不错的运气,如果停车有一套,那么你就是有车一族的骄傲。

自开车以来,自己好像患上了停车焦虑症,每当行驶在路上,见到空车位时就会心跳加快,有种立马过去停车的冲动,看见别人停车,也会想着若换成自己该怎么停。走在路上,会不自觉地多了一个心眼,先观察附近何处有停车位,倘若发现满满的一堆,则会变得愁眉苦脸,唉,没处停车啊!却突然发现,自己今天根本没开车,简直是杞人忧天。

最近,城市的交通部门将出台史上最为严厉的停车严管创建活动,提倡市民文明有序行车,对违停的车辆予以罚款扣分、拖车、锁车、抄告等严厉的措施,这回确实要动真格,我觉得自己的焦虑又要升级了,本来城市就寸土寸金,免费泊车位少之又少,对于没有停车位的我又将是一个不小的考验。

有车之后,烦恼更多,于是更加怀念无车的时代。心中感叹:无车真好!

　　2004 年的夏天，单位组织先进赴张家界疗养。五日的旅途中，留在我脑海中印象最深的不是张家界宜人的景色，而是旅游购物的种种场景。

　　旅程的最后一天，我们一行在游览黄石寨风景区后，地陪覃导按惯例又安排了一处购物点，并极力推荐说这是当地最著名的一家经营珠宝、玉器的大型综合商场。尽管大家早已厌倦了接连不断的购物活动，但也显得无可奈何。

　　商场外人来人往，熙熙攘攘，夹杂着不同的语言和各色方言，除来自国内各地旅游团队外，还有不少日韩游客。旅游对国民经济消费的拉动凸显无遗。与商场一位领班嘀咕了一番后，女导游便在外悠然地等候，不再口若悬河。导购小姐开始给我们每位团友依次分发团购证，说凭证可享受优惠价。当那位领班得知我们来自浙江温州时，马上笑逐颜开，忙介绍自己的老板也是温州人，这几天恰好在此，请大家稍等片刻，她马上把老板请出来，与我们见见面，聊聊家常。

　　过了一会儿，一位四十多岁、敦敦实实但笑容可掬的中年男子从里面出来，见了我们，不停地赔礼道歉："不知老乡驾到，有失远迎。"转身马上吩咐服务员，将我们这一群"老乡"带到他现代气派"奥菲斯"旁的会客室，泡上一壶好茶来招待，并就此拉开话题："既然老乡难得来一趟，今天我就不做生意了，专门陪你们，反正大家已没有其他景点的游览安排，咱们可借此机会多聊聊。"

　　言谈中，老板提到自己小时候出生在温州平阳，六岁时就离开家乡，长大后开始跟随父亲经商，并继承了乃父的衣钵，凭着自己的锐气和精明，将事业发扬光大，现已在北京、上海、广州、杭州几个大城市设立了珠宝商场，而在全国风景区中仅仅开设了张家界一个分店，主要是看中了张家界这块风水宝地，因为这里外国的游客很多，特别是日韩客商，也就意味着无限的商机。每隔几个月，他才来一次，可这次却能在此遇到家乡的客人，真是缘分匪浅。他还说起自己的一位姨妈至今仍居住在温州的郊区。从其话语中还时不时提到了望江路、江心屿、五马街等地，对温州的一些情况也讲得头头是道，还能蹦出了几句简单的温州话，一时间也拉近了彼此之间的距离。接着，他又同我们谈起张家界的历史和风土人情，如此天南地北，海阔天空地闲聊着。

半个多小时后，套完近乎，老板便话题一转："这样吧，既然来到了张家界，我想，大家也不愿空手回去，现在带你们去看看正宗的缅甸玉。在这里，我也跟咱们老乡摊个底，只有遇到你们，我才拿出货真价实的上等佳品，而且价格上决不忽悠大家，我就做个保本生意，也就是所谓的跳楼价，咱们老乡个个见多识广，也去过其他大城市和风景点，肯定了解当地的购物行情，一般货品的优惠价只有七八折，至于老乡，肯定会给你们最实惠的价格，"他变戏法似地竖起食指："一折，够便宜了吧！"说者无心，听者有意，大家不由得怦然心动："老板别聊了，马上带我们去看看。"一些女同胞已经不住老板的煽动，更是跃跃欲试。

这时，老板脸上开始露出一丝诡异的笑容，立即吩咐服务员把店里最好的玉器拿出来"款待"我们。"今天，我还要亲自当一回服务员，给大家传授玉器的速成鉴别方法，使你们在今后购物中不会上当受骗。"他从服务员手中挑选出一块玉佩，信誓旦旦地说："你们看，这是一块纯正的缅甸玉，玲珑剔透，标价八千八，虽价值不菲，但却为馈赠女性朋友的最佳礼物，佩戴起来不仅漂亮大方，还具明目养颜安神的功效。"见我们领导开始动心了，便在一折的基础上又降至五百元，对此，领导深信不疑，掏钱就买，并且一再要求老板继续推荐。在领导的带动下，女团友更加活跃，开始争相购买。老板则在一旁笑眯眯地提醒大家，要在购物单上给他签字，这样就可到服务台上享受一折的特惠价，因为其他顾客根本无法享受到这样的待遇。我和几位男同事由于没有购物的兴趣，便上车静候。

一个小时左右，才见女同胞笑盈盈地带着大包小包满载而归。坐在旅游车上，她们互相欣赏着，议论纷纷，说这个要送给先生，那个则是给女儿的礼物，还异口同声地说不虚此行。我也顺手拿来玉器，但看不出有什么特别之处。过了许久，才见女导游满面春风从商场出来，一打听，我们整个团足足购买了近两万元的玉器，而领导更是出手阔绰，总共花费了近三千元，有项链、玉坠等玉器，准备分别送给太太、孩子以及亲戚朋友。于是，大家都在起哄着领导可能平时没有表现的机会，今天自然要大出血了。

傍晚，车子抵达省会长沙，正巧在酒店里遇到了另一拨的温州旅游团。闲聊之间，说起上午购物的经历，该团一位经营珠宝的温州老板要求大家拿出东西，给他鉴别一下。可得出的结论却给所有女同胞兜头浇了一盆冷水——这根本不是正宗的缅甸玉，只是一般的玉器而已。而真正的价值还不及所谓跳楼价的十分之一，真是利润丰厚，大家完全被欺骗上当了。这哪里是什么老乡，他是遇到什么地方的人说是什么地方的老乡，当然，他更是利用了大家所谓的老乡和特惠价的心理，又充分了解温州人向来出手阔绰的特点，学会几句简单的温州方言，知晓温州的一些风土人情，故此在游客身上做足文章，使大家轻易地掉入了购物的陷阱，被磨刀霍霍恭候多时的"老乡"老板大放血。

于是，女同胞开始你看看我，我看看你，个个面面相觑，连呼上当受骗，而我们几位少数没有购物的则暗暗感到庆幸。

　　刚刚结束了清明假期的福建青云山之旅，一回到家，就接到母亲心急火燎的电话。父亲因伤风感冒引起的持续咳嗽一直未愈，还引发了肺部感染，希望到市区医院就诊。母亲电话那端的话语明显掺杂着对当地医疗水平的担忧。

　　于是，我马上联系在附二医工作多年的一位朋友。朋友去年已荣升为一热门科室主任，为人热情厚道，答应立即为我联系一位好医师。

　　周三上午一大早，抵达附二医时，离正式对外挂号尚有半个小时，可门诊大楼的一楼大厅早已人山人海，每个窗口前均排起了弯弯曲曲的长龙，我急忙占据一席之地，耐心地等候。自附一医迁至南白象新院区后，更多的市民便选择来此就医，毕竟从市区去附一医新院路途遥远。长长的队伍中还随时可见来自各县甚至邻市像台州、丽水前来求医的人们。

　　不久，堂弟将父母接到医院。八点，上班时间一到，候诊的人们如潮水般地涌向各科诊室。可年轻的导护小姐却面无表情地将他们一一挡在通道口，提示大家务必看清大屏幕所显示的就诊序号，每个诊室只准容纳三位患者。经再三交涉，才允许我们进入诊室。医师桌面的病历本已摆了一大溜。因为有了朋友的关照，呼吸内科主任破例为我们先行开诊。对此，我心中不由得感叹，在这个充斥着熟人关系的社会里，人际关系的重要性不言而喻。母亲在旁边不停地向主任医师诉说着父亲的病情，但主任医师还是微笑着例行公事——开出化验单：拍胸部 CT、血液化验。

　　到医院就诊，如今动辄就要进行血液化验、拍片等系列的常规检查。过去的医师往往通过望闻问切的诊病方式来看病。现在，医师们则大量依赖于现代化医疗器械提供的检查数据。

　　赶往一楼时，化验窗口前已是乌泱乌泱的人群，不像医院倒像庙会场所。刷卡取单，排在长长的队伍后面，终于轮到了我们。待一切准备就绪，没想到一脸严肃的护士又冷不丁冒出话来："吃过早餐没？""多久了？""不行，饭后三小时才能抽血。"

　　无奈之下，我们只得先去 CT 室。记忆中的 CT 室就位于门诊大楼的后幢，可不知何时已搬迁至马路对面的急诊中心。于是得通过院内专用电梯，再走地下过街人行通道。幸好医院科学合理与人文关怀有了提升，一路水泥地红黄两色清晰画出指示路线，不必再不断乱找开问，顺着指引前行即可。

左弯右拐终于找到 CT 室。刷卡登记，等候期间竟邂逅了一位久违的同事。寒暄之下，得知离开单位已有十年之久的他现在生意做得风生水起，而且有了一对可爱的子女，女儿就读小学四年级，儿子刚上幼儿班，谈及儿女，他的脸上洋溢着幸福感。

二十分钟后，父亲进入 CT 室，检查过程并不繁复。问窗口："何时可取片子？"工作人员抬眼扫来："半个小时。"估摸着时间差不多到了父亲可抽血的时间，两人又匆忙返回化验窗口，重新刷卡排队。

一楼大厅里，时可见手捧鲜花或果篮以及带着礼品的探访者穿梭而过。其中央正逢温州首家甲状腺、乳腺疾病诊疗中心开诊仪式，使本已人满为患的大厅显得更加拥挤嘈杂，院长正容光焕发地对着话筒接受各方记者的采访。

九时半，父亲终于完成了抽血。我又马不停蹄地重返 CT 室取片子。可三张血液报告单需分段取，时间不等，而最后一张生化报告却要在下午二时，可挨到下午结果全出来，预约的主任医师早已不当班，咋办？

于是，四人枯坐在四楼诊室外走廊的连椅上，堂弟与父母有一搭没一搭地聊着。一大早，热心的堂弟特地将父母从老家接送到医院，免除了我长途驱车之累。这时，我才有意识地端详起父亲来。上次去老家，已有三个多月，不知不觉中，父亲似乎苍老了许多，也许一个人的变老，是一个逐渐、缓慢的过程，时光对生命的蚕食也是在不经意间，岁月真是无情！父亲本是一个脾气平和的人，乐观豁达，能吃能睡，身体一直健康，每次体检，每项主要指标都在正常范围内。去年四月份，全家偕父亲同游大罗山，一路徒步行来，父亲健步如飞，其速度甚至更胜一筹，自诩为登山高手的我竟然只能勉强跟上他的脚步，使我对他的身体充满了自信，倒是对身体时好时坏的母亲一直忧心忡忡。可经过近一个月的咳嗽折磨，现在的父亲精神委顿，面容憔悴，声音嘶哑，额头的皱纹不断加深，头发更加稀疏，不时地咳嗽着，走路也显得迟缓了许多，腰背更加伛偻。刚才去 CT 室，一路上，我得不时地放慢脚步，否则父亲就落在后面，看着这一切，我就有一种刺痛般的感觉！迈入成年的我却忽略了对年逾古稀的父亲的关心，真是粗心大意了，现在他应该成为我最需要惦记照料的对象！母亲素不经事，此刻的她显示出一种孩子般的紧张和烦恼，一副大祸临头和沉重不安的样子。为了宽慰母亲，我和堂弟不时地转换着话题，从旅游、微信到教育，东拉西扯地闲聊着，气氛才逐渐开始轻松起来，她的心情终于有所好转，饶有兴致看着堂弟手机微信里所展示的一张张照片。

去年上半年，为了尽孝道，曾接父母到市区家中小住，可他们一辈子生活在农村，生活方式、人际关系都已经固定化，来到一个陌生的城市环境，生活在逼仄闭塞的空间里，没有谈得来的朋友，很不适应周边的环境和生活设施。不到半年，尽管我们百般挽留，他们还是执意回到了老家。尽管老家与市区只有一个小时左右的车程，但那里毕竟有他们熟稔的生活环境。

每一次等候就诊都是学习忍耐的功课。中午十一点半取到第二张报告单时，父母已按捺不住了，要求我带着 CT 光片和两张报告单征询主任医师的意见。主任医师终于同意可以看病。他显得非常敬业，也很谦逊，详细地询问了父亲的患病经过后，便将父亲之前的 X 光片贴在读片夹上反复"阅读"，又要求助手将刚刚出炉的 CT 光片在电脑中反复地缩小放大，进行对比、分析，看过片子又看单子，末了向我们娓娓道来：虽然还有咳嗽的症状，而且肺部仍有轻微的感染，但已朝着好的方向发展，春季本身就是咳嗽病易发季节，尤其是老人，完全恢复需要一定的时间，建议父亲休息好，多喝开水，再口服一个疗程的消炎药，继续打几天吊针应无大碍。这时，一直愁眉不展的母亲终于宽下心来。是啊！医师这个职业令人尊敬不是没有道理的，他们天天要面对病人这个特殊群体，面对生老病死这些非常规事件，职业需要他们具备天使一般的心灵、上帝的悲悯情怀、强烈的责任感以及强大的耐受力。医师的一句话，一个眼神，一丝表情，都可能在脆弱而敏感的病人心里掀起巨大波澜，他们必须时刻注意自己的言谈举止，对病人既要有深切的忧患之心，对自己又要有强韧的抗压排忧能力，这也许就是一位好医师所具备的医德吧。可现在医患关系日趋紧张，我想，作为患方，应该多多体谅医师的难处。

中午十二时，终于迈出了医院的大门，母亲依然不放心，叮嘱我务必再来一趟取生化报告。可普通的咳嗽病，却用了整整一个上午的时间，而且还是在托人走关系的前提下。普通病人上医院看病难由此可想而知。

上篇：悼舅父

很多天来，心中一直颇不平静，舅父离世，在我的生命里又缺少了一个疼爱我的人。我常常回想起他的音容笑貌，以及在外婆和他佑护下度过的温暖的童年。总想对他说点什么，却又无言。大悲无泪，大恸无声。直至舅父去世整整一个月之后，我终于打起精神，在电脑前断断续续地敲下这些支离破碎的文字，唯有以文代哭排解去深切的悲痛，不安的心仿佛才会有所平静。

外公英年早逝后，外婆一直守寡，用柔弱的身躯含辛茹苦地拉扯大三个年幼的子女，母亲为长女，下有一个妹妹一个弟弟。舅父与共和国同庚。小时候，作为家中的独子，外婆对他爱怜备至。外婆去年秋天以享年九秩有六的高寿辞世，应是寿终正寝。

仅有小学文化的舅父，聪慧勤奋，为人正直，先后与朋友共同经营过多家企业，一直合作亲密无间，生意做得风生水起，从白手起家，直到将家庭打理得井井有条，对外婆更是懂感恩，行孝道，街坊邻里对他无不交口称赞。

幸福本可在平淡的日子中不经意地流逝。可天有不测之风云，外婆弃世的第四天，舅父感到胃部不适，一直以为操劳外婆的丧事引起的过度疲惫，未引起重视，粗通医学的他还自配制了中药服用，后又去诊所打吊针，仍然不见疗效。

在家人的一再催促下，舅父才去当地医院就诊，医生建议拍 CT，后又要求进一步做核磁共振。一纸诊断书无情地宣判为胰腺癌晚期，结果令人意外而且震惊。

面对一份生死攸关的"判决书"，一向坚强的舅父显得很坦然。他以积极的心态配合治疗，经一位在上海工作多年并沾亲带故的乡邻的帮助下，舅父于 2013 年 10 月中旬开始踏上了漫长的求医之路。

之后，大表弟从上海陆续传递而来的信息——已联系好当地一家知名肿瘤医院里的一位医学权威，并确定治疗方案，开始化疗，病情也日趋稳定，使我对此充满了信心。

上海化疗周期的间隙，舅父回到了老家。春节前夕，我和妻子前去探望，舅父还专门到楼下接我们。他依然谈笑风生，只是由于化疗所带来的副作用，稍显疲劳。聊天期间，他连续接听了几位朋友的电话，从不时爽朗的笑声中根本看不出是一个患有绝症的人。他也不避讳与我们谈死亡的问题。他说，死亡是不可抗拒的结局，人生在世，生老病死的自然法则，大多数情况不能由自己做主，人人都必须臣服于生命的铁律，生命终有聚散，离别总要发生。一个人死了，会给家人带来悲痛和变故。死亡亦是人生的必然归宿，但死亡对死者来说，也许是一种解脱。一个人来到这个世界上，时刻都要准备着，那就是应付灾难。人生最后的驿站，虽然每个人行走的方式是不一样的，但最终要殊途同归。对于死亡，舅父理解得很透彻。面临着履凶步险、早已定性的疾患，他说，只要存在一线希望，即使是渺茫的，就不会轻言放弃，体现出对于病魔的不屈服和生命的渴求，舅父的达观坚强和平和淡定深深地感染了我们。

谈话中，他流露出最大的忧虑是担心自己时日无多，让他最牵挂的人是舅母。四十多年来两人相知相契，相濡以沫，当初最艰难的日子已经挺过来了。现在，三个子女均成家立业，事业有成，每个家庭日趋幸福和殷实。但却让舅母遇上命运中的这等劫数，而且整天还要让她为自己操心担忧，让舅父感到很对不起舅母。而罹病的日子里，亲人、朋友时常来探望，在舅父最虚弱、最要倚傍的时刻，亲人的牵挂、朋友的关怀，他们把所有的关切一并送来。舅父说，我不能骤然倒下，否则怎么向大家交代？

可舅母的焦灼却明显地写在脸上，一直显得哀忧不安，是啊！她所承受的压力和内心的煎熬可想而知，至今还一直无法接受这个残酷的事实。在她的心目中，舅父的身体一直健朗，生命中遭遇这次不可抗拒的坎儿。对她而言，不啻于一记极其沉重的打击。对此，我们安慰舅母，天无绝人之路，要相信现代发达的医疗技术，肯定会有办法。

春节后的两个月，接到母亲的电话，说舅父已转到温州肿瘤医院进行后续的治疗。由于在上海化疗效果不佳，遵医嘱要进行放疗，考虑到两地来回奔波的不便，舅父最终选择回到了家乡。

得知消息后，我急匆匆地赶去探视。穿着蓝白条纹病号服的舅父倚在病榻上，边打吊针边与坐在床沿的我推心置腹地聊天，聊了很长时间。交谈中，他依然保持着乐观的心态，还一直安慰我不用牵挂他的病情。

之后，父亲由于咳嗽引发的肺部感染住院治疗，我一直忙于照顾父亲，没有时间再去看望舅父，但依然与他保持着密切的电话联系。

记得半个月前的最后一次通电，舅父仍然反复地叮嘱我务必要照顾好父亲，毕竟父亲年事渐高，恢复得慢。但从电话那端可以听出，通话时，他的声音已显虚弱，疲惫感凸显无遗。

此后，从母亲嘴里又断断续续地听到了舅父的身体每况愈下，病情正在向不可逆的方向发展——原先健壮的身躯被疾病折磨得形销骨立、进食已显困难、病区时伴有剧烈的疼痛感、体质迅速衰弱、四肢软绵得再也无法下床……

我清楚地记得，那是六月下旬的一个中午，在食堂准备就餐时，我的手机骤然响起。在手机里，母亲哽咽着说舅父已于上午溘然离世，奇迹没有出现，天不遂人意，与病魔顽强抗争了八个多月的舅父离这个黑白交错昼夜循环的世界而去，离开了对他无限眷恋着的亲人们! 无情的病魔还是夺去了他的生命! 噩耗传来，虽然我早有心理准备，但突如其来的消息还是令人猝不及防，一阵撕心裂肺的疼痛不由得袭来，拿着手机，我一直愣在那里，心情久久不能平息下来。

下班后，我心急如焚地驱车赶往舅父家。堂屋已搭起了灵棚，亲戚朋友陆陆续续前来吊唁。到处是花圈、挽幛。教会唱诗班的清唱音乐不时在空中回荡，气氛悲凉肃穆。因为外婆一生笃信基督教，这也是舅父生前的选择。舅父安详地躺在鲜花环绕下的灵堂里，脸颊干瘦，脸色蜡黄，永远阖上了眼睛，一副失去温度、不再有表情的面容。此时，疲累的倦容刻写在舅母的脸上，她拉着我的手，显得痛不欲生，抽噎着诉说："他怎么说走就走，走得那么突然，竟撒手人寰狠心撇下我一个人而去，我该怎么办?"舅母一直唠叨着舅父在世时的种种好处，倘若舅父的生命能再延续几年，多陪伴陪伴她，她就心满意足了。但现实却偏偏无情地击碎了她的梦想。

八十二岁时，年迈的外婆不慎摔伤了胯部，高龄风险太大不宜动手术，只能进行保守治疗，从此足不出户。外婆生命中最后的那几年，衰卧病榻，舅父一直予以悉心照顾，并恪守"父母在，不远行"，一心一意尽孝心，陪伴在他母亲的身边，本来家庭殷实而美满的他们完全可以过上颐养天年、含饴弄孙的清闲日子，安享晚年——出去看看祖国的大好河山，但他却没有做到! 直至今日，他未能实现带舅母出去旅游的梦想，留下了终生的遗憾。陪伴着怵切哀伤的舅母，看她悲痛欲绝的样子，我爱莫能助，只能默默地劝慰，逝者已矣，要做到节哀，保重身体。

与两位表弟在一起时，我再三吩咐他们一定要照顾好舅母。为了燃起舅父生的希望，半年多来，兄弟俩带着父亲东奔西走，四处求医问药，辗转于大城市的一些著名医院，寻求中医用中药进行配合疗法，甚至还遍访民间草药偏方，千方百计找膳补的方子。但面对强大的病魔，最终还是回天无力。其实，他们已经尽到为人之子的责任，做到问心无愧！表弟说今后一定会接母亲住在自己的身边，多花时间陪伴她，多带她出去行走散心，他们都显得很有孝心，令我倍感欣慰。

至此，我的心中不由得升腾起一种歉疚感。自外出求学、就业以来，与舅父见面的机会日益减少。成家立业后，也只有在春节期间携全家礼节性地去一趟他家。舅父总是一如往常地热情，嘘寒问暖。而近几年，我总以外出旅游过年为缘由，我们见面的次数屈指可数，甚至延长到两到三年一回的频率。可如今却与舅父已成永诀，永远天各一方了！一切为时已晚，再也见不到亲爱的舅父了！

出殡那天，我特意陪着披麻戴孝的两位表弟进入火化房，亲眼目睹舅父的遗体被工作人员通过操作台缓缓推进了熊熊燃烧的高温焚尸炉内，不到一个小时已化为灰烬，不由感叹生命之短暂无常。大表弟终于打破了难捱的沉默，含泪向我叙说起舅父临终时的细节，弥留之际，舅父在遗愿中要他们照顾好舅母。在舅父生命进入倒计时的最后时刻，子女们轮流陪伴他走完了生命的尽头。舅父走了！刻度定格在甲午年五月二十九日上午九时！他是在两个儿子一个女儿的守护之下，安详而逝，没有痛苦。这也是对在乡邻中有着很好口碑的舅父的最好回报吧。听他的主治医师说，胰腺癌晚期能挺过八个多月，已经算是医学上一个不小的奇迹了，我想，这可能是与舅父乐观豁达的心态、舅母衣不解带地护理、三个子女的拳拳孝心有关。

安息吧！舅父，天国是没有痛苦的。

亲人会念想你。朋友会念想你。我会念想你。

下篇：温网·决赛·费德勒

深夜，妻儿早已进入梦乡。我却依然守候在电脑前，观看温网男单决赛的视频。费德勒上一次进入大满贯的决赛要追溯到两年前的温网，他成就了个人的第十七个大满贯，创造了网球史上又一个新的里程碑。

其实，作为一名忠实的"费粉"，关注他已有十年之久，欣赏他那全面稳定的技术，华丽积极的球风，绅士优雅的形象，更折服于他身上散发乐出一种永不言败、永不放弃的优秀品质。今年以来，随着年龄的增长，费德勒却继续逆时针地拨转着运动生命的时钟，而拍面加大的新球拍（98D）加上名宿级新教练埃德博格的加盟助阵，渐渐在他的身上产生了神奇的化学反应，重新焕发了新生。而在横向移动能力不可避免地衰退后，他开始尝试更多地进行纵向攻击，以更快地结束分数，也已屡见成效。

本届温网，他一直打得顺风顺水，半决赛，面对冉冉升起的"90后"加拿大新星拉奥尼奇，更是用一场摧枯拉朽的教学式胜利进入自己的第九个温网决赛。而对手塞尔维亚的德约科维奇在通往决赛的道路上则表现得跌跌撞撞，没有参加草地的热身赛而直接"空降"温布尔顿，后几轮更是场场惊险过关，今年的澳网半决赛负于瓦林卡、法网决赛再输纳达尔、最近六次打进的六个大满贯决赛只赢了一次……从而使他们的第35次对决更充满了悬念。

就在媒体和球迷们认为草地将是瑞士人在职业生涯末年增添大满贯最切合实际的场地类型时，结果却令人大跌眼镜。决赛中，虽然两人鏖战五盘，成就了一场跌宕起伏史诗般的巅峰对决，尽管第四盘在二比五落后时被费德勒成功挽救，将比赛拖入决胜盘的事实，但可以说，费德勒在发挥出色、技术全面、火力全开、更重要的是年轻了六岁的小德前没有充分地发挥出自己的水平，不幸成了"接盘侠"，收获了苦涩的第八个大满贯亚军。而德约科维奇最终以中规中矩的表现，毫无心理波动地拿到了第二座温网冠军宝座可谓名至实归，并顺势实现"大四喜"——第二个温网冠军、重返世界第一、结婚、迎接爱情结晶的诞生，成了最为幸福的人，也终于用等了很久的冠军来抚平今年澳网和法网相继失利的伤痛。由此可见，二十七岁的德约科维奇退役前大满贯数量抵达十座，应该不是奢望。

男单决赛时，不少"费迷"喊出了"NOW OR NEVER"（时不待我）来激励心中的偶像，颇有壮士一去不复返的悲壮。"奶粉"们还顺势打出了"8、18、80"的标语，意即用温网第八冠、大满贯第十八冠、单打冠军第八十冠来看好心目中的英雄。尽管事与愿违，与最理想的结果擦肩而过，没能在草地上再次实现加冕。但无论媒体还是球迷们，依旧把最美丽的词语毫不吝惜地留给了费德勒。

在竞技体育中，上宾只能是冠军，电视镜头、震耳欲聋的欢呼声和成色十足的奖杯都是为他们准备的，这一切似乎天经地义。可输球的一方反而得到更多的赞美，这种看似有点荒唐的事情，可只要配得上"费德勒"的名字，一切都显得顺理成章。无论输球还是赢球，在球迷的心中，"瑞士天王"费德勒都成为奇迹的缔造者。上一个十年，他用天赋震撼了世人；而这一个十年，他又用执着感染着球迷，也许这正是费德勒的魅力所在。

在决赛的新闻发布会上，一向显得十足自信的费德勒以确定的口吻表示："过去的两周让我坚信，未来我仍能成就许多伟业。"他在决赛中发挥谈不上绝好，尤其是前三盘无力破发令人失望，听到这样的话，反而让人有一丝暗暗的庆幸——毕竟，如果他自称发挥上佳仍无力夺冠，那才是年华老去的更大悲哀。

其实，在如今新人辈出的男子网坛，进入"30后"时代、作为两对双胞胎四个孩子父亲的费德勒，距离当年"华丽地赢球"的画面已越来越远了，年龄越来越成为费德勒试图轻装前行的负担，如今的他早已不是那个不可战胜的神，而是一个会经常失败的平凡人，换句话说，他已不可避免地进入职业生涯的暮年，走完了一个无法回去的青春。英雄迟暮、年华易逝是一个不争的事实。我想，球迷们不可能对他们心中的偶像求索无度。因此，还能享受到三十三岁"高龄"的他与正处于巅峰状态的小德进行对决，对广大的"费丝"来讲，已是一种难得的福气和幸运。

曾读过刘墉的《方向》——"你可以一辈子不登山，但你心中一定要有座山。它使你总往高处爬，它使你总有个奋斗的方向，它使你任何一刻抬起头来，都能看到自己的希望。"对此，我一直深以为然。其实，这一点体现在费德勒身上最为恰如其分。永不言弃、永不言败成为他不断前行的动力。

对费德勒而言，也许2016年的奥运会才是他运动生涯的终点。"金满贯"拼图中唯一缺失的板块——奥运会男单金牌一直是他心中最大的遗憾，正是对网球事业孜孜不倦的追求和时刻保持一颗永无休止的"冠军心"，正是热爱，他选择了坚守。当胜利变得不再触手可及时，努力和坚持才弥显珍贵。届时已三十五岁的他能圆"金满贯"的梦吗? 让我们充满着期待吧!

南辕北辙　郑方华

金
——擦鞋

现在，只要稍稍留神一下，你就会发现在城市里人流涌动的地方，像车站、商场、公园前，常会蹲踞着很多擦皮鞋的女人。她们找一个人气聚集的地方，支起一张椅子，摆上一张小凳子就开始擦皮鞋了。她们的身后往往是一只油漆已开始脱落的小木箱，里面装着擦鞋的全套工具：抹布、鞋油、刷子等等。擦皮鞋大都是女人，当然也有男人，甚至还有一些未成年人。但是女人们，更准确地说是那些从农村出来的女人们，她们更擅长做这种生意。

她们承揽生意的方式往往很简单，就是不停地招呼，在左顾右盼之间，对行人随时发出邀请："老板，擦擦皮鞋吧""小姐，擦双鞋吧。"她们招徕的语气先是恳切，然后是期待。女人们的声音很清脆，尽管衣着并不光鲜，头发显得凌乱，但是她们善于用眼睛去打动别人，甚至会用手不断指点着行人的脚，让人觉得难以抵御。

如今，每个城市里都有大量从农村涌入城市的打工大军，而一些女性既没有文化又没有技艺，到了城市无所适从，很难找到一份工作。擦皮鞋由于技术含量不高，灵活自由，往往成了她们最为青睐的行当。她们早出晚归，守候在城市人群密集的地方，凭自己的劳动，干着擦皮鞋的活，赚点辛苦钱贴补家用。而城市里有固定和不菲收入的男人们，平时忙于工作，很少自己去擦鞋。于是，他们在下班的路上，在等车的间隙，在吃饭的时候，或者走累时，就把自己的鞋交给了这些女人。

这些擦鞋的女人，年龄一般在三四十岁左右，她们对待生意态度殷勤，手脚麻利，知道任何一单生意都不能怠慢，也不可以敷衍了事，因此总是干得细致到位，一丝不苟。只要你一旦成为她们的主顾，坐在面前的那把椅子上，她们就开始忙碌起来。先让你的一只脚搁在三交叉的木垫子上，轻挽起裤腿，以防被鞋油弄脏。通过盖子上钻了几个小孔的矿泉水瓶，将水轻轻地喷洒在鞋面上，用干布擦掉灰尘，之后拿出翻了毛边的破牙刷，蘸水沿鞋帮再洗一圈。待去掉鞋面上的污渍、完全晾干后，擦鞋的又从工具箱翻出皮鞋油，挤压出涂在皮鞋的四周，将抹布贴着鞋面，用手拉紧，在上面飞速地抽动。这样，通过抹灰、打底、刷油、上光、打蜡等几道工序后，不用几分钟，原来满是灰尘的皮鞋很快变得油光发亮，焕然一新。紧接着换擦另一只鞋。她们动作娴熟，态度热情，还时不时同主顾们天南地北地聊着天，总之，她们的服务会让主顾们感到满意。

在城市里，擦一双鞋很便宜，一块至两块钱不等。能上几块钱的通常是女鞋，譬如那种年轻女性最喜欢的高腰靴子，她们的鞋跟犹如一根闪亮尖锐的鱼刺，可擦起来要相对费时费力，价格自然要高一点。但在擦鞋的看来，宁愿选择多擦几双男人的皮鞋，而不要面对着那些斤斤计较的女人们格外挑剔的眼光。

如今，很多城市里已经开设了不少的专业擦鞋店，它们往往选址在一个显眼的地方，店内环境考究，配套服务完善，除现金支付外，还可刷卡结账。擦鞋的同时，人们可边品茶边看报纸、杂志，甚至于电视，但是价格要相对昂贵。而更多的人还是依然选择了这些在马路边的擦鞋摊，既方便又简单，现代快节奏的生活方式已经使人们的时间变得更加奢侈。

在单位附近，一家近桥头、邻河而建的大排档以特色菜肴和公道价格而著称，虽然不装潢，不设包厢，不开分店，不更新菜品，但每天食客总是络绎不绝。生意兴隆的同时也让一些擦鞋匠看到了商机。于是，每天中、晚餐期间，大排档前总是随时守候着一些擦鞋的人。同事们吃腻了单位食堂的饭，常来此打牙祭，也顺便擦拭沾满灰尘的皮鞋，这样既可改善伙食又能提高个人形象，可谓一举两得。

当然，擦鞋这个行业由于门槛低，投入少，见效快，吸引了许多无业人士从事这项劳动，以致城市擦鞋大军常常人满为患，在一定程度上影响了市容。因此，政府部门会加以强制管理，执法人员通常采用突袭方法进行驱逐。于是，这些无证经营的擦鞋人只能与执法者玩起了"游击战"，不断地变换着擦鞋点。久而久之，她们在与执法者长年的周旋中已显得经验丰富。干活的同时，她们往往眼观六路，耳听八方，时刻关注执法人员的动向，一旦执法者出现在她们的视线中，就得匆忙收拾起工具作鸟兽散，侯执法人员一离开，她们又迅速恢复了原样。对于这种由于生活所迫、纯粹靠自己劳动赚取收入又方便广大百姓的流动擦鞋人，人们只能对她们的境遇予以同情。

木
——聚聊

　　从我居住的住宅小区出来，往东走上几步，拐过一条不到一百米的小径，就进入这个城市真正意义上的绿道，两边行道树宽大的树冠完全覆盖了整条路面，为行人善解人意地遮挡住夏天的骄阳。它的一边是一条开凿多年的人工湖，显得环境幽静。最重要的，这是一条单行道，只有三三两两的汽车朝着一个方向缓慢地行驶着，因此自然而然成了市民平时锻炼的首选地。

　　每天的早晨，一拨又一拨的人们陆陆续续地开始自发汇集于此。其中，退休赋闲的老年人成了这里的主力军。俗话说得好："物以类聚，人以群分，"老年人亦是如此，他们总喜欢找到情投意合的伙伴，并自发抱团成一个个聚聊角。这样的聚聊角少则七八人，多达十几人，极盛时可能接近二十多人的规模，通常能维持在十人左右，这的确是一个无拘无束、无利害关系的团体。在这个团体里，你可以自由自在、谈笑风生地闲聊，无须像平时开会一样做到正襟危坐，毕恭毕敬。相处久了，他们很快成为无话不讲的好朋友，亦把自己的聚聊点固定下来。当然，如果哪一天觉得聊得不合群了，也可以随时离开而"加盟"到其他聚聊角。

　　他们来自城市的四面八方，不管刮风下雨，每天都会很守时，像践行某个约定似地按部就班来到这里。他们之中，有单独一人而来，也不乏夫妻组合，有的还宁愿舍近求远。而一些人则明显有备而来，带上干粮、茶杯，甚至提着个小马扎——就是没有靠背的可以折叠的简易小凳。早到的人会自觉地担当起守护地盘的任务，然后耐心地等待着其他人的到来。每天几个小时的邂逅，不附加任何功利目的和尊卑之分的相处，能使这些老年人的感情日臻深挚。如果某个人因事来不了，总会提早打个招呼。几日不现身，就会互相牵挂着。总之，团体中缺少了一个人，大家心里便会觉得特别空落。

　　大家聚齐后，就开始一言一语地聊开了天，他们会选择自己喜欢的话题，其范畴一般没有限制，但每次都飘忽不定，东拉西扯一番，可能聊及美食或服饰的制作，或许大侃特侃某个领导干部的桃色新闻，不久，又会转移到儿孙的琐事或是坊间传颂着各种形形色色的趣事上来。话题往往是由一个人开个头，接着大家接力一样地聊了下去，直到聊完为止，再转向其他话题。平时，他们往往聊得如鱼得水，得其所哉。聊天中观点有时难免会有所碰撞，引起争论，甚至争得面红耳赤亦是常事，但很快就会平静下来。时而也会有人冒出一句出其不意的高级幽默，逗得大家哄堂大笑，当然，这种极品幽默很难出现，有点可遇而不可求。

聊累了，他们便商量着相约某个时间聚餐一下打打牙祭或者外出旅游放松心情，而旅游最好能吃住在景区附近、价格实惠的农家乐里，这样的建议会很快得到了大家的一致赞同。因为他们不像年轻人一样，出手大方，对物质生活的要求一直遵循勤俭朴素的原则。

上午十时过后，通常一天的聚聊便算告一段落，他们互约着次日再聚。于是，众人开始分头行动，有的到学校接孩子，有的去附近的菜市场买菜或超市购物，有的仍意犹未尽，继续留在公园里遛弯……

看得出来，在每一个聚聊角里，总有那么一个起到关键作用的核心人物，很多事情往往由他率先发起。只要他在，这个小团体就会显得热闹非凡，不会有出现冷场的时候，因此，也很自然地便形成以他为主的话语中心。而这个人在职时往往担任过单位的领导职务，天生具有一种领导气质和幽默口才，满腹笑料随口抛洒，一旦进入这个团体，就有一种令人臣服的个人魅力，也被大家理所当然地所认同。可有一天，他生病或者因事无法前来，这个团体就会缺少了灵魂，像一盘散沙一样，再也没有那么强的凝聚力。于是，聊天的过程中，大家的话题会时不时地转移到他的身上，盼望着他能早日回归到这个团体中来。

因为喜欢散步，特别是双休日的早上，我会时常路过这条绿荫道。每隔上一段路，常常可以看到这些聚聊的老年群体扎堆在一起，他们或坐，或立，或者有人说一会儿就走几步路，然后又回到大家的旁边站一会儿，聊上几句，做到了真正意义上的动静结合。还有一些不善言辞的，则心甘情愿充当忠实的听众，专注进行倾听。他们的话题会不时飘进我的耳朵，聊得激动处，有时也会张口开骂，咒骂某些官员的腐败、物价的昂贵、房产的飙升、食品的安全、教育的缺失……他们痛恨世风日下，人心不古，伦常丧尽，从他们激昂慷慨的话语中不时表现出对现实颇有微词，也许只有通过这样的渠道进行发泄，才能更好地排遣心中的烦恼与委屈。往往一个上午几个小时毫无芥蒂的聊天，却能给他们带来春风抚慰般的愉悦和知足。

在城市里，你可以随时看到这样的聚聊角。聚聊是城市永远无法拒绝的生活形式，也是老年人晚年精神生活的需求。

水
——耍猴人

周末带孩子去中山公园，公园大门前的一片空旷地，一大群人围成密密麻麻的几圈，一个孩子还被父亲举上头顶，大家正兴致勃勃地朝里观看，并不时地发出阵阵嬉笑声，儿子忙不迭地催促我过去，原来是一位中年人在进行耍猴表演。

当我试图在人群中扒开一条缝隙，侧身挤进去时，看到耍猴人正站在场地的中央。这是一张饱经风霜的脸，头戴一顶褪色的破毡帽，皮肤黝黑，衣衫褴褛，手拽着两条绳子，绳子的另一头各系着一只猴子。他正对着一大一小两只穿着红马甲绿短裤的猴子发号施令，嘴里不时地发出低沉的呵斥。这两只可爱又可怜的猴子在主人不断的喝令下，开始跳腾穿梭，马不停蹄地进行表演——投篮、钻环、跨越障碍、翻跟斗……把它们这辈子学会的玩意儿悉数地抖落一遍。它们努力表现得比一个孩子都要乖巧，也以自己的卖力换取围观者的阵阵喝彩声。

可是，在最后踩车表演时，也许连续赶场，两只猴子显得疲惫了，开始走神，动作也不那么到位，骑起车来颤颤巍巍，第二圈时，竟然车翻猴倒，干脆坐在地上，不再起来了。于是，围观的行人很快报以热烈的哄笑。这时，主人迅速捡起地上的鞭子，刷的几鞭猛抽过去，并叫嚷着："听不听话，快上车子做动作！""小心老子抽你！"将它们打得嗷嗷直叫，可是，两只猴子仍然拒绝表演。于是，焦急的耍猴人用手中的鞭子将它们赶得满场到处乱窜。在主人一再威逼下，意外出现了，大猴子忍无可忍，竟然奋起反抗，浑浊的喉咙里咕哝着一种怪异的语言，顺手捡起地上的小石子扔向主人，并迅速地蹿到他的背后，一下子跳到他的肩膀上，用双手揪住耍猴人的头发——这大概是它对付主人唯一奏效的办法。耍猴人不得不弯下腰来，蒙住双眼，任猴子又抓又踩，使围观者诧异不已。

也许认识到自己的过错，大猴子很快从主人的身上跳了下来，龟缩在场地的一角，诚惶诚恐地眨巴着眼睛，目光中闪烁着一丝惊慌，细长的尾巴折在身后，小心翼翼地察言观色，战战兢兢地等待着主人对它的发落。可能主人早已司空见惯这样的场景，因此，这只让他出尽洋相的猴子，他并没有对它予以惩罚，而是走上前去，宽容地拍了拍它的脑袋，慈祥地看着它，没有一点生气的样子。

为了弥补自己的过失，最后，两只猴子似乎变得更加地卖力，在主人的大声吆喝下，大猴子立即在人群围成的圆圈里走动起来，两只毛茸茸的前爪搭在一起，小猴子跟随在后，向着众人拱手弯腰作揖甚至磕头，逗得人群中笑声阵阵。

表演结束后，耍猴人开始"例行公事"，面带尴尬的笑容，端着托盘，尽量与每位观众热情搭讪，在场地里绕圈子，依次走向观众收"看钱"。可令人失望的是，观众中有人双手紧插裤袋，一脸讪笑，低头瞅着地面，或看着旁边，就是不肯将手从口袋里拿出来，更多的人则一哄而散，只有极少数的人碍于面子，主动赏脸给钱，摸出一些零钱来。儿子也顺手投了几枚镍币。这时，耍猴人躬下身来，向赏钱的观众拱手致谢。

此时，围观的人们尽兴而去，作鸟兽散。可儿子依然兴趣盎然，强行要求再看一次。这时，耍猴人从袋中掏出食物，递给两只疲惫不堪的谋生工具作为犒劳，猴子们吃得津津有味。稍事休息后，它们又要在原地重复刚才的一套表演，很快就会有新一批的围观者。

在我看来，耍猴人是真正人生风雨的承受者，他们比一般人更懂得世态炎凉，更热爱生活。其耍猴术往往来自祖传，整天得携带猴子，漂泊于江湖之中，不断辗转。他们居无定所，以天为屋，以地为床，四海为家，风餐露宿，随遇而安。冬季走南方、夏季到北方耍猴卖艺，靠吃苦耐劳的精神以及别人的同情与施舍，过着候鸟般的简单生活，折射了跑江湖的无奈和辛酸，谱写出一曲曲艰辛的生命乐章。

一年四季，耍猴人总是风里来雨里去，冒酷暑，顶严寒，为的是一家人的生活。而他们也只有农忙季节才回到家，忙完农活又要外出，与家人聚少离多。他们生活在社会的底层，对未来的期许并不高，但仍然保持着一种乐观的心态，是真正的生活朝圣者。平时，他们将快乐带给别人，也使这个世界充满了笑声和欢乐。

在过去那个文化生活极其单调的年代，耍猴人作为一种职业，人们对此习以为常，他们靠自己的一技之长"自谋生路"，堂堂正正地赚取生活费，受到大众的欢迎。随着时代的发展，从事耍猴的人们越来越少，这个行业也变得越来越艰难了，在城市中沿途卖艺时还会遭到城管人员的驱逐。也许不久的将来，耍猴人真的会彻底绝迹，我想，那时人们也不会觉得奇怪。

火
——短工市

我居住的住宅小区外有一棵百年大榕树。

大榕树位于街面的十字路口，榕树底虽然面积不大，但每天总是围坐着三五成群的中年男人，他们来自四面八方，常年聚集在此寻求生计，久而久之，逐渐自发地形成了一个短工市。盛夏期间，人气更旺，人们在此凭借浓密的树荫避开炙热的阳光。显而易见，作为浩浩荡荡的打工大军的一员，他们缺少学历，在偌大的城市里无处求职，很难找到一份体面的工作，只能寄身于社会的底层，以辛勤的劳动获取维生的资本。但他们不缺力气，能干一些力所能及像装卸、搬运之类的重体力活等低廉的工种以及装修工、建筑工等稍有一定技术含量的活儿。虽然干这些短工要受颠沛流离之苦，而且待遇不高，但只要能承揽到活儿，他们已经相当的满足。他们多半由老乡介绍来此，不管是烈日下或寒风里，大白天都喜欢待在这里，等待着走向他们的机遇。

当你路过时，只要稍微一留神，就能看见他们聚集在此休息，一副百无聊赖的样子。他们一般不太注重形象，有的干脆席地而坐，有的斜倚着树干哼着小调，有的三三两两地聚在一块玩儿扑克牌，有的蹲在路边寂寞地抽着廉价卷烟，有的甚至横七竖八地躺着，用报纸遮住身子……神态各异，一切显得乱哄哄。他们衣着并不光鲜，而且灰灰的头发大都蓬乱着，脸粗糙红肿，胡子拉碴。旁边往往放置着一辆辆已显锈迹的自行车和几辆满是油污的二手摩托车，脏乎乎的帆布包斜搭在车把上或者捆绑在后车架上，里面装着锤子、钢钎、瓦刀之类的工具，可能还拴着一只缺边少檐的橙色硬壳安全帽。他们并不在乎行人投来的鄙夷、不屑、漠视的目光与神情。可每当看到这一切时，我的眼前就会情不自禁地浮现出路遥小说《平凡的世界》中男主角孙少平进大亚湾煤矿前在黄原大桥头揽短工时的情景。

说是在此休息，实际上，他们根本不敢大意地休息，须臾不能放松，虽然就这样横倒竖卧，懒懒散散地待在这儿，眼睛却在密切注意着每一位从身边经过、可能成为雇主的人和来来往往的一些车辆，时不时得踮起脚跟，伸长脖子，翘首张望。有时候，雇主只要在这里稍一停步，他们就会呼呼地冲上前去，围了个水泄不通。于是，雇主挤在数不清的人中间，弄得大汗淋漓，宛若被绑架一样。他们你喊我嚷，你拽我扯，目的很明确，只有一个，那就是在有限的干活人之间，不希望自己被落下，能争取到干活的机会。这时，有耐心的雇主往往采用规劝的方式，但这种办法常常不奏效，而且还得耗费大量的时间。而脾气暴躁的雇主则显出一副完全不屑的样子，张口就是一顿劈头盖脸的责骂，明显瞧不起他们。而有时因雇佣人数和价格一时无法谈妥，常常造成环境的污杂，交通的堵塞，使不清楚事件缘由的行人误以为要聚众滋事。于是，后面一些被堵塞得心烦气躁的司机便不时探头瞻前顾后，并使劲揿喇叭，但这些人却对喇叭声置若罔闻，他们仍木然地站着，没有丝毫反应，与雇主就条件、价格等进行着不厌其烦的拉锯战。

如果有一辆运砂车从远处开来，站在榕树底的，坐在榕树底的，或者聚在榕树底打牌的，都会乘机蜂拥而上，朝马路的中央冲去，他们边跑边挥舞着双臂，朝运砂车大声喊叫："停下——停下——!"只要运砂车在路旁一停靠，他们便迫不及待地攀爬上去，争先恐后地向司机抢活。但是停下来的运砂车并不见得每辆都让他们高兴。虽然有的司机会吆喝他们上车，但总是用极其挑剔的目光，在对方的脸上进行一番搜索、探询，最终能得到垂青的，只有寥寥无几的幸运者。可一些人总是心有不甘被淘汰，一直尾随在后，直到运砂车扬起灰尘，一溜烟开走为止。于是，他们便一窝蜂般地散开了，失望地回到原地继续守候。而更多的司机停留片刻后，则加大油门，从他们面前呼啸而过，制造出一个个惊险的场面，让旁观者吓出一身冷汗来。但他们对此早已习以为常，对自己身旁的危险仿佛没有任何察觉。

很显然，他们不是来自同一个地方，这可以从他们所说的方言里得出结论。往往一个地方的人自然形成一伙，而一个雇主显然也用不了很多人，伙与伙之间因为抢雇主常发生争吵，为了能揽到一份来之不易的短工，分得一杯羹，有时会互不相让，因此，打架是常有的事，甚至发生流血的事件。

当然，闲散的等待有时也不一定能得到称心如意的结果，而且特别地折磨人，因为等待本身就是一种煎熬。有时候一整天下来，幸运并没有眷顾这些在城市里像无根的浮萍、四处漂泊的人，他们"业绩"惨淡———一直无人问津，承揽不到任何干活的机会。于是，他们的心情也变得沉重起来，开始坐不住了，不断抱怨着："真是活见鬼！""今天雇主是咋了？都死绝了！""没给财神爷烧炷香，他妈的碰不上个好运气！"他们在心中愤愤地诅咒着。直至挨到天完全变黑，他们才不太情愿地起身，流露出漠然而迟缓的眼神，拖着疲惫的双腿，失落地回到那个破旧不堪、简陋混杂的出租房里。可面对老婆、子女渴盼的目光，怎么向她们交代呢？也许迎接他们的将是一顿臭骂、无声的怨气或者低低的啜泣，这才是一个长期困扰他们的问题。作为家里的顶梁柱，生活的重苦压得他们有时喘不过气来。对远离家园的广大务工者来说，没有一技之长，要想在这个物欲横流的城市生存下去，的确不是一件容易的事情。

可生活还得继续，短工市仍然依旧，接下去的日子，他们还要回到那里继续"守株待兔"。

土
——乞丐

我已经好久不去理睬那些蹲在路边或者跪在街上乞讨的人了，总觉得他们在贩卖自己的可怜来博取物质上的享受。一个又一个心酸的故事，一次又一次重复的欺骗，反复经历这些伎俩之后，每个人都会变得聪明起来。

记忆犹新的是十几年前的一个初春，当时我刚刚参加工作，下班后途经妙果寺，忽然被一位中年男子迎面拦住。男子衣衫整洁，但衣着单薄，在寒风中看上去有点簌簌发抖，看我停了下来，他低下头喃喃地对我说："同志，做做好事，能不能给我十元钱，我的钱包被偷了，现在无法回家。"

我盯着他看了半天，然后问他："你的钱包真的被人偷了吗？还是另有其他的苦衷？"他说："我的钱包被人偷了，我是路经这座城市，你看，这是我的车票，今晚九点的火车，幸好车票放在贴身口袋里，要不，我真的要流落他乡了。"他苦笑着说道。

原来，他只是想讨点钱，买点吃的和坐公交车，要不，他就连火车站也去不了。听他这样一解释，我的同情心顿时油然而生，便从口袋里掏出五十元钱递给了他。

接过钱后，他显出一副感激涕零的样子，并说一定要还给我，并执意要我留下地址，等他回家后，马上将钱寄回来。我对他说："留下地址就不必要了，我相信你是一位好人，不是存心骗我，以后出门在外要小心啊，路上注意安全，一路平安。"说完后，我便匆匆地离去，他的道谢从背后传来，声音里含有由衷的感谢。

第二天上班的时候，我向同事们讲述了昨天的遭遇，他们显示出一副不屑的神情，反倒嘲笑我善良得幼稚，都说那肯定上当受骗，现在什么样的骗子都有，什么样的办法都有，他们行骗的伎俩和手段都很高明，而且人们经常被他们善于伪装的表面现象所迷惑，他可能看中你的善良，并利用了你的同情心，才在你的身上做足了文章。在社会的各个角落，形形色色的骗子善于用最能打动人的谎言和扮相，去欺骗那些心存善念的人，那五十元的钱肯定是打水漂了。他们一个个苦口婆心得像是怕儿子变坏的孟母。但我却不以为然。于是，同事们都劝说任何东西都是吃一堑，长一智的，以后，你就会慢慢地明白过来。但我仍然坚持自己的眼光，固执地认为不会上当受骗。

一周后，我早已把此事给淡忘了。可是，一天傍晚，当我在学院路的一个书店出来时，看见前面不远处一位中年男子正背对着我，在温州大学的门口，跟几位大学生在说着什么，只听到其中的一位大学生突然提高嗓门，说出"骗子、滚蛋"的话语，顿时引起了我的注意，感觉特别地刺耳。于是，那位中年男子马上转身，并向我走来，在我面前看了看后，本想说些什么，又忽然慌里慌张转身离开了，我也被搞得莫名其妙，突然之间觉得此人有些面熟，似乎在哪里见过，经努力回忆，才终于想起，不由得恍然大悟，这不是上周在人民西路遇到那位说自己被小偷光顾而回不了家的中年男子吗？原来同事们所猜测得不错，他真的在行骗，我真的被善意地欺骗了，难道还要第二次欺骗到我的头上来吗？

当然，我生活的一贯原则就是眼见为实，望着他匆匆离去的背影，我也不想上前去揭穿他，但内心的感受却是相当的不平静，五十元钱当然算不了什么，但失去的却是人与人之间的一种相互信任，为什么好端端的一个人不去找一份工作，而心甘情愿地干起这个令人讨厌而憎恶的欺骗行当呢？我知道，对他们简单地赋予同情是不够的。每个故事的背后都有着不为人知的辛酸和无奈。他们的存在，对我们共同拥有的世界是一个观照。人性和尊严应该平等地属于每一个人，即使生活是艰辛的，可这种不劳而获、利用欺骗手段来骗取人们的做法能让自己过得心安理得吗？

　　从那时起到现在的很长一段时间里，我已经熟视无睹身边的各式各样的表演，公园中、学校门口、公交站头、菜市场里、医院前，那些失明、断臂、独腿、贫穷、绝症、无家可归的……差不多的台词、差不多的动作、差不多的表情、差不多的眼神，重复，不断机械地重复，企图引起行人的同情，并给予施舍。

　　我每天上下班必经的一条道路旁，总能看到一个无脚男人，依着一棵行道树，毫不在意地袒露着那双没有脚的腿，一片光滑的红色血肉，令人心惊胆战，不忍卒睹。他躺在那里，地上摊着一张写着"求助"二字的状纸，从不乞求，甚至没有乞求的表情。他的身旁放着一台录音机，周而复始地播放着韦唯演唱的《爱的奉献》，他在音乐声中自得其乐。对于丢给他镍币或小额纸币的路人，他从不言谢，甚至不看一眼，在他的眼神里显示出的是一副理所当然的样子。还有一个六七岁样子的少年，左手腕上乌色的血块，鲜血一滴滴地洒落地上，格外惹眼，他紧跟在行人身后，哀声求助："叔叔、阿姨救救我。"另外一个无腿中年男人，用一手标准的仿宋体，把大地当纸，不但把苦难写在地上，还想尽办法写到那张仿佛涂满锅灰的脸上。一个满面脏污、头发蓬乱的女孩，一直跪伏在一张硬纸板后面，硬板纸上有粗笔写的歪斜标题：请可怜一个遭遇灾祸的孤儿！……我所蜗居的这个城市，这样的场景实在太多。他们刻意装扮（行为）更多的只是一种作秀的成分，而在乞讨者眼里，已经把路人当成了救苦救难的观乐世音，尽情的表演企图让他们的苦难深入"菩萨"心灵，再强盗一样地掠夺"菩萨"的同情心。

　　一些媒体曾经披露，一些乞丐总是头发板结，胡子拉碴，满面灰尘，衣衫褴褛。白天，他们装作一副很肮脏可怜的样子从事乞讨，可到了晚上，街灯一亮，高楼、店面霓虹灯四射时，他们往往摇身一变，更换了一身新行头，西装革履地出入歌舞厅、高档酒店，兴致勃勃地将得来的钱财挥霍一空，潇洒大方甚至盖过某些大公司的白领。还有一些蛇毒般的恶人，自身不行乞讨，却拐骗少年儿童，残其手脚成为乞讨工具，而他们在幕后坐获"红利"。没有多少人吝啬放到乞丐碗里的那些零钱；但让人怀疑的是这些乞丐的真实身份：他们到底是生活之中的落难者，还是一些可疑的骗子？

现在，很多乞讨者不愿意接受政府的救助，而宁愿继续从事乞讨行当，他们已将乞讨作为自己的"生财之道"，如同打工一样，他们以城市的酒店、会所门口、繁华闹市区和工业区街道等人群稠密的地方为主要活动据点，白天经常出没于这些地方。而某些人甚至幕后操纵乞儿为自己牟取不义之财，这些不道德的行为令人发指，也充分暴露出乞讨职业化的顽疾，因此，作为繁华城市的伤疤，不论从市容管理还是从道德方面，予以取缔是理所当然的。

十二生肖中，最不受人欢迎的莫过于老鼠了。鼠族一向臭名昭著，鼠也不幸被人类视为"人格卑贱"的动物，因而把不齿的人比作鼠辈。俗话说："老鼠过街，人人喊打，"足见老鼠在人们心目中的地位和看法。老鼠这种小动物经常在黑夜中不请自来，溜进你的房子里大摇大摆地做客。有美味它绝不放过，饱食后常常遗落下像黑米一样的排泄物。若是没有美食，它们会把一些纸张或棉布咬成一堆雪花般的碎屑。它尾巴长长，门齿发达，依靠身体的灵巧和娇小而能令人浑然不觉地登堂入室，凭借一张锐利无比的嘴而吃遍四方，它的恶行由此可见一斑，令你气愤而又无可奈何。

为了对付可恶的老鼠，人们也因此发明了鼠药，并且用各种铁质夹子在它们经常出没的地带"下绊"，但是葬命的老鼠毕竟还是少数。更多的老鼠依然吃得毛色油光，满面幸福地繁衍着它们的子孙。它们依然时刻伴随着人类，心安理得地糟蹋着粮食。

因为老鼠无处不在，几乎所有的人都和老鼠打交道的经历，我自然也不例外，从小到大，就经常与老鼠不期而遇。

生活在农村，小时候常可见老鼠频繁活动的身影。老鼠在乡间的繁殖能力极强，因为那里有着良好的生存环境。当时，家家户户备有粮仓，而且厨房都在平地上，使老鼠能够从容不迫地周游其间。而最早感知老鼠，是孩提睡觉时经常听见它们在楼顶上欻欻跑过的声音。入夜，房间熄灯后，黑暗中，老鼠就像是受到了什么指令似的准时行动，它们在上面跑来跑去，有时则是成群结队，就像过狂欢节一样，不时地制造出一些窸窸窣窣的声音来，而最终的结果自然是家里的不少东西被它们啃咬得满目疮痍。

我家是砖木结构的老建筑，老鼠活动十分猖獗，无所不在，无所不吃，甚至连庭院的花木也经常被它们啃得"面目全非"。为了对付老鼠，父亲在第一个教师节的前夕，从教师办公室的阁楼里抱回来一只尚未开眼、叫声细若游丝的小花猫，自此，老鼠那讨厌的"吱吱"声就很快地销声匿迹。当然，作为家畜，猫也总喜欢在家人面前逞能。一天深夜，我正在熟睡中，一翻身，头却沾上一个软绵绵的东西。亮灯后，居然发现枕头上放置着一只死老鼠，吓得我魂不附体。这显然是家猫惹的祸，它竟然把死老鼠叼到我的枕头上，当然它的本意是在向主人炫耀自己的功劳。可是那一夜，我便觉得全身粘满了细菌似的，好像泡在澡盆中三天三夜也洗刷不掉那种秽气。这可能是我最早的畏鼠情节了。

刚参加工作时，单位租赁县电影公司的办公用房，一楼潮湿而阴暗，故而成为老鼠的天堂，人鼠同室便是自然。当时，我和几位年轻的同事经常性住宿在单位里。某晚与同事看电视，却见一只大老鼠目中无人地在营业大厅中游荡着，几个人立即关门闭户，枕戈以待，准备来个瓮中抓鳖。惊魂甫定的老鼠被我们追赶得晕头转向，在房间里不断地窜来窜去，慌乱中竟然跑到我的脚下。我一抬脚，正巧踩住它的背部。老鼠在脚底下不断地挣扎着，并发出"吱吱吱"的叫声，弄得我毛骨悚然，也迅速动摇了捕杀它的决心。最终因实在无法忍受它那不断蠕动的毛茸茸的身躯，而把它放生了。

工作调动后，单位坐落在市区一条繁华街道的二楼。由于女同胞们对零食情有独钟，剩食的积累也导致老鼠常常在房间里"安家落户"，不请自来。有时竟然可见老鼠在众目睽睽之下大摆大摇地流窜在办公室内，与人对视，目光灼灼。为了消除鼠害，单位想尽一切办法，但依然无济于事。一次，后勤部门给每个科室配置了粘鼠板。但由于老鼠狡猾无比，粘鼠板常常寂寞地摆放数日，无"鼠"问津。可有时却也有令人意想不到的收获。

那是一个周一的上午，一进办公室，房内的景象令我目瞪口呆，一大一小两只老鼠共同被粘在粘鼠板上，发出绝望的叫声。我猜想，可能是周末期间，一只老鼠光临寻食时，不小心粘上了粘鼠板。另一只老鼠发扬救助精神，可结果却一起不幸粘上，两天下来，两只老鼠挣扎得已是筋疲力尽，奄奄一息，而那张粘鼠板则布满了老鼠屎，气味令人窒息，于是赶紧进行了处理。可事后一想起那个令人作呕反胃的场面，一直心存余悸。但从此，似乎老鼠也收敛了它们以往的嚣张，平静了许多。

阅读古书，也时时可见描写老鼠的记载。其中，苏东坡的《黠鼠赋》印象最为深刻，这是一篇咏物小品，取材于一桩生活小事，风趣幽默。说他某个夜晚正坐着，忽听见老鼠咬东西的声音，就叫书童用蜡烛去照看，原来声音是从一只空袋子里发出的。书童说，老鼠被关进袋子出不来了。于是解开袋子，可打开一看，竟是一只死老鼠! 书童很惊讶，它刚才还在咬东西，怎么突然就死了呢? 便将袋子翻过来倒出老鼠，岂料它是装死，一落地就迅速逃之夭夭。对此，苏东坡生出感叹："异哉! 是鼠之黠也。闭于橐中，橐坚而不可穴也。故不啮而啮，以声致人；不死而死，以形求脱也。"子瞻先生从中归纳出一个道理，表现了老鼠之狡黠，书童之惊诧，作者之感悟：他在告诫人们不要被一些假象所迷惑。

由此看来，老鼠的确非常聪明和狡猾。可如今，一看见老鼠，我就有一种不寒而栗的感觉。一者形象猥琐，好吃懒做。二为行为不好，偷粮食、啃书页，无所不为。三是它们的身上携带着多种传染性疾病的病原体，特别在世界上一些不发达的国家或地区，鼠疫病情的传播令人担忧。因为现在的人们能支配得了武器和先进科学技术，却始终无法左右老鼠传播疫情。而事实上，人类殚精竭虑，却根本无法将老鼠赶尽杀绝，因为它们具有极其强大的繁衍生息能力。也正是因为只有人类收获的丰富粮食和遗下的甘美垃圾，才给它们世代延续的生命提供了有效的保障。我想，它们也将尾随着人类，永生永世。

所谓"本色"，是江南文化乃至中国文化特色一个重要的关键词。在建筑方面，讲究的是墙面青砖青灰丝缝砌筑，不加粉饰，清水原色，厅堂梁架亦多不施重漆，而体现出原木本色；为文提倡的是见出真性情与真境界；书画则重视"气韵天然"，返求"本色"，排斥"伪体"；至于音乐，更偏重于箫及古琴之朴素与幽远；简而言之，本色即"天然去雕饰"。而对饮食而言，则注重保持菜肴的本味与本色，而操作起来方便容易的清蒸无疑是最佳的选择。

相比爆炒、红烧、涮烫、焖煨、凉拌等一些传统的烹饪做法，我以为清蒸才是饮食审美中的极致境界，所谓"朴素而天下莫能与之争美"，这样的菜让人容易想到清新淡雅的国画，素面朝天的邻家女孩，清清爽爽，干干净净，绝不涂脂抹粉、拿捏作态、装腔作势，给人以一种真正"清水出芙蓉"的感觉。

然而，正如并非什么人都可以达到朴素的境界一样，也并非什么食材都可下锅一蒸了之，因为首要必须自身具清新之美者，或曰食材的"天赋"是否适合清蒸之味，比如海鲜中的鱼类或新采摘的蔬菜如茄子等，才是极佳的蒸味之材。

说到清蒸，当首推鱼类，大部分的鱼类如黄鱼、鲳鱼、鲫鱼、鳊鱼、桂鱼、鲈鱼、鲢鱼、鲥鱼等，都是清蒸的上等食材……即使如带鱼，非海滨地区的带鱼常有一阵腥味，故多用煎炸、红烧，而若在海滨现捕不久的带鱼，清蒸法又几乎成了唯一的选择。吃过了清蒸带鱼，会感觉这和平时所吃的带鱼根本就是两种鱼类，即一本色，一"涂脂"之故。另外如鲥鱼，袁子才在《随园食单》就极力推荐清蒸法，认为只有清蒸才是吃鲥鱼的不二选择，将新鲜鲥鱼剖肚去脏、腮，洗净，加盐、黄酒、蜜糖、生姜、猪油等，放在锅上清蒸，及至筷子戳得进，鱼肉无弹性时，则显得肥嫩清鲜，就可食用。

但是，并不是所有的鱼类都以清蒸最为美味，亦有例外。在温州，生长在江心屿一带久负盛名的瓯江凤尾鱼，如果清蒸，虽然鲜美，但由于个头小、骨刺多，吃起来得小心翼翼，一不小心，就有被骨刺鲠喉的可能。而时令季节，油炸的凤尾鱼则是非常脆香，而且糯中稍韧，鱼子清香带爽，连尾、骨都可食用，最为可口，是充当冷盘或做下酒菜极好的食材。另外，鱼类之中鲢鱼由于肉质较粗，同样不宜清蒸。

　　秋风起，蟹黄肥。秋天是食蟹的最佳季节。时人对螃蟹的热爱无以复加，清蒸大闸蟹更是让人手指大动的蟹中极品。食蟹而不失原味的唯一方法是放在笼屉里整只地蒸。几年前的国庆节赴上海，一位企业家朋友在一家金碧辉煌的餐厅为我们设宴接风，大家像模像样地入座后，上的头道菜就是用蒿草绑得方方正正的清蒸阳澄湖大闸蟹。主人精通食蟹之道，以内行的口吻向我们简明扼要地介绍了大闸蟹食用的规矩，如食前须清除蟹的心、肺部，还有通过其"白肚、青背、金爪、黄毛"四大特征来鉴别其是否野生的方法，令我们受益匪浅，也深感中华美食文化的博大精深。食前，服务员给每位客人各分发一套吃蟹专用食具，内有锤、镦等"蟹八件"，每件各司其职，可免牙咬手剥之劳。大闸蟹遍体通红，很是诱人，翻转过来，果然白肚特别显眼。大家先用剪刀剪下两只大螯，用锤对准蟹壳四周轻轻敲打，以铲打开背壳，然后将钳、叉、刮、针等工具轮番使用，或剔，或夹，或叉，或敲，逐一取出金黄的蟹黄、洁白的蟹膏、鲜嫩的蟹肉，不久，便将整只大闸蟹一扫而光，而且吃得干干净净。当然借助于"蟹八件"，不仅让吃蟹成为一件很轻松的事情，更增添了不少的情趣。

　　其实，蔬果中可蒸者也极多，譬如茄子、丝瓜、芋头、豇豆等。蒸茄子一般多在炎夏之时，茄子选大而肥、紫而黑者尤佳，洗净，留茄蒂，置于碗内，再放于饭锅蒸之，饭前取出，加拍碎的蒜瓣、麻油，适当的盐与糖，用筷子捣烂，其味香远，入口即化，极具清简风味。进入初秋，丝瓜的叶子开始发黄枯萎，虽然瓜藤上仍然长着一些丝瓜，但由于已过了时令季节，口感就不一样了。这时候，人们就在丝瓜中加入少许的冰糖进行清蒸，其汤美味可口还具清热解毒的功效，特别受人欢迎。中秋前后则是吃芋头的最佳季节。将芋头放在蒸笼上蒸熟，边看电视边蘸着酱油吃，口感很好，也不失为浪漫的享受。而芋头中尤以浙江奉化的芋艿头最为出名，其形大，近球状，富含淀粉。当地人吃芋头是一绝，他们习惯做成葱油芋头、桂花糖芋头等，但通过烘蒸起来最为香糯可口，剖切成片既可当主食，亦可作点心，食后满口生津。

　　入冬后，最适合清蒸的自然要数各种腊味，腊味由于便于保存和携带，成为南方人在冬天里必备的传统美食。蒸香肠、蒸咸肉、蒸咸鱼以及腊味合蒸，这些平时的家常小菜，就可以登上大雅之堂，佐以腊味蒸菜，更加开胃下饭。

几年前，一次与众朋友相约去杭州旅游，行程的最后一天，在杭州乐园尽兴玩了一个上午，大家已是饥肠辘辘。一出乐园的大门，便分头寻找解馋的地方，意想不到的是，在离乐园出口处车程不到两分钟的临街店铺门前，紧挨着尽是一长溜的蒸菜馆，令我们极其兴奋。于是，众人迫不及待地下车，从稠密的蒸菜馆挑选了比较考究的一家用膳，各式各样的蒸菜中，荤素类应有尽有，令我们大开眼界，由于火候掌握得当，其蒸菜能保持原汁原味，大大地满足了众人的口腹之欲。

　　如今，家乡也开始流行起了吃早点，它们往往以优雅考究的环境、地道多样化的广式茶点为卖点吸引着食客，也大大地丰富了人们的早餐品种。周末朋友小聚，喝喝早茶，品品早点，也不失为一种惬意的休闲方式。早茶中的餐点，清蒸的广式名点占了很大的比例，如豉汁蒸凤爪、蒸排骨、清蒸鸡蛋、清蒸嫩豆腐等，价格实惠，味道地道，以至于宾客盈门。如今吃早点，往往还要预订。因为现代都市人在吃过花样百出的菜肴后，又开始追求新奇、返璞归真的饮食，要求更科学的吃法。而清蒸由于对食材要求苛刻，新鲜，油脂少，并将菜肴鲜香的本色保留下来，更符合现代人健康的理念，从而使得清蒸法有了更广阔的市场和更好的前景。

读地图已成为我的一种习惯。

小时候患有严重的晕车症，只要看见车辆，我就会莫名其妙地产生晕车的条件反射，所以一直没能很好地外出，充分享受祖国大好河山所带来的种种快乐。直至参加工作的几年后，随着国内道路的改善和自身坐车机会的增多，才成功克服晕车这个缠绕我多年之久的毛病。自从摆脱了梦魇般的晕车症后，便开始痴迷上了旅游。

儿子出生后，我一直奉行着"行万里路，读万卷书"的教育理念。只要时间允许，就会携全家到外面走走，既给自己释放压力，放松心情，又可让孩子增长见识，开阔视野。多年来，国内诸多的名山大川、历史名城、风景名胜等相继留下我们全家人的足迹。当然，到一个并不熟悉的地方，出行前，我会在网上搜搜做到预先了解，并认真做好"功课"（旅游攻略），这样才能使每次旅游达到预期的效果。就像旅行者到一个地方总要拍照留念，捎些纪念品一样，我则把购地图作为一种纪念，读地图看成一种任务。拜访一个新的地方，我会在就近的书报摊顺手买上一张地图。在我看来，手持一张地图就像一个无声的导游伴随着我，可以轻松地行走在一个陌生的地方。

于是一到旅游目的地，买地图便成了首当其冲的事情。我总是把目光先锁定在路边的报亭或小书店，买上一张最新版的当地旅游交通地图，并迫不及待地开始阅读。地图虽小，五脏俱全。它的精炼度、概括度和大容量，是任何一本书籍用文字所达不到的。一张地图可以给我们提供许多有关当地可用的信息和资讯——出行的方式如城市的公交线路图、地铁线示意图，著名景点简介、当地的饮食和知名小吃、风俗习惯等等。仔细阅读地图之后，会使自己对本来陌生的地方有了初步的了解。之后，我习惯性在地图上圈住相应的标志，这个标志也许只有我知道它的含义所在，意味着我将准备游览的景点，并围绕着这个景点进行适当的路线设计和时间安排，以期取得最佳的效果。毕竟自己仅是这个地方浮光掠影的匆匆过客，只能利用有限的时间去我所期待的景点走马观花般地浏览一番。

走的地方多了，地图也逐渐积少成多，我便一并收藏起来。闲暇时，我会不时翻出一些旧地图，再次去阅读它，力求温故而知新。阅读中，也使我的记忆很快回到了旅游时的那个时光隧道。因此，只要你愿意阅读每一张地图，每一个地名都会变成一口永不枯竭的泉眼，涌流出诸多的历史和传说，故事和诗篇。

看一张地图，读一个地名，就像翻开一本大书，穿越一个地方。历史是正文，诗文是旁注，物产风俗则是题图和尾花。"杭州"二字，总让人遥想起五代吴越国都的繁华，南宋朝廷的苟且偷安；联想到白乐天的"江南忆，最忆是杭州"，苏子瞻的"欲把西湖比西子，淡妆浓抹总相宜"，陆放翁的"小楼一夜听春雨，深巷明朝卖杏花"；还会想起龙井的幽香，杭丝的滑腻。一看到"南京"，就会让人联想到这个曾经十朝古都的奢华，十里秦淮河的人文荟萃，商贾云集，庄严大方的中山陵，气派恢宏的明孝陵，历史悠久的玄武湖。位于中国版图东北角的"冰城"哈尔滨则会使人想到洁白的树挂，飘洒的雪霰，夜晚梦幻般的五彩冰灯，冰清玉洁的海林雪乡，群山环抱、林密雪厚的亚布力滑雪场。同样，上海的东方明珠塔，深圳的世界之窗，西安的兵马俑，北京的故宫、颐和园等也都曾经反复地在我脑海中播映。在痴迷上旅游后，我曾经梦想着能够把中国地图上的所有地方走遍，但由于时间财力脚力所限，是很难实现的，只能把向这个目标靠近作为自己的努力方向。

如今，读地图已成为我执着的爱好和不肯割舍的习惯。心醉神驰中，感悟也源源不断。于是每从一个地方旅游回来，总要及时在电脑上敲出一篇篇游记和感悟文章，以寄托对城市和山水的情思，并对此留下更加深刻的印象。这样，它既寄托了我对丰富生活的向往，又是我和自己对话的形式，更是对祖国大好河山的一种尊重。

转眼间，午睡的习惯已经陪伴我走过了二十年的春秋，并成了我生活中不可或缺的休闲手段。即便有时不能安安稳稳地睡上半小时，一小时，哪怕觅得三五分钟，亦欢欢喜喜和衣而睡，朦胧浅眠，从而使精力能较好地得以恢复。

现在，愈来愈多的科学证据已显示出午睡的好处。从医学角度分析，午睡是人体保护生物节律的一种自我调节方法，通过短暂的午睡，可以降低人体紧张度，增强免疫细胞活跃性，使体内激素分泌得更加平衡，从而达到消除疲劳，恢复体力的效果。

午睡作为一种文化，更是浸润于古代文人墨客的诗句里，读来别有情趣。素善养生的唐朝大诗人白居易，平时注重午睡，他在《食后》一诗中写道："食罢一觉睡，起来两瓯茶……不作午时眠，日长安可度？"年老时，他饮食清淡，注重午睡，至七十五岁卒，在当时可谓高寿之人，从中可见他的寿高与平时坚持午睡有一定的联系。"细书妨老眼，长簟惬昏眠。依簟且一息，抛书还少年。"这是北宋大政治家、"唐宋八大家"之一王安石的午睡诗，意思是看书看累了，靠在竹席上小憩，打个盹儿，有返老还童之妙。而他的诗句——"午梦觉来闻鸟语，歌眠似听朝鸡早。""野水纵横漱屋除，午窗残梦鸟相呼。"则是将午睡同大自然融为一体，将它视之为一种享受也不为过。"纸屏石枕竹方床，手倦抛书午梦长。睡起莞然成独笑，数声渔笛在沧浪。"北宋诗人蔡确在《夏日登车盖亭》中以书催眠，说醒后不仅精神爽快，而且倍感环境宜人。午睡至此，大约可算是一种较高的境界了。

其实，午睡并非中国人之国粹，在国外也同样受到提倡和重视。位于欧洲西南部的西班牙天气炎热，国民就有午睡的习惯。一到中午，首都马德里整个一片寂静，商店关门，车辆停驶，人们都在家里午睡。赶不回去的人就躺在就近的树荫下，嚼着橄榄，酣然入梦……过了午后，整个城市才苏醒过来，商店开门，车水马龙，从而重新恢复了生气。在美国，"学习午睡"已成为最新时尚，很多公司都明文要求，鼓励员工在午间打个盹，借此来振奋精神，应付下午更多的工作。午睡风也已经刮到了德国的各行各业，并成为政府推行的一项法律。这项法律规定，德国企业在午间必须保证员工两个小时左右的休息时间，员工可以在此期间进餐并午睡，健康保险公司还对每天午睡的投保者进行奖励。

"春困秋乏夏打盹"，有人以为午睡只是春夏秋三季的专利，其实不然，人一旦形成了习惯，便再难以更改，即使是天寒地冻的冬季，亦照样会有条件反射。我自己午睡习惯的形成要追溯到上大学期间。那时，学习压力相对减轻，午饭后，同学们都开始了有规律的休息，从此，也培养了我午睡的习惯，并坚持至今。现在，一年之中，只要时间允许，都要坚持午睡，而且睡后精力明显得以恢复，反之，午后总是困倦难耐，工作效率自然大打折扣。午睡于我，诚为一大享受。为了快点入睡，我便随手捡起一张报纸或一本书刊，目光在报纸或书上踯躅良久而不知所云，但却能引入梦乡。明代学者李笠翁曰："午睡之乐，倍于黄昏，"对此，我也有同感。而双休日的午睡更无上班的牵挂，比平时睡得更香甜酣畅。

最有意思的是，我周边的人群中同样有很多坚持午睡的知音。一次与政府部门的一批公务员一道出差，接待单位在我们结束枯燥而繁忙的学习后，特意安排了游览横店影视城以示减压。途中，一位公务员无意中聊起自己午睡的经历，竟然与我"惺惺相惜"。一年四季，即使在春节期间，他也要先安排午睡，再去走访亲戚。当日午饭后，我们一同参观明清宫苑，他就熬不住阵阵的睡意，在偌大风景区内找不到可休憩地方的情况下，竟然以地为床，草草地和衣躺在那里解决午睡，在嘈杂的环境下，他居然能迅速进入梦乡，而且鼾声如雷，使我惊叹不已。

可是，在如今竞争激烈的年代，随着人们工作压力的加大，生活节奏的加快，午睡对于不少人来讲，已成为一种奢望。为了生计，他们得经常加班加点，甚至放弃了双休日休息的时间，久而久之，影响了身体健康，而留下终生的遗憾。我想，只要条件允许，不妨重视午睡的作用，把它作为一种消除疲劳和缓冲压力的手段，也许会给你带来意想不到的效果。

旅游无疑是件妙不可言的事，它可以不分年龄，不分性别，可以说，几乎所有人都喜欢旅游。旅游是人类的基本特征之一——我这样下此结论应该不会过分吧！

我们那个年代，旅游还带有一层神秘的色彩，在当时看来，可以说是一件遥不可及的事情。受条件的限制，小时候，自己就很少有远足的机会，因此旅游在我的心目中，显得非常神圣也充满羡慕，直至参加工作后，才有了第一次跨出省界旅游的机会。

转眼间，捉襟见肘、囊中羞涩的时代已经过去，旅游也随之成为人们日常生活的调节和补充。旅游业则演变成一项朝阳产业，旅行社如雨后春笋般地应运而生。旅游景点的开发更是热情高涨，方兴未艾，它们纷纷高举傍名人、玩时尚的牌子，附庸风雅也好，牵强附会也罢，对旅游资源的开发可谓花样百出。现在，一些单位甚至将旅游奖励以一种隐性福利的形式发放给员工，以调动员工工作的积极性和增强企业的凝聚力。几年前，"黄金周"的出台更加助推了旅游热的持续不衰，也大大地拉动了国民经济的消费需求。

工作之余，现在的人们一定会想方设法出去走走，虽然因为时间、财力、爱好程度、健康状况等条件的差异，不同的人只是走得近或远，次数的多或少的区别。平时被工作、家庭牢牢地捆绑在一起，因此，人们都在利用一些难得的时间，去外面转一转。他们相信，只要走出去，心灵就会得到抚慰，心情将会趋向平静，心境也会变得平和起来。因为生活在一个快节奏、高压力的现代社会里，每一个人都会伴随着一种复合型的压力，有源于生活的、工作的，也有来自家庭的、经济的，总之有各式各样的压力。通过远足行走，换一个环境，就可以放松身心，释放压力，因此，醉心于旅游的人，可不仅仅是"走一回"，而是成为随世俗，求得纯净、宁静生活的癖好。

当然，旅游的目的地并不拘泥于城市还是乡野之地，不论是历史悠久的古迹，峥嵘峭拔的群山，还是急湍澎湃的江河，只要走出去就行了。因为在一个新的环境里，特别置身于湖光山色之中，人们就会很快地忘掉心中的烦恼，享受大自然所带来的清新愉悦。

进入老龄化社会的中国，老年人理所当然地成为当今旅游的主力军。因为旅游最基本的条件就是时间。可以说，在中国的旅游经济中，老年人的贡献绝对功不可没。老年人在旅途中都会仔细地欣赏，认真地拍照，快乐地记录，并常常带着过去那个年代所持有的特质——朴素、简单，还有最重要的一点，那就是节约。他们基本上不挑剔什么，对于住宿或就餐，不会有过多的奢望，只要卫生，吃得饱就足够了，能与大家结伴，快快乐乐地出行已很满足，就这么简单。

最近回老家一趟，并看望了我的伯父——一名中学老校长、书记，他的一番话使我感慨万千。他说如果一个人一辈子一直在读书，而没有出过门，那么，读那么多书又有什么意义呢? 如果只能在书本上"神游"，那他(她)的人生将是多么的遗憾! 他一直提到自己至今还有一个愿望未曾实现，纠结心中。因为在国内，只有神秘的西藏高原，他还未曾游历过。退休后，他利用了一切可以利用的时间，去过国内绝大多数的知名景点，或随团队或自助旅游。通过旅游，早些年的理论知识就能同实践相结合，不断地加深印象，丰富见识。每次出去，在他看来，都是一种享受，一种莫大的幸福。尽管已迈过古稀之年，但去西藏的愿望反而愈加迫切，一定要在有生之年实现自己既定的这个目标。伯父这种乐观豁达的心态使我神往不已。

可令人担忧的是，现在的旅游却似乎越来越成为一种负担和一件累事、苦事。因为在国内，一旦养在深闺人未识的旅游资源得以开发，很多人就开始从很远的地方蜂拥而至，它立刻会变味。在那里，旅行社各色旗帜眼花缭乱，嘈杂的喇叭声此起彼伏，导游们背书式地讲解着由当地某位名人所撰写千篇一律的煽情解说词。四方男女游客在景区内色彩光鲜的塑像、牌匾前乐此不疲地摆出各种 Pose，争先恐后地将这些场景拍照存念。像拉萨，本地人原也不过十多万，现在是几十万外地游客包围着这十多万人，于是，西藏高原首府拉萨与内地的差异很快消失了，满街也是山城火锅、北京烤鸭、牛肉拉面，藏民也穿着西装，只是脸黑红些罢了。当年籍籍无名的九寨沟不过是九个藏族寨子，人迹罕至，与世无争地存在着，可现在每天人头攒动，没有消停的时候。譬如周庄，一个以古典著称的地方，一个原本宁静的小镇，现在却到处弥漫着浓重的现代商业气息，每天都要承接成群结队、纷至沓来的中外游客。甚至，作为水乡的周庄，它的水也不再清澈……

于是，在每个景点便会出现几乎相同的三个现象，首先是人满为患，尤其是在旅游旺季，景点里无不充斥着集市般的喧嚣之声，使原本清雅、安静的景点失去了原先的那种原始朴素，这已经不可避免地成为现代文明生活所带来的弊病，对于仰慕已久的景点，游客们只能轮流从速瞻仰。其次为浓厚的商业气息，风景区周边到处分布着大同小异的商铺，以致在旅途购物时经常会出现一些不太和谐的事情。再者，国内很多地方做旅游，是把乡下变成城市的翻版，道路已完全被硬化，铺上柏油路或浇上水泥，显得笔直干净，树木整齐划一，鸡鸭牛羊全然不见踪影，世代居住于此的农民动迁异地，菜园成了停车场，石板桥换成水泥桥，旁边分布则是清一色打着乡村招牌、等待游客去消费的馆子，每一个路牌都能准确地把你带到景点，可游人就是看不到这块土地的日常生活。于是，这些原本山清水秀的地方开始布满了纵横交错的索道以及花花绿绿的游乐设施。人工痕迹过重，没有生活气息的乡土旅游，其实不过是旅游册子的实景演出和旅游业牵强附会的结果，使人毫无想象力可言。总之，雷同的元素和泛滥的商业气息摧残了乡间古韵淳风的同时也败坏了人们的游兴。

近日，古都西安五日游使我感受颇深，旅游团在其中穿插安排了一整天的西安世界园艺博览会的行程，可里面商业氛围令人窒息，两个核心场馆自然园、创意园由于人数过多、等候时间过长而无缘得以参观，而其他场馆则统统演变成了购物商店，均在出售清一色的旅游商品，游客穿梭在其中，手里提着尽是纪念品或旅游商品，却一直未能见识到所谓的园艺，令人遗憾不已。购物作为旅游活动中的重要组成部分，对繁荣旅游业无疑具有积极的促进作用。但是，旅游购物却往往成为许多旅行社和导游的"潜规则"，也演变成团队出游时的一种精神负担，既浪费了游客宝贵的时间，又降低了旅游的品质。

于是，纯玩游、品质游等新生旅游品种也就应运而生，虽然提高了出游的成本，但能减轻因购物和自费项目的增加而带来的许多不便，还是受到很多人的欢迎，因购物等而影响了旅游的心情那是完全得不偿失的。而一些富于探索精神的年轻人则喜欢在业余时间约上志同道合的三五知己好友，加入到自驾游、探险游的行列中来，他们往往选择去一些平时一般人涉足不多的景点，这样就可以完全不受购物的限制和知名景点里喧嚣吵闹的影响，玩得更加自由自在，酣畅淋漓，从而真正地享受到自然原始的旅游所带来的种种快乐。

说起旅游，不能不提到明代的旅游大家徐霞客，这位不朽的伟人，他天的成功就在于旅游，并从旅行之中获得了无比的快乐与幸福。少年时代，他受耕读世家的文化熏陶，立下了"大丈夫当朝碧海而暮苍梧"的旅行大志，从二十八岁开始，他肩负背囊，手持油伞，告别家人，徒步行走二十四载，足迹北至燕、晋，南及云、贵、两广，沿途了解山川河流、气候植被、风俗人情等，严谨地记录了观察的结果，给后世留下了极富地理学价值的《徐霞客游记》。《徐霞客游记》洋洋洒洒六十万字，其文笔生动，记述精详，开辟了地理学上系统观察自然、描述自然的新方向，既富有文学色彩，又具有重要科学价值，从而奠定了他作为旅游业鼻祖的地位。

当然，我们不能一定要期望着每个人都能成为徐霞客式的职业旅游家、科学家，更不必像他那样时刻面临"途穷不忧，行误不悔。瞑则寝树石之间，饥则啖草木之实。不避风雨，不惮虎狼……"的艰苦。世界之大，每一个人都有他的命定。一些人生来似乎就是为了行走，他们有机会踏遍祖国乃至世界的山山水水，而不少人终其一生也仅仅走过极其有限的地方，但只要在旅途中，能汲取新的知识，领略当地的风情，那就足够了。因为，真正的旅游是获得诗意、美感、哲思、智慧和丰富的生命体验，从而达到精神上的愉悦和身心的健康，这才是人们外出旅游的价值所在。

生长在水乡，自然对江南古镇有着深厚的感情，对于名列江南六大古镇之一的乌镇相当神往，曾经与它进行过两次亲密的接触。第一次全家跟随旅游团，造访的是乌镇的东栅景区，目的主要是冲着现代文学巨匠茅盾先生的故居而来，当年走国道，很辛苦，到达目的地早已蓬头垢面，精神疲惫。可随着拥挤的人潮去拜谒观前街17号先生的故居时，却倍感亲切，他笔下的《林家铺子》《子夜》《春蚕》《秋收》《残冬》等经典小说大都以乌镇为背景，描写了中国那个特定年代的社会生活。第二次，与同事一道再访的依然是东栅景区，上同三高速，更加快捷方便。先后两次结缘乌镇，一条老街、一所古居、几座古桥、摇橹的乌篷船、久违的鸬鹚逮鱼给我留下深刻的印象。但对乌镇的总体印象却不是很好，开发得有点混乱，老街几乎成为一个大集市，很为东栅过于"现代化"感到难过。

随着乌镇联合其他江南五大古镇不遗余力地开展申遗工作，并列入《中国世界文化遗产预备名录》以来，其名声不断远扬。据统计，自东栅景区开放以来，每年吸引着大量的海内外游客来此观光旅游，而且还成功地接待了众多的国家领导人和外国贵宾。前几年，乌镇又开始了第二期西栅景区的开发，通过四载磨砺后开发建设完工，并专门聘请台湾三栖明星刘若英担任其旅游形象代言人。雨巷、书馆、双桥……水乡古镇的美景和"奶茶"刘若英温婉细腻的风格相映生辉。她泛舟享受西栅夜景的大幅宣传照片将乌镇柔美爱情气息表现得淋漓尽致，而一部《似水年华》爱情电视剧更是让国人熟知乌镇的西栅，也激起了喜欢旅游的我对它的向往。

2011年六七月之交时，我第三次踏上了乌镇这个神奇的江南水乡。当然这次的目的就是直奔西栅而来。从嘉兴市区不到一个小时，就已经抵达西栅风景区，真是百闻不如一见，一进门，现代化的气息扑面而来，令我耳目一新。游客服务中心、观光车、水上巴士、直饮水、天然气、宽带网络、卫星电视、电子巡更、泛光照明、星级厕所和智能化停车场等旅游配套设施一应俱全。景区内，却与其他熙熙攘攘的江南古镇截然不同，灰墙黛瓦间显得肃静优雅，整洁安谧，碧水环绕的岛屿、欸乃的橹声、枕河的秀色、人与环境和谐的共存……在这里，你可以放下心中的忧愁，远离尘嚣，轻松地泛舟品茶，自由自在地欣赏绝美的水乡自然风光。

鉴于东栅开发和保护的无序，看来当地政府从此彻底觉悟了，下定决心要把西栅进行彻头彻尾地改造，以完全崭新的面貌出现在游客面前。于是，他们斥资数亿元，买下产权，将乌镇的二期工程开发——西栅历史街区进行全封闭的保护，原住民全部迁移到镇外的新楼房里。老镇腾空后彻底统一翻修，从而大大地提高了开发和建设的效率，同时用管线下地的方式，铺设了电线、电缆线以及煤气、自来水和排污等管道，老房子里则全面安装了现代化卫生、通讯设备和防火系统，整体上创建了一个食宿游购完备的新型古镇社区，这样既保持了古镇风貌，又提升了居住品质。然后再重新租给愿意回迁的村民，但他们不会再享有产权，只有租住权。于是，一些村民又相继回到了自家的老屋，在自己熟悉的环境里开店——有商铺、旅社，也有饭馆。这样一来，乌镇就完全改头换面了：再也没有了煤烟，再也不见过去的"袅袅炊烟"，但这样的结果才有了干净整洁、幽雅清静的环境。这种保护现在看来是众多古镇中最成功的，超过了那种原住民的自然状态。

在我的记忆中，我所到过的诸多江南古镇都陷入了"自然保护"的怪圈——那里经常看到有人在河道里刷马桶，甚至将工业和生活污水直接排放其中，对美丽的水乡古镇造成了严重的污染，也破坏了周边的生态环境，导致后来治理起来既费力又费财。由此可见，乌镇西栅在历史建筑、文化遗产保护的开发道路上已走在前列，更可贵的是它能够着眼未来，将历史街区功能的重新焕发进行了独特而又创新的实践。当然，这样一来，乌镇虽然演变为一处统一管理的花园式水乡旅游区，但完全成了一个"真实的谎言"，因为被整饬一新的种种恢复的江南小镇，常见的民居、楼堂、宅院、药铺、拳船等，都带了表演展示的性质，失去了原初的生活气息，倒像是拍摄电影时假的布景。可如果不这么进行保护，本真的生活迟早会彻底毁灭这个可爱的水乡古镇。

由此一来，乌镇的住宿价格自然而然提高了，那些外表看上去还是木头老屋的旅社、民宿，里面其实已经完全一派现代化——安装了空调，铺上地毯，卧具也很高档，住一晚动辄要几百元，相当于某些大城市星级宾馆的价格。而一些豪华会所，一晚的价格已接近三千元了。据随行的导游介绍，在西栅就有锦堂等三家乌镇会所，属于最高档次的五星级（由联合国下设的机构评定），隶属全球奢华精品组织成员，这样的星级旅馆在国内也是寥寥无几，只有北京、上海、杭州、成都等几个大城市才拥有，这样看来，乌镇或许是中国最豪华的小镇也并不为过。

听着导游煽情的讲解，更加激起了同行人的热情，都争相想下榻于此，真真切切地欣赏一下文人笔下所描述的超凡脱俗的水乡夜景。可是，导游却向我们为难地摊摊手，一句话将众人刚刚吊起的兴致彻底打消——淡季需一周前进行预订，而旺季则至少要提前半个月才可能住上这些破旧的老屋。价格却高得离谱，一到黄金周，更是异常的火爆，很难预订到，我们只能留下遗憾，等待下次再来弥补。可是，从周末早上的九时进入，到下午二时撤出偌大的景区，走马观花地在西栅走了一大圈，面对所见所闻，实在来不及思考什么，就这样匆匆地离开。但是使我感到迷惑不解的是，这样的乌镇还是原来的乌镇吗？还是一个具有悠久历史的古镇吗？

　　由此，使我联想到老家——永昌堡古城的保护修缮。十几年前，我们就已经提出了走一条保护古镇的道路，但现在看来，步子依然迈得很缓慢。尽管国家投入巨额资金，开始奋起直追，但仍然进展得磕磕绊绊。还有城内居民的外迁，古城墙和古民居的修缮，旅游配套设施的建设，文化内涵的开发远远没有达到原所规划宏图的程度和高度，我们的建设者们是否可以学学乌镇西栅这种先进的开发做法，早点还原我们一个本真的古城呢？

少年时代的我，家中并不富裕，无论吃什么都是吃母亲亲手做的饭菜，很少有上饭店的机会。当时，饭店对我来说就是一道诱人的风景，每次路过饭店时，那橱窗里充满诱惑的菜肴总会觉得眼馋。记忆中，上高中时才有了第一次与同学们结伴去饭店的经历，也算是对饭店开始有了初步的了解。当然，在那个年代，请客常在家里，进饭店被视为奢侈的举动，所以人们并不会在意或者计较饭店的环境。

时代在飞速发展，人民的生活水平得到了极大的提高，现在，下饭店聚众吃饭，是现行中国人生活中很重要的一件事。同样，在家做饭也成了一些上班族的累赘。如果哪一天，在家里吃腻了，全家就会自然而然到外面选择一家饭店就餐，或相约一群朋友去某一家饭店宴聚。如今，大大小小的饭店星棋罗布在城市的大街小巷，且各种层次和等级的饭店分工明确。几乎每走几步就会遇到一个小饭店，远一点就有一个比较大的饭店，再远一些，肯定会有一个环境极佳的饭店，这好像成了一种规律似的，选择一家饭店，既方便又自由。真的不行，网上搜寻，就可以轻易地预订到一个理想的饭店。

当然，在我们这一代人看来，对饭店的环境要求无外乎两种，首先要卫生，其次饭菜做得是否可口，仅此而已。作为普通人，总不可能老是去那种高档的饭店，中低档也要去，包括大排档也会经常光顾，所谓的要求仅一点，最好是能具有地方风味或特色，环境嘈杂不是主要问题，只要菜肴符合口味，服务员热情亲切，这就足够了。物美价廉、经济实惠、干净卫生、服务热情，是我们这一代人衡量饭店的主要标准。

其实，在我看来，饭店环境的好与差与此家厨师的厨艺并不是成正比的。吃纯正的地方小吃，不宜进招牌大的豪华饭店，它们往往分布在一些小店里，这是老食客们的经典。像在温州市区，藏身于民航路一条小巷深处的一家餐馆（现已经进入连锁经营阶段），虽然地理位置不佳，并租在普通的住宅里，装修也完全和"与时俱进"背离，店面门脸不大，内部陈设简单。每个房间，一两张表面斑驳陈旧的狭小木桌、几把椅子、简陋的餐具：清一色摔不破的铝制杯碗，桌面上一张打印塑封的单面菜单。但酒香不怕巷子深，每天生意兴隆，桌桌坐满，食客趋之若鹜，很多人还远道慕名而来。若没有提前订座，根本无法品尝到这里的菜肴。而且大多数是熟客，他们并不介意此处的环境，在这里吃得认真，也很细致，似乎是在用心地品味着个中的滋味，从食客的表情和吃相上，却分明看到他们确实是在享受着一种美食，他们常常边吃边津津有味地攀谈着，还时不时地给老板提些参考意见，老板也乐意并且虚心地接受。显然，食客与饭店之间已建立起一种信赖关系（这关系包括散漫随意的环境，若干道招牌菜：糖醋黄山鱼、炒茄子、江蟹生以及公道的价格）。

但是，凡事并不绝对。我自己就有过一次在高档饭店里无法享受到优雅环境的经历。记忆犹新的是在去年的秋天，亲戚家儿子结婚，选择在当地最高档的酒店设婚宴酒，酒菜的档次、优雅的环境，自然无可挑剔。为了突出结婚隆重的气氛，新郎家聘请了一位当地著名的司仪主持婚宴，婚宴酒自始至终在极其热烈的气氛中进行，可具讽刺意义的是，一对老实巴交的新人被能说会道的司仪摆弄得尴尬无比，而司仪一个人则在台上又唱又跳，风头完全盖过了新郎新娘，简直令人啼笑皆非。餐厅里，高分贝的噪音大大地破坏了众人就餐和庆贺的心情，连同桌之间正常的交流也显得十分费力。有时，人们不得不捂着耳朵来躲避如此嘈杂的声音，只得盼望着酒席能早点结束。但碍于面子，大家只好坐在富丽堂皇的餐厅里，无奈地看着极度兴奋的司仪在狂喊到我们最终离席，仍在饶有兴致地继续着他的疯狂表演。

可对于现在的年轻人来说，那就不一样了，在他们看来，重要的不是在吃味道，而是在讲究一种环境。道理很简单，谁让现在的年轻人有空闲的时间和足够的资本，当然乐意往高雅上走，专挑那些环境好但口味令人不敢恭维的大酒店里花钱，小资一下，非说那里上档次。说穿了，青年人对大多数事情的选择（包括食物），主要是为了追求潮流，满足攀比的虚荣心而已。但对于尚在热恋的年轻人来说，自然就会有一层更深的意义在里面，那就是要让对方更加瞧得起自己来，选择一家环境好的饭店自然会有一种无法比拟的优越感，也可以更好地显示出自己的浪漫与大方，以博取另一方的好感。

俗话说得好："民以食为天，"现在的人们都具备了可以享受美食的条件，选择一家环境好的饭店可以让人的心情舒畅起来，这也是符合人们天的一种虚荣心理。对就餐而言，心情是很重要的一环，换一种环境，选择一家环境好的餐厅也是对生活品质有要求的一种体现。说白了，随着人们生活水平的不断提高，享受生活当然要包括享受各式各样、让人心情愉快的环境，这也无可厚非。于是，生态园、水上房、顶楼可以俯瞰城市夜景的旋转餐厅等高档的餐厅也就应运而生，来迎合人们的这种心理需求。朋友们约会相聚，坐在这些环境考究的饭店中，品茗着高档的红酒，品味上等的菜肴，轻松自然的氛围中谈笑风生，从而可以更好地享受人生的乐趣。

晚饭后，陪儿子去附近的景山公园散步，公园的大门口自发地聚集了一群年纪相仿的中年人。一打听，方知他们白天忙于工作，于是在每周逢双的晚上，利用网络相约共同夜走景山，已经坚持了一年有余，使我惊讶不已。由此看来，喜欢散步的我毕竟还有不少的知音。

一直以来，我热爱散步，信任散步。不管是炎热的酷暑抑或严寒的隆冬，空暇之余，总喜欢到周边的公园走一走，或单独一人，或与家人一道，边走边看，令人赏心悦目。平时，除了上下班赶时间之外，我一般都会选择步行。相对于坐车，步行能逸出更多的自由、自足，是鲜活而丰润。在步行可以覆盖的范畴内，自己可以不受任何约束，想怎么走就怎么走，全凭自己的一时兴趣。同时还可以不可多得地观察周围的景物，于是，街道界面无微不至的累累细节也成了我步行的副产品。而且，散步作为人生情绪的"空调器"、心态的"平衡木"，每当自己心情烦躁郁闷时，就会选择信步而行，从而放松身心，使心理得到平衡。同时，散步也是促人思考的好方式，尤其是单独行走，在平静从容的状态中还能得到收获——不时地激发出我写作的灵感。

可是，现实却让步行成为一厢情愿和一种奢侈的行为。因为所有的城市都在不断地扩大，点与点之间的遥远，已让大部分人望而却步，谁还愿意安步当车呢？而以汽车等交通工具取而代之（据统计，在我所在的城市里，仅今年上半年，私家车就增加八万多辆，增幅达百分之十，现在，市内每百人私家车拥有量已达五十八辆，对于一个中等城市而言，这是一个相当惊人的数据）。于是，人们开始对乘车踏板、周旋于电梯的生活习以为常，开始懒得走路——身为现代都市人，可以说，已将人的自然属性丢失得几乎殆尽。他们的日常身份不再是"行人"，而是迅速转化为"乘客"的角色。

面对城市的高速发展，现在，再也没有人敢吹嘘熟悉自己所在城市的方方面面了，连天天在市内各个地方忙得连轴转的士司机都像片警那样，专挑熟悉的"片"区跑，以避开堵塞的交通。因此，从某种意义上来讲，已无真正的城市人了。无边无际、日夜更新的城市，使得所有人都变成了它的陌生客，只要几个月不出门，你即陷入"异地"的恍惚和迷失中。

城市扩大后所带来的直接后果就是很多人都将最有效的时间虚掷在了路上。就像我，由于单位刚搬迁至城东，而自己仍然居住在城西，每天在上下班的路上所消耗的时间累积起来就达两个小时左右，而且得天天挤在拥挤不堪、人气污浊的公交车内，因为这是纯机械的"赶路"，一路上，到处充满了堵、挤、搡、刮擦、焦灼、噪音、污染等，而使得路途的来回变得毫无情趣。

现在，城市在飞速地扩张，空间更趋遥远，工作节奏不断加快，谁还有心情、时间去散步呢?

深入探究能诱使人喜欢步行的原因，在我看来，应该首先具备以下两个条件：一是沿途空间或景物应有舒适性和愉悦性，不乏味；二是人的生活节奏要相对舒缓，不着急（故中国的贤者特别提倡步行，并为之写下了不少脍炙人口的诗篇）。

但后者属时代心境，最难化解，因为现代社会正以加速度向前发展，人们的生活节奏与日俱增，我们无力也无法改变现实。

这里仅只说说空间。一个城市是否对脚友好，能否对人的步行发出诚挚的邀请，看看城市的人行道建设即一目了然。人行道在道路系统中的地位，直接反映出对脚的态度。而普遍现状是：大多数的城市对人行道的待遇太差了，较之宽阔密布的车道，它要么被忽略不计，要么被严重冷落和边缘化，甚至被侮辱（私家车常常擅自闯入人行道，而且屡禁不止）。当然，也有例外的，如刚刚被批准为世界文化遗产的杭州西湖。如果你到了西湖边，就会情不自禁地进行漫步——宽阔得令人垂涎的人行道、绿荫如盖的行道树、比比皆是的人文景观等，这就是西湖能吸引人步行的原因所在。

可现在，不仅人行道受车道欺负，行人在车辆前也被迫礼让、退避、服从。特别是那一道道布满城市大道的斑马线简直形同虚设，人们在横穿马路时，不得不时刻提高警惕，扫射四周，而且必须先得让横冲直撞的汽车过去后，方敢抬脚起步。

因此，在一座美好的城市里，道路系统应在细节上处处体现出对行人的体恤，而人行道应享有特殊的荣誉和尊严，这样才能构成人们步行最基础的因素。

说起步行，使我不由自主地联想起我们的父辈。父亲曾多次向我提及当年负笈求学的艰辛。当时家乡一带没有中学，得到离家约六七十公里之距的县立第一中学就读。可到学校没有直达的汽车，只能坐船，而且要经多次辗转才可抵达。于是，父亲每次返校，都靠双脚的长途跋涉。周日用过中餐后。他便从家中出发，背上一个星期的干粮，到了学校往往已是傍晚时分。当然，艰苦的读书生涯大大地锻炼了父亲的意志和体力。现在，与父亲一道行走，我的脚力却常常跟不上他的步伐，使我不由地感慨万分。

不可否认，现在人们外出到一个陌生的城市，总要到所谓的步行街去走一走。因为步行街在人们的心目中往往就代表了某一个城市的形象。游览了步行街，就意味着自己名正言顺地到过这座城市，尽管是走马观花，摆个样子而已。可令人难以忍受的是往往几乎所有的城市步行街却根本不适宜于"步行"。它虽然富有现代气息，夜晚的街景亮化得如同白昼，到处霓虹闪烁，但空阔嘈杂，噪音混合，浓厚的商业氛围让人心烦意乱不说，且一律树荫小，不便停驻和休憩；虽建筑林立，但万象实为一景，枯燥无味，缺乏供人们可欣赏的细节，明显不支持步行。

其实在一座城市里，真正对漫步发出邀请的只能是一些老街坊或弄堂。其一砖一木都充满着感情，元素鲜活，细节密集，所遇之人也有趣，所遇之物最让人有所启迪。而步行街，你就无法与之交流，它根本不打算和你平等。那些高耸林立、千篇一律的建筑体，生硬僵冷，拒绝握手，拒绝攀谈，只接受瞻仰，服从。在众多的城市中，传统街区的枯萎，"步行街"的横空出世，皆意味着漫步文化渐行渐远。

当走路成为一起乏味的体力活，人们的兴致立即衰弱。人行道的物理性能再好，也只能满足运动一下筋骨，寂寞而出，索然而归。但是当你行走在苏州、扬州和西安等一些城市时，在那里，你就会有一种迥然不同的感觉，能不时地邂逅一些残破的旧骑楼，它们虽身处繁华，但临街倚铺，探出一溜檐廊来，延续几百米，可遮风避雨挡晒，并处处体现对行人的召唤与体贴，可谓关怀备至，非常温馨。而到了一些江南古镇，又是另一番别致的景象。小桥、流水、人家，加上狭窄而悠长、由千百年的青石板铺成的弄堂，特别地养眼，充满了诗情画意，人们就会情不自禁地产生了一种散步的冲动。即使走上个半天，你也不会觉得太过于疲惫。

我想，祖先给我们的脚，是要用来走路的。否则，从肉体到精神皆有"失足"感。朋友们，请给我们的双足一块有力量的落点。步行是最为原生态的"有氧运动"，它会使你得到生活的裨益，身体的健康与身心的愉悦。更重要的是，政府部门也应给人们创造步行的条件和氛围，让大家重返到充满诗意的步行的美好时代。

　　现在，连接着市区和老家的大半路程是一条标准、全线半封闭的一级公路，汽车能够以接近高速的速度行驶着，既快又稳，坐在带空调和车载液晶电视的公交车内，我把每次乘车当作一次观光旅行，身体靠在椅子上，一路上欣赏沿途的景观，三垟湿地、大罗山秀丽的风景在眼前飞驰而过，使得我的思绪很快地回到那个尘土飞扬的年份。

　　而在那条通往市区的旧公路上，我曾经是个严重的晕车症患者。大学三年和工作后的许多周末，我常经由那条公路回家，去学校或单位。

　　我的晕车史始于何时已经记不清了，反正一看到那条旧柏油路还是沙子路时，我就晕得激情澎湃了。我坐车的最初记忆是从老家到温州市区。当时，母亲去市区的附一医看折磨多年的腰部疾病，捎带上九岁的我。我们从家中出发，步行半个小时后，在永中简易车站的铁栅栏边开始等车。客车进站后，等候的人们便蜂拥而上，母亲拉我尽量往里挤，未等坐稳，汽车已开始启动。车小人挤，座椅瘦硬，彼此之间的距离狭窄，瘦长的母亲不得不蜷曲着腿。

　　70年代中期初冬的车厢里，乘客构成复杂无法分类，除了人，还有鸡鸭鱼鹅等。不久，车内便开始充满着浓烈的汽油味、大蒜味、鱼腥味、牲畜味以及经济牌香烟燃烧的气味，我只得一直开着车窗以尽量避开这些令人作呕的杂味。行驶中，客车无规则的震动和乘客身体的拥挤使这些异味交杂混合在一起并搅动起来，杂烩得令人无法忍受。缺氧和恶心很快使我头昏脑涨，但我只能一直忍受着。在颠簸不平的砾石路上晃荡了一个半小时后，车子终于抵达市区。甫一下车，我便蹲在地下，好久才能起身，胃里涌动着酸水，一脸煞白，却呕吐不出，为此，母亲只能把我安置在与附一医一墙之隔的中山公园，以减轻坐车带来的头晕恶心。但由于长期的晕车感觉，以致我第一次去当时的"市区第一公园"——中山公园，记忆朦胧。也正是那次难忘的乘车经历，我便开始对坐车心存余悸。

　　以后的日子里，晕车不断地折磨着我。上大学后，依然如此，以至于读书期间，由于害怕坐车，曾多次上演过"千里走单骑"的自行车骑行经历。尽管老家与学校路途遥远，骑车来回需要四个多小时，但在一些天气合适的周末，我还是选择了用自行车作为交通工具，骑行回家，最终由于母亲的强烈反对才作罢。而每次同学们结伴出去旅游，担心晕车，我很少参与这样的集体活动，从而错过一次次外出观光的机会，留下了不少的遗憾。大学期间，一位要好的同学曾多次相邀我去他的家乡——有"廊桥之乡"美誉的泰顺县，可当时，从市区坐汽车到那里要花上七八个小时，而蜿蜒起伏的"S"形山路对于一个晕车者来说，简直就是一种漫长的刑期，所以一直未能成行。直至大前年的夏天，我才有机会圆梦。

在各类汽车中，对于出租车，我特别反感，更是退避三舍。一是空间狭小，充满着强烈的汽油味；二为司机常不守规矩地到处横冲直撞或不断地超越，并随意违停招揽客人，一路上时停时开，使我胃里不断地翻腾，难受无比。

晕车这种可怕的状态一直持续到工作初期仍然未有多大的改观，从而也影响了我作为男人的自尊。没有比晕车呕吐更让一个男人感到无比的难堪和羞辱，我甚至为我以后的爱情担忧，一个晕车的男人，怎么会有风度在旅途中去呵护自己的女友呢？于是，亲戚朋友忠告我，这其实不是一个问题，只要多坐车，便会适应而且习惯于它，就能彻底解决晕车这个问题，可"一朝被蛇咬，十年怕井绳"，晕车一直在考验着我，也使我对坐车充满着畏惧。

最刻骨铭心的晕车经历发生在工作后的次年，一次与同事结伴去平阳的南雁景区旅游。去的时候车子少，一路顺利，而且南雁优美的景致也暂时使我忘记了对晕车的惧怕。可是，长达四个小时的回程却令人可怕和痛苦，狭长的国道线上不断堵车，中巴车时开时停，在颠簸跳跃的半途中，胃液开始翻涌，我一阵阵感到恶心，涌到嘴里先是大口大口的清水，我极力地控制着不把食物给呕吐出来。随之而来的是头痛，太阳穴里面的神经痛得一闪一闪，一直持续着。最后，隐忍了好久的胃终于爆发，如江海般翻腾起来，我便对着黑色塑胶袋大口大口地呕吐，竟然吐了整整两大袋的秽物，之后，一脸煞白，头垂在前排座位的靠背上，显得无助也无奈，同事们为我担忧不已。但奇怪的是，吐完之后，身体却感到异常地舒服，脸色也渐渐地由白转红，也许是因为真的已吐光了胃里的所有东西。

晕车的历史得到真正的改观是在我开始主持了单位的办公室工作后，乐学习、会议、办事，经常地外出，渐渐得到了强化训练，同时，随着道路天和车辆的状况逐年的改善，晕车的次数越来越少，这使我获得了彻底战胜心它的决心。现在，我这个过去在坐车前胃里不敢存放一丁点食物、必须抢占前排位置并开着车窗的人，居然可以猖狂到了在疾驶的汽车里边吃边与人一直聊天不断的程度。

　　于是，我为自己的变化感到骄傲。开始疯狂地爱上了旅游，以弥补过去那些因晕车耽搁不能外出的日子。儿子出生后，我就一直奉行着"读万卷书，行万里路"的理念来教育他。庆幸的是，儿子没有继承"晕车"这一传统，对坐车非常适应。因为没有了晕车的后顾之忧，就可以肆无忌惮地到处走走。因此，只要时间允许，我便会带着全家到外面看看，不管是名山大川还是历史名城，只要能去就行，反正我已经升华到了视坐车为一种享受的程度。而每次遇到以前的朋友，他们也觉得不可思议，我坐车的水平居然能突飞猛进，只是不知这种变化更多是得益于自身的磨炼，还是由于道路和乘坐环境的改善。

　　我曾经假想过，假如小时候就有大巴和高速路，也许就不会染上纠缠了我十多年的晕车症，至少不会晕得那么恐怖，这是完全可能的，只是无法用事实来证明它，因为我出生在没有高速路和进口大巴的 60 年代末，这是无法更改的事实。

　　因此，那些到处坑坑洼洼的旧公路、破客车和晕车的狼狈经历便一起铭刻在我的记忆深处，每当回想起那些痛苦的经历，总是对现在的这种坐车状态充满着一种满足和怀想。

　　菜市场是个神妙绝伦的地方，它与人们的生活须臾不离。俗话说得好："民以食为天，"因此，无论你地位高低、财富多寡，都会与之发生紧密联系。可以说，菜市场从早到晚都是一阕动人的交响乐。只要一进入喧嚷嘈杂、人声鼎沸的菜市场里，一种最本真、最纯粹、最浓厚的生活气息就会扑面而来。逛逛菜市场，感受这里热气腾腾的生活，是对每个人一天呆板、枯燥工作的最好调剂。

　　菜市场有室内外之别，布局上自然有所不同。一入室内菜市场，高高悬挂的标识牌可以让你一目了然。往往粮油食品在进口处；冷冻食品、豆制品、熟食类、干货依在两旁；紧随在后的是蔬菜水果摊位，它们相互交叠；肉类、水产品则占据了中间最显眼的位置；卖家禽常常被挤在角落里。相比之下，马路菜市场没有分区经营，完全无规律可循，初来乍到，犹入迷宫，真是"举棋不定"该去哪里。只有来多了，才能轻车熟驾，胸有成竹。

　　由于马路菜市场两边搭建的钢架整天遮日，阳光稀少，加之雨天水排泄不净，道路总是长期泥泞不干。近年来，随着城市文明程度的提升，大多数马路菜市场已被政府部门取缔或逐步改造。可我依然对马路菜市场情有独钟，宁愿舍近求远，主要是冲着它公道的价格和更新鲜的食材而去。

　　当然，马路菜市场并不只是卖菜，一些小吃铺也会见缝插针地分布在其中。早上的马路菜市场，卖早点无疑成了主角，天刚亮就开门纳客，热气腾腾的各色包子、馒头已蒸熟，从摞叠的笼屉里透出诱惑来。卖主脸上被热气、油烟气熏得汗津津、油腻腻的。大人、孩子围在笼屉旁，热切地期待着摊主早点揭开。只见他们用挂在脖子上的毛巾往脸上胡乱地抹一下，快速地揭开一层层腾起白雾的笼屉，手脚麻利地夹拣包子、装袋、收钱、找零……

　　上午七时许，马路菜市场首先迎来了第一轮高峰。人们从四面八方相继涌入，熙熙攘攘的景象使原本并不宽敞的道路变得更加狭窄、闷热起来，也使菜市场顿时充满了活力。在此行路，不仅要时时避让走着、站着的人以及穿行其中的摩托车、自行车，还要当心碰到随地摆开的摊位。作为居家主义者都要过的物质生活，饮食男女概莫能外，是人人难以回避的细节。因此，附近的居民都得主动地到这里来解决自家的"菜篮子工程"。于是，位置再怎么偏僻的摊位上也不需发愁，前面不时会有人光临。

很快，嘈杂纷呈的马路菜市场就像一个上演生活剧的喧闹台。到处充斥着各种讨价还价的声音：

一位中年主妇，蹲在地上，和一位卖竹笋的轮流拿着秤争来议去。

"你看清，一斤，星子外，秤砣都压不住！"

"喏，九两都跌砣呢？"

卖主拿过秤正欲计较，却见一位穿制服的工商管理人员正往这边巡视过来。卖主立马噤了声，快速在塑料袋中又放进一个粗圆的、未剥去箨衣的沾泥小竹笋。买主不好意思再争辩，满意地起身离开。

在一篮子的大蒜前，两位妇女套起了近乎：

"别人三块卖你二元，我仅仅一元八，放心。"

秤砣已经完全垂了下来，很准了，但具有经营头脑的卖主仍当着买主的面又塞了两个小蒜进去。买主高兴，把钱和话都笑着送了过去，并撂下话来："下回还到你这里买。"

一排排经营海鲜的摊位——贝壳类、各种时令鱼鲜，应有尽有，琳琅满目，地上到处湿漉漉的，人们得小心翼翼地绕着走。摊主们大多穿黑色长筒雨靴，戴手套，系皮围裙。客人们看中了在盆中游走的鱼儿，就冲摊主喊："来一条大的鲫鱼。""好哎！"摊主手疾眼快，一手伸进盆里，"嗖"的一声提起尾扁阔活鱼来，手法精准华丽，过秤、付钱，按买主的要求剐鱼——刮除鱼鳞，开膛剖腹，挖鳃去肠，取出鱼鲊和鱼胶，洗净后撒少许盐，装在袋中，一气呵成。

赶市最迟的，永远是那些会精打细算、善于理家的"全职太太"们，她们不缺时间，却往往视钱如命，而且对菜市场的行情了如指掌，西红柿昨天多少一斤？今日是涨还是降了？什么菜很快就要下市，紧接着将要新上市什么菜？还特别懂得生意心理：清早的是买的求卖的，下午是卖的乞买的。她们往往会选择市末去买菜。这些人一般不太注重个人形象，甚至不修边幅地身着睡衣在菜市场里游荡，一副惺忪未醒的样子。可买起东西来却个个伶牙俐齿，挑三拣四，不管面对的是狡猾的、小气的，还是诚恳的、温柔的摊主，她们都能面不改色地拉下脸进行砍价。占了丁点便宜，便像捡了大元宝似的得意。因此，她们所买到的一堆菜肴总是既经济又实惠，够一家老少吃上一天三顿。当然，对卖主而言，最不喜欢与这样的家庭主妇打交道。

时间一晃就到中午，光顾的人少了许多。卖肉的把脚架在案板上，望着一大堆没卖完的肉感叹道："罢市噢——"。卖豆制品的也清闲下来，开始从摊位底下抽出报纸开始浏览，并不时在嘴里嘟囔着当天的时事要闻。卖干货的女人同样歇了一口气，拿出早已放在一边的毛线，边织边不甘心地向外瞟着，随时关注着每一位从摊前经过的主顾。

下午两点多，过了忙碌的时段，已经无人光临，摊位上的卖主们都显得无精打采。用塑料纸盖好菜肴后，有的打着哈欠补觉去了；有的慵懒地东张西望；有的干脆起身，活动下筋骨，开始串门；精神好的几位开始相约，围坐在一张歪斜的小桌玩起了牌局。

中间仅仅平静了三四个小时，新一轮高峰在傍晚时分重新卷土重来。下班后的人们再次蜂拥而至，人来人往，菜市场又开始显得混杂、拥挤。在昏暗的路灯下，人们忙碌地选购着晚餐的食材，步伐也显得匆忙多了。

晚上七时后，整个菜市场里一片狼藉。面对稀稀拉拉的顾客，摊主们开始做着打烊前的准备工作——边整理自己的摊位边打扫着卫生，之后，他们坐在凳子上饶有兴致地数着一张张潮湿的人民币，脸上洋溢着幸福的笑容。

2012 年的 1 月 3 日，是我笔耕生涯中一个难忘的日子，我的第一本散文集《乐天笔记》由中国文联出版社正式出版发行。书中选入了我近十年来创作的八十三篇散文，共十七万字，内容涉及平时生活的方方面面，有对童年的记忆，故乡的怀旧，美食的眷恋，人生的感悟，儿子的成长……当我手捧这本散发出油墨喷香、装帧大方的新书，感到重若千钧，爱不释手。因为这本散文集来之不易，那不仅是我十多年笔耕心血凝聚的结晶，更是饱含了一些文学前辈的扶掖之情和众多朋友的支持和鼓励，笔耕的艰辛和收获的喜悦之情也令我心潮起伏。

时间回溯到 1999 年底，在单位订阅的一本杂志上阅读到一篇乡村忆旧的文章时，使我产生了强烈的共鸣，也萌发用文字表达可爱故乡、难忘童年的想法。生在乡村，长在乡村，对乡村的记忆是那么地刻骨铭心。我信手在稿纸上写下了一篇《小人书》的短文。小人书曾陪伴我度过了难忘的少年时代，给了我知识的启蒙，对它感情很深。之后，我把这篇文章投寄给当地的晚报，尽管与编辑从未谋面，素不相识，没想到隔了两周，居然变成铅字在晚报的"池上楼"副刊上发表，这给了我很大的写作自信心，也使我从此同文字开始结缘。于是在工作之余，开始热衷于笔耕，并将这个业余爱好一直坚持了下来。

从第一篇文章发表算起，一晃而过，我已在业余文学道路上艰难地跋涉了十年有余。自己在事业上的发展上并非坦途，其间经历了不少的坑坑洼洼，在平庸刻板的现实生活和不断挫折中，只有文字默默地伴随着我度过了这些备受煎熬的日子。算是勤能补拙，我陆陆续续在自己的电脑里积攒起来不少散文，也偶有"豆腐干"文章散发于当地报刊。当然，于我而言，写文章并不是安身立命之所需，仅仅作为业余爱好，"自娱自乐"罢了。限于见识和经历，自己所写的大都是身边日常所见所闻所感以及对乡村美好生活的追忆。

每当有文章见诸报端或征文作品获奖时，总会收到很多朋友的鼓励电话，从而给了我坚持下去的动力，也鞭策着我不断前行。于是，阅读、陶冶、创作、发表、加入协会……一点一滴的收获和激励，使我沉浸在业余文学创作所带来的乐趣和享受之中。

2009 年的秋天，与文学界朋友的一次聚会中，大家开始怂恿我将自己的文字结集出版。当然能将人生旅途中所留下的斑斑"鸿爪"展视人间，以飨同好，自然是一件美事。可一直以来，在我根深蒂固的观念里，著书立说那是人们毕生所追求的最高境界，也是一项高尚的创造性劳动和作家的特权，可望而不可即。对于著作等身的作家们，我总是心存羡慕。作为一名文学爱好者，我从来不敢有一丝的奢望。但朋友们的想法也很快得到当地文联领导的肯定，他们也大胆地鼓励我将出书事宜提上议事日程并付诸行动。

于是在他们的点拨下，勾起了我出书的欲望，算是附庸风雅，赶了一回出书的时尚新潮。之后，我开始利用业余时间，将存放于电脑中的文章进行了遴选、整理、编排、校对，删删改改，数易其稿，花了近两年的时间，终于完成了散文集《乐天笔记》的定稿，并交付出版社。

由于自身条件和文学修养的限制，注定我今生不能成为一名作家。但《乐天笔记》的诞生，却为我的业余写作注入了新的活力。作为自己的发轫之作，它的面世也证明了在事业上碌碌无为的我至少不是在虚度时日，也并没有消沉下去，毕竟还有写作这么一项业余爱好在陪伴着我，它充实和丰富了我的精神生活。通过写作，涵养了性情，培养了情操，我的思想由此也变得丰厚而深邃。

我深知，无论从文笔和思想来说，《乐天笔记》都显得幼稚和肤浅。但我还是敝帚自珍，作为处女作，书中的每一个字都是自己用心在电脑前码出来的，可谓字斟句酌，绞尽脑汁。对于这本书，就像一位刚生下孩子的母亲怀抱着她的新生子女，不管美与丑，我都感到特别地疼爱和珍惜，毕竟它使自己的业余文学创作有了一个良好的开端。当然，一个从来都是别人书籍读者的人，忽然间拥有了一些自己的读者，还是感觉特别地兴奋和异常开心。同时也希望读到《乐天笔记》的众多朋友们，如果能从我的书中得到一点点启迪和一丝丝帮助的话，那将是我最大的心愿和快乐。

现在，《乐天笔记》已成为过去，工作之余，我依然看些芜杂的书籍，在电脑前敲打闲散的文字来打发。写作是我的一种倾诉方式，把我想说的话，把我对这个世界的理解，通过文字这个载体表现出来。因为写作之于乐我，是一件充满快乐和幸福的事情，希望它能一直陪伴着我，不离不弃。

2011年底，书稿付印后，总算尘埃落定。我终于长吁一口气，将多年的牵挂放了下来。

走上业余创作的道路，离不开家庭的影响和熏陶。小时候，哥哥热衷于文学，家中订阅的尽是文学类的杂志，于是，这些文学作品给我提供了最早的文学滋养。参加工作后，经不起文学的再三"诱惑"，利用业余时间开始写些豆腐块的文章，并时常发表在有关媒体上。与此同时，看到周围一些文学朋友都在像模像样地出书，不由得心生羡慕之心，也促使了我的"野心"日渐膨胀，蠢蠢欲动，欲赶一回"时髦"。2009年的年末，结集出书的想法终于被提到议事日程上来。

但是要真正做到结集出书，却又绝对是件劳心费神的"体力活"。只有亲历体会才有至深的感触，用"心力憔悴"一词来形容也并不为过。

如今，一本书的文字量动辄要数十万，才有厚度，才显示出分量，才能拿得出手，给读者一个交代。没有纸张厚度的书籍，就好像文章的厚度也没有了。所以得千方百计地凑足字数，尽管明知自己的大部分文章都不是精品，也只能滥竽充数。为了保证厚度，不得不为之。

既然要出散文集，首先得选文，必须遴选出具有一定文学水准的篇什来。可面对十多年陆续写成、泥沙俱下的几百篇文章，要真正筛选出自己较为满意的作品，也是一件比较困难的事情。而其中一些文章已经有些岁月，显然落伍了，必须进行重新的修改。修改的过程，也让我有了一个检视自己的机会，这样既要担负起编辑又要充当读者的双重角色，做到真正的"断舍离"，清理掉那些不值得留存的文字，才能对读者负责，这是一位写作者的基本良知和上岗操守。

文字校对同样也是一个不可或缺的环节。校对不只是纵向的串联和横向的勘误，还是又一次的自我阅读，再一次的反思和自省，错别字、病句、错误的标点符号等，那是无可置疑要纠正过来的，校对得只有这样，才能使文章更加精美，才不会贻误读者。几年前，曾拜读过当地一位自己所景仰的知名作家的第一本散文集，没想到书中却是连篇累牍的错别字，不由得索然寡味，再也没有继续阅读下去的动力了。为此，书稿经自己数番校核后，又特地委托了两位中文系毕业的好友在文字上把好最后一关，尽量做到完美无瑕。

之后，还要根据文章的风格和类型进行归类、选辑，这才是出书的重中之重。每辑怎样定名，那真是让人煞费苦心，一旦形成一个辑名的思路，就随手记录下来，进行反复比较，推敲。而书名更是起着画龙点睛之作用，一点马虎不得，需要反复思忖，并不时请教诸多的文学前辈，才能最后敲定。

接着，封面装帧、版式设计等等的事情也就接踵而来，设计封面、封底、书内插图最重要的是协调，图片风格要跟书的设计理念一致，要和文章的内容匹配，要与文章的风格相符……

为了提高书的影响力和知名度，还要请大牌们作序、题字，明知是拉虎皮做大旗，但不得不为之。请谁写，自然讲究无比，而且大牌们并不是能轻易请得到，请得动，于是必须动用各种关系才能联系上这些大牌，好歹求得他们帮忙。这样，书的影响力、号召力自然倍增。写什么？除了正文内容、序之外，往往还得再凑上一篇文章，充当所谓的"后记"，向读者交代出书的缘由，尽管水平有限，也只能勉为其难。

再接着要找出版社，联系出版……

于是，一本书付梓之后，你便会形神枯槁，出书是件"体力活"，此话一点也不为过。

总之，出过书后你就知道了。

　　嘴巴功能之一就是讲话。当然，简单的话，除了哑巴之外，我想人人都会说上几句，谈不上让人多害怕，就是害怕，也会说得出来。我这里的害怕讲话，是专指能体现出一个人水平的讲话。因为往往一开口讲话就能显示一个人的口才，尤其在一些大场合。或口若悬河，滔滔不绝，或结结巴巴，不知所云，但前者大都让人钦佩，而后者却连自己也惶恐不安。

　　我就属于那种不会讲话的人。这主要表现在：一遇到讲话就会感到浑身发热，胸怀忐忑，坐立不安，不知所措，显得笨拙而紧张。

　　上高中时，政治课是我最怵的一门功课，虽然任课老师学识渊博，幽默生动，但他却有一个同学们看来极为可怕的习惯，每趟课完毕后，必留有一定的时间进行提问。提问时，他随手把书本往桌上一扔，反剪着双手，开始在教室里踱步，用余光扫视着大家，除了几位特别能说会道之外，大多数同学都显得高度紧张，低垂着头，生怕被老师点名。可是，这位老师却总是毫不留情，对着下面大声地说："若是谁再低着头，那我就点谁发言。"不幸的是，我被提问的概率却是极高，每次回答时，我必然支支吾吾，答得模棱两可。这时，老师总是不紧不慢地说："上课有没有预习？政治课也是主课，和其他课一样重要，记得下次还会点到你。"于是，每次上政治课，总是战战兢兢，如履薄冰，唯恐又被老师点名提问。

　　工作后，曾经在单位担任过中层干部，有时无奈被逼上梁山得作一番发言，会议的前几天，我总是显得寝食不安，必须提前做好准备——在空白的便笺上列出密密麻麻的讲话提纲。每轮到自己发言时，就像如坐针毡，照本宣科进行宣读。但即使这样，讲话时依然紧张无措，显得磕磕巴巴，如此当众言说与其说是乐趣，不如说是惩罚，不啻于一种煎熬。

　　害怕讲话，一遇到讲话的场合，我就特喜欢龟缩在后排的角落，并低着头，一则可以随时开溜，二是被指名发言的概率自然大大地降低。害怕讲话，当然就特别佩服那些会讲话的人，喜欢讲得谈笑风生、诙谐有趣、辩才无碍，常常引得满堂喝彩的人；喜欢那些一本正经、严肃认真，讲得有条不紊、一丝不乱的人；喜欢那些学识渊博、讲话引经据典、旁征博引的人……会讲话的人很多，讲的方式也不一样，有的大吹大擂，毫不脸红，有的轻言细语，头都不摇，但他们的确会讲话，真的让我敬佩得五体投地。

前些年，儿子痴迷上了历史，其间就特别偏爱中央电视台科教频道的《百家讲坛》栏目，在电视机前一集不落地观看。我也断断续续看了几集，看着这些节目，不由得心生向往，的确佩服那些滔滔不绝的名嘴，不带讲义，都能信口开河讲它半天，甚至连续几天不断地讲，讲得是头头是道，思路清晰。特别是2008年3月31日，中央电视台《艺术人生》剧组来到泰山录制"清明特别节目"，于丹与易中天作为特约嘉宾，面对泰山，两位名嘴对庄子、司马迁、诸葛亮等先人进行解读，如数家珍，出口成章，连续几个小时侃侃而谈，吸引着众多游客驻足聆听，于是愈发更感到自己真是笨嘴拙舌。

害怕讲话，还因为自己不会说一口标准而流利的普通话。我的青少年时代在乡村度过，老师讲的都是一口蹩脚的普通话，深受熏陶和影响，我们自然也逃脱不了普通话不标准的干系。2009年的春节，全家赴"冰城"——哈尔滨旅游。旅程的翌日，从亚布力滑雪场去海林雪乡途经牡丹江市，晚上住宿该市，去毗邻旅馆的一个大超市购物，迷宫般的超市搞得我晕头转向，购物后竟找不到出口（没设标志牌），不得不向营业员问讯。可能是我嘴巴里吐出的"出口在哪儿？"在他们北方人听来，"出"字的翘舌音根本没有发音到位，热情的营业员不断地摇着头，我不得不耐着性子重复了多次，可最后，营业员嘴里蹦出的依然还是那句"先生，很抱歉，我不明白您的意思，"无奈之下，只得在超市里像无头苍蝇似的到处寻找，幸好，几分钟后终于找到出口，顺利返回旅馆。

儿子刚上学时，每天得完成老师布置的报听写作业。可是，每当我一出口，儿子立即进行纠正："爸爸，你又报错了。"时间一久，儿子也失去了耐心，只能改由妻子接替我这项工作，当然这也有好处，令我省心不少。

70年代，中国文坛出了个奇才贾平凹，一生只说家乡话，不会说普通话，外出时，常给他带来诸多的不便，但他却归纳出一句经典的说法——"普通话是普通人说的话，"心中暗喜，简直讲到我的心坎底下，于是一旦别人指摘我普通话不标准，甚至满口乡音时，我就理直气壮地引用此话进行反驳。

害怕讲话，如前所述，不等于我不说话。不管人家爱听不爱听，我都会说真话。细想起来，我之所以害怕讲话，是怕在公共场合"说"，那要面对着一群"正襟危坐"的人们，在众目睽睽之下"正儿八经"地讲，害怕被别人点名一定要讲的话。其实，我私下里觉得自己还能讲话，与朋友促膝谈心，天南海北，山高水长，松弛之下可以兴之所至，有一句没一句，天一句地一句，心里倒也不怎么发怵。每次随团出游，很快就能跟陌生的团友熟络起来。对此，儿子便开始在妻子前面告状："你看，老爸又在与陌生人套近乎，炫耀自己了，"搞得妻子老是一而再再而三提醒我，在外要少出言，不要惹麻烦。当然，这些场合的讲话不用腹稿，可以随时脱口而出，难度自然不大。一次去洛阳旅游，在西安西站等候高铁时，居然邂逅了一大群佛学院的学生，由一位老师带队去郑州少林寺深造，出于好奇，我便与紧挨着的年轻老师乘机闲聊起来，尽管萍水相逢，可不久便相谈甚欢。上高铁后，全陪女导游的位置恰好在这群僧人的中间，很是尴尬，不得已，她只得站在过道中。于是，我与这位老师进行了沟通，虽只有一面之缘，他却面带微笑颔首还礼，并爽快答应与女导游交换位置，当我告知原因时，众人皆奇，这可能也是随意聊天所带来的好处。

可现在，越来越害怕讲话，除了不想讲话，可能还与自己肚子的"货"越来越少有关，与自己没有领导"意识"，没有纵横捭阖、一张一弛、一开一合的"口才"有关；害怕讲话，是因为自己有时真的脸红，也与放不下架子的虚伪有关……说千道万，害怕讲话，是因为害怕自己的耳朵听不得一些官话、假话、套话有关。

"现在请某某同志讲话，大家欢迎！""哗啦啦"，掌声又一阵阵地响起来……这是我们最为常见的开会固定模式。人就是这样，你不会讲，不等于别人不会讲。有人一讲就是一天，有人一讲就讲了一辈子，讲到两鬓苍苍愈是"炉火纯青"。你看那些评书大师，凭借着伶俐的口齿，把一个小小的故事演绎得抑扬顿挫，弄得听众如痴如醉，这不就是说话的艺术和魅力吗？可是，我凝望上面的这位滔滔不绝的讲话者，却如坠云里雾里，听着他嘴巴里所吐出的连篇累牍的官话、套话、废话、空话，脑袋"嗡"地一下子大了起来，讲话，有时真的就这样让人害怕啊！

流泪是一种再常见不过的生理现象，其主要原因是动情而引起的。俗话说："男人有泪不轻弹"，流泪往往作为女人的专利，可在《三国演义》这个绝对男人的世界里，却可常见流泪事件的出现，在细读之中更能品味到别样的柔情。

I.刘备垂泪得天下

《三国演义》中，魏王曹操文韬武略无人能及，吴侯孙权深得用人之道，而蜀主刘备能建立蜀国，除了诸葛亮、庞统、关羽、张飞、赵云等一批忠心耿耿的文臣武将的竭忠辅佐外，更依赖于他的仁义，其以宽仁行天下，而得以三分天下之一。在民间，就一直有刘备得天下是完全靠流泪而得来之说，讲得更坦白一些，他能靠仁义来笼络人心，笼络手下的文臣武将，从而赢得民心，赢得天下。阅读《三国演义》，就会发现很多篇幅来突出刘备的仁主现象，而他的仁义形象则往往通过"流泪"二字得以表现。

《三国演义》第四十一回写道：

玄德问计于孔明。孔明曰："可速弃樊城，取襄阳暂歇。"玄德曰："奈百姓相随许久，安忍弃之？"孔明曰："可令人遍告百姓：有愿随者同去，不愿者留下。"先使云长往江岸整顿船只，令孙乾、简雍在城中声扬曰："今曹兵将至，孤城不可久守，百姓愿随者，便同过江。"两县之民，齐声大呼曰："我等虽死，亦愿随使君！"即日号泣而行。扶老携幼，将男带女，滚滚渡河，两岸哭声不绝。玄德于船上望见，大恸曰："为吾一人而使百姓遭此大难，吾何生哉！"欲投江而死，左右急救止。闻者莫不痛哭。船到南岸，回顾百姓，有未渡者，望南而哭。玄德急令云长催船渡之，方才上马。

也就是说，在建安十年（205）秋天的江汉大地上，刘备带领十余万军民，扶老携幼，含辛茹苦，上演了"携民南行"的悲壮一幕。如此撤退明显违背了"兵贵神速"的军事原则，对保存实力，避免曹军的追击十分不利，刘备也显然知道这个道理，可面对孔明和众将的再三劝阻，他却泣而拒之曰:"举大事者必以人为本。今人归我,奈何弃之?"同样,行至襄阳东门,刘琮闻玄德至,由于害怕曹操,闭门不开,这时,魏延打开城门,放下吊桥,欲引刘备等入城避难,可刘备却说:"本欲保民,反害民也!吾不愿入襄阳!"最后,在曹军精兵的追击下,刘家军果然一败涂地。刘备虽然在作战上失利,但在道义上却取得了极大的胜利,这种生死攸关的抉择,绝非一般乱世英雄的惺惺作态所能比拟的。读罢此段,相信所有人都会感动不已,一个仁慈爱人的高大形象就更显得栩栩如生。从此,刘备的"仁德爱民"更加深入人心,并成为他迥别于其他创业之君的最大政治优势和资本。

通过"流泪",同样将刘备的爱才之心表现得淋漓尽致。当时,徐庶以单福之名在刘备处效力,屡施妙计使曹军屡战屡败。奸诈的曹操用程昱之计,赚得徐母作为人质,并利用徐庶的孝心这一"弱点",迫使他就范。于是,徐庶不得不离刘备而去。

……临别,又顾谓诸将曰:"愿诸公善事使君,以图名垂竹帛,功标青史,切勿效庶之无始终也。"诸将无不伤感。玄德不忍相离,送了一程,又送一程。庶辞曰:"不劳使君远送,庶就此告别。"玄德就马上执庶之手曰:"先生此去,天各一方,未知相会却在何日!"说罢,泪如雨下。庶亦涕泣而别。玄德立马于林畔,看徐庶乘马与从者匆匆而去。玄德哭曰:"元直去矣!吾将奈何?"凝泪而望,却被一树林隔断。玄德以鞭指曰:"吾欲尽伐此处树木。"众问何故。玄德曰:"因阻吾望徐元直之目也。"

两次流泪将惜才之情顿时跃然纸上。后来,刘备得司马徽先生的指点,带着关羽、张飞二个兄弟,三顾茅庐拜谒孔明:

……玄德拜请孔明曰:"备虽名微德薄,愿先生不弃鄙贱,出山相助。备当拱听明诲。"孔明曰:"亮久乐耕锄,懒于应世,不能奉命。"玄德泣曰:"先生不出,如苍生何!"言毕,泪沾袍袖,衣襟尽湿。……

通过一而再再而三地上门求见,真诚的流泪,终于以求贤若渴的精神打动了孔明,请得孔明出山,为日后三分天下打下了坚定的基础。

刘备初遇赵云一见如故,分手时,便"执手垂泪,不忍相离",爱才之情,何其真挚?后来,刘备出兵助陶谦抵御曹操,曾向公孙瓒借兵马和赵云,曹操退兵后,赵云辞行,刘备仍是执手挥泪而别。在长坂坡,赵云孤身一人,冲入重围,杀死曹军名将五十余员,血染战袍,单骑冒死将后主阿斗救出,交给刘备,非但是"刘备亦泣",甚至玄德接过,掷之于地曰:"为汝这孺子,几损我一员大将!"更是将这种爱才之举发挥到了极致,从中可见对赵云的感激和抚慰,也以此打动了他的心弦,赵云日后始终效力于刘家二代，至死不渝。

说到善哭，翻阅整部《三国演义》，随时可见刘备的流泪场面。关羽被害，他竟"一日哭绝三五次，三日水浆不进，只是痛哭；泪湿衣襟，斑斑成血"。得知张飞被害凶信后，"先主放声大哭，昏绝于地"。后见到关兴时，想起关公，竟然以头顿地而哭。兄弟情深可见一斑。逃行时，路过刘表之墓，率众将拜于墓前，哭告曰："辱弟刘备无德无才，负兄寄托之重，罪在备一身，与百姓无干。望兄英灵，垂救荆襄之民！"言甚悲切，军民无不下泪。以上例子不胜枚举，由此可见，刘备很善于利用流泪之举来联络感情，征服人心。

其实，作为早已败落的远支皇族之后的刘备，既没有曹操、袁绍那样显赫的背景，也没有孙权继承父兄的基业和占据着长江天险的地理优势，有的只是仁德爱民和尊贤礼士这两大最难能可贵的资本。以上刘备的诸多流泪，实际是对"所谓三国天下三分，魏占天时吴占地利，而蜀占人和"的最好诠释，因此，这"人和"也能占得其一的天下，也就显得顺理成章了。

II.诸葛亮流泪显真情

诸葛亮是《三国演义》中最为光彩夺目的人物形象，在《三国演义》众多英雄中，其才华、风范无出其右者。他自第三十八回隆中决策，初出茅庐，到第一百零四回秋风五丈原，溘然长逝，整整二十七年为刘家二代呕心沥血，尽忠辅佐，可谓死而后已，鞠躬尽瘁，而且全家三代一门忠烈，为蜀国尽忠，让世人敬仰。

盘点诸葛亮的成就，除了在后期因误用马谡失街亭外，一生中几乎没有败绩，将近完美，这当然于刘备、刘禅对他的高度信任和他用兵如神的超人谋略有关，他所主宰的一些经典战役如火烧赤壁、七擒孟获、空城计等完全可以写进教课书的内容。

诸葛亮一生谨慎，处世精细，成为智慧的化身。通过整部《三国演义》可以看出，他同样是一个感情丰富细腻的人，一生中，虽然鲜有流泪的场合，但每次流泪总是充满了智慧和真情，让人读来意味深长。下面，我们逐一进行分析。

《三国演义》第五十七回"柴桑口卧龙吊丧，耒阳县凤雏理事"：

孔明径至柴桑，鲁肃以礼迎接。周瑜部将皆欲杀孔明，因见赵云带剑相随，不敢下手。孔明教设祭物于灵前，亲自奠酒，跪于地下，读祭文曰……孔明祭毕，伏地大哭，泪如涌泉，哀恸不已。众将相谓曰："人尽道公瑾与孔明不睦，今观其祭奠之情，人皆虚言也。"鲁肃见孔明如此悲切，亦为感伤，自思曰："孔明自是多情，乃公瑾量窄，自取死耳。"

诸葛亮利用周瑜性格上的弱点，三气周瑜而身亡。在吴方不容己的前提下，诸葛亮此次柴桑口吊丧的单独行动，显然是深入龙潭虎穴，危难重重，但诸葛亮自有他的过人之处，面对江东诸将咄咄逼人的态势，首先凭精彩的祭文以及最廉价的祭物——眼泪，言情诉谊，辞衷意切，以这种最直接的感情流露，化解了对方紧张的敌对情绪，缓和和避免了因周瑜死后而引起的新矛盾，为此行铺平了道路和扫清障碍，再次宣传了"助吴拒曹，辅汉安刘"的政治主张，在外交上取得了重大的成功，也为日后辅助刘备建立蜀国奠定了基础。

蜀军失街亭，让诸葛亮苦心孤诣多年的第一次北伐黯然收场。为了正军纪，他将一直视为儿子的智谋之臣马谡挥泪斩首。《三国演义》第九十六回写道：

……须臾，武士献马谡首级于阶下。孔明大哭不已。蒋琬问曰："今幼常得罪，既正军法，丞相何故哭耶？"孔明曰："吾非为马谡而哭。吾想先帝在白帝城临危之时，曾嘱吾曰：'马谡言过其实，不可大用。'今果应此言。乃深恨己之不明，追思先帝之言，因此痛哭耳！"大小将士，无不流涕。

从大哭之中，可以看出诸葛亮敢于自责，开展自我批评的大无畏精神以及赏罚分明、严正法纪的治军铁腕，俗话说："人无完人，金无足赤，"作为堂堂的一国丞相和精神领袖，一个运筹帷幄、决胜千里的神奇人物，能在众人面前敢于大胆反思自己的用人失察，实在难能可贵。事后，他还主动上表要求后主将自己自贬三等，并退军汉中休养生息，以图东山再起。

蜀汉建兴六年（228）秋九月，东吴陆逊破魏都督曹休于石亭，蜀国拟再次出师北伐。

正饮酒间，忽报镇南将军赵云长子赵统、次子赵广，来见丞相。孔明大惊，掷杯于地曰："子龙休矣！"二子入见，拜哭曰："某父昨夜三更病重而死。"孔明跌足而哭曰："子龙身故，国家损一栋梁，吾去一臂也！"众将无不挥涕。

诸葛亮得知消息后，跌足而哭是对赵云去世最真诚的感情流露。赵云自归顺刘备以来，多次追随刘备、诸葛亮出生入死，忠贞不渝，作为蜀国最忠心的"卫队长"和常胜将军，他的离去是蜀国的重大损失，诸葛亮言不由衷的流泪更体现了对赵云的尊重。

刘备托孤是《三国演义》中最为精彩的章节之一，也是民间中广为传颂的故事。为了替义弟关羽报仇，刘备没有听从诸葛亮、赵云等人的极力劝谏，一意孤行地亲征吴军，最后被陆逊施计火烧连营，败走彝陵。刘备病重期间，在白帝城将刘禅托付给诸葛亮。

先主命内侍扶起孔明，一手掩泪，一手执其手，曰："朕今死矣，有心腹之言相告！"孔明曰："有何圣谕！"先主泣曰："君才十倍曹丕，必能安邦定国，终定大事。若嗣子可辅，则辅之；如其不才，君可自为成都之主。"孔明听毕，汗流遍体，手足失措，泣拜于地曰："臣安敢不竭股肱之力，尽忠贞之节，继之以死乎！"言讫，叩头流血。

诸葛亮泣拜于地是为了感激刘备对他的高度信任和知遇之恩，以及一种将来要承担辅佐后主，复兴汉室的使命感，同时也表达了他誓死效力蜀国的决心和忠心。

蜀国出师北伐之际，南蛮王孟获造反，犯境侵掠，诸葛亮亲率大军去平乱，七擒蛮主孟获，终将其成功降服，从而避免了生灵涂炭的战争再次发生，也稳定了蜀国的大后方。平定孟获后，在班师归途中，行军至泸水，却见阴云布合，狂风骤起；兵不能渡，孔明听从孟获之言后，亲自祭奠。

……读毕祭文，孔明放声大哭，极其痛切，情动三军，无不下泪。孟获等众，尽皆哭泣。只见愁云怨雾之中，隐隐有数千鬼魂，皆随风而散。

一篇祭文读来声情并茂，诸葛亮祭鬼魂之真情的流泪也感化了上苍，天地亦感动他对蜀国的一片忠心，"……但见云收雾散，风静浪平。……"使蜀军顺利班师，开始了六出祁山的伟大北伐征程。

纵观诸葛亮一生中为数不多的几次流泪，不论为刘备、赵云、马谡、庞统还是为周瑜、蜀国，皆发自内心的真情自然流露，可谓哭得其所，哭得到位，显得有情有义，也将他原本美好的形象塑造得更加完美无缺。

Ⅲ.曹操落泪惜人才

《三国演义》中，曹操是最具争议的人物。在罗贯中的笔下，他既具文韬武略又显奸诈无比。但通读《三国演义》后，就会发现这位在人们眼中叱咤风云的枭雄，亦有其温柔的一面，毕竟英雄人物也具普通人的感情，在总计他十处流泪的描写中，其中为典韦落泪二次，二哭郭嘉，为袁绍一次恸哭，还有为父亲曹嵩遇害、故人陈宫临刑、醉酒杀死刘馥、夏侯渊定军山被黄忠所杀、自己交代临终遗言而哭。对袁绍、陈宫、夏侯渊等人尤其是对手下最为器重的一文（郭嘉）一武（典韦）的落泪，都能体现出其重情重义的一面，爱惜人才、尊重人才由此可见一斑。

限于篇幅，我们有选择性地来分析一下曹操的一些流泪场景。

首先来看他对郭嘉的两次落泪。

第三十三回"曹丕乘乱纳甄氏，郭嘉遗计定辽东"：

操到易州时，郭嘉已死数日，停柩在公廨。操往祭之，大哭曰："奉孝死，乃天丧吾也！"回顾众官曰："诸君年齿，皆孤等辈，惟奉孝最少，吾欲托以后事。不期中年夭折，使吾心肠崩裂矣！"嘉之左右，将嘉临死所封之书呈上曰："郭公临亡，亲笔书此，嘱曰：丞相若从书中所言，辽东事定矣。"操拆书视之，点头嗟叹。诸人皆不知其意。

第五十回"诸葛亮智算华容，关云长义释曹操"：

操忽仰天大恸。众谋士曰："丞相于虎窟中逃难之时，全无惧怯；今到城中，人已得食，马已得料，正须整顿军马复仇，何反痛哭？"操曰："吾哭郭奉孝耳！若奉孝在，决不使吾有此大失也！"遂捶胸大哭曰："哀哉，奉孝！痛哉，奉孝！惜哉，奉孝！"众谋士皆默然自惭。

郭嘉素有范蠡、陈平之才，自归顺曹操以来，在庞大的魏军智囊团成员中，曹操唯有对这位旷世奇才和百年一遇的军事战略家言听计从，而且每战必胜，只可惜天妒英才，郭嘉三十八岁时病逝于征途中。平定袁绍两个儿子袁熙、袁尚后，曹操领兵还冀州，使人先扶郭嘉灵柩于许都安葬。班师回许都，大封功臣时，又表赠郭嘉为贞侯，养其子奕于府中，对郭嘉的后事进行了妥善的安排。两次痛哭郭嘉，眼泪中不仅表达了曹操对天才英年早逝的痛惜之情，也蕴含着对身边众谋士的鞭策和提醒，而第二哭更是感叹自己愚蠢失策，作为一位风云人物，一能做到深刻反思自己，二是哭泣英才难得，可谓意义深重。读来虽似有在众人面前"作秀"之嫌，但其对爱惜人才的真诚之心却显而易见。

再来细读罗贯中笔下曹操两次哭泣典韦的描写。

第十六回"吕奉先射戟辕门，曹孟德败师淯水"：

又设祭祭典韦，操亲自哭而奠之，顾谓诸将曰："吾折长子、爱侄，俱无深痛；独号泣典韦也！"众皆感叹。次日下令班师。

第十八回"贾文和料敌决胜，夏侯惇拔矢啖睛"：

且说操军缓缓而行，至襄城，到淯水，操忽于马上放声大哭。众惊问其故，操曰："吾思去年于此地折了吾大将典韦，不由不哭耳！"因即下令屯住军马，大设祭筵，吊奠典韦亡魂。操亲自拈香哭拜，三军无不感叹。祭典韦毕，方祭侄曹安民及长子曹昂，并祭阵亡军士；连那匹射死的大宛马，也都致祭。

后人对《三国演义》中武将的能力排名，有一吕（吕布）二典（典韦）三许（许褚）之说，之后才是蜀国五虎将。由此可见，典韦的武功应在一人之下，万人之上，更重要的是他对曹操的一片忠心，因此深得曹操的赏识。每次出征，必随带典韦在身边护卫。典韦死后，曹操归还许都，封典韦之子典满为中郎，收养在府中，并再次立祀祭之。第一哭典韦之语——"吾折长子、爱侄，俱无深痛；独号泣典韦也！"与刘备在当阳长坂坡摔阿斗之语（掷之于地曰："为汝这孺子，几损我一员大将！"）有异曲同工之妙，对于典韦的三次祭典以及两次悲痛欲绝的流泪，既是曹操重视人才，也是笼络人心的显示，曹操这样的重情重义，重视人才（将亲情家眷都放置在后面），这些跟随在左右的谋臣武将又怎么能不肝脑涂地，以死相报呢？

最后来欣赏一下他哭袁绍的片断描述：

操既定冀州，亲往袁绍墓下设祭，再拜而哭甚哀，顾谓众官曰："昔日吾与本初共起兵时，本初问吾曰：'若事不辑，方面何所可据？'吾问之曰：'足下意欲若何？'本初曰：'吾南据河，北阻燕代，兼沙漠之众，南向以争天下，庶可以济乎？'吾答曰：'吾任天下之智力，以道御之，无所不可。'此言如昨，而今本初已丧，吾不能不为流涕也！"众皆叹息。

作为曾经的好友（当年，曹操联络袁绍等十七路诸侯，发起讨董联盟，推选袁绍为盟主）以及日后的对手和死敌，哭袁绍既是对过去友情的追惜，也是对人才逝去的痛惜，这与诸葛亮痛哭周瑜（失去了一位共同抵御曹操最强大的战友和知音）如出一辙，但我们毕竟要清醒地认识到，生活在一个弱肉强食、以诈立身的时代，争权夺利、相互残杀在所难免。

纵观曹操以上的多次落泪，使得这位一向主宰历史的"狠"角色和被后人贴上"冷酷无情"标签的统计者，也向人们展示出极富人情味的另一面，其待人真诚、爱惜人才的性情同样得以淋漓尽致的体现，一个英雄形象显得更加有血有肉、丰满立体。

几年前赴四川旅游，成都市南郊的景点武侯祠引起了我的强烈兴趣。《三国演义》中，我就特别偏爱汉室后裔刘备所创立的蜀国。可游罢武侯祠，令人感到惊奇的是，里面除建造了诸葛亮三代一门忠烈的塑像外，还有刘关张三兄弟及其他众多蜀国知名人士的塑像，却唯独没有给蜀国后主刘禅的塑像留下一席之地。导游给出的解释：这位扶不起的阿斗根本不值得人们供奉。这就是后人给予刘禅的评价。

其实要深入地了解刘禅，有必要认真解读一下他的人生之路。刘禅系刘备长子，蜀汉后主，在《三国演义》的众多君主中，罗贯中先生唯独将刘禅一人的出生交代得最为详尽，也许是有意而为之：

玄德自到新野，军民皆喜，政治一新。建安十二年春，甘夫人生刘禅。是夜有白鹤一只，飞来县衙屋上，高鸣四十余声，望西飞去。临分娩时，异香满室。甘夫人尝夜梦仰吞北斗，因而怀孕，故乳名阿斗。(《三国演义》第三十四回)

从总体上看，刘禅的一生很有福气。尚在襁褓之中，在一身是胆的蜀国忠臣赵云的护卫下，从当阳长坂坡杀出曹军的重围，赵云早已满身是血，可解开怀抱，阿斗却居然在熟睡之中，安然无恙，也仿佛为他将来的命运埋下伏笔。之后，孙夫人要带他去东吴，途中又被张飞和赵云想方设法截留下来。父亲刘备为他打下一片江山，然后，相父诸葛亮又忠心耿耿为他辅佐经营，他完全坐享其成，垂拱而治。诸葛亮病逝后，其遗人遗策以及费祎、蒋琬等诸多忠臣的尽心辅佐下，仍确保了他在位二十九年，从而成为三国时代在位时间最长的皇帝(四十一年)。被魏国俘虏后，仍然当了七年的安乐公，最后以六十四岁善终。与那位屡遭劫持、多次被宦官控制的汉献帝相比，真是有天壤之别的命运。

读罢《三国演义》，影响读者对刘禅昏庸形象的认识不外乎于两件大事：不战而降和乐不思蜀，这一直也被后人所诟病。但从另一角度来看，这恰恰也正好说明了刘禅是一位既识时务又爱百姓和"通明智达"的好皇帝。

首先来品析一下"不战而降"的事件。当时，魏军大将邓艾攻破绵竹后，率兵直驱成都，当蜀军主力部队尚在剑阁的情况下，诸葛亮的子孙都已经殉国尽忠了，按彼时魏蜀悬殊的军事实力，再坚持抵抗，也已经绝无保国的可能。因此，刘禅没有以鸡蛋碰石头，进行无谓的死战，而是主动选择了投降，则"上能自守宗庙，下可保安黎民"。也只有这样，才能避免生灵涂炭。此时的刘禅首先考虑的不是失去自己的皇位和偏安一隅的国家，而是把百姓的安危和利益置于至高无上的地位，为水深火热的人民着想，作为一名君主，确实十分难得。

而被后人最津津乐道的就是乐不思蜀这一事件。其实刘禅亦有他不得已的苦衷，蜀亡之初，姜维等蜀中旧将忍辱负重，心中俱怀复国之志，若刘禅有心登高一呼，天下应者景从，所以他在魏国的一言一行，都要特别小心谨慎，否则就会引来杀身之祸。试想就连魏国重臣司马懿都要上演一幕痴呆、中风状，方得以麻痹政敌曹爽，夺得大权，更何况刘禅这个外来之君。作为保身之道，刘禅的装傻给司马昭留下了"我无忧矣"的印象，成功地保全了性命。当年，刘备曾经用同样的伎俩骗过了奸诈多疑的曹操。《水浒传》中，宋江亦通过装疯想蒙混知府蔡九过关。战国时期，军事家孙膑更是靠装疯让同门师弟庞涓丧失了警惕性，成功逃出魏国，最终实现复仇。"人在屋檐下，不得不低头。""乐不思蜀"从另一方面来看应该算是刘禅精彩的"政治秀"。从中表现出相当狡诈的"诚实"，只有这样，才能瞒天过海，养晦自保。

从常规的目光来看待刘禅，他的确是个资质愚钝、性格懦弱的人，但是深入地分析，会发现刘禅其实并不像人们所说的那样，属于扶不起的阿斗，在表面的麻木和愚懦的背后，也潜藏着过人的智慧和机敏。对此，连诸葛亮曾在《与杜微书》中评价他："朝廷年方十八，天资仁敏，爱德下士。"

从他处理魏延这件事就可以看出一些端倪来。诸葛亮病逝五丈原后，因魏延不满由杨仪带兵，并与其发生了激烈的冲突，双方都相互表奏对方造反，可刘禅听完魏延表奏后，却保持了清醒的头脑："魏延乃勇将，足可拒杨仪等众，何故烧绝栈道。"后来，魏延遭诸葛亮"临终嘱托"的锦囊设计，被马岱截杀，刘禅对他的功劳也没有全盘否定，而是降旨："既已名正其罪，仍念前功，赐棺椁葬之。"可见刘禅对事情能做到明辨是非，乐并非毫无政治主张。

诸葛亮在世时，独揽大权，以至于刘禅在政治上无所作为。但在诸葛亮死后，他及时废除相制，把军政大权分开，以蒋琬为大司马，主管军事，以费祎为尚书令和大将军，主管政务，两人的权力相互交叉，相互牵制，但各有侧重，也显示出强劲的政治手腕。同时，他反对穷兵黩武，停止了空耗国力、劳民伤财的北伐，并遵循休兵养民的原则。从此，蜀国百姓开始安居乐业，朝廷大臣各安其位，宫廷也没有发生任何内乱，出现了三国乱世极为罕见的一段和平时期。

国人早已习惯了"胜者为王，败者为寇"的思想来评价一个人的成败。刘禅可以说生不逢时，成长在乱世，后期又重用宦官黄皓，以致有了亡国的结局。在时人看来，以百无一用的昏庸之辈来衡量他的成就也就显得不足为奇了。其实，有些事情的确是不能以成败论英雄，刘禅一生虽然没有雄心壮志，但却能以乐天知命的性格，在乱世中安享一生，也不能不说是一种另类的成功。

东汉末年，英雄逐鹿，曹操挟天子占尽"天时"，刘备以仁厚获取"人和"，而孙权则凭借江东之险抢得"地利"，从而三分天下。

三人中，孙权既没有曹操的文韬武略，亦没有刘备正统皇族的法理。在他的谋臣中，既无诸葛亮、庞统、郭嘉、荀彧这样杰出的谋士，又缺少典韦、许褚、关羽、张飞、赵云那样万人敌的大将，但他却成为三人中主政最长的君主（五十三年），虽历经多次危难，却总能化险为夷，使东吴的三分天下岿然不动。

浅析孙权的性格，他在一生能取得不凡的成就，主要有以下几大优势：

一、用人不疑、知人善任。

吴国的诸多战争中，孙权不像曹操、刘备，绝少亲赴前线，而是敢将重任交付下属去完成，像周瑜指挥的赤壁之战、吕蒙主导的荆州之役以及陆逊主宰的夷陵大战，在东吴的战争史上，这三大战役可谓决定它的命运，可孙权却能大胆放手让当时年轻、毫无资历的周瑜、吕蒙、陆逊三人分别担任主帅去指挥，让他们独当一面，不加掣肘，放手让他们大干，充分体现了他用人不疑、疑人不用的过人胆识。赤壁之战前夕，孙权不顾群臣的反对，下定决心要与曹操进行大战。任命周瑜为大都督后，他便将自己的佩剑赐予周瑜，并嘱咐说："如文武官员有不听号令者，即以此剑诛之。"使得周瑜能放手进行作战。通过孙刘联盟，先是诸葛亮草船借箭，而后周瑜用黄盖的苦肉计，庞统的连环计，最终火攻，成功地取得了赤壁战役对曹操的大捷。夷陵大战，孙权大胆提拔年轻的陆逊，东吴大部分大臣都轻视这位年轻人，诸将则更加不服。于是，孙权仿效汉高祖刘邦"韩信拜将"的做法，命人连夜筑坛完备，大会百官，请陆逊登坛，拜为大都督、右护军镇西将军，并进封娄侯，赐以宝剑印绶，令掌六郡八十一州兼荆楚诸路军马。并嘱之曰："阃以内，孤主之；阃以外，将军制之。"将战场决定权完全交给陆逊，陆逊方能指挥如意，执行其坚守待机反攻的战略部署，以逸待劳，火烧连营，取得对蜀军决定性的胜利。

二、善待下属，赢得人心。

三国之争，归根到底是人才之争，得人才者得天下。刘备以善哭打动人心，收罗人才；曹操大开渠道，广纳贤才；孙权则以精神激励、真诚关怀赢得人才。

曹吴濡须大战时，"孙权被曹军围困，势甚危急。周泰得知，挺身杀入，寻见孙权。周泰在前，孙权在后，奋力冲突。突围后，不见权，泰复翻身杀入围中，又寻见孙权。周泰冒着敌人的弓弩，左右遮护孙权，身被枪数十，箭透重铠，救得孙权。"如无周泰拼死相救，孙权必死无疑。对于周泰，孙权感周泰救护之功，设宴相慰。

席上，权亲把盏，抚其背，泪流满面，说："卿两番相救，不惜性命，被枪数十，肤如刻画……孤当与卿共荣辱、同休戚也。"言罢，令周泰解衣与众将视之，皮肉肌肤，如同刀剜，盘根遍体。孙权手指其痕，一一问之。周泰具言战斗被伤之状。一处伤令吃一觥酒。是日，周泰大醉。权以青罗伞赐之，令出入张盖，以为显耀。

据《三国志》记载：吕蒙病重，孙权"迎置内殿，出千金募医治蒙病"，并亲自监护，"时有针加，权为之惨戚，欲数见其颜色，又恐劳动。常穿壁瞻之，见小能下食则喜，顾左右言笑，不然则咄，夜不能寐"。吕蒙病重不治，"权哀痛甚，为之降损"。吴国名将朱然曾得重病，"寝疾二年，后渐增笃"，孙权非常担心，"昼为减膳，夜为寐，中使医药口食之物，相望于道"。

大将凌统卒，时年四十九。权闻之，拊床起坐，哀不能自止，数日减膳，言及流涕，使张承为作铭诔。二子烈、封，年各数岁，权内养于宫，受待与诸子同，宾客进见，呼示之曰："此吾虎子也。"（《三国志·吴书·凌统传》）

如此善待下属，仁爱兵士，怎不叫吴国上下将士团结一心、休戚与共，也使得吴国安如磐石。

三、践行"伐交"，以柔克刚。

《孙子兵法》云："上兵伐谋，其次伐交，其次伐兵，其下攻城。"在外交上，孙权堪称是三国时代首屈一指的人才，在他的一生中，坚持以"坐江东、观成败"的基本立场，随机应变，适时调整，运用出色的外交手腕，周旋于魏、蜀两国之间，在夹缝中求生存，其"伐交"手段堪称高明。

归纳孙权的外交策略，可以概括为：一切从国家的利益出发，既没有永远的敌人，也没有永远的盟友，只要对国家有利，他既可联刘抗曹，也可联魏抗蜀。

公元 208 年秋，曹军压境，迫使孙权与刘备联合起来，从而展开了《三国演义》中最为惊心动魄的赤壁之战，在曹操扬言要跟孙权"会猎于吴"时，东吴群臣纷纷主张投降，但孙权在鲁肃、周瑜的大力支持下，断然决定联合刘备，抵抗曹操，并取得了重大胜利，从而奠定三分天下有其一的局面。

公元 219 年，孙权委命吕蒙袭取荆州，关羽败走麦城，吴蜀联盟彻底崩溃，刘备亲率大军伐吴，孙权派诸葛瑾往成都向刘备示和，但遭到拒绝。为了抵御刘备的进攻，孙权不得不依靠魏国的势力。这时，曹操已去世，曹丕篡汉，孙权不顾群臣的反对，又派使向曹丕称臣，但狡猾的曹丕名义上接受孙权的臣服，但实际上却坐山观虎斗，坐收渔翁之利。虽然孙权的"驱虎吞狼"之计没能成功，但却争取到了魏国的中立而得以集中力量专心对付蜀汉，避免了两面受敌之险，这对保证夷陵战役的胜利起到了重要的作用。

其实，孙权表面上称臣于魏国，内心并不甘心就范。当曹丕派遣使臣与东吴结盟言誓之时，提出要送太子孙登入朝，到魏国去做人质，孙权断然拒绝，后来曹丕几次追问，他都借故相托。表面上他对魏国毕恭毕敬，在一些非原则如进贡等问题上唯命是从，而在重大问题上，他却丝毫不受制于人，眼下的卑躬屈膝正是为了掩盖真相，麻痹对方，暗地里则在默默地积蓄力量。刘备死后，蜀汉由诸葛亮执政，孙权立即审时度势，抓住时机和蜀汉重修旧好，与魏国彻底断绝了关系。

相比之下，《三国演义》首领中，孙权最懂得用人之道，而且外交策略运用得当，才使得他叱咤风云五十三年屹立不倒和吴国的基业长盛不衰，尽管在晚年他也患了独断骄奢、刚愎自用的毛病，以致亲小人，远贤臣，加速了吴国的灭亡，但从总体上来评价，仍不失为一代明君。难怪一代枭雄曹操面对着自己众多优秀的儿子，曾经发出"生子当如孙仲谋"的感叹，这也是对孙权最恰如其分的评价。

魏延身为一代蜀军名将，智勇双全，战功卓著，声名显赫，最后却不得善终，被屈谋反，落得被同胞诛杀的悲惨下场，令人扼腕。

从魏延的一生表现来看，他的悲剧是他个人性格和时代精神碰撞的结果。

《三国演义》第四十一回，魏延才姗姗登场，仅仅简略几语带过，给人留下了并不深刻的印象。当时，刘备兵败新野，带领十余万军民，扶老携幼，向南撤退，行至襄阳东门，刘琮因惧怕曹操，不敢开门迎接刘备入城，而蔡瑁、张允径来敌楼上，叱军士乱箭射下，"……城中忽有一将，引数百人径上城楼，大喝：'蔡瑁、张允卖国之贼！刘使君乃仁德之人，今为救民而来投，何得相拒！'众视其人，身长八尺，面如重枣；乃义阳人也，姓魏，名延，字文长。当下魏延抡刀砍死守门将士，开了城门，放下吊桥，大叫：'刘皇叔快领兵入城，共杀卖国之贼！'……魏延与文聘交战，从巳至未，手下兵卒皆已折尽。延乃拨马而逃，却寻不见玄德，自投长沙太守韩玄去了"。

魏延首次亮相，就向刘备示好表忠心，可当时，刘备匆忙之中没有逗留襄阳，而是选择了走江陵，魏延一投刘备以失败告终。

魏延在效力韩玄期间，韩玄因其傲慢少礼，不肯重用。关羽率兵攻取长沙，兵临城下，在韩玄要误杀黄忠的关键时刻，又是魏延挺身而出，砍死刀斧手，救出黄忠，并鼓动士兵杀了韩玄，投降蜀军（《三国演义》第五十三回）。可诸葛亮却认为魏延杀掉上司属不忠不义之举，要将他斩首示众。最后在刘备的力保下，才同意留他在军中。魏延二投刘备又闹了个灰头土脸。

尽管魏延后来在蜀国通过自己的努力，从最初的牙门将军、杨武将军、汉中太守，一直做到镇北将军、征西大将军等职，成了蜀军名副其实的头号大将（赵云病故后），可谓一步一个脚印，也最终实现了良禽择木而栖，贤臣择主而侍的愿望。而在收服西川、平定南蛮、六出祁山等几项重大战事中，魏延无一例外地参与了，而且无不是斩关夺隘，攻城拔寨，冲锋在前，撤退断后，功勋卓著。但诸葛亮对于魏延有反骨这样的成见（在诸葛亮看来，魏延先反刘表，再反韩玄，古代"忠臣不事二主"的社会主流思想一直在左右着他的用人思维，因此，对魏延，诸葛亮仅是抱着"怜其勇而用之"的态度，在他的手下，魏延仍然只是被利用而得不到重用）却一直持续到他死后，也为魏延最终不幸的归宿埋下了伏笔。

剖析魏延，不难发现他的个性优劣分明，有突出的优点，更有显而易见的致命缺点，而正是这些缺点导致了他的悲剧人生。

首先来分析一下他的优点：魏延自归顺刘备以来，身经百战，几乎没有败绩，从大败郭淮、截杀王双、诱杀张郃三大魏国名将中，可以看出他具有超群的武艺，军事作战能力完全不逊于蜀中"五虎上将"。

诸葛亮二出祁山，魏国选派虎威将军王双为前部大先锋，把守隘口。王双有万夫不当之勇，在与蜀国的多次交锋中，王双连斩蜀国数员大将，加之蜀军由于粮草困难，准备退兵。魏延受命在陈仓道口抗拒王双，撤离时，他让军队打着自己旗号在前，诱王双追赶，而伏于王双寨边的三十骑蜀兵乘机去魏营放火，王双见己方营中火光冲天，急令军队回营相救。行到一山坡处，魏延只身骤出，直扑王双，王双措手不及，被魏延一刀砍死，延遂率三十余人马徐徐退回汉中。

建兴九年，诸葛亮再次伐魏，后因李严谎报吴魏连和，诸葛亮担心吴袭蜀军，准备退兵西川，他安排由魏延、关兴断后，魏延一路用计引诱魏军先锋张郃，节节诈败，成功将其最终引入剑阁木门道中，乱箭射死张郃，使蜀军又减少了一个劲敌。

魏延不但具有超群的武艺外，更兼有智谋。诸葛亮第一次北伐时，行至沔阳，探马飞报，魏主曹睿遣驸马夏侯楙，调关东诸路军马，前来拒敌。当时，魏延曾向诸葛亮提出自带"精兵五千"，"循秦岭以东，当投子午谷而北"的奇袭建议，继而进占扶风、天水诸郡，一鼓荡平泾水以左，削去曹魏西北屏障的方案，虽最后被谨慎小心的诸葛亮予以否定，但已体现出其独到的战略思想和超人的胆略（后来连司马懿也深以为然，认为诸葛亮如按此方案执行，魏国将危在旦夕）。

其实，魏延是一个颇具争议性的英雄，优点明显，但同样亦有致命的缺点，表现为：刚直张扬，高傲自大。用通俗的话来说，他有着恃才傲物、特立独行、不善沟通和处理人际关系，特别与顶头上司（诸葛亮）关系紧张等人格缺陷。

诸葛亮四出祁山时，派魏延、陈式等四将从箕谷出兵，后来考虑到司马懿可能会在箕谷设有埋伏，就派参谋邓芝前去军中通知停兵。可陈式坚持要继续进兵，并嘲笑诸葛亮失街亭之误。这时，魏延不但不加以劝阻，却火上加油唆使陈式违犯军纪："既令进兵，今又教休进。何其号令不明！"（《三国演义》第一百回）由于魏延的一再鼓动，陈式领兵前行，结果中了埋伏，遭到惨败，最后落得被诸葛亮斩首的下场。

同时，魏延明知诸葛亮对自己抱有成见，但他对其兵出祁山的伐魏战略还经常公开表示不满，并对诸葛亮否定自己出子午谷的方案很不服气，当众说："丞相若听吾言，径出子午谷，此时休说长安，连洛阳皆得矣！今执定要出祁山，有何益耶？"自跟随诸葛亮的征战过程中，魏延认为他对将领奖罚不当也经常口出怨言，而诸葛亮死后不久，魏延在前线得知其已死，大军将由杨仪率领撤退回国的安排后，对尚书费祎说："丞相虽亡，吾今现在。……我自率大兵攻司马懿，务要成功。岂可因丞相一个而废国家大事耶？"（《三国演义》第一百四回）这种经常与上司顶撞、消极对抗、自傲不讲究、自由常无礼的行为也导致上级对自己失去信任，使他最终死于诸葛亮"临终嘱托"——被马岱背后截杀的悲惨结局。

阅读《三国演义》，魏延的悲剧人生也给予我们深刻的启示：所有的领导都希望拥有有能力的下属，而下属也更期望领导者能够给予他们足够的发展空间，以充分发挥自己的能力。同时，有能力固然是一件好事，但是因为自己的能力比别人强，就不顾客观环境，不考虑组织的整体利益，一味要求领导给予自己种种特权，得不到满足就意气用事，甚至故意与团队背道而驰，给整支团队带来伤害，这样的人是不可能最终得到领导的器重，甚至还会遭到冷落。因此，无论在工作还是生活中，大家都喜欢与"能而不骄"的人合作，一个狂妄自大的人，即使能力再强也不会得到他人的认同。

纵览三国之争，归根到底就是人才之争。所谓得人才者得天下也。无论曹魏、东吴，还是西蜀都在竞相争揽各类人才。相比而言，魏国的人才梯队最为完备，其智囊就是一支令人羡慕的超级团队，人才济济，灿若繁星。下面，我们选择三位最有代表性的谋臣来进行剖析。

I.有一种融入叫睿智

——郭嘉

在历史上，天才的生命往往过于短暂，阅读《三国演义》，不难发现不少人有这样的宿命。

《三国演义》中，英年早逝的代表人物除蜀国的谋臣凤雏庞士元庞统、东吴的都督周瑜周公瑾（两人死时都为三十六岁）外，曹操最重要的谋臣郭嘉病逝于远征乌桓的途中，年仅三十八岁，令人惋惜。郭嘉作为曹操的高级幕僚，先跟随袁绍，因认为袁绍"多端寡要，好谋无决"，难以成事，便离袁绍而去。后经老乡荀彧推荐程昱过程中，程昱又将其举荐给曹操，两人一见如故，曹操评价郭嘉"使孤成大业者，必此人也"，郭嘉则认为曹操"真吾主也"，从此，曹操逢郭嘉如鱼得水，对其言听计从，两人的真诚合作使郭嘉的才能大放异彩。

虽然郭嘉在《三国演义》出场机会并不多，跨度只有二十四回（第十回至第三十三回），但在追随曹操十一年有限的戎马生涯中，他以超人的智慧来报答曹操的知遇之恩，发挥出其应有的能量。每当曹操遇到重大挫折而气馁的转折关头，都是郭嘉为他分析形势，鼓励信心，使曹操最终回到胜利的轨道上来。郭嘉以他的必杀技多次为曹操在危难之际作出正确的决策，消灭吕布、击破刘备、离间二袁、争讨乌桓，是曹操统一北方的最大功臣，称其为三国中的超一流谋士一点也不为过。只可惜英年早逝，从而失去了与诸葛亮一决胜负的机会。

归顺曹操后，郭嘉出山之作就出手不凡，极富谋略。当时，刘备被吕布袭击，兵败率残部投奔曹操。曹操手下的将佐谋士纷纷要求乘机除掉刘备，否则后患无穷，对此，曹操犹豫不决。而郭嘉极力劝阻曹操，要他接纳刘备。说当下正是用人之际，要实现诛国贼、匡扶汉室的宏伟目标，必须要善待人才，刘备具雄才大略，收留刘备，并用他的人气来造势作秀，以图收买人心，好让天下人认为曹操能做到礼贤天下。最终，在郭嘉的建议下，曹操打消疑虑，收留并厚待刘备。从此，为他赢得了爱惜人才的美誉，并为日后能广罗人才奠定了扎实的基础。

当曹操和袁绍对峙于官渡之际，江东小霸王孙策取庐江、败刘勋、降华歆，从而完成了江东霸业。曹操对此消息很是忌惮，叹曰："狮儿难与争锋也，"欲以曹仁之女许配孙策幼弟孙匡，结成联姻，却遭到了孙策的反对。而孙策欲乘曹、袁僵持之际，定下了"阴袭许昌，迎汉帝"的计划。由于许昌曹兵力量空虚，几乎没有抵抗力量，曹军上下无不担忧。此时，唯有郭嘉提出："策新并江东，所诛皆英豪雄杰，能得人死力者也。然策轻而无备，虽有百万之众，无异于独行中原也。若刺客伏起，一人之敌耳。以吾观之，必死匹夫之手。"观点出人意料，可事实却果不其然，如同他的预言走向一致。孙策引军会猎丹徒之西山时，竟死于吴郡太守许贡家客之手，使曹操失去一心腹大患，能专心来对付袁绍。这种看似于"未卜先知"的巧合，充分体现出郭嘉料事如神的超人智慧。

其实，上述仅是体现郭嘉谋略水准的冰山一角，就其一生来讲，他最大的成功就是帮助曹操消灭了二袁（袁绍、袁术）及吕布三大劲敌，奠定了北方统一的基础，也为日后三分天下积累了最大的政治资本。

建安三年（198）九月，曹操听从郭嘉的建议，趁袁绍北征公孙瓒无暇东顾，先攻灭吕布，以断绝袁绍与吕布联合的可能。曹操三败吕布，但吕布坚守下邳不出，曹军久攻不下，想要退兵。对此，郭嘉分析道："吕布勇而无谋，现在其三战皆败，锐气正衰，三军以将为首，将衰则军衰。陈宫有谋却迟钝。现在正应该趁吕布锐气未复，陈宫计谋未定之时，进军急攻，必能彻底打垮吕布。"从而说服了曹操急攻吕布的方针不动摇，并引沂、泗之水淹下邳，擒杀吕布、陈宫。郭嘉第一次利用行为分析方法，看准了吕布的有勇无谋，陈宫的决断迟疑，鼓励曹操坚持到底，迎来了胜利。

《三国演义》时期最重要的一次战争是袁绍与曹操之间的战争，史称官渡之战。谁若能赢下这场战争，谁就能奠定中原逐鹿的胜局。开战之前，郭嘉曾颇具战略眼光地为曹操阐述了"十胜十败"论，从而坚定了曹操的信心，并最终成功地预测了袁绍的失败。之后，一切果如郭嘉所言，曹军以少胜多，大破袁绍。袁绍病亡后，他的三个儿子袁谭、袁熙、袁尚成了曹操新的狙击目标。长子袁谭、三子袁尚被迫退至黎阳，诸将想乘胜攻破二袁。但郭嘉却力排众议，认为袁氏兄弟向来有隙，又有郭图、逢纪等小人从中掺和，不久必定会相互争斗，不如先南征刘表，静待其变。数月之后，袁家两兄弟果然内阄，曹操轻而易举地杀死了袁谭。后来，袁绍次子袁熙与弟弟袁尚北逃乌桓，又被郭嘉设计远征，并乘胜追击，将其两人赶至辽东。可在征乌桓的长途跋涉中，郭嘉因水土不服，身患重病，弥留之际，他还为曹操留下一份擒二袁的遗书，要他借公孙康之手杀死二袁，使得曹操不费一兵一卒平定辽东，全面地统一了北方。其敬业精神和"士为知己者死"的忠心可圈可点。

郭嘉病逝于易州后，曹操曾三祭二痛哭他的英年早逝，对他的死，曹操泣血三叹："哀哉，奉孝！痛哉，奉孝！惜哉，奉孝！"仰天大恸，潜然泪下，足见郭嘉在这位阴险奸诈、冷酷无情的一代枭雄的心目中有着不可替代的位置，显示了曹操对这位忘年交情深义重的另一面，同时也充分体现了曹操爱惜人才的真诚之心和一种无可弥补的哀痛和悲凉，这也是曹操对其成就和贡献最高的认可。

同样，后人也对郭嘉给予了很高的评价，一代伟人毛泽东就特别推崇郭嘉，在党的八届七中全会上希望与会人员要多看看《三国志·魏书·郭嘉传》，认为他才识超群，足智多谋，长期追随曹操的左右，出谋划策，功绩卓著，而且忠心耿耿，被曹操一直倚为股肱。这些评价对郭嘉来说确实是实至名归。

II.有一种智慧叫"示弱"
——司马懿

《三国演义》中，司马懿是一位充满神秘的角色，前半部很少看到他的出场机会，而后半部则成为绝对的主角。

曹操在世的后期，司马懿才以主簿身份姗姗登场。他的一生中，历经曹魏四主三朝，从曹操到魏文帝曹丕、魏明帝曹睿到魏少帝曹芳，虽多次遭冷落被逐放，几次被褫夺兵权，但他做到行事谨慎，学会明哲保身，总能在政治风波中化险为夷，实现"咸鱼翻身"，并成了最终的政治赢家，直至权力的顶峰。最后，他的孙子司马炎逼魏元帝曹奂退位，建立了西晋王朝。

下面，我们来浅析一下他曲折崎岖的从政之路。

曹操执政时，年仅二十三岁的司马懿被辟为主管人事的"上计掾"，曹操进位丞相时，他开始担任丞相府的文学掾，从此有了接近核心人物的机会。但面对着反复无常、性情谲诈的曹操这位枭雄，尤其是当曹操逐渐察觉到司马懿"有雄豪志"，并有"狼顾相"（狼生性多疑，走路总是回头张望，以确保自己的安全）时，司马懿更是在曹操面前显得小心翼翼，不露声色地为他献计献策，不管能否采纳，都显得十分平静，如履薄冰地走好每一步，夜以继日地忘我工作，事无大小亲力亲为，低调做事，并把每件事情做得井井有条，滴水不漏。

关羽在荆州水淹于禁七军、斩庞德后，导致襄樊告急，而河南地区也有人乘机响应关羽，一时华夏震动。许昌离樊城很近，关羽逼近樊城，大有围堵许昌的态势。为避关羽的锋芒，曹操有迁都河北的打算。在这危急时刻，司马懿等人向曹操建议，认为关羽虽然声势很大，但是并没有动摇魏国的根本。如果一旦迁都，不但战略优势尽失，而且还会导致淮沔一带民众的骚动不安。司马懿等人最后献上了制服关羽的计策：孙权虽然与刘备有同盟关系，但是两者也是各有打算，并且刘备占据荆州，孙权迟早都不会甘心，因此可以利用两者的矛盾从而分化、利用他们。曹操一听恍然大悟，他马上联络孙权，挑起孙权对荆州的占有企图。孙权果然耐不住性子，命令吕蒙偷袭荆州，关羽被杀，司马懿的计策可谓一箭双雕，不但打败关羽，化解了樊城之围，同时也瓦解了孙刘联盟。他充分利用孙、刘两家争夺荆州的矛盾，运用外交谋略，坐收渔利，观二虎之斗，改变了当时的战略格局，掌握了军事主动权，成为兵马不动，决胜千里的典范。

建安二十四年（219），孙权向曹操上表称臣，怂恿他自立为帝，当时，侍中陈群、尚书桓阶上奏："汉运垂终，殿下十分天下而有其九，以服事之。权之称臣，天人之意也。虞、夏、殷、周不以谦让者，畏天知命也。"司马懿在这个关键问题上也同样表态支持，从而深得曹操之心，通过多方面不懈的努力，最后，他以自己的务实和苦干使得曹操转变态度，由猜忌逐渐转为信任，终于赢得了久违的重用，临终前被任命为顾命大臣来辅佐曹丕。

建安二十五年（220）春正月，曹操病逝。这时候，司马懿终于有了一种如释重负的感觉，他开始进入了另外一番天地。曹丕的上台，作为太子老师的司马懿开始有了施展才能的机会。但他善于揣摩曹丕的心机，当看到军事的权力重心偏向于曹真等曹氏宗室后，他便专注于丞相之职，"坐镇"后方许昌，在文政方面有所建树，专心满足曹丕文治武功的愿望。

在魏明帝曹睿时代，作为托孤之臣，他终于看到了时机，开始转型，从安于内到重于外，特别是东吴一战，他顺利地实现了从谋臣到充满了戏剧色彩的武将的成功转型，并开始了新的规划：用显赫的军事业绩巩固自己的政治地位。之后，司马懿南平叛臣孟达，北摧辽东公孙渊，尤其与《三国演义》圣坛上的智神诸葛亮进行长达十二年的蜀魏持久对抗和较量，将自己的能耐彰显到出神入化的地步，使得诸葛亮六出祁山，连年北伐，最终无功而返。可谓招招"见血封喉"，并充分利用养寇以自重的策略来慢慢蚕食魏室的军政基业。

可当曹明帝病逝，太子曹芳即位后，曹爽开始总摄朝政，将司马懿排挤出局，削去兵权，授以"太傅"闲职，使司马懿再度跌入事业的低潮，在这种极其不利的形势下，司马懿采取了以退为进的政治策略，闭门不出，甚至装聋诈病，制造出自己已经老迈无用、命在旦夕的假象，麻痹曹爽，使其放松警惕。《三国演义》第一百六回有过一段精彩的描写：

……曹爽一向专权，不知仲达虚实，适魏主除李胜为荆州刺史，即令李胜往辞仲达，就探消息。胜径到太傅府中，早有门吏报入。司马懿谓二子曰："此乃曹爽使来探吾病之虚实也。"乃去冠散发，上床拥被而坐，又令二婢扶策，方请李胜入府。胜至床前拜曰："一向不见太傅，谁想如此病重。今天子命某为荆州刺史，特来拜辞。"懿佯答曰："并州近朔方，好为之备。"胜曰："除荆州刺史，非并州也。"懿笑曰："你方从并州来？"胜曰："汉上荆州耳"。懿大笑曰："你从荆州来也！"胜曰："太傅如何病得这等了？"左右曰："太傅耳聋。"胜曰："乞纸笔一用。"左右取纸笔与胜。胜写毕，呈上，懿看之，笑曰："吾病的耳聋了。此去保重。"言讫，以手指口。侍婢进汤，懿将口就之，汤流满襟，乃作哽噎之声曰："吾今衰老病笃，死在旦夕矣。二子不肖，望君教之。君若见大将军，千万看觑二子！"言讫，倒在床上，声嘶气喘。李胜拜辞仲达，回见曹爽，细言其事。爽大喜曰："此老若死，吾无忧矣！"

司马懿将自己的病态在曹爽心腹李胜的面前演绎得逼真到位，终于骗过了曹爽，他遂放心无忧地率大小官僚随驾狩猎。此时，司马懿乘其出城之际，调兵遣将，抓住时机，发动了"高平陵事变"，诛杀曹爽。从此，魏国进入了司马氏独揽政权的时代。

归纳司马懿的人生战略，他投靠在曹操的门下，不露声色；进入曹丕时代，巩固实力；到了曹睿执政时，崭露头角；在曹芳登台之际，全面掌权，成就了一生的功业。在其中，他的超人智慧和隐忍能力起到了关键性的作用。

司马懿曲折但完美的经历给我们带来诸多的启示：做人不应锋芒太露，要学会韬光养晦，特别是刚出道的年轻人，不管你的能力是否出众，必须要做到谦虚好学，一步一个脚印，使自己在小范围内先站住脚，赢得大家对你的好感和信任，然后再伺机寻求更高更宽的发展空间，这样才能达到设定的目标。同时充分表明了"示弱"也是一种至高境界的生存智慧。

Ⅲ.有一种失败叫"愚忠"

——荀彧

曹操的智囊团是曹氏集团宏观战略的制定者，人才济济，各有所长，荀彧就是其中最具代表性的谋士。

荀彧字文若，初事冀州牧韩馥，后成为袁绍的谋士，但荀彧看出袁绍很难成就大业，二十九岁时便携侄荀攸共同投奔到曹操麾下。曹操初见荀彧，与之语后大悦曰："吾之子房也。"两人一拍即合，一见如故，荀彧亦有一种如鱼得水的感觉，此后的二十一年中，他成了曹氏集团出谋划策的灵魂人物和创造魏国基业的功臣。在曹操征战四方之时，作为曹操的首席谋士，荀彧主要负责留守，主持后方军国大事，用"运筹帷幄之中，决胜千里之外"来形容荀彧的工作风格，那是最合适不过了。而每当曹操心有踌躇之时，必会以书信与荀彧相讨对策。

荀彧在曹营中的"处女作"就取得了"开门红"，曹操出兵攻打徐州时，陈宫、张邈勾结吕布，袭取了曹军自立的根据地——兖州。因曹操东征，兖州空虚，负责镇守兖州的荀彧兵微将寡，但面对数倍于己的强敌，他处变不惊，指挥若定，在兖州其他城池相继失陷的不利情况下，他首先借助程昱之力，为曹军先行确保了鄄城、范、东阿三座县城。之后，豫州刺史郭贡带领数万人马兵临城下，要求荀彧进行答话，并约其当晚赴营帐会晤。这时，荀彧部下都感到惴惴不安，劝阻他不应赴约，结果肯定凶多吉少。可荀彧认为郭贡尚未和张邈等串通，如果现在退缩，反而会坏了大事。在险象环生的危急关头，他孤身一人前往敌营。当郭贡看到荀彧毫无惧意，仍然谈笑风生时，当晚便拔营退军。正是荀彧兼有孔明"空城计"之智谋，又有关羽单刀赴会之勇气和胆量，才力保曹军后方三座城池不失。

打好一张"皇帝牌"是荀彧为曹操所立的另一大功劳。当时，汉朝经四百多年的基业，尽管已摇摇欲坠，但汉献帝潜在的精神号召力仍不可估量。荀彧及时看到皇帝的利用价值，马上献上劫取汉献帝这一最具杀伤力的计策，提议曹操应先下手为强，曹操听从他的建议，立刻抢先一步（与此同时，袁绍的谋士沮授也劝袁绍劫取汉献帝），捷足先登，在自己尚无暇从战场脱身之际，让部将曹洪先率一支兵马，急赴洛阳进行"护驾"，比袁绍早一步取得了先机。从此，曹操便开始拥有了一笔厚厚的政治资本，使得他能"挟天子以令诸侯"，之后的东讨西征、南征北战，更有了一个令人生畏的借口，从而使自己的用兵显得游刃有余。

官渡之战前夕，面对当时军力强大的袁绍，曹操开始心生怯意，但是荀彧和郭嘉分别提出四胜四败之说和十胜十败论，对当前的形势进行了精辟的分析，使曹操坚定了与袁绍对峙的信心和决心。但是，当官渡之战陷入相持僵局后，粮草堪堪不济，形势日见危急，后方的补给不足让曹操产生了退兵的想法。这时，又是镇守在后方的荀彧火速修书极力反对退兵，指出形势必定会发生变化，现在已经到了曹、袁双方实力此消彼长最为关键的时刻，必须在坚持中寻找时机。最终，曹军觅得稍纵即逝的战机，利用袁绍大将淳于琼嗜酒无备的弱点，通过火烧袁军屯粮基地乌巢，一举击败了袁绍，创造了历史上以少胜多的经典战役，为曹操平定北方打下了扎实的基础。

《三国演义》中，荀彧与著名隐士水镜先生司马徽（他向刘备举荐了孔明、庞统两位贤士良才，他们辅佐刘备建立了西蜀）一样，可以称得上当之无愧的"伯乐"，在识拔人才上，他显示高出群侪的眼光，先后向曹操推荐了众多名士，如其侄子荀攸、郭嘉、程昱、钟繇、司马懿等"千里马"，这些人日后都成为曹操智囊团的绝对主力，可以说，正是荀彧组建了曹氏集团的软件实力。在上述众谋士的齐心协力下，才有了日后的三分天下中，曹魏能取得了中原这块最大的"蛋糕"。对于他的识才本领，不仅曹操对他充满敬仰，同事下僚也多对他崇敬有加。后来曾被曹丕称为"一代伟人"的著名谋士钟繇，就对荀彧佩服得五体投地，称之为颜渊再生，所谓"能备九德，不贰其过，唯荀彧然"。后来在魏国后期独揽大权的司马懿不避美言地认为：无论在书籍中还是自己"耳目所从闻见，逮百数十年间，贤才未有及荀令君者也。"

但是，随着荡平北方，力吞九州后，曹操代汉而立的呼声日益高涨，一个觊觎天下、存心取代汉室的枭雄已经呼之欲出。荀彧当初来投靠曹操的理想是想找到一个可以安定天下、振兴汉室的人，可最终的结果却与自己的初衷背道而驰，这是他所不能接受的底线。因此当董昭提议，为了彰显曹操的功勋，应晋爵国公，加九赐备物时，却遭到了荀彧这位坚定拥汉者的极力反对，反而向曹操陈述了一番大道理。于是，"操闻，深恨之，以为不助己也"。这一事件也最终导致了曹操与荀彧之间的裂缝加大，激化了他们之间矛盾的迅速加剧。曹操猜忌多疑的性格，当然不能容忍荀彧的存在。于是，在建安十七年（212）冬征讨孙权之时，他命荀彧同行。途中，曹操托人送给荀彧一只食品盒，可打开后空无一物，荀彧立刻明白了对方的用意，他把自己所有的兵书、笔记、资料付之一炬后，便服毒自杀。而罗贯中先生在《三国演义》所制造的"空器"事件，也给后世的读者留下了众多的悬念。

总而言之，荀彧的结局是凄惨的，所谓聪明一世，糊涂一时。他的悲剧在于不识时务，没有清醒地认清形势，很好地适应时代的潮流和发展。在东汉摇摇欲坠濒临崩溃的时候，具有大智大慧的人都看得出来，汉室大势已去，群雄逐鹿，天下将被有实力的人所得到。可是他却一味迂腐，仍将心比明月，显示出对大汉的昭昭之心。最后，对汉朝"愚忠"的偏执性格使自己未能善使善终，走上了一条令人叹息的不归路。

《水浒传》成功地塑造了众多性格鲜明、个性迥异、栩栩如生的英雄人物形象，其中有重量级的主角，像梁山"四大巨头"以及史进、林冲、鲁智深、武松、李逵等英雄好汉，也有一些不起眼的小配角，但是这些配角亦有其独特的作用，并且不可或缺，下面让我们来慢慢地品味施耐庵先生笔下的这些小人物吧。

A.鼓上蚤时迁

时迁在梁山中绝对是个配角，不太要紧的人物。施耐庵先生在他身上花费的笔墨不多，论武功他不及关胜、林冲等，论出身不如柴进、卢俊义等，论智慧更逊于吴用、朱武，而且在《水浒传》第四十六回中作为一个小偷的角色才姗姗出场，有些胆小，形象猥琐，给人们留下了极其不佳的第一印象。

但实际上，时迁与梁山其他英雄相比却独具特色，梁山英雄哪怕上山前大都叱咤风云，颇有传奇色彩，但在融入梁山后却往往参与集体作战，个人风采就不易彰显，而作为小人物上山的时迁却屡建殊勋。

戴着"鼓上蚤"的绰号，其飞檐走壁的行为中可以看出他是一个身手敏捷、胆略过人、有勇有谋的神偷，他虽然仅仅从事踩点（侦察）、偷盗和放火等不起眼的行为，但这些却为梁山一些关键战役起到了决定性的作用，充分显示出小块头也有大智慧。

先谈踩点（侦察）：攻打曾头市时，时迁和顶头上司戴宗奉命前去踩点。戴宗只是讲出个人所共知的敌情："现今曾头市口扎下大寨，又在法华寺内作中军帐，数百里遍插旌旗，不知何路可进。"而时迁却能深入敌人内部，打听到"曾头市前面二千余人守住村口。总寨内是教师史文恭执掌，北寨是曾涂与副教师苏定，南寨是次子曾密，西寨是三子曾索，东寨是四子曾魁，中寨是第五子曾升与父亲曾弄守把。这个青州郁保四，身长一丈，腰阔数围，绰号险道神，将曾夺的许多马匹都喂养在法华寺内，"将曾头市的内部情况摸得一清二楚，比起梁山"情报局长"戴宗所提供粗糙简略的情报，其准确无误的价值简直不可同日而语，也足见他的精明强干和心思缜密，这也为日后梁山好汉攻下曾头市立下了汗马功劳。

《水浒传》中写时迁的偷盗场面并不多，他先以盗古坟的形象出场，后在祝家庄时，又技痒难熬，偷了店家司晨报鸣之鸡。但偷盗中最精彩的一次当数他成功偷窃了徐宁的雁翎圈金甲，从而将他神偷之技发挥到了极致。当呼延灼的连环马阵给梁山造成巨大威胁，令梁山众头领无可奈何之际，汤隆献计，其表哥金枪手徐宁有钩镰枪法可破连环马阵，而欲赚得名将徐宁上山，必先窃取徐家雁翎砌就圈金甲这件祖传宝物。于是，时迁便有了用武之地。他先踩点、望风、哨探，摸清了徐宁的住址、行踪后，再通过潜伏、换位、吹灯、盗甲、口技、脱身、交货等一套有如行云流水、一气呵成的炉火纯青的连贯动作，将偷技发挥得无以复加，最终偷盗成功。可以说，没有时迁成功地盗甲，也不可能有汤隆诱骗成功，更不可能破了呼延灼的连环马阵，粉碎了高俅的三路大军进攻。

当然，时迁还有一手更令人叫绝的杀手锏——潜入敌营伺机放火，扰乱敌情，并屡试不爽。火烧翠云楼、造船厂，先后在蓟州宝严寺、独松关、昱岭关放火等五次经典的潜入放火，一次比一次精彩。在过去的冷兵器时代，通过他的一系列放火，为梁山一些重要战役取得胜利起到了关键性的作用。

特别值得一提的是被方腊视为坚如磐石的昱岭关战役，梁山队伍为方腊手下强将庞万春所阻，在卢俊义损兵折将之际（史进、石秀等六人中埋伏阵亡），最后，还是这个小人物时迁，关键时刻挺身而出，摸上关头，先点火，后放炮，扰乱了敌兵的阵脚，在敌人不知所措之际，又虚张声势，将攻心之计大放异彩。当南兵惊得手脚麻木之时，林冲、呼延灼率领士兵配合了这一场精彩绝伦的演出！为梁山取胜立下了不巧之功，可以说，没有时迁，这场梁山经典战役不可能实现。

虽然梁山倡导的是"四海之内皆兄弟也"，但似乎并未真正为一些英雄带来公平、公正的待遇。像时迁，虽然他最终成了水泊中人，尽管也曾经拥有了接踵而来的诸般奇功，但他在排座次时只落得一百零七位，排位甚至还低于专门掌管梁山军中帅字旗的郁保四，与叛徒白胜、盗马贼段景住同列后三甲。这无论按他的本领、贡献和资格来讲，不应该被排得如此靠后，也许是出身问题和职业局限或者由根深蒂固的社会习俗鄙视所致。而且他的结局也是极其悲惨，在最后北上觐见的归途中，时迁患搅肠痧而亡，没有显赫的声名，也没有衣锦而归。

在我看来，时迁虽然是一名小人物，但他却很热爱自己的本职工作，而且非常的敬业，也没有因为自己的工作微不足道而抬不起头来，依然过得非常快乐。虽然，他也打心眼里瞧不起小偷这个角色（其地煞星的星号为"地贼"，与他的身份相吻合），《水浒传》第四十六回中杨雄和石秀杀人之后，商量投奔梁山，没想到撞上纳头便拜的时迁，苦苦哀求："小人如今在此，只做得些偷鸡盗狗的勾当，几时是了，跟随的二位哥哥上山去，却不好？未知尊意肯带挈小人么？"（可以看到他对自己小偷的身份早已不满，有了改邪归正之心。）可当梁山泊需要他故技重演时，他又毫无怨言地应承下来，鸡鸣狗盗大显身手，出色地完成了领导交代的任务。显而易见，时迁和梁山其他兄弟一样，也同样忠心耿耿，他用自己的偷技为梁山义军做出了特殊的贡献。其实每一个人都有社会所赋予他的使命，只要他能够安于职守，就一定能够像时迁一样，做一名快乐而出色的小人物。最令人称道的是，他能保持一种良好的心态，笑对人生，以一种平常心面对现实，任劳任怨，不计名利，这是最值得今人学习的地方。因此，只要摆正位置，摆平心态，小人物同样也会大放光芒的。

B.母大虫顾大嫂

《水浒传》很讲究人物组合，最多是兄弟（亲兄弟、结义兄弟）组合，亦有师徒（主仆或叔侄）组合、姑舅组合等，最令读者感兴趣的还是三对夫妻组合，而顾大嫂作为梁山夫妻组合中的三位女将之一，与孙二娘的毒辣、扈三娘的懦弱相比，更具女性的智慧和细腻，又兼有男人的胆识与勇气。

顾大嫂在整部小说中，着墨不多，出场也晚，直至第四十八回才姗姗登场，但在施耐庵的笔下却写得惊心动魄、引人入胜。

解珍、解宝两兄弟因老虎事件被毛太公诬陷打入大牢，性命危在旦夕。为了解救两位表弟，古道热肠的顾大嫂周旋于错综复杂的亲戚关系中，首先团结了孙新、邹渊、邹润、乐和四人，但光靠他们夫妇和邹氏叔侄所带兵客的力量还是势单力薄，显然难以有所作为。

于是，策反身为登州兵马提辖的大伯孙立成为摆在她面前迫在眉睫的头等大事。

如何智取孙立加入这支队伍，小说中写道：

（临行前）顾大嫂分付火家道："只说我病重临危，有几句紧要的话，须是便来，只有几番相见嘱咐。"……（待将孙立骗至家中后）……只见外面走入顾大嫂来，邹渊、邹润跟在背后。孙立道："婶子，你正是害甚么病？"顾大嫂道："伯伯拜了。我害些救兄弟的病。"孙立道："却又作怪，救甚么兄弟？"顾大嫂道："伯伯，你不要推聋妆哑。你在城中，岂不知道他两个是我兄弟，偏不是你的兄弟。"孙立道："我并不知因由。

是那两个兄弟？"顾大嫂道："伯伯在上，今日事急，只得直言拜禀：这解珍、解宝被登云山下毛太公与同王孔目设计陷害，早晚要谋他两个性命。我如今和这两个好汉商量已定，要去城中劫牢，救出他两个兄弟，都投梁山伯入伙去，恐怕明日事发，先负累伯伯。因此我只推患病，请伯伯、姆姆到此说个长便。若是伯伯不肯去时，我们自去上梁山泊去了。如今朝廷有甚分晓，走了的倒没事，见在的便吃官司。常言道：'近火先焦。'伯伯便替我们吃官司坐牢，那时又没人送饭来救你。伯伯尊意如何？"

顾大嫂先以礼相待，而后具陈事情的缘由及个中的利益关系，一番话说得利害分明，入情合理，真诚之中显示了顾大嫂对家人的情分。及至孙立说："我却是登州的军官，怎地敢做这等事！"胆识过人的顾大嫂便采取了早已准备好的方案，掣出两把刀来，一旁的邹渊、邹润也各拔出短刀在手，制造出一种杀境。顾大嫂说道："既是伯伯不肯，我们今日先和伯伯拼个你死我活。"当孙立叫道："婶子且住，休要急速！待我从长计较，慢慢地商量"时，她斩钉截铁地表示："既是伯伯不肯去时，即便先送姆姆前行，我们自去下手。"为解救解氏兄弟，她态度坚决，义无反顾，甘愿放弃了原本太平的生活。

在巨大的亲情压力和威逼利诱下，孙立终于服从大局，加入了策反队伍，最终大家众志成城，劫狱成功。之后，登州派系八人又在顾大嫂的极力撺掇下，归顺了梁山队伍，实现了人生的转变。

以上可以看出顾大嫂豪爽侠义和敢作敢为的英雄气概以及巾帼不让须眉的性格。

此外，顾大嫂同样还有高情商的一面，不论是以前经营的自家酒店，还是上梁山后与孙新共同管理的东山酒店，她以其精明能干将一切打理得井井有条。首次亮相时，便可看出她是一个深谙人情世故的人，当乐和匆忙来通报解珍、解宝两兄弟困陷大牢的消息时，她把乐和当成客人，乐和问："此间姓孙么？"顾大嫂慌忙答道："便是，足下却要沽酒？却要买肉？如要赌钱，后面请坐。"一副精明能干的老板娘形象栩栩如生。当知道面前的人是嫂子乐大娘子的弟弟时，立刻换成亲戚之间的口气，熟络而亲切："原来却是乐和舅，可知尊颜和姆姆（妯娌之间的称呼）一般模样。闻知得舅舅在州里勾当，家下穷忙少闲，不曾相会。今日甚风吹得到此？"这看似寒暄客气之语，却折射出中国传统熟人社会中人际关系的特点。当她招待乐和酒饭后，将出一包碎银，付与乐和："望烦舅舅将去牢里，散与众人并小牢子们，好生周全他两个兄弟。"对此，顾大嫂能及时做到未雨绸缪，这也同样显示了当时大宋靠金钱开路才能办事的陋规和顾大嫂的人情练达。

三位女将中，她也是最富机智细心。从梁山先后攻打祝家庄和东平府两场战役中可见一斑。三打祝家庄时，她以孙立女眷的身份打入庄内，和外面的梁山其他好汉共同配合攻破了祝家庄。最令人拍案叫绝的当数攻打东平府一役，当时，史进自告奋勇，要求进城里应外合攻破城池，没想到却被相好李瑞兰出卖，身陷牢狱。这时，又是顾大嫂挺身而出，她将自己乔装打扮成汶上县的一位难民，"头髻蓬松，衣服褴褛"，跟随逃难百姓混入东平府，探明史进所监之地后，又想方设法接近他。

"见一个年老公人从牢里出来，顾大嫂看着便拜，泪如雨下……'牢中监的史大郎，是我旧的主人。……只可怜见，引老身入去，送这口儿饭，也显得旧日之情。'说罢又哭。"而到了牢里，她"一头假啼哭，一头喂饭"。充分利用老年人心善、富有同情心的特点（说明颇懂心理学）接近史进，巧妙地将梁山的信息传递过去，为最终成功营救史进打下基础。当然，顾大嫂能孤身一人进入东平府，不但需要逼真的演技，更要依靠一种大无畏的精神。

梁山上，她的家族最为庞大，一百零八将占了八席。招安之后，她又跟随宋家军南征北战也表现可圈可点：攻打大名府做内应、火烧济州船厂、活捉独松关守将卫享、破杭州城做到里应外合……任务完成得相当漂亮。最为耐人寻味的是，征方腊后，水浒一百零八将仅剩屈指可数的二十七将，孙二娘、扈三娘两对夫妇均死于战场，三阮兄弟仅剩阮小七一人……而他们夫妻与大伯孙立却能得其善终，全身而退。这样完美的结局也是广大读者最愿意看到的，我想，这可能是作者有意而为之。成人之美，当然也离不开顾大嫂所拥有的聪明智慧和细致谨慎。

C.旱地忽律朱贵

少年时代，阅读《水浒传》，林冲乘船上梁山的情节给我留下了极其深刻的印象。

睡到五更时分，朱贵自来叫林冲起来，洗漱罢，再取三五杯酒相待，吃了些肉食之类。此时天尚未明，朱贵把水亭上窗子开了，取出一张鹊画弓，搭上那一枝响箭，觑着对港败芦折苇里面射将去。林冲道："此是何意？"朱贵道："此是山寨的号箭，少顷便有船来。"没多时，只见对过芦苇泊里三五个小喽罗摇着一只快船过来，径到水亭下。……

朱贵以他的表演给读者留下了一个极富诗意、充满想象力的唯美画面：兼葭苍苍，白露为霜，鸣镝飞处，扁舟来兮……那真是人们所追求的桃源胜地。想必林冲也会为这样的上山仪式而留下一个永远难忘的印象。在日后投靠梁山的众多好汉，如晁盖一伙、清风山三个好汉、清风寨的花荣、"神行太保"戴宗等都是通过这种方式上山的，我想，凡以此方式走进聚义厅的好汉哪个不把朱贵看作是一个引领者呢？

朱贵所经营的东山酒店作为梁山的一个落脚点和中转站，起着联系山寨、侦察敌情和吸收英才等多重作用。因此，他表面上仅是一个施响箭的水亭执弓人，实际上却肩负着十分重大的使命。他要审查筛选投奔梁山的各路人物，不能让朝廷的奸细混入山中，而成为山寨安全事务的最后把关者。王伦、晁盖时代，他一人经营着梁山的独家酒店，到了宋江时代，梁山势力增强，东南西北四个方位均设有酒店，但仍以他的酒店为主要耳目，梁山三代核心人物都把重任和担子交代给他，也足见他们对朱贵的高度信任。

梁山好汉都有不同的绰号，朱贵绰号"旱地忽律"，虽然顶着一个凶猛动物的名头，但却具有善良的性格。林冲初上山时，王伦不肯接纳，且看朱贵的表现。

王伦起身说道："柴大官人举荐将教头来敝寨入伙，争奈小寨粮食缺少，屋宇不整，人力寡薄，恐日后误了足下，亦不好看。略有些薄礼，望乞笑留；寻个大寨安身歇马，切勿见怪。"林冲道："三位头领容复：小人'千里投名，万里投主'，凭托柴大官人面皮，径投大寨入伙。林冲虽然不才，望赐收录。当以一死向前，并无谄佞，实为平生之幸。不为银两赍发而来，乞头领照察。"王伦道："我这里是个小去处，如何安着得你？休怪，休怪。"朱贵见了，便谏道："哥哥在上，莫怪小弟多言。山寨中粮食虽少，近村远镇，可以去借；山场水泊木植广有，便要盖千间房屋，却也无妨。这位是柴大官人力举荐来的人，如何教他别处去？抑且柴大官人自来与山上有恩，日后得知不纳此人，须不好看。这位又是有本事的人，他必然来出气力。"

面对王伦的托词，朱贵是第一个挺身而出进行质疑的，并对王伦的"粮食短缺""屋宇不整""人力寡薄""耽误前程"四条子虚乌有的借口，一一作出回复，驳得王伦哑口无言。而后面杜迁、宋万两人恰到好处的表态发言，更加巩固了朱贵说话的效果。在后续的"投名状"名词解释中，也是朱贵纠正了林冲的思维定式。可以说，没有朱贵的侠肝义胆和古道热肠，林冲肯定无法留在梁山落草，也没有往后的火并王伦和一百零八将聚义的故事，这其实也是作者为后续事情埋下的最大伏笔。

另外，在《水浒传》第四十三回，对朱贵亦有精彩的描写。当时，李逵见宋江接父亲、弟弟上山，公孙胜要去看望师父罗真人和老母亲，也动了思念之心，向宋江提出要求接自己的母亲上山。宋江面对心腹小弟提出孝敬上辈的要求，不得不应允，但又担心他行事鲁莽，恐有去无回。先是与他立下君子之约，宋江道："你要去沂州沂水县搬取母亲，第一件，径回，不可吃酒。第二件，因你性急，谁肯和你同去？你只自悄悄地取了娘便来。第三件，你使的那两把板斧，休要带去。路上小心在意，早去早回。"可李逵去后，宋江仍然放心不下，最后思前顾后，派遣朱贵暗随着他，之所以选择朱贵这位李逵的同乡，最重要的是看中他的行事细心，谨慎细密的性格。果然，李逵下山后，不断惹事，先是在沂水县西门外看悬赏榜时，目不识丁的李逵正待指手画脚，被朱贵机智地拦下。接着，朱贵劝说他回家应走大路。可李逵偏不听劝阻走小路，在途中又遭遇"假李逵"李鬼的陷害，被他发觉后杀掉李鬼。回家后，李逵背瞎母上山途经沂岭，在寻水期间，他的母亲竟被饿虎吃掉。李逵奋力连杀沂岭四虎，于是，他被村民视为英雄留宿在曹家庄。后来，李鬼老婆识破李逵，曹太公便设计灌醉李逵，将他抓押至官府。得知李逵被抓消息后，朱贵与弟弟朱富共同设计，将蒙汗药拌进酒肉之中，在押送李逵必经之路上，他们想方设法将押送官都头李云（朱富的启蒙教练）麻翻，营救出李逵，将他安全带回梁山，从中完全可以看出他机智过人、行事缜密的本领。

其实，读者读完了《水浒传》，一直会对排名榜心存疑义，作为梁山的"三朝元老"，朱贵一直排名很低，王伦年代，朱贵列最后一席，林冲上山后，他依然排位居末，晁盖等八雄上山后，他仅排在叛徒白胜之前，列倒数第二位，而最终在座次上排名也不高，列第九十二位。由此可见，在弱肉强食的社会里，资历和工龄未必成为升级的有力工具，依靠的还是人际关系。但好在朱贵一直能保持着良好的心态，不论在梁山期间管理最大的酒店还是跟随宋家将南征北战，他一直十分敬业，出色地完成了自己的本职工作，充分发挥了一个小人物所应有的作用。

《水浒传》一百零八将中，谁的日子过得最为潇洒、最为滋润？首当其冲当推入云龙公孙胜。

作为梁山泊元老级的人物，公孙胜虽在排名榜上屈居"第四把交椅"，但其地位奇特而崇高，举足轻重，可与吴用比肩，梁山上上下下无不对他毕恭毕敬，一切悉听尊便，连两代领导人晁盖、宋江也都对他十分敬重。可在梁山的日子中，他却一直扮演着一个若隐若现、若即若离的角色。

可是，这位大佬却是有名的"跑跑族"，三番五次地旷工，长期请假，甚至逾期不归，具体表现为三"跑"。

一是跑"神"（磨洋工），虽忝列"梁山四巨头"之一，并贵为"副军师"，〔晁盖道："你等众人在此：今日林教头扶我做山寨之主，吴学究做军师，公孙先生同掌兵权……"（《水浒传》第二十回）〕但公孙胜却长期居其位而不谋其政，总是心神不定，心不在焉，思想一直在跑神，实际上他根本没有履行其应有的职责，极少领兵参与战斗，也不参与运筹帷幄。在《水浒传》一书中，也只有在需要他出马的时候才露面，除在黄泥岗智取生辰纲，石碣村火烧芦荡，高唐州与高廉挥法斗剑，芒砀山、百谷岭分别降伏樊瑞、乔道清，曾头市借大风，东昌府布云雾等几个屈指可数的场合客串外，很少见到他的身影，不但与吴用的智囊角色无法相比，甚至连朱武的"神机军师"作用也远远不如。而朱武作为卢俊义的军师，跟随卢俊义东征西战，出谋划策，为平定叛军立下了汗马功劳。

二为跑"路"。梁山局势刚刚稳定，他便想到第一个开溜。

众人饮酒之时，却见公孙胜起身对众头领说道："感蒙众位豪杰相带贫道许多时，恩同骨肉。只是小道自从跟着晁头领到山，逐日宴乐，一向不曾还乡看视老母。亦恐我真人本师悬望，欲待回乡省视一遭。暂别众头领三五个月，再回来相见，以满小道之愿，免致老母挂念悬望。"（《水浒传》第四十二回）

如换成别人，晁盖肯定不会点头同意，但对于公孙胜，他却奈何不得，还非常客气地说："一清先生，此去难留，却不可失信。本是不容先生去，只是老尊堂在上，不敢阻挡。百日之外，专望鹤驾降临，切不可爽约。"可公孙胜一走却杳如黄鹤，丝毫没有回来的迹象。而梁山此时却偏偏又遇上了大难题，被高廉施法术战败，柴进身陷高唐州，唯有公孙胜回来才能挽回败局。于是，戴宗、李逵这对黑白双煞便急赴公孙胜的老家蓟州，费尽周折，通过"巧请"和"豪夺"相结合，才把他从老家"刨"了回来，去高唐州救"火"，解决了梁山当前的困境。

最令人叫绝的却是他的最后一跑——跑"心"。在宋家军相继平定辽国、田虎、王庆之后，他又脚底抹油真正溜之大吉，率先脱离了革命队伍，第一个打了金盆洗手的退堂鼓。且看《水浒传》第一百十回写道：

次日，只见公孙胜直至行营中军帐内，与宋江等众人打了稽首，便禀宋江道："向日本师罗真人嘱付小道，令送兄长还京之后，便回山中。今日兄长功成名遂，贫道就今拜别仁兄，辞别众位，便归山中，从师学道，侍养老母，以终天年。"

一句话顿时炒了梁山的鱿鱼。面对公孙胜的辞呈，宋江还是极力劝慰："我想昔日弟兄相聚，如花始开，今日弟兄分别，如花零落。吾虽不敢负汝前言，心中岂忍分别？"可公孙胜却把话说绝了："若是小道半途撇了仁兄，便是寡情薄意。今来仁兄功成名遂，只得曲允。"话已说到这个份上，令宋江感到再也无法挽留，换一句话说，他已身在曹营心在汉，不再心仪梁山。因为宋江玩弄的是权术，吴用提倡的是谋术，而公孙胜追求的却是法术，三人道不同不相为谋，长期合作下来，早已是貌合神离。宋江当然明白，即使再劝说也肯定无济于事，只能任其离去，从此，他便一去不复返，彻底脱离了梁山的羁绊。

细细地分析一下，为什么唯有公孙胜能做到神龙见首不见尾，成为梁山队伍中名副其实的"第一跑"。其原因不外乎有以下三条，一、作为梁山的宗教领袖和精神导师，公孙胜掌握了一种无人能出其右、制御异类的绝技，能做到呼风唤雨，以高超的法术使梁山多次战争反败为胜。二、他生性淡泊，无意功名利禄，对钱、权不感兴趣（公孙胜道号"一清"，天罡中的星名为"天闲"，"清闲"两字已表明了他闲云野鹤、与世无争的性格，作者也早已在其中埋下伏笔），说白了，对宋江的老大地位没有形成任何威胁。三、公孙胜已为梁山成功培养了接班人混世魔王樊瑞，这足能应付将来敌军的各种魔法师了。

最后，当宋家军征讨方腊回来时，结局却是悲惨的，死的死、残的残，剩余的二十七将中，除了善终的燕青、李俊、朱仝、朱武、樊瑞等少数人外，其余健在的也没有落了个好下场。只有公孙胜正远离尘世喧嚣，在景致幽雅、人迹稀少的山里逍遥地修练着。由此看来，他才是真正高人一等的超人，"明知不可为即不为"，在巅峰时期激流勇退，真正做到识时务者为俊杰。

　　看来，公孙胜这个跑跑族当的真是有水平，有智慧。

《水浒传》其实就是围绕着宋江大书特写的一部精彩绝伦的长篇小说，在《水浒传》中总共一百二十回的回目中，提到宋江就占了五十一回，将近总回目的二分之一，足见宋江在施耐庵心目中的重要性。

《水浒传》自问世以来，读者最绕不开来的人就是宋江这个核心人物，虽然后人对他褒贬不一，颇多訾议。整个水泊梁山，可谓成也宋江，败也宋江。但是，在梁山英雄的心目中，其带头大哥的地位却是无法动摇的。尽管宋江仅在第十八回首次登场亮相，比起史进、林冲、鲁智深、武松、晁盖、吴用等人要晚得多。而且在人才济济的梁山泊上，宋江没有吴用、朱武的足智多谋，林冲、呼延灼高强的武艺，也没有卢俊义、李应的腰缠万贯，更没有柴进显赫的家世，却能使个性迥异的众多梁山英雄服服帖帖地听命于麾下。

细细分析，宋江能成为梁山的龙头老大，不外乎有以下几大原因：

一、"义"字当头

自晁盖在黄泥岗劫取生辰纲事发后，官府根据线索，将白胜捉拿。白胜经受不住酷刑，供认出晁盖一行七人。何涛奉命带公人来郓城县缉拿他们，在县衙对面茶坊里遇到宋江。当宋江得知消息后，便想方设法稳住何涛。

宋江听罢，吃了一惊，肚里寻思道："晁盖是我心腹弟兄。他如今犯了弥天大罪，我不救他时，捕获将去，性命便休了！"心内自慌。却答应道："晁盖这厮，奸顽役户，本县内上下人，没一个不怪他。今番做出来了。好教他受！"何涛道："相烦押司便行此事。"宋江道："不妨，这事容易，'瓮中捉鳖，手到拿来。'只是一件，这实封公文，须是观察自己当厅投下，本官看了，便好施行发落，差人去捉，小吏如何敢私下擅开？这件公事，非同小可，不当轻泄于人。"何涛道："押司高见极明，相烦引进。"宋江道："本官发放一早晨事务，倦怠了少歇。观察略待一时，少刻坐厅时，小吏来请。"何涛道："望押司千万作成。"宋江道："理之当然，休这等说话。小吏略到寒舍，分拨了些家务便到，观察少坐一坐。"何涛道："押司尊便，小弟只在此专等。"

于是，宋江担着"血海干系"的死罪，策马飞奔向晁盖通风报信。他陪何涛到县衙后，又向县令提出日间去怕走漏消息，主张夜里捉拿为由，尽力为晁盖一行逃脱赢得时间，充分体现了为朋友舍生忘死的义气，这在提倡"忠""义"两字的北宋时期，实属仗义之举，也成为诸多英雄能臣服于他的主要原因。

二、仗义疏财。

宋江绰号"及时雨"，最重要的一点就是能仗义疏财，他深知金钱是实现个人魅力最佳平台的道理，舍得花钱，也善于花钱，更知道把钱花在刀刃上，从而达到事半功倍的效用。这一点在武松、李逵两人身上表现尤甚。

宋江杀了阎婆惜之后，逃到柴进庄上避难，无意之中遇上武松。小说写道：

……话说宋江因躲一杯酒，去净手了，转出廊下来，趿了火锹柄，引得那汉焦燥，跳将起来，就欲要打宋江。柴进赶将出来，偶叫起宋押司，因此露出姓名来。那大汉听得是宋江，跪在地下，那里肯起，说道："小人'有眼不识泰山'！一时冒渎兄长，望乞恕罪。"宋江扶起那汉，问道："足下是谁？高姓大名？"柴进指着道："这人是清河县人氏，姓武，名松，排行第二，今在此间一年矣。"宋江道："江湖上多闻说武二郎名字，不期今日却在这里相会。多幸！多幸！……"自此，却得宋江每日带挈他一处，饮酒相陪，武松的前病都不发了……

最后，武松因思乡，要回清河县看望哥哥。

宋江道："贤弟少等一等。"回到自己房内，取了些银两，赶出到庄门前来，说道："我送兄弟一程。"宋江和兄弟宋清两个送武松，待他辞了柴大官人，宋江也道："大官人，暂别了便来。"

三个来到酒店里，宋江上首坐了，武松倚了哨棒，下席坐了，宋清横头坐定。便叫酒保打酒来，且买些盘馔、果品、菜蔬之类，都搬来摆在桌子上。三人饮了几杯，看看红日平西，武松便道："天色将晚，哥哥不弃武二时，就此受武二四拜，拜为义兄。"

宋江大喜。武松纳头拜了四拜。宋江叫宋清身边取出一锭十两银子，送与武松。武松那里肯受，说道："哥哥客中自用盘费。"宋江道："贤弟不必多虑。你若推却，我便不认你做兄弟。"武松只得拜受了，收放缠袋里。宋江取些碎银子，还了酒钱，武松拿了哨棒，三个出酒店前来作别。武松堕泪，拜辞了自去。宋江和宋清立在酒店门前，望武松不见了，方才转身回来。……

从结交武松的一系列细节可以看出宋江具有过人的交往技巧，从而将这位暂时落魄的盖世英雄感动得五体投地。

而收服粗鲁耿直的李逵，宋江亦同样采用仗义疏财的手段。初识之下，宋江便经常借钱予以好赌的李逵，任其去赌场挥霍，正是宋江的豪气深深地折服了李逵，李逵寻思道："难得宋江哥哥，又不曾和我深交，便借我十两银子，果然仗义疏财，名不虚传。"从而使李逵死心塌地成为他的心腹和铁杆"粉丝"，终生追随，至死不渝。

三、笼络人心。

梁山一百零八将，派系林立，关系复杂，除了宋江所带来的部分嫡系外，其余属于原来晁系、揭阳派、登州派、降将派⋯⋯要想在梁山泊上能长期立足，团结不同派系，拉拢人心势在必行，宋江自然是这方面的顶尖高手，其手腕在梁山上可谓无人能及。

杨雄、石秀初上梁山，备说自己在祝家庄偷鸡因此折了时迁的事情，晁盖一听，摆出一副正义凛然的姿态，立即命令刀斧手将两人斩首。

晁盖道："俺梁山泊好汉，自从火并王伦之后，便以忠义为主，全施仁德于民。一个个弟兄下山去，不曾折了锐气。新旧上山的兄弟们，各个都有豪杰的光彩。这厮两个把梁山泊好汉的名目去偷鸡吃，因此连累我等受辱。"

这时，宋江出场了，劝道："哥哥息怒，两个壮士不远千里而来，同心协力，如何却要斩他？"接着，吴用、戴宗及众头领皆相劝，晁盖方才免了二人。事后，宋江抚谕道："贤弟休生异心，此是山寨号令，不得不如此。便是宋江，倘有过失，也须斩首，不敢容情。如今新近又立了铁面孔目裴宣做军政司，赏功罚罪，已有定例。贤弟只得恕罪恕罪。"这一席话，让人听了多么感动！从此，杨雄、石秀心悦诚服于宋江。

而对待那些武艺高强的官府大将，宋江同样采用笼络人心的办法，将其降伏，如《水浒传》第六十四回：

（梁山智擒关胜后）⋯⋯宋江会众上山，此时东方渐明。忠义堂上分开坐次，早把关胜、宣赞、郝思文分投解来。宋江见了，慌忙下堂，喝退军卒，亲解其缚，把关胜扶在正中交椅上，纳头便拜，叩首伏罪，说道："亡命狂徒，冒犯虎威，望乞恕罪。"关胜连忙答礼，闭口无言，手脚无措。呼延灼亦向前来伏罪道："小可既蒙将令，不敢不依。万望将军免恕虚诳之罪。"关胜看了一班头领，义气深重，回顾与宣赞、郝思文道："我们被擒在此，所事若何？"二人答道："并听将令。"关胜道："无面还京，俺三人愿赐早一死！"宋江道："何故发此言？将军倘蒙不弃微贱，一同替天行道。若是不肯，不敢苦留，只今便送回京。"关胜道：

"人称忠义宋公明，话不虚传。今日我等有家难奔，有国难投，愿在帐下为一小卒。"

由此可见，宋江就是靠欲擒故纵之术用心感化关胜入伙。而呼延灼、董平、张清、索超等大将的上山，宋江均是凭借着自己的人格魅力，将他们一一感化，笼络归顺，这些将领为日后招安后随他南征北战立下了赫赫战功。

四、战功显著

宋江上梁山后，嫡系力量逐渐羽翼丰满，无意中与晁盖有了头领之争，虽然，宋派人数上占了上风，但是，宋江并不像林冲一样，依靠武力来解决，而是从物质和精神两个方面，树立起自己的威信。

作为一支农民起义军，在战争纷乱的年代，要想在这样一大群武夫中出人头地，没有立下军功肯定是行不通，宋江显然深谙此道。面对日益增多的梁山人马，他建议进行大刀阔斧的战略调整，不再搞小打小闹，而应以打大户掠州县为主。对于晁盖多次提出要亲自带兵出战，宋江总是以"哥哥是山寨之主，岂可轻动"为由不让其下山，这其实只是宋江不让晁盖染指军队的托词。而每次都由自己率领一群兄弟，先后攻祝家庄、破高唐州、闹华山、打青州、大名府、赢童贯、败高俅……均取得大捷，通过这些大大小小的战役，宋江不但强化自己的组织能力和军事指挥能力，而且达到了锻炼队伍、培养骨干、培植势力的目的，更重要的是增进了与弟兄们的情谊，拉近与他们之间的距离，最终建立了庞大的人脉关系，树立起更高的权威性。

五、鬼神造势

宋江也像历史上一切犯上作乱的人一样，很善于利用鬼神，利用舆论，来替自己造势。在江州劫了法场上梁山不久，宋江就称挂念父亲，要回家接其上山，可途中差点自投罗网，惊惶失措之际，逃到还道村一个常年失修的破庙，居然得到了九天玄女娘娘的保佑。九天玄女娘娘还托梦给他，称宋江为星主，并授以天书和天言，而天书只有吴用与他可以同观，借此鬼神来迷惑众人，并拉拢了吴用。这其实与陈胜、吴广的"丹书鱼腹"、"篝火狐鸣"；韩山童、刘神通的"弥勒降生""明王出世"；洪秀全自称"上帝次子""耶稣天弟"如出一辙。梁山归降后，征辽时，辽国统帅兀颜光在幽州摆下太乙混天象阵，使宋军折了八十万禁军教头王文斌、李逵被捉……屡遭败绩，无计可施，最后又是九天玄女娘娘托梦，面授机宜，反败为胜。梁山根据地彻底巩固后，内部派系林立，排座次成为一件非常棘手的事情。于是，宋江提出要建"一罗天大醮"，以报答"天地神明眷佑之恩"，由公孙胜率道众，每日做醮，到第七日夜三更时分，结果上天显灵，打开天门，降下一块石碣，前面为三十六天罡星，背面为七十二地煞星，从而借天地之意，物理数定将每人的座次迎刃而解。石碣受天文其实就是他和吴用幕后操纵，公孙胜出面具体负责实施而已，从而借鬼神之力量，造势弄人，顺利搞掂排名，使一场可能由于分封引起的内讧，被宋江一个简单的天命把戏，消弭于无形中。

　　总而言之，自晁盖中箭身亡后，无论是之前梁山好汉的聚义还是归顺朝廷后，宋江长期坐稳头把交椅，他能从一位仅粗通文字、略懂武艺的押司级（相当于现在县府办秘书）官府小吏实现到梁山领袖的蜕变，这无疑与他所具有"吏道纯熟、圆滑世故、处心积虑、厚黑伪善"的高明权术和政治领袖必具的全面素质所密不可分。

一部洋洋洒洒的《水浒传》，其实就是由一个个英雄好汉被逼上山的精彩故事所构成，每人以不同的经历，不同的方式齐聚梁山，过程或曲折离奇或悲壮惊险，但"逼"法却是大相径庭。

逼上梁山的代表人物非林冲莫属，林冲善良正直，谦和有礼，一身正气。他原本有一份体面的工作，一个美满的家庭，是一个典型的"爱家"男人。但由于高衙内觊觎自己的妻子埋下祸根，从而引发了一系列事件。可林冲却一再忍让不但没有息事宁人，反而使得灾难不断升级。面对误闯白虎节堂、樊楼事件、大闹野猪林、火烧草料场等一环紧扣一环奸人早已设计好的陷阱，最后被弄得家破人亡，终于忍无可忍，这才挺身而起，手刃寇仇，走上了雪夜奔梁山的不归路。在施耐庵先生的笔下，这位侠骨柔肠、逆来顺受的禁军教头形象顿时跃然纸上，读来的确令人"哀其不幸，怒其不争"。

青面兽杨志，出身将门之后，一身武艺，"本指望一身本事，一心一意想博得个封妻荫子"的结局。在官府中，他一直干得很卖力，而且做人认真负责，敬业用功，铁面无私，忠于职守，循规蹈矩，尽管机遇频频光临，但却时运不济，仕途不顺，总是一波三折，而乖舛几乎成了他命运的胎记。先是作为殿司制使押运花石纲，其他人均顺利完成任务，唯有他阴沟翻船，在黄河里遭风打翻了船，不敢回京复命，只得亡命他乡。总算捱到赦罪之时，本想去东京枢密院疏通关节，可由于不谙官场贿赂的游戏规则，求高俅不成反遭冷嘲热讽。又因生活所迫，沦落街头卖刀，却遇到泼皮牛二跟他赌命，引发了一场杀人事情，以凶犯身份流配大名府。好在天无绝人之路，得到梁中书的赏识，看中他的为人、武艺，使其绝处逢生，并将押运生辰纲的重任交付于他，原还可借此飞黄腾达，升官发财，没想到在途经黄泥岗时，又被吴用设计剪径抢劫，最后，他穷途末路，只得落草为寇，成为在刀口上讨生活的强盗。这是肮脏的社会不容他，逼其造反。但他的上山在读者看来却是无法值得同情怜悯的。

而最典型的当数武松，武松是施耐庵先生花了大力气打造的一个英雄人物，着墨酣畅淋漓，从第二十三回至第三十二回用了整整十回的篇幅（《水浒传》中著名的武十回）专门来描写武松，景阳冈打虎、为兄长报仇、醉打蒋门神、血溅鸳鸯楼等故事都是书中最浓墨重彩的一笔。为兄报仇，初次杀人后仍然恩怨分明，径到官府投案自首，走的完全是一条法纪之路，心中尚存一线希望，到孟州服刑期满，希望能重新回到主流社会。只是以张都监为首的黑恶势力，一再激化矛盾，将他一而再再而三地逼上绝路，因此，他只得奋起反抗，走上了铤而走险的杀人之路。这是官府一伙魑魅魍魉将他逼得看透社会的黑暗，到了万事俱灭的地步，最后流浪江湖茕茕孑立，方才上山落草，找到自身的归宿。

与前面几位被官府逼上梁山迥异不同的是玉麒麟卢俊义、美髯公朱全等人的上山落草，他们被逼无奈上山，归根到底则完全是宋江为首的梁山好汉精心设计所致。

虽然"请"卢俊义上山的理由并不充分，后人大多猜测为政治的需要，将他作为一枚重要的棋子。当时，卢俊义身为"京城财主，富贵已积五世"，可谓生活富足，一点也"不差钱"。梁山本与他毫不相干，却不料"人在家中坐，祸从天上来。"为了能智取他上山，吴用等人可是千辛万苦，费尽心机，设下了"无中生有""以逸待劳""借刀杀人""釜底抽薪"等四个连环招，硬生生把卢俊义从一个"身无累罪"的守法公民变成一个大逆不道的反贼，直至被官府上门捉拿，受刑，身陷囹圄，最后又被梁山好汉施计成功营救。在最终经历了一番耗费人力、物力、财力的折腾之后，全身伤痕、满心疲惫的"玉麒麟"终于归顺梁山，并坐上了第二把交椅。后来还为破辽国、征田虎王庆，讨方腊立下了不朽之功，但最终因食用了暗地被放入水银的毒御膳，在回庐州的行船中失足落水而死的下场，令人叹惜不已。

朱全被骗上山则又是梁山使用的另一着阴招。朱全是梁山好汉中"义"字的典范，敦厚忠诚，为朋友真正做到两肋插刀。从先前义释晁盖，到再次冒险私放宋江，后来见"刎颈之交"的雷横犯了死罪，中途又放过雷横，甘愿自己顶罪，上述行为虽属渎职，但显得义薄云天。结果他被刺配到沧州，到底天佑好人，知府看中了朱全的义才，并对他另眼相待，甚至将爱子交由朱全看管。但却应了"不怕梁山欺负，就怕梁山惦记"那句话，宋江等人早已瞄上了他，并设计将天真可爱的小衙内抱到偏僻处，李逵还当着朱全的面，残忍地虐杀了孩子，用狠招绝其归路，只能被迫上山落草为寇。

同样，梁山好汉中的绝大多数是用不同的方式被逼上梁山，鲁智深被逼是路见不平拔刀相助的结果，杨雄背负杀妻命案，徐宁被表弟汤隆设计诱骗上山，阮氏三兄弟因生辰纲事发之后，跟晁盖等上了梁山……当时，北宋王朝软弱无能，一方面对外屈膝妥协，使得近邻的西夏、大辽、吐蕃、高丽等国对大宋领土虎视眈眈。而另一方面，国内奸臣当道，向人民横征暴敛，弄得民不聊生，各地起义军纷纷揭竿而起。因此，《水浒传》中一个个英雄人物被"逼"上山的故事也正是当时官逼民反、波澜壮阔的起义画面的缩影。

梁山兵多将广，陆军力量最为强大，占了二分之一强；马军由五虎上将领衔；步军中则拥有大名鼎鼎的鲁智深、武松、李逵等大腕，当然，我们绝对不能忽视梁山水军的力量，虽然仅有八位将领，却个个身怀绝技，是一支战无不胜的队伍。

梁山四面环水，号称水泊，方圆八百里，因此水战是不可避免的。梁山水军将领中，晁系有阮氏三兄弟，宋系有李俊、张横、张顺兄弟及童威、童猛兄弟五人，其中，前六人均在天罡星之列，足见他们在梁山中的地位和实力。

纵观整部《水浒传》，其实就是一部战争史，各类战役不断，宋王朝多次围剿梁山，宋家军归降后又屡次南征北战，平辽国、打田虎、伐王庆、征方腊，大大小小的战争不计其数，梁山军队以胜利居多，也有不少的败绩，尤其是宋军在征战方腊中，损兵折将，但唯有水战一直保持不败，为梁山树立了一面旗帜。在这些大大小小的战役中，李俊、张顺、阮小七三位水军头领功不可没，为梁山队伍取胜立下了汗马功劳。

A.混江龙李俊

李俊绰号"混江龙"，人称"天寿星"，一个"混"字取得精彩，一个"寿"字定位准确，足见施耐庵先生的神来之笔。

虽然李俊在《水浒传》第三十六回才姗姗登场，但他却是《水浒传》中一个不可或缺的寓言式人物，身上充满了奇幻和神秘色彩。

相比水军三阮、二张兄弟，李俊显得要有涵养，在催命判官李立的酒店甫一出场，自我介绍就显得特别谦虚："小弟姓李，名俊，祖贯庐州人氏，专在扬子江中撑船艄公为生，能识水性，人都呼小弟做混江龙李俊便是。"其出言谈吐显出高人一筹的品性与修为。

论武艺，李俊在人才济济的梁山上是排不上号的，论水性也不及张顺或三阮，但他卓越的领导能力已经超过了单纯的武功。同时，作为梁山中唯一两次救过宋江的大恩人。在排座次时，他能忝列天罡星，并成为四寨八员水军头领之首也是理所当然。

　　李俊原是揭阳江上黑道第一号人物，一直在浔阳江上贩卖私盐，顺带抢劫来往客商，做些没本钱的买卖。由于他有主见，有胆识，水性又好，在当地很有威望。如他与张横在水上相撞时，敢于大声喝道："前面是什么艄公，敢在当港行事？"而平日里以"老爷生长在江边，不怕官司不怕天"骄横得不可一世的张横居然躬身道："原来却是李大哥，我只道是谁来。"……而追杀宋江的穆氏兄弟遇到李俊时也是恭而敬之。李俊对二穆威严地下令："他便是我日常和你们说的山东及时雨郓城宋押司公明哥哥，你两人还不快拜。"足见他在这些强盗中之地位。

　　上梁山后，他更是充分地展现出一位领导人的管理能力，统领水军战无不胜，所向披靡，多次为梁山建功立业。在与无为军一战中，李俊、张顺两人合擒黄文炳，替宋江报了血海深仇；战高俅，他活捉了水军统制刘梦龙；攻王庆，他在宛州率水军取得大胜，义释胡俊，智取云安，最后还生擒了匪首王庆；讨田虎，他又设计水灌太原城，取得大捷；征方腊，在太湖与费保等四人小结义，李俊英勇忠义，有勇有谋，不但取了苏州，还刺死了飞水大将军昌盛……

　　宋江攻打方腊得胜回京途中，在为宋家军建立功勋，尽弟兄之义后，他能及时看清时局，做到明哲保身全身而退。《水浒传》第一百十九回写道：

　　宋兵人马，迤逦前进，比及行至苏州城外，只见混江龙李俊诈中风疾，倒在床上。手下军人来报宋先锋。宋江见报，亲自领医人来看治，李俊道："哥哥休误了回军的程限，朝廷见责，亦恐张招讨先回日久。哥哥怜悯李俊时，可以丢下童威、童猛，看视兄弟。待病体痊可，随后赶来朝觐。哥哥军马，请自赴京。"宋江见说，心虽不然，倒不疑虑，只得引军前进。又被张招讨行文催趱，宋江只得留下李俊、童威、童猛三人，自同诸将上马赴京去了。

　　且说李俊三人竟来寻见费保四个，不负前约，七人都在榆柳庄上商议定了，尽将家私打造船只，从太仓港乘驾出海，自投化外国去了，后来为暹罗国之主。童威、费保等都做了化外官职，自取其乐，另霸海滨，这是李俊的后话。

　　就这样，李俊诈报此刻遽中风疾抱病，无法随军北上觐见，并骗得自己的两位好兄弟作陪，借机退出梁山队伍，从而演绎出了一场海外传奇，重新回到了"江湖寄余生"的生活状态。从此，过上了逍遥自在的生活，成了梁山众多好汉中"混"得最为成功的典型。他这样做不但保全了自己，而且成就了一方霸业，用一种别开生面的方式开拓了另一片疆域，延续了梁山的不朽精神。

由此看出，李俊虽然对宋江忠心耿耿，但他却并不盲从，始终保持着清醒的头脑和缜密的思考方式。他不似宋江那般冥顽不化，也不像卢俊义那样不知功成身退，更不像其他兄弟一样一条道儿走到黑，而能做到识时务且进退自如，虽经多年戎马倥偬南征北战，但心境平和态度超然，最后以完美的激流勇退换来人生的大解脱，从而上演潇洒而睿智的人生。

B.浪里白条张顺

梁山好汉中，身怀绝技者众多，鼓上蚤时迁以飞檐走壁的神偷技术著称；花荣神箭箭无虚发，号称"小李广"；没羽箭张清则以"飞石打人，百发百中"而闻名；浪子燕青的看家绝活是相扑，能赤手空拳掀翻敌手；但最令叫绝的应该是张顺的水上功夫，"水底下伏得七日七夜"，就不得不令人俯首称臣。

张顺绰号"浪里白条"，绝非徒有虚名，在《水浒传》中，他的出场则是通过他哥哥张横的口来介绍：

小弟一母所生的亲兄弟两个，长的便是小弟，我有个兄弟，却又了得。浑身雪练也似一身白肉，没得四五十里水面，水底下伏得七日七夜，水里行一似一根白条，更兼一身好武艺。因此人起他一个异名，唤做浪里白条张顺。

张顺生在长江边，长在长江边，自小练就了一身好水性。他原先和哥哥一直做着无良船家的勾当，两人联袂演戏，榨取乘客的钱财，后来金盆洗手，改在江州城里做卖鱼牙子（贩鱼行业的头头），兄弟两人出身贫穷，没有田地资产，属于下层的普通人物。

在《水浒传》第三十八回中，张顺首次亮相。当时，宋江、戴宗、李逵三人在江州浔阳江琵琶亭酒馆饮酒，席间缺少鲜鱼下酒，鲁莽的李逵在江边寻找新鱼时，放跑了张顺所属渔船上的活鱼，导致两人发生冲突，最后大打出手，由于岸上功夫不及李逵，张顺便设计将李逵引入江中，与他在水里进行了精彩搏斗，将李逵打得毫无还手之力（李逵被那人在水里揪住，浸得眼白，又提起来，又纳下去，何止淹了十遭），唤他上岸时，张顺早汊到分际，带住了李逵一只手，自把两条腿踏着水浪，如行平地，那水浸不过他肚皮，淹着脐下，摆了一只手，直托李逵上岸来。这番"踩水"绝技看得江边的人个个喝彩，初步显示出他精湛的水上功夫。

自加入梁山队伍后，他凭借着出色的水上功夫和自己的聪明才智，每逢水战，必能大显身手，也是梁山英雄中"出彩率"很高的一位，除与李逵在水中争斗外，他又先后在各类水战中精彩"秀"了七回，尤其是夜闹金沙滩和梁山水泊活捉高俅，最为令人拍案叫绝。

为了将玉麒麟卢俊义智赚上山，吴用巧扮算命先生，设计将其骗到属于梁山的势力范围之内。由于卢俊义武功盖世，在岸上无人能制服他，梁山便由李逵、鲁智深、武松、刘唐、穆弘、李应、朱仝、雷横等多位高手轮番上阵，车轮大战卢俊义。待卢俊义疲惫不堪之际，又在水里做了手脚，李俊先将卢俊义诱上一只小船，浪里白条张顺则以绝好的水底功夫在水中将其擒住。如果没有张顺绝顶的水上功夫，很难将卢俊义不动一根汗毛地弄上梁山，因为在陆地上，卢俊义肯定会与梁山好汉拼个鱼死网破。卢俊义的被"逼"上山，也大大地壮大了梁山力量。

梁山英雄在宋江的带领下，势力和队伍不断壮大，也震动了朝廷。政府先后派遣童贯和高俅前来征剿，均大败而归。特别是高俅亲率十三万大军，来攻打水泊梁山，最后，高俅精心打造的水中旗舰——大海鳅船被梁山水军一一凿漏，高俅也最终成了梁山的俘虏，且看《水浒传》第八十回写道：

高太尉爬去舵楼上，叫后船救应，只见一个人从水底下钻将起来，便跳上舵楼来，口里说道："太尉，我救你性命。"高俅看时，却不认得。那人近前，便一手揪住高太尉巾帻，一手提住腰间束带，喝一声："下去！"把高太尉扑通地丢下水里去。堪嗟赫赫中军将，翻作淹淹水底人！只见旁边两只小船飞来救应，拖起太尉上船去。那个人便是浪里白条张顺，水里拿人，浑如瓮中捉鳖，手到拈来。

读来真是令人大快人心。

在《水浒传》中，关于张顺，还有许多脍炙人口的故事。白龙庙英雄聚义后，梁山好汉袭击无为军，在江州水中，张顺不声不响，与李俊配合默契，干净利索地将宋江仇人黄文炳活捉；宋江背发疽痈，张顺为其寻找神医安道全，一路上波澜迭起，被歹人劫财害命，捆绑丢入江中，凭着绝技逃得性命，最后剪除无良同行张旺；征方腊时，张顺奉命"夜伏金山寺"，在星月交辉，水天一色之夜泅水前往江南串演了一场"渡江侦察记"的翻版，准确的情报为最终智取润州城立下了不朽的战功。

可不幸的是，张顺的结局却很悲惨。征方腊时，他不听李俊的劝阻，铤而走险盲目行动，自告奋勇孤身一人潜水入城，欲放火为号，里应外合攻破杭州城，没想到，一个胆大心细的水中英雄却被方腊水军乱箭射死在西湖涌金门外的水池中，正应了作者给他一个"天损星"的名号。

梁山人物中，张顺无疑是一位忠心耿耿的人，他忠于梁山，更忠于宋江，以至于得知张顺死讯后，宋江引来如丧考妣的悲痛，哭得昏倒："我丧了父母，也不如此伤悼，不由我连心透骨苦痛！"也足见张顺在宋江心目中的地位。正是由于这种"连心透骨"的义气，最终感动了西湖震泽龙君。

他收张顺做金华太保，并封其为西湖龙王，成了梁山好汉中为数不多得道修成正果的"神仙"之一，这是对张顺"为人甚好，深得弟兄情分"江湖义气深重的表彰。

细读《水浒传》，就会发现作者对梁山众将的最后结局大都写得很简单，不论是阵亡、病故的，还是侥幸存活下来下场不恶的，总是以一两句交代草草了事，但对张顺的死却占了很大的篇幅，并将气氛渲染得很悲壮，同时仅仅以他名字占有的章节回目就有六回，而且都是比较重要的篇章，足见施耐庵先生对张顺的偏爱，从另一角度来讲，这算是对张顺的一点安慰性补偿。

在梁山中，张顺是少有几个能动脑子的好汉。他有一身好本事，而且总能将自己置于一个较好的状态，并将能力发挥到极致。其实，他很适宜做官，但最终却没有福分，战死沙场。当初清醒的头脑，精明的个性，最终却被功名所累，令人扼腕。

C.活地太岁阮小七

对于阮小七，金圣叹曾如此评价："阮小七是上上人物，写得另是一样气色。一百八人中，真要算做第一快人，心快口快，使人对之，龌龊都销尽"，将其心直口快、天真烂漫的性格点评得一针见血。

梁山好汉中，不少为朝廷军官，出于各式各样的原因，以不同的方式投靠了水泊梁山，成了朝廷的叛逆。其余的人或是商贾富户，或是小官小吏，或是能工巧匠，或是市井人物，相比而言，阮氏兄弟则出身低微，一直以打鱼为生，家境困顿。

当吴用上门，怂恿他们共同参与劫取生辰纲时，阮氏三兄弟便如干柴遇火，一点就着，义无反顾地予以全力支持，而且非常坚决，尤其是阮小七更是表现出积极的态度："一世的指望，今日还了愿心！正是搔着我痒处！我们几时去？若是有识我们的，水里水里去，火里火里去。若能够受用得一日，便死了开眉展眼。"一副毫无动摇的表现。

可令人遗憾的是，三阮的故事从最初的智取生辰纲，石碣村灭官军以后，却变得越来越星光黯淡了，特别是宋江掌权后，作为晁派的嫡系，很快沦落为可有可无的龙套角色。即使在水军将领之中，与李俊、张顺相比，也不再那么地出风头。唯有阮小七却以他天真混沌不通世务桀骜不驯的性格，在后面还曾出过几次彩。

梁山英雄提倡一个"义"字当先，像鲁智深、朱仝等都是义薄云天的盖世英雄。同样，阮小七也是一个极讲义气的人物，《水浒传》第六十四回写道，张横因为好大喜功，私自跑去偷袭关胜，结果关胜没捉到，自己反被关胜给活捉了。

（弟弟张顺来找阮氏兄弟商量）阮小七听了，叫将起来，说道："我兄弟们同死同生，吉凶相救，你是他嫡亲兄弟，却怎么教他独自去，被人捉了？你不去救，我弟兄三人自去救他。"张顺道："为不曾得哥哥将令，却不敢轻动。"阮小七道："若等将令来时，你哥哥吃他剁做八段。"阮小二、阮小五都道："说的是。"张顺逆他三个不过，只得依他。

由此可以看出，阮小七的直爽和义气很让人感动。

阅读《水浒传》，阮小七留给读者印象最深的莫过于他身上具有强烈的喜剧细胞，用时话来说，就是一位天生的娱乐明星，擅长"恶搞"。

生辰纲事发后，官府派何涛观察到石碣村来缉捕晁盖一伙，阮小七戏弄何涛，就如猫戏老鼠一样：

又行不到两条港汊，只听得芦花荡里打唿哨，众人把船摆开，见前面两个人棹着一只船来。船头上立着一个人，头戴青箬笠，身披绿蓑衣，手里拈着条笔管枪，口里也唱着道：老爷生在石碣村，禀性生来要杀人。先斩何涛巡检首，京师献与赵王君。

何观察并众人听了，又吃一惊。一齐看时，前面那个人拈着枪，唱着歌，背后这个摇着橹。有认得的说道："这个正是阮小七。"何涛喝道："众人并力向前，先拿住这个贼，休教走了！"阮小七听得笑道："泼贼！"便把枪只一点，那船便使转来，望小港里串着走。众人发着喊，赶将去。这阮小七和那摇船的，飞也似摇着橹，口里打着唿哨，串着小港汊中只顾走。

唿哨是轻快的外现，在充满血腥的战斗场面上，阮小七却宛如一个水生的精灵以及一副漫不经心的样子，显得那么幽默可爱，真是令人忍俊不禁。

宋江上梁山后，一直希望能得到朝廷的招安，曾遭到少数头领的反对，如武松、李逵、鲁智深等，阮小七也是其中之一，但由于他在梁山上的地位逐渐下降，更加上多年的磨砺，他是不会明着跟宋江过不去的，于是，他采用一种喜剧的方式来表达自己的不满——偷喝御酒。且看《水浒传》第七十五回：

……阮小七叫上水手来，舀了舱里水，把展布都拭抹了，却叫水手道："你且掇一瓶御酒过来，我先尝一尝滋味。"一个水手便去担中取一瓶酒出来。解了封头，递与阮小七。阮小七接过来，闻得喷鼻馨香。阮小七道："只怕有毒，我且做个不着，先尝些个。"也无碗瓢，和瓶便呷，一饮而尽。阮小七吃了一瓶道："有些滋味。"一瓶那里济事，再取一瓶来，又一饮而尽。吃得口滑，一连吃了四瓶。阮小七道："怎地好？"水手道："船梢头有一桶白酒在那里。"阮小七道："与我取舀水的瓢来，我都教你们到口。"将那六瓶御酒，都分与水手众人吃了。却装上十瓶村醪水白酒，还把原封头缚了，再放在龙凤担内，飞也似摇着船来，赶到金沙滩，却好上岸。

这一次偷梁换柱的"恶搞"还真是成功，也是他最出彩的一段，你宋江不是要招安吗？我就偏让你招不成。在这段时间，阮小七是在用喜剧的韵味来表示愤怒，在他的性格里也确实存在着乐观的一面，遇到痛苦时不怒反乐，他把自己难以抒发的怨气通过嘻嘻哈哈的方式加以发泄。

征方腊的战争中，阮小七先后痛失了两位哥哥，应该说，他是受伤最重的好汉之一，在压抑太久之后，阮小七终于又找到了一个宣泄情绪的窗口，此次将恶搞的对象更换成龙袍，将方腊的龙袍穿到自己的身上：

却说阮小七杀入内苑深宫里面，搜出一箱，却是方腊伪造的平天冠、衮龙袍、碧玉带、白玉珪、无忧履。阮小七看见上面都是珍珠异宝，龙凤锦文，心里想道："这是方腊穿的，我便着一着，也不打紧。"便把衮龙袍穿了，系上碧玉带，着了无忧履，戴起平天冠，却把白玉珪插放怀里，跳上马，手执鞭，跑出宫前。三军众将，只道是方腊，一齐闹动，抢将拢来看时，却是阮小七，众皆大笑。这阮小七也只把做好嬉，骑着马东走西走，看那众将多军抢掳。

从而将他蔑视权贵、浪荡不羁的性格暴露无遗。

阮氏兄弟中，阮小二、阮小五相继战死在征方腊的途中，只有阮小七成为战争的幸存者。但阮小七终因他的玩世不恭付出了代价，被追夺其本身的官诰（盖天军都统制），复为庶民。阮氏三兄弟当初从石碣村来，最终只有阮小七带着母亲复还石碣村去，依旧以打鱼为生，来时平淡，复归平淡。经过了轰轰烈烈但不留恋轰轰烈烈，阮小七的经历就像一个寓言。他的命运比起其他梁山头领却来得充实，幸运，并借此得以善终。可以说，阮小七始终没有失去做老百姓的本色。

　　乐天的散文集日前在北京获得第二届中国金融文学奖，很为他高兴。我阅读过他的文章，文风朴实，视角独特，有着浓浓的书卷气息。

　　自古以来，文者的内心，一直超越文字本身。我们看一个人的作品，不仅仅是看到词藻之华丽，章法之严谨，更是看到作者的心灵，看到作家的人生观与价值观。

　　乐天的文字里透出智者的思想，他有属于自己心灵思考的地带，我称之为行者的疆域。此行者，不唯其走过的山川，不唯其纷繁的过往，而是他思想的足迹，思想的火花。

　　其一，关于乡韵。纵观世界文学史，伟大作品往往因其独特的精神指向与对人类命运的深沉思考而成为不朽之作。乐天散文的疆域里，故土的精神守望相当浓烈。在《故乡的雪》一文的开头，他这样写道："孩提时，台历撕过'冬至'以后，就意味着将进入年关，南方的孩子就会知道，真正的冬天已经开始，而他们所期盼下雪的日子也即将临近。"这样的开头，初看略显平淡，细读却有老辣之味，如同鲁迅先生经典散文之初始一段，淡淡叙述，朴实空灵。

　　在中国现当代文学作品中，《呼兰河传》就是写故乡情结杰出的作品，我们能从作家自身的成长史，来窥视作品呈现的对精神故土的守望。

　　萧红在《呼兰河传》中呈现出"它是一篇叙事诗，一片多彩的风土画，一串凄婉的歌谣"（茅盾语）。她在怀念自己的故乡与童年中写下了生命印记。乐天的散文，有相当的篇幅叙述了他对故乡的凝望。

　　其二，关于人生。人生往往与一个人所处的时代背景紧密相联。忧患意识的节制与叙述的克制力，是呈现文章张力的重要着力点，一如国画水墨之留白。在《面对空落》里，乐天叙述的是具有普适性的人生话题与印记，是孩子的成长史与成人的成长史交融的一曲心灵密语。

　　人生的境遇无非时空变幻，心灵反复。因此，地域特色在一个人的人生轨迹中如同一面透明的镜子。在《呼兰河传》中，我们看到：萧红虽然写了人物，但没有主角，倒是故乡的气息弥漫于全书之中。

乐天对于人生的阐述，于忧患中透着黎明的曙光，是自我的一种内省、观照，是自在的一种圆通，是光明，是沉静。

其三，关于闲话。无论是在《城市短章》中，还是在细说《魏延的人生悲剧》中，乐天的笔触是饱满而又理性的。他用当下的批判意识来展示过往的历史，在还原历史与人物的同时，对今人带来莫大的启迪意义。

我们说，生命史表面上看是一段肉体新陈代谢的过往史，是足迹移动的变迁史，但从根本上讲，是一段不同凡响的心灵史。凡事皆有因果。作家们创造的作品，无不关联于他们曾经的成长史，也关乎他们内心的理想史。作家着力于营构生命世界无法抵达的彼岸，实则在构筑自身的精神故土。这里面依恋着过往，也有对新生命、新世界乃至未来的开掘。

乐天作为一名行者，更可贵于他在金融系统这样的一个层面，保持宁静与辛苦耕作。我们都在开拓属于自己的疆域，我们都在寻找天籁之音，我们都在打磨彼此的灵魂。由此，我们要超越小众，关爱众生。

是为跋。

王志强，小说家，1969年5月出生于杭州，杭州市作家协会副主席，浙江省作家协会签约作家，中国银行作家协会理事，现为中国银行温州市分行纪委书记兼副行长。1985年开始发表作品，已出版、发表各类文学作品二百余万字。主要作品：金融系列——长篇小说《银界》《银色家族》《银行家》《银雀地》；生命系列——《青春鸟》（长篇小说）、《萨兰的天空》（中篇小说集）、《当时皓月》（散文集）、《生命佛光》（诗集）。

　　乐天君在他的一篇《敝帚自珍》的随笔里，说到自己最初的一篇文稿，就刊发在我主编的《温州晚报》副刊"池上楼"上。虽然这件发生在1999年的旧事，作为编辑的我，是早已没有了印象，但对于乐天君与我来说，却是一个值得纪念的缘分。时光忽忽而逝，直到2012年底我不再主编晚报副刊，其间乐天君在老友柯炼武兄的介绍下与我见了一面，才发现原来他与我同龄，并且在这十数年间，竟然创作了数百篇散文随笔，让人刮目相看。

　　乐天君曾经在2012年出版了一本散文集《乐天笔记》，这次又整理出了二十余万字的另一个散文集子，曰《乐天心曲》，嘱我写一篇读后感之类。我细细地读了一遍，第一个最直接的感觉，便是朴实无华。乐天君的文字，是直抒胸臆的，可以从他的文字里，见出他并不浪漫的个性里有一股难得的认真劲。这与我见他第一面的印象是一致的，衣裳整洁，头发一丝不苟，面带微笑，语气温和。柯兄介绍说，他在一家银行工作，是一位经济师。我可以想象他在金融机构里坐班的气氛，忙碌紧张、精打细算。而一位经济师笔下的文字，多少还是有点职业的特点的，那就是认真细致。

　　第二个感觉是，乐天君对生活还是充满了眷恋的，他有多愁善感的一面，尤其是对逝去的时光、乡村的旧物、童年的记忆。我将他集子里的文章粗略地进行了归类，发现他笔下的世界，都是旧日的风土人情，有属于原汁原味的乡野生活，也有后来的现代都市风景。乐天君出生于农村，于是他笔下的《晒谷场》《水井》《河埠头》等，都有着温馨的村野的气息，那些深情的文字里，荡漾着他的童年时光。这一类的文字还有很多，比如《灶头》《划龙舟》《铜火炉》等。后来他考入温大，毕业后在温州市区工作，这段生活对他来说，应该是充满了青春的激情的，是热烈而奔放的时光。这段生活反映在他的《学院西路166号》《温大忆旧》等中。

　　生活的琐事，对有些人来说，也就是不得不过的日子而已。而对乐天君来说，却都是可以成为笔下的风景，那些盛开的《油菜花》，春天里匆匆醒来的《杨柳》，以及好吃的《杨梅》与《甘蔗》，外乡人不知就里的《泥蒜冻》，都是值得记上一笔的。从这些文字里，可见作者对生活的热爱，而热爱中有感悟，如《夜行》《在路上》《周末琐记》《浮生半日记》等，没有什么崇高意义的解读，只是生活中的点滴感想，一个小人物的生活景象，但可以由此窥见现代都市生活的状态，因此自有其存在的理由与意义。

在这本《乐天心曲》里，还有他对于教育的思考，记录了他的儿子的成长历程，比如《陪考》《儿子寄宿手记》《家长会》等，这些个人的思考，也是大时代的反映。

值得一提的是，乐天君在这本书的最后，收录了几篇阅读经典的笔记，品读《三国》与《水浒传》，这些文字有他的自己的发现。在我看来，相比他的生活随笔，倒是更有让人回味的地方，因为，每个人都有自己心目中的经典，每部经典在每个读者的阅读经验中都有不同的体会。因此，读乐天君这一方面的文字，无论是否有同感与共鸣，于他人的阅读经验里，都能让读者自己不觉会心一笑。

在我看来，这是一本关于个人的成长史、生活史与个人的阅读史，它可以是个人的小感悟、小情怀，也可以说是大时代的一朵浪花，属于每一个人。

拉拉杂杂说了一些读后的感受，也不知乐天君以为然否？

瞿炜，男，1969年9月出生于浙江温州。温州市作家协会副主席，曾主编某报文化副刊二十余年。作品散见于《人民日报》《光明日报》《美文》《中华散文》《读书》《诗刊》《小说林》等，出版有散文集《旅者与梦》《温州记忆》《巴黎的风》，诗集《命运的审判者》《地下铁》及历史专著《温州茶史》等。

2013 年 11 月，王乐天以他一本厚重的《乐天笔记》获得了第二届中国金融文学奖散文三等奖。也是在那次颁奖会上，我认识了这位斯文儒雅的金融作家。前两个月，他告诉我，他又将出一本新书，让我写点东西，随后发来了书稿。收到书稿后，我认真读了他的新书《乐天心曲》，《乐天心曲》分为"乡韵萦梦""人生印痕""南辕北辙"三个专辑，共有六十九篇散文。文采，不在于文字的花哨和刻意雕饰，而在于表情达意，朴实真挚。王乐天散文的语言及叙述方式非常质朴，没有令人眼花缭乱的写作技法，是以真情实感打动人，读着他的散文，你会不由自主地随着他的笔调进入了一个宁静温馨的世界，让心灵在美好的文字世界得到了一次纯净的洗礼。

同为金融系统的业余作者，我深知业余写作的不易与艰辛，能在这条崎岖的路上坚持不懈的人，除了对文字的热爱，恐怕没有其他解释。王乐天出生于教师世家，从小热爱阅读与写作，他从 1999 年开始业余创作，曾在报纸杂志发表文章一百余篇。2012 年 1 月出版散文集《乐天笔记》，曾获得第二届中国金融文学奖散文三等奖，《散文选刊》散文优秀奖、中国散文学会散文论坛二等奖等十数次各种奖项。能取得这样的成绩与王乐天的天赋与勤奋分不开的，更与王乐天的修养与情趣分不开。

散文是一种作者写自己经历见闻中的真情实感的灵活精干的文学体裁。作者在散文中的形象比较明显，正像巴金所说"我的任何散文里都有我自己"，总之可以说是表现自我，"我是怎样一个人，就怎样写"，写真实的"我"是散文的核心特征和生命所在。王乐天的散文最大的特点就是所有他笔下的东西都是他所经历的，所感受的，所以让人感到真实亲切。读他《故乡的雪》《永远的乡愁》《乡村的吃食》等文章，"脑海中关于童年的大半记忆一下子变得鲜活起来"，思绪渐渐地沉浸于童年故乡的梦境中。出生于六七十年代的孩子大多对露天电影院有着不可磨灭的记忆，王乐天的《露天电影》写活了乡村这一重大的集体活动，"一片空旷的场地、两根竹竿、一块十几米见方的黑边白色幕布、一台老式的放映机、一感对音质粗糙的音箱，一群渴望娱乐的人们，构成了露天电影的全部"，你看他写孩子们看电影的急切心情："下午一放学，大家便相继冲出教室，飞快地奔向晒谷场。当他们看到那两根长长的竹竿上面所挂起来的白色幕布时，又会心急火燎地往家里赶，催促着父母亲早点做饭，这样，晚饭往往都吃得索然无味，心悬着，希望与伙伴们一同早点去晒谷场抢占有利位置。"看到这里，有同样经历的人都会会心地一笑。那个年代的农村，娱乐活动单调，看电影成了乡亲们共同期盼的一件大事，露天电影让大家如饥似渴的心灵得到慰藉，露天电影是中国农村几代人共同的记忆与怀恋。

《故乡的吃食》写了舌尖上的童年，甘蔗、杨梅、泥蒜冻，作者不仅写了故乡吃食用的美味，也写了美食制作过程，读起来相当轻松有趣。关于买甘蔗那段的描写相当精彩："每当从父母那里讨得零钱时，我就会马上从家中一溜小跑到甘蔗摊前，掏出钱，并指着甘蔗问：'给多少？'商贩便把刀口往甘蔗上一搁，示意这个长度，我仍不满足，与之讨价还价，把他的刀口往上推，经过几番艰难的'交涉'后，'生意'才终于成交。商贩就用刀在甘蔗皮上轮出一轮刀痕来，然后双手分握在两侧，靠在自己的膝盖上，奋力一掰，'咔嚓'一声，顿时将甘蔗截为两段，然后交给属于我的那截甘蔗。"写"锄泥蒜"："在拦潮坝外长着一种叫'草碎'的小草，叶如松针又尖又硬。一般在每年的三四月天气转暖时，人们就扛着特制的小锄头，上挂一个小篮子，去海涂上掘泥蒜。底下泥蒜是否多，拨开小草就知道：如涂面上有小小的洞孔，洞周有花纹，底下就有泥蒜，我们就一锄一锄地掘着，生长在洞里的泥蒜也随着泥土被翻了上来，这样半天干活下来，往往能有三五斤的收获。当泥蒜从泥洞里一条一条挖出时，十分柔软、滑腻，其尾部有一条又细又长的须，如果动它，很快会缩进体内，把肚子鼓得硬硬的，它有老嫩之分。"这些生动逼真的描写，若不是亲身经历过是写不出来的。他散文中所呈现给读者的是身临其境的真实感，所以特别能打动人，引起人们内心的共鸣。

散文的唯一内容和对象是作者的感情体验。散文写人写事都只是表面现象，从根本上说写的是感情体验。感情体验就是"不散的神"，而人与事则是"散"的可有可无、可多可少的"形"。王乐天的《一个人的散步》不是要记录作者空闲时间散步的琐事，而是要吐露一种对人生、情感的认识。散文，往往通过生活中偶发的、片断的事象，去反映其复杂的背景和深广的内涵，做到"一粒沙里见世界，半瓣花上说人情"。要达到这种境界，构思是关键。构思，是作者对一篇作品的整个认识过程，从他对外界事物的最初感受到成篇的全过程。就是进入下笔阶段，也仍然在思考，再探索，再继续认识所要描写的对象，深入发掘其底蕴和内涵。这是一种复杂的、艰辛的、严肃的精神活动，是对作家人格、修养、功力的考验。

由于事物间的联系是深邃而微妙的，作家要善于由表及里，从纷繁错综的联系里，发现其独特而奥妙的联系点，才能够从"引心"到"会心"，由"迎意"到"立意"。王乐天从散步所见垂钓者的背影想到了"不管他们现在的收获是大还是小，此时此刻的心态一定是非常平和的"，再深入地思考，总结出："人不管从事什么职业，成就如何；不管是处在得意之际，还是失意之时；不管年纪是大还是小，身体健康还是患有疾病；不管是家庭幸福、生活富裕，还是历经磨难、家境贫寒，首先都必须要有一颗平和的心，才能冷静面对困难、挫折，才能拥有一份真正属于自己的幸福。"清楚肯定地表达作者达观的人生态度。面对一对年逾花甲的夫妇在公园散步的情景，王乐天深情地写道："这是苍老生命不悔的依恋，是'执子之手，与子偕老'最好的诠释。这一切不禁令我肃然起敬，这些不为人知的平常百姓中的为人妻者，她们为爱的付出甚至牺牲，不是同样应当值得我们尊敬和为她们送上'伟大'两个字吗？"这是王乐天对爱情与女性无私付出的理解。王乐天善于从生活小事中进行深刻的思考，并提炼出自己的人生感悟。面对着越来越时兴的旅游，他有了《旅游的随想》："真正的旅游是获得诗意、美感、哲思、智慧和丰富的生命体验，从而达到精神上的愉悦和身心的健康，这才是人们外出旅游的价值所在。"

喜欢写作的人，往往热爱阅读，王乐天在他的《乐天心曲》中的第三辑"南辕北辙"中有很大一部分写的是读书有感的内容。魏延身为一代蜀军名将，智勇双全，战功卓著，声名显赫，最后却不得善终，被屈谋反，落得被同胞诛杀的悲惨下场，令人扼腕。王乐天从魏延的一生表现来看，总结出他的悲剧是他个人性格和时代精神碰撞的结果："有能力固然是一件好事，但是因为自己的能力比别人强，就不顾客观环境、不考虑组织整体利益，一味要求领导给予自己种种特权，得不到满足就意气用事，甚至故意与团队背道而驰，给整支团队带来伤害，这样的人是不可能最终得到领导的器重，甚至还会遭到冷落的。"因此，他认为做人应当"能而不骄"。在《梁山水军三杰》中，他对梁山水军中李俊、张顺、阮小七三位水军头在人物性格及功绩进行了细致的分析与总结，可见王乐天读书的深入及深刻的思考，这也是他能在写作上取得出众的成绩所在。写作是生命的舞蹈，是灵魂的呐喊，是人生经历的不吐不快，是思想情感的厚积薄发，通过这些篇幅中我们读懂了作者高雅的生活品味与高洁的人生追求。

《乐天心曲》以清新自然、优美洗练的语言，情景交融的描写，加之作者自己真实丰富的内心感受，写就了一篇篇清新隽永、舒卷自如的富有哲思的文章，让人深深感怀。无论是描写大自然的神奇美丽，还是描绘历史的古朴厚重，作者富含哲理的话语，深刻睿智，仿佛在无形中有一根线牵引着你，去深思、探究。作者在不着痕迹地赋予了他笔下的景物以强烈的个性特征，并从中挖掘了大自然对于人生及生命的意义，让读者在感受文字所产生的美感的同时，又调动着你的想象力，去思索文字背后的内涵。

正值盛年的王乐天，艺术之路还很长，我相信，勤奋的王乐天在他不懈的写作实践和艺术积累中，一定会不断地带给我们新的惊喜！

王炜炜，中国作家协会会员，中国金融作家协会理事，泉州市作家协会秘书长。鲁迅文学院第二十二期中青年作家高研班学员。已在《作品》《山花》《福建文学》《泉州文学》《散文百家》《文艺报》等全国各级报纸杂志发表散文、小说上百万字；荣获第二届金融文学奖中短篇小说奖、第三届刺桐文艺奖小说等各种文学奖二十多次。已出版散文集《橙色的天空》、长篇小说《漂亮不等式》、短篇小说集《第三只眼睛》，部分作品已改编为电视剧。

当我在电脑上一字一句地敲完这本文集的后记时，逐渐可以感受到一种心灵的快慰，一种过程须臾不敢将就、身心疲累后的快慰。

将这些杂七杂八的文字集腋成裘做成一本书，缘由就是想借以昭示自己曾以默无声息的"努力"，若一旦有人问起，也可随口答道："是的，又出了一本，请您赐教。"

自《乐天笔记》出版后，竟然出乎意料，得到了许多朋友的肯定和鼓励，一些久未谋面的旧日同学朋友从远方甚至从国外纷纷来电，大都是不约而同地询问："以前只知道你痴爱书法，没想到却'移情别恋'，写起文章来，在一夜之间又突然冒出一本散文集？还有没有系列散文集的问世？"有了这些朋友的关爱和注视，使我在自慰和自珍的同时更有力量在我命中注定的业余文字生涯中进行着继续追求和努力。

的确，为了能圆自己少年时代文学的梦想，几年来，我放弃了很多属于自己支配的时间，尽量做到简单地生活，安静地思考，少交往，少应酬。无数个夜晚，在家人入睡之后，强行把自己束缚在自家小小的斗室中，孤独坐在电脑前，仔细地回忆起那些刻骨铭心的人生痕迹，思考着对社会、对人生的感悟，一有思路，便会在键盘上敲了下来。于是，我的一孔之见、一丝顿悟、一些感受、一切见闻等等会在手指下很快地化成一篇篇凝重的铅字。

这一切，正基于自己精神生活的需要。在单位，每天得应付诸多零碎的琐事，工作严谨、刻板、重复、单调，按部就班的人生历程缺乏激情与动力。因此，八小时以外便用散漫的文字来调节本来严肃的工作、庸常的日子，以获得精神上的慰藉。

不知不觉中，岁月匆匆，自己已迈过了不惑之年的坎儿，工作和家庭的压力，使我自叹一身疲惫，头顶上的毛发日见稀疏，额头的几道"平行线"越陷越深。在自己的人生道路上，我没有建树可歌可泣的业绩，也没有体验过惊涛骇浪，而经受的只是一个普通人的衣食住行，与"谈笑有鸿儒，往来无白丁"却反其道而行之。平淡无奇的柴米油盐，自然感受也就没有震古烁今的闪光哲理。

所以，我得感谢这些文字，为生命的曾经在场留下了星星点点的痕迹，印证了曾经有过的心情，曾经的感受和领悟，让自己在检点过往的纷繁杂乱的日子时，有一缕可以依凭的线索。从某种意义上说，写作改变了我的生活，通过文字，我的心灵可以通达任何一个它想去的地方。因为文字，我过得滋润快乐并充实。在我看来，一篇篇文章的写就，幸福和喜悦感不亚于分娩婴儿的母亲、金榜题名的学子，令我经常沉浸于其中。

自《乐天笔记》出版后的三年多来，总觉得尚有好多的话语意犹未尽，骨鲠在喉。特别是对生于斯、长于斯的故乡，那承载着我希望和快乐的童年，更是有一种不畅之感，总想一吐为快，于是除了《晒谷场》《船事》《故乡的雪》《集市》《划龙舟》等诸多原来尚未涉及的乡村记忆文章外，像《河埠头》《露天电影》《水井》《塘河情怀》等又从另一角度撰写了同题文章，以此来感念我在乡村的生活，感怀我成长的经历，感恩我曾经的人和事，并以一种顶礼膜拜的虔诚，献给我所眷恋的故乡，同时作为对《乐天笔记》中《家住永昌堡》一辑的后续和补充，虽然写出来的这些作品只能是一些记忆碎片罢了，但是，对于故乡，能够尽自己的绵力去讴歌缅怀，也是对我的一种安慰。同时在经历了二十多年的现代都市生活后，随着岁月的增长、阅历的丰富，所见识的人和经历的事也就越来越多，思考也就越来越深入了，它们不时地赋予了我诸多的启示，这些凡人凡事自然而然地成了我创作的源泉和素材。与此同时，在读书之余，我把久久盘桓在胸，因没有时间和心境写出的东西，逐一变成了文字。这样，系列散文集之二——《乐天心曲》不经意间就在我的手下诞生了。其目的之一是送给亲朋好友作为留念，二来也给这些散落的篇什找个更好的归宿，作为集册存放案头，兴之所至，随意翻阅，或可一看。当然，此次出书本意是在第一本散文集的基础上再提高一步，但限于自己的水平和见解，所以，呈现在大家面前的依然是一篇篇写就的零章散篇，为此，只能请广大读者予以谅解。

一直以来，我不曾发过以文学安身立命之类的誓言，也没有视作文为经国之大业，而只是把写作作为茶余饭后的正经事，不可等闲视之，否则便是大不韪的行为。所以写得认真而诚实，并尽自己的最大努力去写。孙犁先生暮年时曾写过一段话："我一向认为，作文和做人的道理是一样的，一要质胜于文，二要有真情，要写真象，三、文字文章要自然，三者之反面，则为虚伪矫饰。"冰心先生也曾说过"没有真情实感时，不要写作"。我一直将两位先生的话语奉为座右铭。写文章应该如此。我把生活经历中的这些事、这些人及其关于这些事这些人的一些感受如实地写下来，展示在一篇篇文章的字里行间，就是想把自己的足迹和心迹真诚地交付读者。

我所追求的文字是真实，始终保持一个"真"字——叙事的真实、抒情的真诚、议论的真率。它寄托着我真诚的愿望，饱蘸着我真挚的情感。

同时，我深知自己才情浅陋，很难达到对散文这种文体的高要求和标准。散文是生命的划痕，情感的皱折。没有独到的发现，真切的体验，以及推推搡搡从心里涌出来的既细微又丰满、既幽深又鲜活的东西，是不可能写出好散文的。现在，愈是深入阅读卷帙浩繁的经典名著，愈觉得自己的肤浅和渺小，愈是接近大师的文字便愈感到敬畏，虽是常常感到"词不达意"，恨自己没有"力透纸背"的功力，写不出洪钟大吕、振聋发聩、直击灵魂、震撼心魄的力作。但有一点，我始终依然对文学不离不弃，多年如一日地坚持着——即以诚恳的写作态度，不哗众取宠，不故弄玄虚，也不为赋新词强说愁，只是老老实实地写，用心去写。因为我坚信勤能补拙。这些年来，所发表的一些文章大体上反映了我思考的基本轨迹和自己一路走过来的所留下的一点印记罢了。因此，对我来说，广大读者的批评，无论好坏，我都表示欢迎和感谢，并视为对我莫大的关爱和支持。

看着自己勉力写下的文字，每每体验到一种诚惶诚恐的心情。此时，我便往往会援引契诃夫说过的一句话为自己壮胆："大狗叫，小狗也要叫。"在这个大众书写的时代，每个人都有表达自己的感受和发现的自由，言说的权利不应因为言说内容的浅薄或者粗陋而被剥夺。也正如汪曾祺老自陈的写不了"大江东去"，只能写些"小桥流水"。这样想来，心境倒是总能得到一些宽慰。

《乐天心曲》能得以顺利付梓，要感谢的人很多。感谢父母给了我朴素的情感、感恩的心灵和生活的历练；感谢王秀萍老师、陈孝道老师等众多老师在我成长道路上给了我不倦的教诲和勉励，感谢戈悟觉先生、章方松先生等众多文学前辈给了我无私的指导和扶掖；感谢陈超凡先生、黄品丹女士等诸多同事给了我不断的鞭策和鼓励；感谢王友杰先生、柯练武先生等诸多朋友对我大力的支持和帮助……感谢浙江省作家协会副主席、原温州市文联主席、《温州晚报》总编辑刘文起，浙江省特级教师、温州市教育责任督学、教育界名师谷定珍两位先生拨冗为我作序，感谢温州市钢笔画研究会副会长、"全国第五届钢笔画展"金奖得主金国斌先生对封面和插图进行了精心的设计；感谢温籍著名摄影家王曙先生、吴培军先生为书辑、封底提供了精美的摄影图片；感谢温州市书法家协会副主席、温州市诗词协会副会长陈出新先生赋并书贺诗；感谢温州市书法家协会名誉主席何元龙先生再次题写书名；感谢浙江省书法家协会理事马亦钊先生，温州市书法家协会主席张索先生，温州书画院院长郑方伟先生等三位温籍著名书法家分别题写了辑名；感谢杭州市作家协会副主席王志强先生、温州市作家协会副主席瞿炜先生、泉州市作家协会秘书长王炜炜女士等三地作家分别给我写来的评论或随感文章——《行者的疆域》《乐天散文印象》《素笺浓情谱心曲》;感谢爱人董溯瑜对我"不务正业"的理解和支持……当然,我最冠冕堂皇的理由,是送给儿子一件永久的礼物,因为,在我看来,这件礼物是任何物质的东西都无可比拟的。

拉拉杂杂地写下这些,聊作后记。

乙未年孟秋于将军桥寓所